I0831588

Rudolf Greinz

Allerseelen

Salzwasser

Rudolf Greinz

Allerseelen

1. Auflage | ISBN: 978-3-84609-719-9

Erscheinungsort: Paderborn, Deutschland

Erscheinungsjahr: 2014

Salzwasser Verlag GmbH, Paderborn.

Nachdruck des Originals.

Rudolf Greinz

Allerseelen

Ein Tiroler Roman

Jan Thorbecke Verlag Lindau (B)

Allerseelen — das Fest der Toten. Von dem hohen Turm der Stadtpfarrkirche in Meran läuten die Glocken. Dumpf und feierlich ist ihr Klang, ernst und stimmungsvoll.

Auf dem kleinen Pfarrplatz vor der Kirche stehen müßige Bauern in schmucker Burggräflertracht. Gruppenweise stehen sie beisammen, fast schweigsam. Die kurzen braunen Lederjoppen mit den breiten grellroten Aufschlägen und die schwarzen spitzen Hüte mit den roten und grünen Schnüren sind völlig zu bunt im Vergleich zu dem stillen Ernst ihrer Träger.

Wie leise Trauer liegt es heute über der Stadt. Der tiefblaue Himmel und die strahlende Südlandssonne sind durch einen leichten Silbernebel verdeckt. Leer, wie ausgestorben, ist die Laubengasse. Wer von daheim fort konnte, ist hinausgegangen auf den Gottesacker, wo eben die festliche Prozession abgehalten wird.

Eine vielhundertköpfige Menge bevölkert den sonst so schweigsamen Garten der Toten. Kostbare Blumengewinde, schwere Seidenschleifen, flackernde Lichter, der Geruch von halbverwelkten Blüten ..

Priester in weißen Chorröcken und Chorknaben, die gewichtige silberne Weihrauchfässer vor dem Allerheiligsten schwingen .. Männer, Frauen und Mädchen, jung und alt gehen betend hinter dem Baldachin, unter dem der Dekan von Meran mit dem Hochwürdigsten Gut schreitet.

Allmählich und langsam zerreißen die Nebel am Himmel. Wie feine Spitzenvorhänge, die leise von unsichtbaren Händen zurückgeschoben werden. Die Sonne kommt kräftig, hell und breit zum Durchbruch. Die feierliche Handlung am Friedhof verliert von Minute zu Minute an Düsterkeit.

Kein Allerseelen des Nordens mit den dichten Novembernebeln. Das Sonnengold flutet wie ein gewaltiger Strom ewigen Lebens über Gräber, Zypressen, Blumen und Lichter. Der Schein der flackernden Kerzen und blinkenden bunten Laternen wird von der leuchtenden Gewalt des Tagesgestirnes schier verschlungen.

Über die Mauern des Friedhofs ragen die herrlichen Bergzacken im Norden herein. Sie sind leicht mit Neuschnee bedeckt. Der Küchelberg mit seinen Weingärten und dem bunten rotbraunen Laub des Herbstes liegt im strahlenden Sonnengold. Drüben im Osten reckt sich die steile Felsenspitze des Ifinger in die nun ganz klare Luft.

Aus den Kuranlagen des nahen Valeriegartens leuchten die welken Blätter der Bäume in allen Schattierungen. Und von jenseits der Passer sendet der hohe Pfarrturm immer und immer wieder den dumpfen, feierlichen Klang seiner Glocken.

Die Prozession ist zu Ende. Fast fluchtartig drängt alles dem Ausgang zu. Hinaus ins Leben, in den sonnenhellen Herbsttag.

Nur wenige Menschen sind zurückgeblieben. Einige beginnen schon den Schmuck der Gräber abzuräumen und die kostbaren Leuchter und Grablaternen heimzutragen.

Eine alte Dame mit schneeweißem Haar, in schweren Trauerkleidern, geht mit müden, langsamen Schritten durch den Valeriegarten. Das vergilbende Laub der Bäume knistert leise unter ihren Tritten. Die smaragdgrünen Wellen der Passer, die ungestüm ihr halbvertrocknetes Bett durcheilt, rauschen stetig und einförmig.

Die Glocken vom Pfarrturm sind verstummt. Einzelne Spaziergänger sind auf den Promenaden zu beiden Ufern der Passer zu sehen. Hier und da läßt sich der helle Ton eines Vogels hören. Sonst kein Laut.

Mit leeren, gleichgültigen Blicken, mechanisch, fast wie im Traum, durchschreitet die alte Frau, von Obermais kommend, die Valerieanlage. Sie biegt in einen Seitenweg und geht dann durch die kleine Pforte, die über die Untermaiser Fahrstraße zum Friedhof führt.

Sie muß diesen Weg schon oft gegangen sein. Wie im Schlummer wandelt sie. Ohne aufzusehen, ohne einen Menschen zu beachten, durchquert sie den Friedhof und bleibt vor einem Familiengrab unter den Arkaden stehen.

Ein einfacher, aber vornehmer Grabstein aus schwarzem Marmor. FAMILIE VON DEGENHART steht mit großen goldenen Lettern auf dem Stein.

Ganz still ist es jetzt im Friedhof geworden. Kaum ein Mensch ist mehr zu sehen. Lange bleibt die alte Dame vor dem einfach geschmückten Grabmal stehen. Die schlanken Hände hält sie krampfhaft ineinander verschlungen wie im Gebet. Und kann doch nicht beten. Die schmalen, feinen Lippen in dem weißen Gesicht beben leise. Mit einer müden Bewegung greift sie nach dem Wedel, um den Toten da drunten Weihwasser zu spenden. Dann geht sie langsam und still, wie sie gekommen, aus dem Friedhof.

Am Eingang des Friedhofs steht der Totengräber. Ehrfürchtig zieht er den Hut vor der Dame. Er kennt sie gut die hohe, vornehme Erscheinung in dem schwarzen Gewand. Seit Jahrzehnten geht sie tagtäglich den gleichen Weg.

Sie neigt auf den Gruß dankend den Kopf und lächelt leise. Ein stilles, feines Lächeln in dem noch immer schönen Gesicht. Das Leid hat seine tiefen Spuren eingegraben, aber die Schönheit nicht zerstören können.

Ich will von dem Leid erzählen, das über Johanna von Tannauer gekommen ist.

Jeder Mensch hat sein Allerseelen. Wir alle haben begraben goldene Schätze von Liebe, Hoffnung und Glück, die nimmermehr zu heben sind.

Auf unsern Erdenweg fallen mächtige Schatten. Gleich Schatten hoher Berge, die ganze Täler verdunkeln.

Die Schatten sind es des Gewesenen und unwiederbringlich Verlorenen, das trotzdem immerdar neben uns schreitet.

Einen Tag im Jahre gibt selbst der Glücklichste den Toten frei — Allerseelen. Und dann wandert er weiter durch die lachenden Fluren seines Daseins.

Wer da aber geht in Schatten und Nacht, dem geben die Toten keinen Tag seines Lebens mehr frei. Sein Leben ist ein einzig Allerseelen.

Und ihr sollt hören von dem Allerseelen dieser Frau.

Erstes Kapitel

Um Jahrzehnte zurück. Im Anfang der sechziger Jahre. Am Steinach in Meran liegt mitten in Weinäckern und Obstgärten hinter hohen Mauern verborgen ein zierliches weißes Schlößchen. Wie ein schlafendes Dornröschen ist es mit seinen vier niederen Giebeltürmen. Nahe der Stadt und doch vollständig abgeschlossen von ihr.

Und abgeschlossen von aller Welt sind auch seine Bewohner. Sabine von Tannauer und ihre junge Tochter Johanna leben ein stilles, leises Leben. Fast wie im Kloster. Selten, daß ein Besucher den Weg zu ihnen findet.

Die schroffe, harte Art der alten Frau von Tannauer hat ihr nur wenig Freunde übriggelassen.

Sie war nicht immer so hart und wortkarg gewesen, die alte Frau von Tannauer. Erst seit dem Tode ihres einzigen Sohnes ist es über sie gekommen.

Das war zwanzig Jahre weiter zurück. Die kleine Johanna ging gerade den ersten Winter in die Schule. Draußen bei den Englischen Fräulein. Aber sie erinnerte sich noch ganz genau, wie man ihren toten Bruder auf einer Bahre durch den Schloßhof trug.

Ein sonnenheller, heißer Maitag war es gewesen. Scharf und deutlich zeichneten sich die Konturen der schroffen Ifingerspitze an dem tiefblauen Firmament. Dort oben hatten sie den Bruder tot gefunden. Abgestürzt, zerschmettert.

Verängstigt schaute das Kind auf die kleine Gruppe von Bauern, welche die Bahre brachten. Und scheu und neugierig zugleich sah sie hinüber zum Ifinger, diesem schönen, stolzen Berg, den sie immer so bewunderte und der nun ihrem großen Bruder den Tod bereitet hatte.

Was war das eigentlich: der Tod? Johanna hatte noch keinen rechten Begriff vom Sterben. Aber sicher war es etwas Entsetzliches, Trauriges.

Von den offenen Fenstern der Zimmer hörte sie die Schmerzensschreie der Mutter. Laut und gellend klangen sie und wollten gar nicht mehr aufhören. Furchtsam und eingeschüchtert schlich das Kind durch den Garten und hielt sich in einem Winkel hinter Weinreben versteckt.

Seit dieser Zeit war Sabine von Tannauer eine andere geworden. Streng, kalt und wortkarg. Gegen alle. Selbst gegen ihre Kinder.

Es war eine einsame, liebeleere Jugend, die der kleinen Johanna beschieden war. Ihr Vater, der alte Herr von Tannauer, wurde bald nach dem Tode des Sohnes von seinem jahrelangen schweren Siechtum erlöst. Und Josefine, die um zehn Jahre ältere Schwester, nahm nach einiger Zeit den Schleier der Klosterfrau.

Frau Sabine von Tannauer war fromm geworden. Gläubig war sie ja stets gewesen. Jetzt aber fehlte sie bei keiner Messe und bei keiner Andacht, die drüben in der Pfarrkirche abgehalten wurden. Schon um sechs Uhr sah man sie in ihrem Kirchenstuhl knien. In tiefer Versunkenheit. Die hohe, schlanke Gestalt war noch ungebeugt. Frau Sabine erschien stets in schwarzen Kleidern. Später, als Johanna der Schule entwachsen war, kniete sie immer an der Seite ihrer Mutter. Die Kirche und Gott, das waren ihre Jugend.

Manchmal überkam das Mädchen wohl ein heißes Sehnen. Das war, wenn es draußen Frühling wurde. Wenn die Bäume und Sträucher in üppiger Blüte prangten und die Luft so wonnig und lau wehte.

Dann ging sie öfters mit der Mutter hinaus in die herrliche Umgebung Merans. Auf den Küchelberg, nach Dorf Tirol oder hinein nach dem Wallfahrtsort Riffian. Da faßte es sie schier wie ein Rausch der Sehnsucht nach Jugend und Freiheit und Lust. Wie schön mußte es erst da draußen sein in der Welt. Wie herrlich weit, unendlich weit und groß mußte sie sein . .

Sie wünschte sich die Flügel einer Schwalbe, wenn sie vom Küchelberg in das weite Land niederschaute. Zu ihren Füßen lag die kleine Stadt mit dem Häusergewirr der Laubengasse und des Steinachs. Die alte Pfarrkirche mit dem schlanken Turm reckte sich mächtig empor. Und weiter drunten lag das breite, sonnige Etschland mit seinen Obstkulturen und grünen Feldern. Die feinen, zarten Linien der Mendel und das Trientiner Gebirge bildeten den Abschluß gegen Süden.

Ja, dieses ganze Burggrafenamt mit seinem Kranz von Schlössern und Burgen, das liebliche Obermais mit den alten Herrensitzen! Diese Welt von Sonne und Schönheit — und doch eine kleine Welt, ein enger Kreis.

Das junge Herz Johannas nahm diese Welt immer wieder dankbar in sich auf und konnte doch das Sehnen nicht loswerden, hinauszukommen, weit, weit hinaus, neue Wunder zu schauen. Die Welt war ja so herrlich. Sie hatte ein Stück ihrer Herrlichkeit täglich vor Augen. Wie herrlich mußte erst die ganze sein!

So war Johanna von Tannauer in Einsamkeit fünfundzwanzig Jahre alt geworden. Schön und gut und vornehm. Aber kein Freier hatte sich eingefunden. Keiner, der sie zum Weibe begehrt hätte.

Seit einiger Zeit fing Frau Sabine von Tannauer an, sich mit Johannas Zukunft zu beschäftigen. Nach ihrem Tode fiel der Besitz einem Neffen ihres verstorbenen Gemahles zu, der unten in Eppan begütert war. Johanna und ihre Schwester erhielten nur ein kleines Erbteil, kaum ausreichend für einen ganz bescheidenen Lebensunterhalt.

Die Mutter hatte schon einige Male begonnen, mit Johanna über ihre Zukunft zu sprechen. Ob sie nicht auch wie ihre Schwester ins Kloster gehen wolle? Oder nach Innsbruck ins adelige Damenstift? Aber Johanna hatte jedesmal abgewehrt. „Laß mich bei dir sein, Mutter!“ bat sie. „Mir geht's ja ganz gut.“

Insgeheim hoffte das Mädchen noch immer auf das Glück. Auf ein großes, beseligendes, unaussprechliches Glück. Es mußte doch auch zu ihr einmal den Weg finden.

Und das Glück fand seinen Weg zu ihr . .

Herr von Degenhart gehörte zu den wenigen Freunden, die Sabine von Tannauer treu geblieben waren. Nicht, daß er gerade ein allzu häufiger Besucher im Schlößl am Steinach gewesen wäre. Aber er ließ sich durch die derbe Art der alten Frau nicht ganz abstoßen. Und dann tat ihm die Johanna leid. Dieses schöne, blühende Mädel und seine einsame Jugend.

Josef von Degenhart, der Weingutsbesitzer, war kein junger Mann mehr. Die Fünfzig hatte er schon überschritten. Aber noch immer war er ein stattlicher, ja sogar schöner Mann. Sein volles, dunkles Haar war nur leicht ergraut, und das kräftige rotbraune Gesicht wies noch keinerlei Spuren des Alters auf.

Frau von Degenhart war schon vor vielen Jahren gestorben, und die beiden Söhne standen draußen in der Welt. Herr von Degenhart war eigentlich in den langen Jahren seiner Witwerschaft auch ein recht einsamer Mensch geworden. Seine Einsamkeit aber fühlte er doppelt, wenn er wieder einmal im Schlößl draußen am Steinach gewesen war.

Die Johanna, die hatte es ihm angetan. Schon seit einigen Jahren beobachtete er sie und fühlte sich von ihrer stillen, vornehmen Art immer mehr und tiefer angezogen.

Josef von Degenhart kämpfte einen harten Kampf mit sich selber. Durfte er, der alternde Mann, diese blühende Jugend an sich ketten? Konnte er bei dem Mädchen auf Gegenliebe hoffen?

Er liebte Johanna treu und warm, fast leidenschaftlich. Und Johanna hatte noch nie geliebt. Sie war frei. Warum sollte sie ihm nicht ein wenig zugetan sein?

Frau von Tannauer hatte in letzter Zeit dem Freund einmal davon gesprochen, daß Johannas Zukunft ihr Sorgen mache. Es war eigentlich das erstemal, daß sie wärmer wurde und ihn Anteil nehmen ließ an ihren Sorgen.

Das machte Eindruck auf den Herrn von Degenhart und brachte seine Zweifel zu einem raschen Entschluß. Wie unsicher und traurig mußte es um die Zukunft des Mädchens bestellt sein, wenn diese verschlossene Frau ihre Sorgen laut werden ließ. Hatte er da nicht ein Recht, ja sogar die Pflicht, dem geliebten Mädchen ein Heim anzubieten!

Herr von Degenhart zählte zu den reichsten Weingutsbesitzern des Landes. Seine Familie gehörte zu den angesehensten und ältesten Adeligen in Südtirol. Und wenn er auch kein junger Mann mehr war, glücklich wollte er das Mädchen gewiß machen. Es war sicher besser für sie, als seine Frau zu leben, als einsam ihre Jugend zu vertrauern.

Josef von Degenhart war mit sich einig geworden. Es war gerade die elfte Morgenstunde, als er im Festkleid die Laubengasse hinaufging und die Richtung gegen den Steinach einschlug.

Sabine von Tannauer war doch ein wenig überrascht, den Freund zu so ungewohnter Stunde und in so feierlicher Stimmung zu sehen. Fragend und mißtrauisch zugleich sah sie ihn an, während sie ihn mit einer Handbewegung einlud, Platz zu nehmen.

Es war ein großer, geräumiger Saal, in dem die beiden jetzt saßen. Alte, wurmstichige, aber schön geschnitzte

Holzmöbel bildeten die Einrichtung. An den niederen Wänden hingen düstere Ahnenbilder derer von Tannauer. Männer und Frauen mit zumeist strengen Gesichtszügen, in dunkeln Kleidern und mit hohen weißen Halskrausen.

Die gebogenen und ausgebauchten Gitter der Fenster waren völlig verdeckt durch dichtes Weinlaub. Üppig und saftig gedieh hier die Rebe. In dem zu ebener Erde gelegenen Saal war es ganz dämmerig. Und das war gut. Denn der grelle Sonnenschein hätte die kahlen, weiß getünchten Wände noch kahler erscheinen lassen, und die alten Holzmöbel hätten noch älter und ungemütlicher ausgesehen, als es in der gedämpften grünlichen Beleuchtung der Fall war.

Es war etwas Frostiges, was diese Frau umgab. Und frostig war auch der Saal und das ganze Innere des Hauses.

„Ich komme heute mit einer Bitte zu Ihnen, liebe Frau von Tannauer!" eröffnete Herr von Degenhart das Gespräch. Ruhig und gefaßt saß er der alten Dame gegenüber. Kein Zucken des Mundes, kein Zittern der Stimme, keine Bewegung verrieten die Aufregung, in der er sich befand. Sabine von Tannauer sah ihren Gast mit einem scharfen Blick aus den hellen, grauen Augen an.

„Ja. Und . ." sagte sie ruhig, da Herr von Degenhart nicht sogleich fortfuhr.

„Sie wissen, was Sie mir da unlängst gesagt haben, Frau von Tannauer. Das wegen der Johanna und ihrer Zukunft." Hier stockte er wieder.

Die Frau vor ihm machte es ihm wirklich nicht leicht, warm und gut zu reden. Wie eine Statue saß sie da. Kein Wort der Teilnahme.

„Ich hab' mir gedacht", fuhr er nach einer kleinen Pause fort, „ich werd' einmal mit Ihnen reden, Frau von Tannauer. Sie kennen mich ja schon jahrelang und wissen, daß ich ein ehrlicher Kerl bin. Und daß ich eine Frau gut versorgen kann, das wissen's auch. Und wenn ich auch der Johanna ihr Vater sein könnt', ich mein', den schlechtesten Treffer macht sie nit, wenn sie mich nimmt!" Er sagte es in einem ungemein warmen und treuherzigen Ton. Dann hielt er der alten Dame seine Hand hin. „Also, ich bitt' schön. Geben's mir Ihre Johanna zur Frau! Ich hab' sie gern, wenn ich auch kein junger Freier bin."

Frau von Tannauer saß noch immer unbeweglich da. Ein strenger, fast böser Ausdruck war in ihrem blassen Gesicht.

„Haben Sie mit der Johanna geredet?" frug sie jetzt.

„Nein. Ich hab' zuerst Ihr Einverständnis . ."

„Ja. Das ist gut." Sabine von Tannauer erhob sich. Stolz und aufrecht stand sie vor dem Manne, und ihre Stimme klang hart wie Stahl. „Wenn ich gewußt hätte, daß meine Sorgen solche Folgen haben, dann hätt' ich geschwiegen!"

„Frau von Tannauer!" sagte der Weinherr bestürzt. Er war nun gleichfalls aufgestanden. „Das soll doch nit heißen . ."

„Das soll heißen, daß mir mein Kind zu gut ist, um

aus Mitleid aufgeheiratet zu werden!" kam es hochmütig von den schmalen, blutleeren Lippen der Frau.

„Aus Mitleid! Nein, Frau von Tannauer, da täuschen's Ihnen gründlich!" Und nun erzählte er ihr von seinen Zweifeln und Kämpfen, die ihn seit Jahren wegen seiner Liebe verfolgt hatten. Wie eine Erlösung habe er es empfunden, daß sie unlängst Vertrauen zu ihm faßte und von ihrer Sorge sprach. „Sehen's, Frau von Tannauer, wie ein Fingerzeig von unserm Herrgott ist's mir vorkommen. Jetzt hab' ich's auf einmal gewußt. Wenn ich auch schon älter bin, aber so alt bin ich doch noch nit, daß ich dem lieben Mädel nit ein Heim bieten dürft'. Und nachher . . wenn sie auch einen anderen finden tät', einen jüngern wie ich bin . . wer weiß, ob der sie so gern hätt', und ob sie's so gut bei ihm hätt' wie bei mir!"

Sabine von Tannauer hatte wieder ihren Platz eingenommen und saß jetzt ruhig und nachdenklich vor sich hin. Was Herr von Degenhart da sagte, klang ehrlich und überzeugend. Und eigentlich war es ja ein großes Glück für ihr Kind. Ein großes, überraschendes Glück.

Die Degenharts waren reich und angesehen. Und der Altersunterschied? Frau von Tannauer hatte es selbst erfahren, daß man mit einem jungen Mann auch nicht glücklich werden konnte.

Sie hatte vieles durchgemacht in den langen Jahren ihrer Ehe. Nein. Gut haben würde es die Johanna bei dem Degenhart. Davon war sie überzeugt. Ein warmer, fast dankbarer Blick fiel auf den erwartungsvoll Dasitzenden, als sie sich nun erhob.

„Ich werd' die Johanna holen gehen. Wenn sie nix dagegen hat — ich hab' nix einzuwenden!" sagte sie dann in ihrem kühlen, gleichgültigen Ton.

Es dauerte eine geraume Weile, bis Johanna an der Seite ihrer Mutter den Saal betrat.

Wie mit Blut übergossen und in ratloser Verlegenheit stand sie vor dem Manne. Die Mutter hatte ihr in kurzen Worten von dem Vorgefallenen Mitteilung gemacht.

Johanna von Tannauer war ein großes, schönes Mädchen. Fast so groß wie ihre Mutter, aber von zarterem, feinerem Wuchs als diese. Schlank und anmutig, mit auffallend hellem Blondhaar und großen grauen Augen. Die hatte sie auch von der Mutter. Nur daß sie nicht so stechend und kalt waren, sondern innig blickten und scheu und fragend.

Herr von Degenhart ging den beiden Damen einige Schritte entgegen. Auch sein Gesicht war mehr gerötet als gewöhnlich.

„Johanna . ." sagte er und seine tiefe, volle Stimme klang bittend. „Willst du meine Frau werden?"

Johanna war abwechselnd blaß und rot geworden. Die Erregung schnürte ihr die Kehle zusammen, so daß sie kein Wort hervorbringen konnte.

Es war alles so überraschend schnell gekommen. Sie konnte sich gar nicht recht in ihre Lage hineinfinden. Der alte Herr von Degenhart — ihr Mann! War dies das Glück, das sie erträumte?

Sie hatte ihn ja lieb gehabt. Von Kindheit an schon. So, wie man einen guten Onkel lieb hat. Einen Freund, der zu Besuch kommt und vor dem man doch auch wieder einen riesigen Respekt besitzt.

Josef von Degenhart hatte ihre beiden Hände ergriffen. „Glaubst, du kannst mich ein bissel gern haben, Johanna?" sagte er leise, wie ein Vater zu seiner Tochter.

Es war viel Wärme und Innigkeit in seinem Ton. Johanna fühlte es. Der Mann da war ein starker, treuer Freund fürs Leben. Und doch: das Glück, das große, unaussprechliche Glück war es nicht.

Wenn sie nur jemand gehabt hätte, der ihr jetzt mit ein paar Worten hätte raten können. Es war doch schließlich eine Entscheidung fürs ganze Leben, die sie da treffen sollte. Ihre Mutter, die stand neben ihr, kühl und gelassen wie immer. Als ginge sie die ganze Sache nichts an.

„Sag, Johanna, willst du?" sprach Herr von Degenhart leise und zog sie sanft an sich.

Johannas schöne, graue Augen füllten sich mit Tränen. „Ich . . ich . ." stotterte sie. Und dann weinte sie leise vor sich hin. Wie ein Kind.

Es war nicht die Mutter, die jetzt liebe Worte für sie hatte. Herr von Degenhart führte sie zu einem Stuhl und sprach zu ihr. Wie ein Vater zu seinem Kind. Gute Worte.

Er erzählte ihr von seiner Liebe und seinen Zweifeln. Wie er kein Recht zu haben glaubte, so mit ihr zu reden. Und wie die Mutter ohne Absicht seine Zweifel mit einem Male löste und ihn so glücklich machte.

Er sprach von seinem einsamen Leben und von dem

Glück, das er an ihrer Seite erhoffe. Wie sie für ihn alles sein werde. Sein Weib, sein Glück, seine Heimat und seine Jugend im Alter.

Und Johanna hörte auf die Worte des Mannes, und eine heiße Dankbarkeit, ein Glücksgefühl überkam sie. Ein großer Lebenszweck bot sich ihr da. Sie sollte für jemand leben, jemand glücklich machen dürfen. Ihr Dasein würde fortan nicht mehr leer sein. Es sollte einen Inhalt bekommen . .

Frau von Tannauer war längst mit unhörbaren Schritten hinausgegangen und hatte die beiden allein gelassen.

„Sag, Johanna, willst du . ." bat Herr von Degenhart leise und eindringlich und sah ihr tief in die Augen.

Da schlang Johanna in warmer Dankbarkeit beide Arme um den starken, kräftigen Mann, der von jetzt an ihr Beschützer sein sollte, und flüsterte fast unhörbar: „Ich will's probieren, dir eine brave Frau zu werden."

Spät am Nachmittag des gleichen Tages läutete Nikolaus Mutschlechner, der Chorregent, an der niedern Pforte des kleinen Schlößchens am Steinach.

Die alte Rosl, die schon ein Menschenalter hindurch bei den Tannauers in Diensten stand, humpelte mit schlürfenden Schritten die schmalen steinernen Stufen der Treppe herab, sich mit einer Hand sorgfältig an dem kunstvollen schmiedeisernen Stiegengeländer haltend. Dann ging sie durch den weiten, gewölbten Hausflur und steckte vorsichtig spähend den Kopf durch die niedere Pforte, um Nachschau zu halten.

„Ah, Sie sein's!" begrüßte sie den alten Herrn, und ihr runzliges, sonst zuwider dreinschauendes Gesicht verzog sich zu einem freundlichen Grinsen. „Grüaß' Gott, Herr Chorregent!" sagte sie und hielt ihm treuherzig die Hand zum Gruße entgegen. „Sie haben Ihnen aber lang nimmer anschauen lassen bei uns da!" setzte sie vorwurfsvoll hinzu.

„Grüaß' Gott, Rosl. Ist die Gnädige zu Haus?" erkundigte sich der Chorregent.

„Freilich dahoam!" bestätigte die Rosl. „I werd's ihr iatz g'schwind melden giahn, daß Sie kommen sein."

Die Rosl hatte schon wieder ihr grantiges Gesicht aufgesetzt. Mürrisch, als ob ihr der Besucher äußerst ungelegen käme, ging sie mit den gleichen schlürfenden Schritten wie früher den düsteren Hausflur entlang bis zu dem großen Saal, wo einige Stunden vorher die Verlobung Johannas mit dem Weinherrn stattgefunden hatte.

Schüchtern, fast zaghaft folgte ihr der kleine, alte Herr.

„Da giahns nur eini derweil!" lud jetzt die Rosl den Chorregenten ein und hielt die schwere, dunkle Flügeltüre des Saales mit ihren großen Eisenbeschlägen für den Besucher offen. „I geah' sie glei ruafen, die Gnädige!" fügte sie schier unfreundlich hinzu.

Die Rosl war eine kleine, untersetzte Person. Ihre gedrungene Gestalt kam in dem weiten Faltenkittel und dem großen, breiten Schurz der Burggräflerinnen noch kleiner und dicker heraus. Das stark ergraute Haar hatte sie straff nach rückwärts gekämmt und tief im Nacken zwei dünne Zöpfchen um eine gabelförmige, silberne Haarnadel geschlungen. Die rotbraunen dicken Arme erschienen unter den blendendweißen Hemdärmeln mit den umfangreichen gestärkten Spitzen fast lederfarbig. Das kleidsame, helle Halstuch, das über der Brust kreuzförmig geschlossen war, ließ das rundliche, gutmütige Gesicht der Rosl um einige Jahre jünger erscheinen.

Eigentlich war die Rosl von Natur aus gar nicht so grantig und zuwider, wie es den Anschein hatte. Das unfreundliche, mürrische Wesen hatte sie sich ihrer Herrin zuliebe nur so angeeignet. Es wäre ihr unpassend erschienen, heiter und freundlich zu sein, da doch die Herrin schweigsam und in starrer Trauer herumging. Manchmal fiel die Rosl aber doch aus ihrer Rolle. Und dann kam ihr im Grunde gutmütiges und heiteres Naturell zum Vorschein. So gerade früher, da sie den alten Chorregenten begrüßte. Da hatte sie für einen Augenblick eine ehrliche Freude empfunden, sich aber gleich darauf über diese Freude geschämt.

Nikolaus Mutschlechner war ein guter alter Bekannter von ihr. Schon zu Lebzeiten des Herrn von Tannauer war er ein fast täglicher Gast im Schlößl gewesen. Dann aber, als der junge Gottfried von Tannauer gestorben war, kam auch Nikolaus Mutschlechner immer seltener zu Besuch.

Es vergingen oft Monate, daß der Chorregent nicht mehr das Schlößl betrat. Und wenn er kam, hatte er jedesmal das bestimmte Gefühl, daß es Frau Sabine von Tannauer eigentlich viel lieber gesehen hätte, wenn er gar nicht gekommen wäre. Kühl und gleichgültig empfing sie ihn. Kein freundliches Wort der Aufmunterung, daß er wiederkommen solle, hatte sie und kein Wort der Teilnahme für ihn und die Seinen.

Wäre die kleine Johanna nicht gewesen, so hätte Nikolaus Mutschlechner seine Besuche bei den Tannauers überhaupt ganz eingestellt. So überwand der Chorregent dem Kind zuliebe das schüchterne, zaghafte Gefühl, das ihn unfehlbar überkam, so oft er das einsame, düstere Haus am Steinach betrat.

Die Rosl hatte die geschnitzte Flügeltür etwas unsanft ins Schloß geworfen und sich dann wieder entfernt. Nikolaus Mutschlechner legte den weichen, breitkrempigen Künstlerhut und das kurze dunkelblaue Radmäntelchen, das er stets zu tragen pflegte, behutsam auf einen Sessel und stellte sich dann vor eines der offenen Fenster mit den schweren gebauchten Eisenstäben, um die die großen Blätter der Reben üppig rankten, das Fenster wie mit einem grünen Vorhang verdeckend.

Nikolaus Mutschlechner mußte eine geraume Zeit auf die Herrin des Hauses warten. Der Chorregent war ein vor der Zeit gealterter Mann. Die schlanke, etwas knochige Gestalt war so stark gebeugt, daß der Chorregent fast klein und schmächtig erschien. Das dunkle, leicht gewellte Haar war schon stark ergraut und stellenweise auch bereits recht schütter.

In jüngeren Jahren mußte der Chorregent einmal ein schöner Mann gewesen sein. Davon zeugten noch die dunklen Augen, der feurige Blick und der schöngeformte geistvolle Kopf. Jetzt freilich durchfurchten viele große und kleine Linien das schmale, südlich gefärbte Gesicht. Der kurze ungepflegte graue Bart und der struppige Schnurrbart, der die vollen Lippen nur spärlich verdeckte, ließen den Chorregenten fast wie einen Siebziger erscheinen.

Und doch war Nikolaus Mutschlechner kaum sechzig Jahre alt. Aber er fühlte sich viel, viel älter. Ein müder, welker Zug war in dem gelblichen Gesicht. Scheu und gedrückt ging der alte Mann seiner Wege. Und doch hatten alle Leute in der Stadt den alten Musiker lieb gewonnen.

Vor ungefähr dreißig Jahren war er nach Meran gekommen. Ein armer unscheinbarer Musikant, der sich schlecht und recht mit Lektionen durchbringen mußte. Die Leute hatten es bald heraus, daß Nikolaus Mutschlechner viel zu schade für die kleine Stadt und eigentlich ein feiner Künstler war.

Gar bald erhielt er in den besten Familien Zutritt, und die Söhne und Töchter aus den feinsten Häusern wurden seine Schüler. Auch der junge Gottfried von Tannauer war sein Schüler gewesen und die kleine Johanna. Bis zu dem Tage, da man den Gottfried zerschmettert nach Hause brachte. Da war auf einmal alles anders geworden in dem stillen Herrensitz am Steinach.

Von dieser Stunde an duldete Frau Sabine keine Musik mehr im Hause. Und Nikolaus Mutschlechner war plötzlich ganz überflüssig geworden. Früher verging fast kein Tag, an dem er nicht gekommen wäre. Die Abende, die er im Schlößl verlebte, gehörten zu seinen schönsten Erinnerungen.

Damals war Sabine von Tannauer noch ganz anders gewesen. Eine heitere, verständige Frau, die Liebe und feines Gefühl für Musik besaß.

Unwillkürlich schaute sich der Chorregent in dem kahlen Raume um. Wie völlig anders sah es jetzt hier aus.

Dort in der Ecke stand der alte Flügel. Aber fest verschlossen und mit einer großen dunkeln Decke sorgsam verhüllt. Und darüber hing die Violine, die einst dem jungen Gottfried gehört hatte. Er hatte entschieden ein bedeutendes Talent für Musik besessen, der junge Tannauer. Und die kleine Johanna ebenfalls. Schade. Die Johanna. Hätte er doch die wenigstens als Schülerin behalten dürfen . .

Nikolaus Mutschlechner sah sich im Geiste wieder um zwanzig Jahre zurückversetzt. Er sah den großen eisernen Kandelaber, der dort in der Mitte des Saales hing, mit den vielen dicken Wachskerzen hell erleuchtet.

Dort auf dem breiten Lehnstuhl, dem einzigen Polsterstuhl, der in dem Saal stand, saß der alte Herr von Tannauer. Blaß und eingefallen sah er aus, alt und verdrossen. Das jahrelange Siechtum hatte ihn früh alt gemacht. Wie ein Greis sah er aus mit weißem Haar und Bart; und ängstlich war er in Decken eingehüllt.

Und dort in der Ecke am Flügel saß Sabine von Tannauer und spielte. Der matte Schein einer kleinen Öllampe fiel auf ihr schönes, ebenmäßiges Gesicht. Damals war sie noch eine auffallend schöne Frau gewesen. Voll Jugendkraft und Lebensfreude. Wer es nicht wußte, hätte sie niemals für die Mutter des blonden hochaufgeschossenen Jünglings gehalten, der in ihrer Nähe stand und sie auf der Violine begleitete.

Auch Nikolaus Mutschlechner spielte. Meistens Cello. Es waren regelrechte kleine Konzerte, die im Schlößl am Steinach abgehalten wurden. Manchmal waren auch Gäste dazu eingeladen worden. Dann ging die Rosl, die damals auch schon nicht mehr jung war, mit hochrotem Gesicht umher und brachte Wein und Obst und Kuchen.

Es waren sehr gemütliche Abende bei den Tannauers. Sehr gemütlich. Wehmütig schaute sich der alte Mann in dem öden, kahlen Raum um.

Eigentlich war hier drinnen alles so stehengeblieben wie vor zwanzig Jahren. Jedes Möbelstück und jedes Bild war am gleichen Platz geblieben. Nichts hatte sich verändert. Und doch war es jetzt ganz anders. Öde und stimmungslos, kahl und leer. Eine Atmosphäre der Steifheit und Unnahbarkeit und Kälte . .

Mit leichten unhörbaren Schritten war Sabine von Tannauer in den Saal getreten und hatte den Chorregenten jäh aus seinen Träumereien geweckt.

„Sie, Herr Chorregent? Und noch so spät?" Kühl und gleichgültig hielt sie dem alten Mann ihre blasse, feine Hand zum Gruß hin.

Nikolaus Mutschlechner verbeugte sich tief. Sabine von Tannauer überragte ihn um fast Hauptes länge. Stolz und aufrecht stand sie vor ihm, und mit einer nahezu herablassenden Handbewegung lud sie ihn ein, Platz zu nehmen.

„Es hat mir keine Ruh' gelassen, Frau von Tannauer . ." fing der Chorregent jetzt unvermittelt an. „Ich hab' zu Ihnen kommen müssen . . heut' noch . . und mit Ihnen reden. Es kann doch nit wahr sein das mit der Johanna. Das haben's Ihnen nit überlegt. Ein alter Mann und . ."

„Was meinen Sie denn eigentlich?" unterbrach Frau von Tannauer mit ihrer harten, schneidenden Stimme den Chorregenten und sah flüchtig und mit einem kalten Blick aus den grauen Augen auf den alten Mann, der unsicher und gedrückt vor ihr auf einem der hochlehnigen geschnitzten Stühle saß.

Man sah es ihm an, daß er sich äußerst unbehaglich fühlte. Bei dem kalten Ton ihrer Rede sah er ihr für einen Moment erschrocken und hilflos ins Gesicht. Sein ganzer Mut war ins Wanken gekommen. Aber nur für einen Augenblick. Dann besann er sich, warum er eigentlich hier saß und daß es seine Pflicht sei zu reden.

„Ich bin dem Herrn von Degenhart begegnet . ." fing er nun wieder an. „Draußen auf der Wassermauer ist er gangen und hat ganz glückselig dreing'schaut. Dann hat er mir's erzählt, daß er sich heut' mit der Johanna verlobt hab' . ." fuhr der Chorregent fort und sah ängstlich auf die alte Dame, die steif und aufrecht ihm gegenüber auf dem Sofa saß. „Sagen's, ist das wahr, Frau von Tannauer?" frug er mit zitternder Stimme.

„Ja. Es ist wahr!" bestätigte Frau von Tannauer frostig.

„Wahr? Aber das darf nit sein! Was fallt Ihnen denn ein! Ihr Kind so zu verschachern! An einen alten Mann! Sie wird ja unglücklich, das Mädel. Sie kennt ja noch gar nix von der Welt und vom Leben. Wie in einem Kloster haben Sie's da eing'sperrt g'halten und ihr keine Freud' und keine Jugend gegönnt! Und jetzt verschachern Sie sie an einen alten Mann! Sie sind ja verrückt!"

Der Chorregent hatte auf einmal seine ganze Scheu

überwunden. Heftig gestikulierend war er von seinem Sitz aufgesprungen und ging nun erregt mit kleinen trippelnden Schritten in dem großen Saal auf und ab. Sabine von Tannauer saß da, ruhig und gemessen wie immer und sah mit kühlen, gleichgültigen Blicken auf den erregten Mann.

„Mäßigen Sie sich!“ sagte sie jetzt in lautem, befehlendem Ton.

Unwillkürlich hielt der Chorregent in seinem Laufschritt inne und schaute mit unsicherem Blick zu der alten Dame herüber.

Frau von Tannauer erhob sich. Stolz und aufrecht stand sie da. Ihr feines, weißes Gesicht erschien noch um eine Nuance blässer wie gewöhnlich, als sie mit festen, schnellen Schritten auf den Chorregenten zuging. „Ich verschachere mein Kind nicht! Verstehen Sie!“ sagte sie im harten, eindringlichen Ton. „Johanna hat aus freien Stücken gewählt. Ich hab’ sie nicht dazu gezwungen.“

„Ja . . aber, aber . .“ stotterte der Chorregent jetzt wieder ganz verzagt und sah hilflos zu der hohen Gestalt der alten Dame auf. „Wenn Sie’s nit haben wollen . .“

„Wer sagt Ihnen, daß ich’s nicht haben will, Herr Chorregent?“ unterbrach Frau von Tannauer ihn kalt. „Ich muß ja froh sein, das Mädel anständig versorgt zu wissen. Im Gegenteil. Ich will’s haben. Und mir ist’s recht!“

„Was? Recht ist’s Ihnen, wenn das Kind in ihr Unglück rennt?“ schrie jetzt der Chorregent schon wieder ganz aufgeregt auf die alte Dame ein. „Recht ist Ihnen das? Versorgt haben wollen Sie sie. Um jeden Preis. Und's kümmert Ihnen gar nit, was dann draus wird! Sehen Sie's denn nit ein? Ein junges Blut neben einem alten Mann. Das tut kein gut nit! Sie sollten doch wissen, was es heißt, unglücklich verheiratet zu sein . ."

Sabine von Tannauer richtete sich noch etwas steifer als gewöhnlich empor. „Ich dulde nicht, daß sich jemand in meine Angelegenheiten mischt, Herr Chorregent!" sagte sie in ruhigem, eisig kaltem Ton. Schneidend kam Wort für Wort über ihre schmalen Lippen. „Johanna ist m e i n Kind. Ich allein hab' zu entscheiden, was gut und nicht gut ist für sie. Sonst kein Mensch. Auch Sie nicht, Herr Chorregent!"

„Sabine . ." Der Chorregent preßte das Wort mit unterdrückter Leidenschaft hervor, und seine dunkeln Augen schauten zornig auf die kalte, hochmütige Frau. „Sabine . ."

Frau von Tannauer sah dem Chorregenten fest und unverwandt in die Augen. Mit keiner Wimper zuckte sie. Ihr Gesicht war starr und unbeweglich wie immer. Zornig und feindselig schauten sich die beiden an. Dann überkam den alten Mann wieder seine mutlose Schüchternheit. Unsicher und verzagt blickte er in dem Saal umher.

Sabine von Tannauer sah den Chorregenten noch immer fest und durchdringend an. Nikolaus Mutschlechner wurde es immer unbehaglicher unter den harten, strengen Blicken der Frau. Er fühlte seine ganze Ohnmacht ihr gegenüber. Die war ja doch viel, viel stärker als er. Das wußte er. Was half da alles Auflehnen gegen ihren Willen!

„Nehmen Sie Platz, Herr Chorregent!" sagte Frau von Tannauer gelassen. „Und erzählen Sie mir von *Ihrer* Familie. Das ist besser!" fügte sie im strengen Ton hinzu.

Es war lange her, daß Frau von Tannauer eine solche Aufforderung an ihn gerichtet hatte. Aber Nikolaus Mutschlechner überraschte es in seiner gegenwärtigen Erregung nicht einmal sonderlich. Gehorsam und gedrückt zugleich nahm er wieder seinen früheren Platz auf dem hohen Holzsessel ein, während Sabine von Tannauer ruhig und selbstbewußt, als ob nicht das geringste vorgefallen wäre, sich am Sofa niederließ.

„Erzählen Sie!" forderte sie ihn nochmals auf. Wie ein Befehl klang es. Kurz und hart. Der Chorregent saß da, klein und gedrückt, und starrte finster vor sich hin. „Was macht denn der Rupert?" fragte sie nach einer längeren Pause. „Er soll ja im Seminar sein, höre ich."

Nikolaus Mutschlechner fuhr auf. Mit leicht zittriger Hand strich er sich über die Augen. „Ja, der ist im Seminar!" bestätigte er.

„Und paßt's ihm in Trient?" fragte die alte Dame über eine Weile.

„Nit besonders!" gestand Nikolaus Mutschlechner verzagt. „Er kann sich nit recht ang'wöhnen drinnen."

„Das wird schon kommen!" sagte Frau von Tannauer zuversichtlich.

„Ja. Das wird schon kommen." Fast wehmütig nickte der Chorregent vor sich hin. „So sagt die Frau auch."

„Sie haben eine brave Frau, Herr Chorregent!" kam es scharf und zurechtweisend über die schmalen Lippen der alten Dame.

„Ja. Sehr brav!" bestätigte der Chorregent leise. „Und fromm . ." fügte er kaum hörbar hinzu.

„Ihre Frau . ." fing die alte Dame nach einer Weile wieder an.

Nikolaus Mutschlechner ermannte sich. Wie aus einem schweren Traum erwachte er. Heftig und jäh sprang er von seinem Sitze auf. So plötzlich und mit solcher Leidenschaft, daß Sabine von Tannauer erstaunt und unmutig die fein gezeichneten dunkeln Brauen zusammenzog, die in einem seltsamen Gegensatz zu dem weißen Haar und dem bleichen Gesicht standen.

„Zu was das Komödiespielen!" stieß der Chorregent leidenschaftlich hervor. „Wenn Sie nit reden mit der Johanna, so red' halt ich mit ihr! Ich kann's nit zugeben, daß sie vor meinen Augen in ihr . ."

„Sie werden mit Johanna nicht reden! Kein Wort. Verstehen Sie mich! Ich verbiete es Ihnen!"

Sabine von Tannauer war nun gleichfalls aufgestanden und ganz nahe zu dem Chorregenten getreten. Schwer legte sie ihre feine Hand auf die Schulter des Mannes. Nikolaus Mutschlechner machte sich gewaltsam los von ihrem Druck.

„Ich werd' sie warnen!" sagte er, und eine ungewöhnliche Festigkeit lag in seiner Stimme. „Sie soll nit unglücklich . ."

Sabine von Tannauer beugte sich leicht nach vorn, so daß ihr Gesicht ganz knapp neben dem des Chorregenten war. Es dunkelte bereits stark in dem großen kahlen Raum. In dem Dämmer leuchtete das weiße, glatt gescheitelte Haar der alten Dame fast silbrig. Und das zarte, bleiche, jetzt zornig erregte Gesicht mit den vollen dunkeln Brauen sah sie völlig gespenstig aus.

Stechend bohrten sich ihre großen, grauen Augen in die des alten Mannes. Fast zischend und mit unterdrückter Stimme sagte sie: „Sie werden nicht sprechen! Hören Sie! Sie dürfen nicht! Ich verbiete es Ihnen! Verstehen Sie mich? Ich verbiete es Ihnen. Kein Wort! Sonst . ."

Wie Peitschenhiebe trafen ihre Worte den alten Mann. Bei jedem Satz zuckte er unwillkürlich zusammen. Sein ganzer Mut schwand angesichts ihrer Heftigkeit.

„Ich . . ich . ." stotterte er verzagt.

„Sie haben sich in nichts einzumischen. In gar nichts. Verstehen Sie?" kam es wieder leise und zischend von den Lippen der alten Dame. „Mit welchem Recht, frage ich. Sind Sie froh, daß das Kind gut versorgt wird. Gehen Sie jetzt! Gehen Sie!" stieß sie heftig hervor, faßte den alten Mann mit beiden Händen an den Schultern und schüttelte ihn heftig. „Warum sind Sie gekommen? Sie haben kein Recht zu kommen. Hören Sie? Kein Recht. Gehen Sie, sage ich . ."

Nikolaus Mutschlechner schaute ganz verstört auf die erregte Frau.

„Ich . . ich . ." stotterte er hilflos.

„Gehen Sie . . sofort!" stieß sie, noch immer ganz

außer sich, hervor. „Und kommen Sie nie mehr wieder! Nie mehr! Hören Sie?"

„Ich geh' schon . ." sagte der alte Chorregent leise und demütig. „Ich geh' gleich." Dann nahm er seinen Hut, legte sich das kurze dunkelblaue Radmäntelchen um und schaute mit großen, traurigen Augen auf die alte Frau, die jetzt nach und nach ihre Beherrschung wiedergewann. Ihr Atem ging in kurzen, heftigen Stößen, und krampfhaft hielten ihre Hände eine Stuhllehne umfaßt.

„Ich hab' nur bitten wollen . . warnen . ." sagte der Chorregent demütig. „Ich weiß schon, daß ich kein Recht nit hab'. Aber bitten hab' ich wollen, weil ich sie so viel gern hab' die Johanna. Und weil's mir's Herz abdrücken tät, wenn sie unglücklich werden sollt'."

Sabine von Tannauer stand aufrecht da. Sie hatte ihre Selbstbeherrschung und Ruhe wieder vollkommen erobert. Nur in den harten Zügen zuckte es nervös, und die feinen schmalen Hände zitterten leicht, während sie noch immer fest die Stuhllehne umklammert hielten.

Leise und gedrückt und ohne noch ein Wort zu sagen, schlich sich der alte Chorregent zur Saaltüre hinaus. Und ganz leise und sacht drückte er von außen die Türe zu.

Lautlose Stille herrschte in dem Raum. Ganz still war es nun wieder in dem Schlößchen. Nichts regte sich. Kein Laut. Nur vom Garten her durch das offene Fenster klang der schluchzende Gesang einer Nachtigall.

Sabine von Tannauer horchte gespannt. Sie horchte auf die leisen, trippelnden Schritte des alten Chorregenten und auf den leicht klirrenden Ton der Haustüre. Wie eine Statue stand sie da in dem langen, schweren Trauerkleid. Noch größer und düsterer erschien sie in dem matten Dämmerlicht des Abends. Lange stand sie so da, ohne sich zu regen.

Nikolaus Mutschlechner mußte jetzt schon zu Hause sein. Ein weicher Zug lag nun um den sonst so streng geschlossenen Mund der alten Dame. Dann ging ein krampfhaftes Beben und Zucken durch den ganzen Körper der stolzen Frau.

Müde und gebrochen setzte sie sich auf einen Stuhl und weinte. Leise und unaufhörlich rannen die Tränen über das bleiche Gesicht. Die Hände hielt sie krampfhaft gefaltet, und die Lippen bewegten sich wie im Gebet.

So fand sie ihre Tochter, die beunruhigt über ihr langes Fernbleiben nach ihr zu sehen kam.

„Mutter, bist du da? Und ganz im Dunkeln?" fragte das junge Mädchen verwundert.

„Ja . ." erwiderte Sabine von Tannauer, und ihre Stimme hatte einen weichen Klang. „Ich bin ein bissel eingeschlafen. Wie dumm von mir."

„Ist dir nicht ganz wohl, Mutter?" erkundigte sich Johanna besorgt. Sie glaubte zu bemerken, daß ihre Mutter beim Aufstehen etwas schwankte, und eilte hinzu, um ihr behilflich zu sein.

Mit einem jähen Ruck raffte sich die alte Dame empor. „Danke!" wies sie die Tochter kalt und herrisch ab. „Ich kann schon allein. Geh', hol' Licht! Es ist ja schon dunkel."

Kurz und befehlend klangen die Worte. Kein Ton verriet mehr den Aufruhr, der im Herzen der Frau Sabine von Tannauer getobt hatte.

Zweites Kapitel

Drunten am Rennweg, der breitesten Straße des alten Meran, wohnte der Chorregent Nikolaus Mutschlechner. Im zweiten Stock eines schönen, freundlichen Hauses.

Behagliche alte Bürgerhäuser stehen da drunten, wo die Sonne den größten Teil des Tages durch die niedrigen Fenster scheint und die Räume auch mitten im Winter sommerlich hell erleuchtet. Blühende Blumen verzieren die Fenster, von denen man eine weite Fernsicht auf die hohen nördlich und westlich gelegenen Berge genießt.

Es ist zwei Tage vor Weihnachten. Die Mutspitze und die Tschigatspitze sind bis tief ins Tal herab mit Schnee bedeckt. Im Tal selbst zeigt sich keine Spur von Schnee. Wie im Sommer liegt Staub auf den Straßen. Klar und tiefblau und wolkenlos ist der Himmel.

Hier am Rennweg ist die Hauptverkehrsader des alten Meran. Durch das Ultener Tor, das gegen Süden sich aufbaut, führt die Reichsstraße von Bozen her, um durch das Vintschgauer Tor gegen Westen in das Vintschgau zu leiten.

Aus der schattigen, langen und schmalen Laubengasse, die nach dem obern Stadtteil führt, tritt man in den prallen, hellen Sonnenschein des breiten Rennwegs. Die Straße selbst bildet einen behaglich ausladenden Gegensatz zu den hohen, eng aneinandergebauten Häusern der Laubengasse, unter deren vorspringenden steinernen Laubengängen sich Geschäft an Geschäft reiht.

Ein größerer Platz liegt dem Ausgang der Laubengasse am Rennweg gegenüber. Dort am Kornplatz steht ein alter Brunnen. Und in seiner nächsten Umgebung alte, im vieljährigen Dienst erprobte Stellwagen. Verstaubt und mit verblichenem Anstrich.

Zu den verschiedensten Tageszeiten machen sich Hausknechte bequem und langsam an die Arbeit, die alten Stellwagen zu reinigen. Mit großen Eimern holen sie das Wasser vom nahen Brunnen und begießen die schmutzigen Räder. Dann rasten sie wieder ein bissel aus und zünden sich ihr Pfeifl an.

Es war ein Idyll, diese alte Stellwagen-Herrlichkeit, die am Meraner Kornplatz ein Zentrum hatte. Eine gewisse Poesie lag in diesen windschiefen Kästen auf Rädern, die den Verkehr mit der Außenwelt vermittelten. Nur mit einigem Risiko konnte man in das Innere dieser „Archen Noahs" gelangen. Die Steigtritte waren steil und hoch, und die kleine Wagentür war so niedrig, daß ein mittelgroßer Mann sie nur passieren konnte, wenn er sich gehörig bückte.

Vorn am Wagen hinter dem Kutscher waren die Sitze für das „bessere" Publikum. Drei Personen konnten da zur Not Platz finden, wenn sie sich schmal machten und wenn keiner davon zu dick war. Dann saßen die drei eng aneinandergedrückt wie die Sardinen in der Büchse. Umschau konnten sie allerdings nicht viel halten, weil sie sonst in Gefahr gerieten, das Gleichgewicht zu verlieren.

Hinter diesen Sitzen war ein winziges kleines Fensterl, das zu den Leuten drinnen im Wagenkasten führte. Die draußen hatten wenigstens frische Luft. Aber im Innern des Stellwagens war die Atmosphäre schon oft recht zweifelhaft. Da fuhren Bauern zum Markt und brachten die Düfte des Stalles mit.

Im flotten Tempo wurde dann die Fahrt angetreten. Hüh . . hott . . Aber schon beim ersten Wirtshaus an der Reichsstraße wurde haltgemacht. Der Kutscher mußte sich doch durch ein Viertele Wein, das er in größter Seelenruhe genoß, für die weiteren Strapazen der Fahrt stärken.

Durch den Stellwagenverkehr herrschte immer ein reges Leben am Rennweg. Man wollte doch auch sehen, wer ankam und abfuhr. Es war dort eine Art Puls der Stadt. Die Wellen schlugen von außen herein in die Stille des Alltags und fluteten wieder hinaus in die Welt.

Nikolaus Mutschlechner wohnte nun schon über zwanzig Jahre in dem gleichen Haus am Rennweg. So lange war es her, seitdem er die Anna Platter geheiratet hatte. Über zwanzig Jahre . . Nikolaus Mutschlechner erschien die Zeit noch einmal so lange.

Er hatte seine Frau nicht aus Liebe geheiratet. Darüber glaubte er sich hinaus. Sie war auch nicht mehr jung gewesen. Schon dreißig Jahre alt. Aber ein braves, ordentliches Mädchen war sie.

Unter den Lauben hatte ihr Vater, der Sattlermeister

Platter, einen kleinen Laden. Ganz winzig klein war dieser. So klein, daß zwei Personen darin kaum mehr Platz hatten. Koffer, große und kleine Ledertaschen, Geldtaschen und Sattelzeug hingen und standen umher.

Eine völlig erdrückende Luft herrschte in dem Geschäft. Kein Fenster. Die niedere Glastür, die den Eingang von den Lauben bildete, war die einzige Öffnung ins Freie. Und auch diese war meist ganz verhängt mit großen und kleineren Lederriemen, Geldbeuteln und Tabaksbeuteln.

Man mußte einige Stufen nach abwärts steigen, wenn man in den Laden wollte. Das Licht in dem niedern, dumpfen Lokal war nur spärlich. Knapp neben der Türe stand ein Sessel. Da saß die Anna gewöhnlich und häkelte. Unermüdlich war sie. Vom frühen Morgen bis zum späten Abend. Selten, daß sie einmal durch das halb erblindete Fenster schaute. Was da draußen in der Welt vorging, interessierte sie nur wenig.

Sie war ein stilles, zurückgezogenes Mädchen. Nicht sonderlich hübsch, aber auch nicht häßlich. Dem Nikolaus Mutschlechner gefiel sie ganz gut. Die würde eine brave, sorgsame Hausfrau abgeben. Und mehr brauchte er ja nicht.

Nikolaus Mutschlechner hatte das Leben und seine Freuden hinter sich. Als ganz junger Mensch war er schon in der Welt herumgewandert. Er hatte sich in Wien und in anderen großen Städten aufgehalten und sich schlecht und recht durchgebracht. Voller Illusionen war er gewesen und voll Zuversicht auf sich und seine Kunst. Aber die Kunst ist ein hartes Brot, und nur wenigen gelingt es, sich durchzuringen.

Das hatte auch Nikolaus Mutschlechner erfahren müssen. Er war herzlich froh gewesen, als er durch die Vermittlung seines geistlichen Onkels die Stelle eines Chorregenten an der Meraner Pfarrkirche erhielt. Nun war er wenigstens Zeit seines Lebens versorgt und brauchte sich nicht mehr um das tägliche Brot zu kümmern. Und die Meraner konnten froh sein um den Chorregenten. Einen so tüchtigen und talentvollen Musiker erhielten sie nicht leicht wieder.

Später heiratete der Chorregent Nikolaus Mutschlechner. Der Sattlermeister Platter ließ sich nicht lumpen. Er gab seiner Anna eine ordentliche Aussteuer mit in die Ehe und noch obendrein einige Tausend Gulden Mitgift.

So hatte der arme Chorregent eine ganz gute Partie gemacht. Nikolaus Mutschlechner konnte sich gratulieren zu der Frau. Die Leute sagten es alle.

Eine so brave, wirtschaftliche Frau wie die Frau Mutschlechner war nicht leicht zu finden in der Stadt. In ihrer Wohnung blinkte und spiegelte es nur so vor lauter Sauberkeit. Kein Stäubchen war da zu finden und kein Schmutzfleckchen. In den Kästen war die Wäsche aufgestapelt, so weiß wie Blütenschnee.

Sechs Kinder hatte das Ehepaar im Laufe der Jahre bekommen. Vier davon waren gestorben. Nur der Rupert und die Luise blieben am Leben. Brave, tadellos erzogene Kinder. Der Rupert war immer einer der Ersten in der Volksschule und im Gymnasium gewesen und hatte den Eltern nie den geringsten Kummer bereitet.

Nur jetzt auf einmal war Streit und Zank im Hause

ausgebrochen. Der Rupert war vor einer Woche von Trient zurückgekommen und hatte seinen Eltern kurz und bündig erklärt, daß er nie mehr ins geistliche Seminar zurückkehren werde. Sie möchten mit ihm anfangen, was sie wollten, aber Priester werde er unter gar keiner Bedingung.

Ein förmlicher Krieg war in der Familie des Chorregenten ausgebrochen. Nikolaus Mutschlechner stellte sich auf die Seite des Sohnes, während Frau Anna Mutschlechner ihren Lieblingswunsch, den Sohn als Priester am Altar des Herrn zu sehen, absolut nicht aufgeben wollte.

Johanna von Tannauer, die nun schon seit zwei Monaten Frau von Degenhart war, hörte von dem Zwist in der Familie des Chorregenten. Nikolaus Mutschlechner war vor einigen Tagen selbst zu ihr gekommen und hatte ihr davon erzählt. Ganz traurig war er dabei gewesen und hatte noch älter und verfallener ausgeschaut.

Johanna hatte den alten Musiker schon seit ihrer Kindheit liebgehabt. Sie wußte, daß er in seiner Ehe nicht glücklich war. Trotz der vielen guten Eigenschaften seiner Frau. Aber die beiden paßten eben gar nicht zueinander.

Frau Anna Mutschlechner besaß aber auch nicht das geringste Verständnis für die Kunst ihres Mannes. Im Gegenteil. Die Musik war ihr zuwider und verhaßt. Sie hielt sie geradezu für eine Belästigung des Nebenmenschen und vermochte gar nicht zu verstehen, wozu ein vernünftiger Mensch stundenlang immer das gleiche spielen konnte.

Wenn ihr Mann an stillen Abenden seine Violine zur Hand nahm und spielte, bekam er oft manche böse oder hämische Rede von seiner Frau zu hören. Für sie hatte die Kunst ihres Mannes nur so weit eine Berechtigung, als sie die Familie ernährte.

Es war schließlich bei den Mutschlechners dahin gekommen, daß sich der alte Chorregent ganz heimlich und in aller Stille wie ein Verbrecher in einer rückwärtigen Kammer seiner Wohnung einsperrte und dort die Schöpfungen der alten Meister spielte.

Halbe Nächte lang spielte er oft. Da fühlte er sich als Künstler, als einen Jünger der Kunst und nicht als den Handwerker, der er tagsüber vielfach sein mußte. Und manchmal erging er sich auch in eigenen Phantasien. Ganz eigenartig waren die, voll tiefer Traurigkeit und stiller Wehmut und wieder voll wilder, verhaltener Glut und Leidenschaft.

Oft erwachte dann wohl Frau Anna aus ihrem festen Schlaf und horchte auf die seltsamen Töne, die von der rückwärtigen Kammer her drangen. Und wenn die Musik gar zu wild und feurig wurde, dann riß ihr endgültig der Geduldsfaden. Halb bekleidet rannte sie über den dunkeln Korridor und klopfte dem Gatten. „Hör' doch einmal auf!" schimpfte sie dann. „Es kann ja kein Mensch a Aug' zutun bei dem Gekratz und Gelärm! I mein', du hättest beim Tag z'tun g'nug. Könntest schon a Ruh' geben bei der Nacht!"

Ja. Nikolaus Mutschlechner hatte zu tun genug. Da hatte seine Frau recht. Kaum eine freie Stunde blieb ihm während des Tages. Der Kirchenchor nahm schon viel Zeit in Anspruch. Dazu kam dann noch der Privatunterricht in zahlreichen Meraner Familien.

Zu Johannas schönsten Jugendfreuden gehörte es, wenn sie einmal mit der Rosl zu den Mutschlechners auf Besuch kommen durfte. Denn ihre Mutter ging nie mit. Die hielt sich ja von allem Verkehr und von aller Geselligkeit gänzlich ferne.

Das Kind hatte ein großes Zutrauen zu dem Chorregenten. Ihm berichteten sie alle ihre bescheidenen Erlebnisse und ihre großen und kleinen Leiden und Freuden.

Später war dieses Freundschaftsverhältnis gegenseitig geworden. Das junge Mädchen wurde die Vertraute des alten Mannes. Er erzählte ihr von seiner Künstlerlaufbahn, von seinem Wanderleben, von den großen Städten und von seinen Hoffnungen. Auch von der Not und dem Elend, das er durchzumachen hatte, und von der Pracht und dem Reichtum, den er in der Welt draußen gesehen.

Wie Märchen deuchten diese Erzählungen das heranwachsende Mädchen. Mit offenem Mund und großen Augen horchte sie auf den Chorregenten.

Johanna merkte es bald, daß Nikolaus Mutschlechner in seinem Innersten ein tief unglücklicher Mensch war. Ein Mensch, der ein verfehltes Leben hinter sich hatte.

Es geschah nicht oft, daß die kleine Johanna zu dem Chorregenten durfte. Aber wenn sie kam, dann blieb sie stundenlang. Gewöhnlich war es der Nachmittag eines Sonntags oder Feiertags, wenn der Gottesdienst in der Pfarrkirche beendet war und der Chorregent auch seinen Feierabend hatte. Dann kam die kleine Johanna zu ihrem alten Freund.

Dann mußte Nikolaus Mutschlechner ihr in der kleinen rückwärtigen Kammer vorspielen. Die Kammer war mit hohen, bis an den Überboden reichenden, roh gezimmerten Stellagen ausgestattet, die ganz vollgepfropft mit alten vergilbten Noten waren.

Und das Kind lauschte den seltsamen Tönen und fühlte sich in eine andere Welt versetzt. Oder die beiden setzten sich auf die harte, gepolsterte Bank, die außer den Stellagen das einzige Möbelstück in der Kammer war. Dann erzählte der Chorregent. Über der Polsterbank mit dem rot und gelb gestreiften Überzug hingen mehrere Violinen, sorgsam mit grünem Tuch verhüllt. Ein mit schwarzem Tuch verhülltes Cello lehnte gleich neben der Bank.

In diesem traulichen, bescheidenen Winkel tauchte aus den Erzählungen des Chorregenten für Johanna von Tannauer zum erstenmal die Welt draußen empor in leuchtenden Farben. Die Wände der engen Kammer mit ihren Notenregalen und Musikinstrumenten dehnten sich wie durch Zauber weit hinaus in unermessene Fernen, zu denen oft nur die Sehnsucht den Weg findet.

In späteren Jahren, als Johanna erwachsen war, duldete es die Chorregentin nicht mehr, daß das Fräulein in der ärmlichen Kammer empfangen wurde. Da durfte der Chorregent draußen spielen in dem großen Zimmer, wo die Eheleute schliefen, und das gleichzeitig das Empfangszimmer war.

Da stand auch das Klavier und ein altes, ganz verstaubtes Spinett. Es waren oft recht hübsche Konzerte, die dann abgehalten wurden. Rupert konnte den Vater schon gut auf dem Klavier begleiten. Frau Mutschlechner saß dann ganz still und andächtig dabei, obwohl sie sich tödlich langweilte. Sie mußte sich alle Mühe geben, um nicht einzuschlafen. Krampfhaft unterdrückte sie das Gähnen, das sie immer wieder befiel.

Die Chorregentin war stolz auf die Besuche des Fräuleins und lud sie immer und immer wieder ein, ja recht oft zu kommen. Johanna von Tannauer kam oft und gern. Seit sie erwachsen war, bildeten die Mutschlechners eigentlich ihren einzigen Verkehr. Jetzt freilich nach ihrer Verheiratung hatte sie die Familie des Chorregenten etwas vernachlässigt.

Die Frau Chorregent war schon ein bissel beleidigt drüber, daß Johanna sich jetzt so selten sehen ließ. Um so erfreuter war sie heute, als die junge Frau von Degenhart die Klingel an dem hohen, hell gestrichenen Holzgitter zog, welches das Stockwerk von dem Stiegenhaus absonderte.

„Jessas, die Fräulein . . Frau von Degenhart!" rief die Chorregentin freudig überrascht und trocknete sich schnell noch einmal die ohnedies schon sauberen Hände an ihrer farbigen Wirtschaftsschürze ab. „So a Ehr'! Ja wie geht's Ihnen denn alleweil, Frau von Degenhart? Daß man Ihnen jetzt gar nimmer sieht!" machte sie vorwurfsvoll und warf die Schürze beiseite. Dann drückte sie die zarten, feinen Hände der jungen Frau herzlich. „Grüß Gott!" meinte sie erfreut. „Jatz kommen's nur glei einer auf a Schalele Kaffee!" lud sie Frau Johanna treuherzig ein.

Die beiden Frauen bildeten einen großen Gegensatz, wie sie jetzt nebeneinander durch die etwas niedere Tür schritten, die in das Empfangszimmer der Mutschlechners führte. Johannas hohe, schlanke Gestalt war fast zu groß für die niedere Tür. Die junge Frau bückte sich unwillkürlich, um nicht anzustoßen. Neben ihr die kleine untersetzte Gestalt der Chorregentin in dem schlichten kaffeebraunen Kleid und mit der schwarzen Schürze, die sie stets zu tragen pflegte, wenn sie nicht gerade arbeitete.

Frau Anna Mutschlechner war eine gut erhaltene Fünfzigerin. Das lichtbraune, sauber gescheitelte und glatt über die Ohren gekämmte Haar wies nur wenige graue Fäden auf, und in dem gutmütigen beschränkten Gesicht waren kaum einige Falten, die von den Spuren des Alters gezeigt hätten. Aber auf den ersten Blick sah man, daß die Chorregentin eigentlich eine Betschwester war. Nicht im schlimmen Sinn. Denn Frau Mutschlechner kümmerte sich nicht um den lieben Nächsten. Sie hatte mit ihren eigenen Angelegenheiten vollauf zu tun.

Anna Mutschlechner stand ganz und gar unter geistlichem Einfluß. Das war schon von jeher so gewesen und blieb auch in ihrer Ehe so. Da war nichts, aber auch gar nichts, das sie ihrem Beichtvater nicht anvertraut hätte. In allen, auch in den intimsten Angelegenheiten ihrer Ehe holte sie sich seinen Rat und handelte darnach.

Frau Mutschlechner machte in ihrem ganzen Gehaben den Eindruck einer Klosterfrau. Den Blick hielt sie fast stets demütig zu Boden gesenkt und schaute am Weg weder rechts noch links. Und wenn sie einmal lachte, was sehr selten geschah, so war das ein schüchternes, verlegenes Lachen, als ob sie fürchten müßte, den lieben Gott durch ihre Heiterkeit zu beleidigen.

Dabei war die Chorregentin durchaus keine Heuchlerin. Ihre Frömmigkeit war echt und kam vom Herzen. Sie war einer jener Menschen, die von Kindheit auf in strenger Religiosität erzogen worden sind und die keinen anderen Willen kennen als den der Stellvertreter Christi auf Erden. Menschen, deren höchstes Ziel ist, nicht Menschen zu sein sondern Heilige.

„Jatz nehmen's doch Platz da, Frau von Degenhart!" sagte die Chorregentin, als die beiden Frauen in das niedere, aber sehr geräumige Zimmer eingetreten waren. „Setzen's Ihnen einer da!" mahnte sie und rückte diensteifrig den ovalen, hell polierten Tisch mit der weiß gehäkelten Tischdecke vom Sofa weg, um der jungen Frau den Zugang zu diesem ja recht bequem zu machen. „Die Luis' wird glei an Kaffee bringen. Gelten's, Sie trinken schon einen?" bat sie und sah fast verzagt auf die junge Frau.

„Dank' schön, Frau Chorregent!" sagte Johanna. „Sehr gern. Sie wissen ja, bei Ihnen hat mir der Kaffee immer gut geschmeckt."

„Freilich weiß ich's!" nickte die Chorregentin mit bescheidenem Stolz. „Freilich. Damals . . weil Sie halt alleweil so genügsam g'wesen sein. Aber jetzt, wo's verheiratet sein . ."

„Jetzt schmeckt er mir akkurat noch so gut!" lachte Johanna. „Sie werden seh'n!"

„Na alsdann!" sagte die Chorregentin geschmeichelt und vergnügt lachend und ließ dabei eine Reihe gesunder gelber Zähne sehen. Dann rief sie mit lauter, derber Stimme: „Luis', Luis', tu' an Kaffee richten! Die Frau von Degenhart ist da."

Ein schlankes, zierliches Mädchen von fünfzehn Jahren kam aus der Türe des Nebenzimmers und begrüßte die junge Frau. Dann verschwand sie eilig und leise durch die andere Türe, die auf den Korridor führte.

„Ja, wenn i grad' schon a Stückele Zelten oder an Gugelhupf hätt'!" fing die Chorregentin nun zu jammern an. „Es wär' soviel gut zum Kaffee. Noch einmal so gut tät' er Ihnen schmecken. Aber wissen's, den Zelten hab' i erst in der Früh' zum Bäck ummig'schickt zum backen. Und den Gugelhupf mach' i erst morgen!" erzählte sie. Sie sprach in einem langsamen, etwas monotonen Tonfall, wie ein Kind, das seine Schulaufgabe herzusagen hat. „Sie werden wohl auch schon herg'richtet haben auf die Feiertage?" erkundigte sie sich jetzt teilnehmend bei der jungen Frau.

„Natürlich!" bestätigte Johanna und sah nachdenklich in der Richtung der Türe, hinter welcher das junge Mädchen verschwunden war. „Wir bekommen ja Besuch." Und zögernd fügte sie hinzu: „Der Hans kommt morgen. Sie wissen schon. Mein Stiefsohn."

„So, so. Der Hans kommt!" nickte die Chorregentin beifällig. „Da glaub' ich's schon, daß Sie viel zu tun haben. Es gibt allerhand zu richten im Hausstand. Der hochwürdige Herr Georg ist g'wiß auch bei Ihnen über die Weihnachten. Gelten's? fragte sie mit Interesse.

„Ja. Der Georg ist auch da. Das heißt, so oft er halt fort kommt droben im Widum. Sie wissen, die Seelsorg' . ."

„Ja, freilich. Und nächste Woch'n wird's wohl wieder ihn treffen, die Achtuhr-Meß' zu halten?" Die Chorregentin war jetzt mit einem Male lebhafter geworden. Wenn man von der Kirche oder kirchlichen Dingen redete, da konnte sie ganz aufgeräumt werden. Da war nichts mehr zu spüren von dem müden, gleichmäßigen Ton und dem traurigen, niedergeschlagenen Gesichtsausdruck, den sie für gewöhnlich hatte.

„Ja . ." bestätigte Johanna. „Nächste Woche hat der Georg Wochendienst."

Georg von Degenhart, der älteste Sohn des Weinherrn war seit einigen Monaten nach Meran als zweiter Stadtkooperator versetzt worden. Die Leute prophezeiten ihm eine glänzende Laufbahn. Bischof wurde der einmal sicher. So jung noch und schon Stadtkooperator in Meran.

Johanna war es immer etwas peinlich, wenn von ihren Stiefsöhnen die Rede ging. Sie fühlte sich dann als Eindringling in die Familie von Degenhart. Das kam wohl hauptsächlich davon, daß sie nicht recht wußte, was die beiden jungen Degenharts von ihrer Heirat hielten.

Auf der Hochzeit waren beide anwesend gewesen. Aber das war nur für ganz kurze Zeit. Kaum daß man einige Worte miteinander sprechen konnte. Am Polterabend, da waren die andern Gäste, und gleich am nächsten Morgen nach der Trauung ging's fort auf die Reise.

Auch sonst waren die beiden Johanna ganz fremd geblieben. Die mutterlosen Buben waren ja schon sehr früh in die Welt hinausgekommen, und während der Ferien, wenn sie nach Hause durften, hatten sie wenig Lust, in das alte Schlößl am Steinach zu gehen. Da war's bei der Tante Kathrin droben in Obermais viel lustiger, als bei der düstern alten Frau von Tannauer und dem eingeschüchterten schweigsamen Mädel.

Auch jetzt, als die Chorregentin das Gespräch auf Georg brachte, suchte Johanna sofort abzulenken. Sie war ja auch nicht zur Frau Mutschlechner gekommen, um mit dieser über ihre Stiefsöhne zu plaudern.

Sie dachte daran, wie gedrückt der Chorregent unlängst gewesen war, als er ihr von dem Rupert erzählte. Und deshalb war sie ja hier. Sie war heute gekommen, um nach Kräften zwischen der Mutter und dem Sohn zu vermitteln.

Wie sie das anfangen sollte, das war ihr allerdings unklar. Denn Frau Mutschlechner schien heute mit ihren Mitteilungen zurückhaltender als sonst zu sein. Und von selber wollte sie das heikle Thema nicht berühren. Das wäre ihr als eine grobe Ungehörigkeit erschienen.

„Aber sagen Sie mir doch, Frau Mutschlechner . ." brach Johanna das Gespräch über Georg schnell ab. „Der Herr Chorregent hat mir erzählt, daß Sie das schöne Zimmer seit einer Woche wieder vermietet haben. Wer ist denn drinnen?" erkundigte sie sich teilnahmsvoll.

Nun war die Chorregentin wieder in ihrem Element. Außer den kirchlichen Dingen hatte sie nur noch ein Gebiet, für das sie ein volles Verständnis besaß. Frau Mutschlechner war eine fleißige, sparsame Hausfrau. Jeden Kreuzer, der verdient werden konnte, verdiente sie. Für Geld und Geldeswert hatte die Frau ungemein viel Sinn.

Die Mutschlechners hatten eine nette und nicht allzu große Wohnung. Und auch die beschränkte die Chorregentin auf das allernotwendigste. Neben der Küche war eine kleine Kammer, die eigentlich als Speisekammer bestimmt gewesen wäre. Die Chorregentin aber hatte sie hübsch sauber hergerichtet mit schönen weißen Vorhängen und großen farbigen Heiligenbildern. Hier mußte die Luis' hausen, damit die Chorregentin das große Zimmer, das größte und schönste Zimmer, das die Familie überhaupt besaß, vermieten konnte. Den Winter über an kranke Kurgäste, die alljährlich nach Meran kamen, um in dem milden Klima Heilung zu suchen.

Für Frau Mutschlechner bedeutete das eine hübsche Nebeneinnahme, und außerdem sagte es ihrem warmherzigen Naturell zu, wenn sie so ein armes, hilfloses Menschenkind ordentlich bemuttern konnte.

„Ja, denken's Ihnen!" berichtete sie ganz eifrig. „Wieder die Fräul'n von Deutschland herein. Wissen's, die i schon vor zwei Jahr' g'habt hab' und die mit ihrer Mutter kommen ist."

„Wirklich? Die war doch schon ganz gesund!" sagte Johanna erstaunt.

„Ja. Das haben's geglaubt die Doktoren", bestätigte die Chorregentin. „Aber wie sie im letzten Winter daheim geblieben ist, hat sie's wieder gepackt. Und jetzt ist sie auch recht schlecht dran. Sie erleidet das Geh'n nit amal mehr!" erzählte sie teilnehmend.

„Das arme Hascherl!" bemitleidete Frau von Degenhart die Fremde. „Und sie ist doch noch so jung!"

„Freilich jung!" sagte die Chorregentin. „Kaum

zwanzig." Die beiden Frauen hatten auf dem breiten, hart gepolsterten Sofa Platz genommen. Nun rückte Frau Anna Mutschlechner ganz nahe an Johanna heran und flüsterte der jungen Frau geheimnisvoll zu: „Sie wird nimmer. Wissen's, i kenn' das. Wenn i auch kein Doktor nit bin. Aber i kenn's doch. I hab' meine Erfahrungen."

Johannas zartes, leicht gerötetes Gesicht verfärbte sich etwas bei den Worten der Chorregentin. Das junge Mädchen, von dem sie sprachen, war ihr ja nur flüchtig bekannt. Kaum daß sie damals vor zwei Jahren ein paar Worte mit ihr gewechselt hatte. Und doch war ihr der Gedanke, daß dies junge blühende Leben dem Tod verfallen sollte, schrecklich.

Überhaupt alles, was mit Sterben und dem Tod zusammenhing, machte auf das weiche, empfindsame Gemüt der jungen Frau einen tiefen, nachhaltigen Eindruck.

„Wirklich, Frau Mutschlechner? Täuschen's Ihnen nicht?" fragte sie, und ihre Stimme zitterte merklich.

„Naa. I täusch' mich nit. I kenn' das, wie's ist. Mit dem jungen Herrn aus Wien, der vor fünf Jahr' bei mir g'wohnt hat, ist's akkurat so g'wesen. Da hab' i immer zum Nikolaus g'sagt: Mutschlechner, paß' auf! Wirst sehen, lang macht der's nimmer. Und richtig, koa halb's Jahr ist vergangen, haben sie'n außi tragen am Freithof."

„Aber das ist ja schrecklich!" sagte Johanna ganz verstört.

Johanna hatte, obwohl sie mitten in der kleinen Stadt wohnte, nicht viel Gelegenheit gehabt, mit den Kurgästen zusammenzukommen. Sie hörte wenig von ihnen. Nur ab und zu einmal begegnete sie einem Kranken draußen auf der Wassermauer.

Die alte Rosl freilich wußte ihr gar vieles zu berichten von den Fremden. Aber alle diese Leute, von denen die Rosl sprach, waren ihr ja unbekannt. Nun handelte es sich zum erstenmal um ein ihr persönlich bekanntes Wesen. Ein unendliches Mitleid mit dem fremden jungen Mädchen überkam sie. „Daß da gar keine Hilfe sein sollt', Frau Mutschlechner. Die Doktoren . ."

„Gehen's, hören's mir mit die auf!" sagte die Chorregentin, indem sie wieder auf ihren früheren Platz am Sofa zurückrückte. „Die helfen ja nix. Und sie verstehen ja auch nix. I, wenn i krank werden tät', i lasset amal kein' kommen. Mei' Mutter selig hat so a gut's Buch g'habt. Da steht alles drinnen von die Krankheiten. Und nach dem tät' amal i mich kurieren. Da hätt' i a Vertrauen drauf. Und wenn's nix helfen tät', in Gottes Namen. Vorbereitet bin i. Da müsset mich halt unser Herrgott abberufen!" fügte sie in demütigem und doch leicht salbungsvollem Tone hinzu.

„Sie sollten nicht so reden, Frau Mutschlechner!" sagte Johanna vorwurfsvoll.

„Ja, mei'!" Die Chorregentin seufzte schwer auf. „Für mich wär's überhaupt die beste Stund', wenn ich sterben könnt'!" Die kleinen, dunkelbraunen Augen der Frau Mutschlechner füllten sich mit dicken, schweren Tränen, so daß sie vor verhaltenem Schluchzen nur mühsam sprechen konnte.

„Aber Frau Mutschlechner! Was fallt Ihnen denn ein!“ rief Johanna ganz erschrocken über den plötzlichen Ausbruch der Chorregentin und ergriff tröstend die derben Arbeitshände der Frau. „Sie dürfen . .“

Nun brach die Chorregentin in lautes, fassungsloses Schluchzen aus. „Sie werden's ja eh' schon wissen den Kummer, den i hab' . .“ stotterte sie und versuchte tapfer die Tränen zu unterdrücken. Immer wieder trocknete und wischte sie mit dem großen weißen Taschentuch die Augen. Aber die Tränen strömten nur mit desto größerer Heftigkeit hervor.

Johanna saß ganz stumm neben der Frau Chorregent und hielt deren Hände mit warmem, festem Druck in den ihren. Inniges Mitleid mit der Chorregentin erfaßte sie. Ihre großen, schönen Augen schimmerten feucht. Sie mußte sich alle Mühe geben, um nicht selbst mit der Frau zu weinen.

Eine Weile saßen die beiden Frauen ganz still beieinander. Johanna rührte sich nicht. Mit keinem Laut störte sie den Schmerz der andern. Und das war gut. Sie ließ die Frau sich einmal ordentlich ausweinen. Das erleichterte sie gewiß.

Die Luis' kam und brachte den Kaffee. Schüchtern und verlegen sah sie auf die Mutter, die noch immer weinte. Dann warf sie einen scheuen, neugierigen Blick auf Johanna von Degenhart.

Das junge Mädchen hatte eine auffallende Ähnlichkeit mit ihrem Vater. Dieselben großen, fragenden

Augen, dasselbe ovale, gelblich gefärbte Gesicht und dasselbe scheue, gedrückte Benehmen. Sie trug ein einfaches graues Wollkleid und darüber eine große dunkelblaue Wirtschaftsschürze. Die Ärmel hatte sie bis zum Ellenbogen aufgestülpt, so daß die noch kindlich magern braunen Arme sichtbar waren. Zwei dicke, kurze Zöpfe hingen ihr über die Schultern. Über die zartgewölbte Stirn fiel das schwarze Haar in krausen, dichten Locken.

Leise, wie sie gekommen, und ohne ein Wort zu sprechen, entfernte sich die Luis' wieder. Als sich die Türe hinter ihr geschlossen hatte, schaute die Chorregentin unwillig auf. „Die", sagte sie leise, „die ist auch so eine. Da werd' ich auch noch Verdruß g'nug erleben. Wie mit dem Rupert."

Die beiden Frauen saßen jetzt wieder schweigend nebeneinander. Johanna fühlte, daß hier jedes Wort des Trostes oder der Teilnahme überflüssig sei. Die Chorregentin schaute traurig vor sich hin. Dann richtete sie sich mit einem gewaltsamen Ruck auf und goß Kaffee aus der Kanne in die dicken, bauchigen Tassen mit dem breiten Goldrand und den hellen Blumen.

„Gehen's, trinken's doch, Frau von Degenhart!" mahnte sie. „Schauen, wie er ist. Die Luis' hat jetzt auch den Kopf überall, nur nit bei der Arbeit!" setzte sie mit einem tiefen Seufzer hinzu. „Mein Gott, Frau von Degenhart, Sie wissen's gar nit, was das heißt, Kinder haben!" fing sie über eine Weile wieder an. „Sehen's, da ist der Rupert. Noch vor er auf die Welt kommen ist, hab' ich a Gelübde getan. Drei Kinder sein mir schon g'storben g'wesen, und keins ist älter g'worden wie a paar Monat'. Völlig verzweifelt bin i. Alle drei waren's Buab'n und so schöne, starke Kinder. Und haben sterben müssen! Und wie i wieder in die Hoffnung kommen bin, bin i eini nach Riffian gangen wallfahrten. Dann hab' i's unserer lieben Frau versprochen. Laß' mich grad' dös ein Kind behalten, Mutter Gottes, hab' i betet. Grad' dös einzige! Und i versprich dir's, und i gelob' dir's: Ist's a Bua, so soll er zu deiner Ehr' a Geistlicher werden. Und wenn's a Madel ist, so muß sie ins Kloster!"

Aufatmend hielt die Frau Chorregent in ihrer Erzählung inne. Dann fuhr sie fort: „Und sehen's, Frau von Degenhart, wie der Rupert dann auf die Welt kommen ist, da hab' i Tag und Nacht gezittert für sein Leben. Mittelt in der Nacht hat's mir oft koa Ruh' nit lassen. Aufsteh'n hab' i müssen und nachschau'n, ob er wohl noch lebt. Und alle Wochen bin i eini gangen auf Riffian danken geh'n, daß mir'n unsere liebe Frau hat lassen. Und gebetet hab' i außer und einwärts. Ein' Rosenkranz um den andern. Und drin in der Kirch'n hab' i mich hingekniet vor'm Hochaltar und hab' gebetet: Laß' ihn am Leben, liebe Mutter Gottes, und i will dir'n schenken Zeit seines Lebens. Und sehen's, Frau von Degenhart, die Mutter Gottes hat mich erhört. Der Rupert ist am Leben geblieben. Groß und stark ist er worden. Und das verdank' i nur der Mutter Gottes. Zwei Jahr' drauf hab' i wieder a Kind kriegt. Aber dasselbige ist nit amal a Woch'n alt worden. Und di Luis', die hab' i wohl auch so halb und halb versprochen, damit i sie behalten hab' dürfen."

„Was? Die Luis' soll auch ins Kloster?" fragte Johanna ganz bestürzt.

„Nein. Wenn sie nit freiwillig will, nit. I hab' nur versprochen, daß sie niemals heiraten darf und als reine Jungfrau . ."

„Ja, aber . . was sagt denn die Luis' dazu?" fragte Johanna etwas kleinlaut.

„Mit dem Mädel kenn' i mich überhaupt nit aus!" seufzte die Chorregentin. „Die sagt gar nix. Koa Wörtel. Der Rupert, der schimpft und schreit doch wenigstens. Mit dem kann man doch noch ein Wörtel reden. Aber die Luis' . ." Die Chorregentin seufzte noch tiefer. Dann fügte sie in ganz leisem Ton hinzu: „Den ganzen Tag steckt sie drüben im Zimmer bei der Fräul'n, wissen's. I sieh's nit gern. Sie ist ja a kranke Haut. Aber sie ist a Lutherische. Da kann man nie wissen . ."

„Ja, ja. Freilich . ." sagte Johanna, nun auch etwas bedenklich geworden. Johanna war in strenger religiöser Umgebung groß geworden. Sie hatte keinerlei Umgang mit Andersgläubigen und schaute auf diese mit einer Art scheuen Mitleids.

Beide Frauen saßen nun wieder schweigend nebeneinander. Jede mit ihren eigenen Gedanken beschäftigt. Der Kaffee in den geblumten Schalen mit dem breiten Goldrand stand noch unberührt vor ihnen.

„Gehen's, Frau von Degenhart!" ermahnte dann die Chorregentin. „Versuchen's ihn doch! Noch nit amal ang'rührt haben's ihn!" meinte sie vorwurfsvoll und warf sich selber mehrere Stücke Zucker in die Schale. „Trinken Sie'n nit auch gern süß?" fragte sie dann und rührte beständig mit dem Kaffeelöffel in der Tasse herum.

Auf dem Tisch war kaum Platz genug für das Kaffeegeschirr. So angeräumt war er. Eine schwere dunkelrote Decke aus Tuch war über ihn gebreitet, und über derselben lag noch eine weiße gehäkelte Decke mit rotem Sternmuster. Bücher und hübsche gestickte Mappen und Albums waren auf dem Tisch verstreut neben billigen, selbst angefertigten Photographierahmen. Überhaupt war das Zimmer angefüllt mit Hausindustrie.

Das Zimmer, das die gute Stube der Mutschlechners bildete und zugleich ihr Schlafzimmer war, hatte eine hübsche und freundliche Einrichtung. Die Betten waren mit weißen gestrickten Decken verhüllt. In dem Gläserkasten standen Tassen und Gläser und allerlei billiger Zierat aus Wachs und Porzellan. Kleine gehäkelte Deckchen waren an die dunkelgrünen Polsterstühle gesteckt und zeugten von dem Fleiß und der Geschicklichkeit der Chorregentin. Eine große, kunstvoll gestickte Decke lag über den alten Flügel gebreitet, der zwischen den beiden niedern Fenstern stand.

An den Fenstern waren weiße gestärkte Vorhänge angebracht. Auf den Fensterbrettern standen Töpfe mit blühenden Blumen und verliehen dem Zimmer einen anheimelnden Eindruck. Zu den Fenstern herein schien die Sonne fast den ganzen Tag. Auch im Winter, bis sie hinter dem Marlinger Berg verschwand.

Man hatte einen prächtigen Fernblick von den Fenstern dieses Zimmers. Bis hinüber nach Marling sah man, das mit seiner Kirche und dem alten, ausgezackten, viereckigen Turm, von Weinbergen umgeben, wie an den steilen, waldigen Berg hingeklebt erschien. Und rechts droben im Westen Partschins, das erste Dorf am Eingang des Vintschgaus. Steil darüber die schroffen Bergspitzen, der Tschigat und die Mutspitze, die jetzt bis weit herunter in den Talkessel mit Schnee bedeckt waren . .

Vom Korridor her hörte man die Stimmen zweier Männer. Bald darauf trat Georg von Degenhart, von dem Chorregenten begleitet, ins Zimmer. Frau Mutschlechner erhob sich und eilte dem jungen Geistlichen freudig entgegen.

„Sieh da, Hochwürden!" rief sie überrascht und haschte nach der Hand des Geistlichen, um sie zu küssen.

Georg von Degenhart wehrte etwas ungeduldig ab. „Lassen Sie das, Frau Chorregent!" sagte er und faßte ihre Hand mit kräftigem Druck. „So macht man's. Das ist gescheiter!" lachte er. Dann begrüßte er mit flüchtigem Nicken seine Stiefmutter, die sich unwillkürlich auch erhoben hatte und dann gleich wieder ihren früheren Platz einnahm.

„Jatz müssen's Ihnen aber schon da einer setzen, Hochwürden!" meinte die Chorregentin treuherzig und wies auf den leeren Platz neben Frau von Degenhart. „Zur Frau Mutter. Dös geht schon nit anders."

Georg nahm den ihm angewiesenen Platz ein. Ruhig und einfach. Mit einer selbstverständlichen Würde und Eleganz, die ihm wie angeboren war.

Georg von Degenhart war ein hochgewachsener junger Mann von ungefähr sechsundzwanzig Jahren. Das hellblonde Haar war kurz geschnitten und so dicht, daß die

Tonsur kaum mehr sichtbar wurde. Sein blasses, auffallend ernstes Gesicht war hübsch, und die großen, hellblauen Augen schauten offen und mit klugem Blick in die Welt. Georg von Degenhart, dessen schlanke Gestalt einen ungemein vornehmen Eindruck machte, erschien durch den langen schwarzen Talar, der aus schwerem, mattglänzendem Tuch gearbeitet war, noch größer und schmächtiger.

Johanna war bei dem unerwarteten Besuch ihres Stiefsohnes über und über rot geworden und drückte sich jetzt in großer Verlegenheit ganz bescheiden in die Sofaecke.

In der kurzen Zeit ihrer Verheiratung hatte sich Johanna sehr zu ihrem Vorteil verändert. Ihr scheues, zurückgezogenes Wesen von früher war einer gewissen selbstbewußten Sicherheit gewichen. Johanna fühlte sich jetzt freier, selbständiger. Sie wußte sich geliebt und geschätzt von dem Manne, an dem sie in fast kindlicher Verehrung hing. Und das machte sie stolz und glücklich.

Nur in Gegenwart ihres Stiefsohnes kam die frühere Scheu und Unsicherheit wieder über sie. Da fühlte sie sich gedrückt und verlegen und wußte nicht recht, was sie eigentlich mit ihm reden sollte. Und Georg von Degenhart hatte sich bis jetzt auch gar keine Mühe gegeben, der jungen Frau seines Vaters aus ihrer Verlegenheit zu helfen.

Er hatte es wohl auch kaum bemerkt, wie gedrückt sie in seiner Gegenwart war. Sonst hätte er ihr sicher mehr Aufmerksamkeit geschenkt. Auch jetzt wieder bemerkte er gar nicht, wie Johanna abwechselnd rot und blaß wurde und endlich ganz erleichtert aufatmete, als sie von dem Chorregenten, der neben ihr auf einem Sessel saß, in ein Gespräch gezogen wurde.

Es war das erstemal, daß der junge Geistliche bei den Mutschlechners zu Besuch kam. Und das nur durch Zufall. Unter den Berglauben hatte er den Chorregenten begegnet und sich mit ihm in eine längere Unterhaltung eingelassen.

Der alte Mann hatte dem jungen Geistlichen in seiner Herzensnot von seinem Leid geklagt und von dem Unfrieden erzählt, der bei ihm zu Hause Einkehr gehalten hatte.

Georg von Degenhart hatte sich sofort erboten, gleich mit dem Chorregenten zu gehen und mit Rupert und der Frau Mutschlechner zu reden. Er hielt auch jetzt gar nicht lange mit dem eigentlichen Zweck seines Hierseins zurück, sondern steuerte frisch aufs Ziel los.

„Ihr Mann hat mir vorhin erzählt, daß der Rupert wieder da ist!" fing er zur Chorregentin gewendet unvermittelt an. „Wo steckt er denn?" setzte er freundlich hinzu.

„Mein Gott, Hochwürden", begann nun die Chorregentin zu jammern. „Sie glauben gar nit, was das für a Verdruß ist mit dem Buab'n! I hab's grad' vorhin der Frau von Degenhart geklagt . ." sagte sie in weinerlichem Ton. Die kleinen, gutmütigen Augen füllten sich schon wieder mit Tränen. „Unser Herr hat mich schwer heimg'sucht, Hochwürden! Es hilft nix. Es muß halt ertragen sein!" meinte sie mit demütiger Ergebenheit. „Schickt unser Herr a Kreuz, schickt er einem auch die Kraft, es zu tragen . . denk' i mir amal." Dabei würgte und schluckte sie tapfer die Tränen hinunter, die ihr trotzdem in schweren Tropfen über die gebräunten dicken Wangen rannen.

„Sie müssen's nicht so schwer nehmen, Frau Mutschlechner!" sagte Georg von Degenhart tröstend. „Rufen

Sie mir einmal den Rupert herein, daß ich mit ihm reden kann."

„Ja, i bitt' schön, Hochwürden, tun's das!" Die Chorregentin faltete flehend die braunen, schwieligen Hände und schaute vertrauensvoll zu dem jungen Geistlichen empor. „Aber wenn er mir nur einer geht!" meinte sie verzagt. „Er steckt iatz den ganzen Tag in Vater seiner Kammer drein und rührt sich nit. Zu koan' Menschen redet er etwas. Da endlich ist der hochwürdige Herr Profanter dag'wesen und hat auch mit ihm reden wollen. Meinen's, er wär' mir außer gangen der Bua? Eing'sperrt hat er sich und hat koan' Muckser getan bis auf die Nacht. Nit amal zum Rosenkranzbeten ist er kommen!" beklagte sie sich.

„Ja . . da werd' vielleicht ich . ." mischte sich der Chorregent etwas kleinlaut ein und sah unsicher zu seiner Frau hinüber.

„Du bleib' da, Vater!" befahl Frau Mutschlechner in entschiedenem Ton. „Du weißt eh', daß du für dö Sachen nit z' brauchen bist! Und nachdem . ." Unwillig schaute sie auf den alten Mann, der nun ganz eingeschüchtert dasaß. „Wissen's, Hochwürden, der Nikolaus, der tät' eher zum Buab'n halten! Der hat koa G'wissen und koan' Charakter nit!" sagte sie entrüstet.

„Na, na, Frau Mutschlechner . ." begütigte der junge Geistliche. „Das wird . ."

„Vielleicht . . wenn ich ihn holen geh' . ." unterbrach da Johanna ganz unvermittelt ihren Stiefsohn. Ihre Stimme klang leise und zweifelnd, als fürchte sie, daß man sie für ihre unbefugte Einmischung zurechtweisen würde.

„Ja, ja! Tu's, Johanna, tu's!" sagte der Chorregent

schnell und sah dankbar zu der jungen Frau auf, die sich rasch erhoben hatte und jetzt in ihrem einfachen dunkelblauen Tuchkleid und der pelzverbrämten Mütze vor ihm stand.

„Ja, i bitt' schön, gehen's ummi zu ihm, Frau von Degenhart!" stimmte die Chorregentin ihrem Gatten bei. „Vielleicht nutzt's bei Ihnen was!" sagte sie mit einem Seufzer.

Georg von Degenhart schaute verwundert auf die junge Frau. Etwas in ihrem Ton überraschte ihn. Er hatte noch nie bemerkt, daß Johanna etwas selbständig unternahm. Ihr rasches, impulsives Wesen fesselte ihn nun plötzlich.

Es dauerte eine Weile, bis Johanna wieder zurückkam. Den Rupert hatte sie tatsächlich mitgebracht.

„Da hätten wir den Missetäter!" sprach sie heiter und mit einem feinen Lächeln.

Wieder schaute der junge Geistliche überrascht auf seine Stiefmutter. Sie hatte jetzt im freien, ungezwungenen Ton gesprochen, wie sie es bei den Mutschlechners immer gewohnt war. Das feine Lächeln, das um den vollen, üppigen Mund spielte, verlieh ihrem hübschen, zarten Gesicht einen eigentümlichen Reiz und ließ sie noch jünger erscheinen, als sie war.

Es lag etwas ungemein Warmes, Mütterliches in ihrem Ton, als sie jetzt zu Rupert gewendet sprach: „So, Rupert. Und nun setz' ich mich neben dich. Ich bin ja eigentlich hauptsächlich deinetwegen da. Und jetzt sollst verhört werden!" sagte sie lustig. „Da muß ich dir doch helfen, gelt?"

Rupert Mutschlechner saß jetzt zwischen Johanna und

seinem Vater und schaute mürrisch und verstockt vor sich hin. Kaum, daß er den jungen Geistlichen begrüßt hatte.

Georg von Degenhart saß nun allein am Sofa. Mit festem, ernstem Blick sah er auf den jungen Menschen. Es waren einige Jahre her, seitdem er Rupert zum letztenmal gesehen hatte. Damals war der Bursche noch kaum den Kinderschuhen entwachsen. Aber er hatte sich wenig verändert in diesen Jahren. Nur größer und robuster war er geworden.

Es war noch immer derselbe eigensinnige Knabenkopf mit dem kurzgeschorenen struppigen Haar, das sich widerspenstig in die Höhe stellte, derselbe trotzige Zug um den starken Mund und dieselben dunkeln gutmütigen Augen, die in dem gebräunten, wohlgenährten Gesicht ganz klein und rund erschienen.

Heute sah Rupert Mutschlechner entschieden blaß und angegriffen aus. Sein sonst gut gefärbtes, sommersprossiges Gesicht hatte eine fahle, gelbliche Farbe. Georg von Degenhart sah es auf den ersten Blick, daß der junge Mutschlechner in seinem Innersten offenbar ein ganz zerfahrener Mensch war. Ein inniges Mitleid mit dem jungen Burschen überkam ihn.

„Rupert", sagte er in warmem, teilnehmendem Ton, „ich bin nicht da, um Ihnen Vorwürfe zu machen. Ich möchte nur Ihnen und Ihren Eltern helfen, damit ihr alle wieder zur Ruhe kommt. So ein Streit im Haus reibt ja alle Beteiligten auf. Da ist's viel besser, ihr redet euch miteinander einmal ordentlich aus. In Ruhe und . ."

„Ja, in Ruhe!" machte die Chorregentin vorwurfsvoll. „Der laßt einen keine Silb'n ausreden!"

„Ich laß' mich zu nix zwingen!" brauste jetzt der junge Mann wild auf. „Ich . ."

„Rupert!" Johanna legte begütigend ihre zarte, weiße Hand auf den Arm ihres Schützlings. „Rupert!"

„Ja! Weil's wahr ist!" brummte der junge Mutschlechner mürrisch, senkte aber dann doch gehorsam den Kopf und horchte ruhig auf die Worte Georg von Degenharts.

„Wer will Sie denn zwingen, Rupert?" fragte Georg in ruhigem, ernstem Ton.

„Die Mutter! Tag und Nacht drangsaliert sie mich, ich soll Geistlicher werden. Und ich mag nit, ich will nit! Ich hab's ja probiert. Wie in einem G'fängnis bin ich mir vorkommen in Trient drunten, und völlig erstickt bin ich in der Luft!" sagte er leidenschaftlich. „Aber jetzt halt' ich's nimmer aus! Tut's, was ihr wollt's mit mir! Aber da hinunter bringt's mich nimmer!" stieß er wild hervor.

Der alte Chorregent saß da und schaute mit ängstlichen Augen bald auf seine Frau, bald auf den Sohn. Jeden Augenblick fürchtete er, daß es zu den widerlichen erregten Szenen kommen müsse, deren Zeuge und teilweise Beteiligter er in den letzten Tagen war.

Da hatten sich Mutter und Sohn wie zwei Rasende gebärdet, und beinahe hätte sich die Frau an dem Sohn vergriffen. Des alten Chorregenten feines Empfinden empörte sich bei diesen Szenen. Ein tiefer Ekel erfaßte ihn. Ein Ekel vor dem Weib, das seine Frau war, und eine geheime Angst vor dem eigenen Sohn.

Daß Rupert ein wildes, ungebändigtes Temperament besaß, wußte er schon von dessen Kindheit an. Dieser leidenschaftliche Zorn aber erschreckte ihn und schüchterte ihn vollständig ein. Er fühlte sich zwischen der Mutter und dem Sohn elend und hilflos und ganz ohnmächtig, auch nur mit einem Wort auf diese beiden einzuwirken.

„Ja. Auf Innsbruck will er außi! Auf die Universität!“ schrie Frau Mutschlechner aufgebracht. Ihre Stimme hatte einen scharfen Klang. Ganz verschieden von dem leisen, demütigen Ton, in dem sie gewöhnlich sprach.

„Nach Innsbruck . . auf die Universität . .“ sagte Georg von Degenhart verwundert. „Aber meine liebe Frau Mutschlechner, das ist ja kein Unglück. So lassen Sie ihn doch gehen!“ forderte er die Frau auf.

Frau Anna Mutschlechner war für einen Moment so erstaunt, daß sie den Mund, den sie soeben zu einer neuen Anklage geöffnet hatte, nicht sogleich zubrachte. Wie erstarrt saß sie da. „Ja . . ja . .“ stotterte sie. „Geh'n lassen . . i . . den Rupert! Auf die Universität! Ja, Hochwürden . . wissen Sie denn nit, daß ich a Gelübde g'macht hab' . .“

„Natürlich weiß ich das!“ unterbrach der junge Geistliche die Chorregentin unwirsch. „Aber wenn der Rupert nun absolut keinen Beruf zum Priester hat, so holen Sie sich die geistliche Dispens. Das ist doch ganz einfach!“

Nun saß die Chorregentin tatsächlich so starr da, als ob sie der Schlag getroffen hätte. Ganz dunkelrot war sie im Gesicht und völlig aufgedunsen sah sie aus. Die kleinen dunkeln Augen quollen ihr vor lauter Entsetzen hervor. Sie machte einen geradezu beängstigenden Eindruck.

„Aber Anna . . Anna . .“ sagte der Chorregent erschrocken und eilte zu seiner Frau hinüber. „Magst nit a Wasser? Soll i vielleicht die Luis' . .“

Jetzt kam allmählich wieder Leben in die Chorregentin. Mit einem energischen Ruck raffte sie sich auf und schüttelte unwillig den Kopf. „Laß mich!" sagte sie und wehrte ihren Mann ab, der sich um sie bemühte.

Rupert Mutschlechner war bei den Worten des jungen Geistlichen auch erschrocken. Aber aus Freude. Daß ein Priester so sprach, war ihm noch gar nicht vorgekommen. Drunten in Trient, da hatten sie allerhand erzählt von dem Teufel und seinen Versuchungen und ihn ermahnt, ja standhaft zu bleiben und den Versuchungen zu widerstehen.

Und der hochwürdige Lorenz Profanter, dem er gleich am ersten Abend seiner Rückkehr von der Mutter wie ein armer Sünder vorgeführt wurde, hatte lange in ihn hineingeredet. Im salbungsvollen Tone hatte er von der Erhabenheit des geistlichen Berufes gesprochen und von der Heiligkeit des Gelübdes, das seine Mutter für ihn abgelegt habe und das er nun erfüllen müsse.

Aber Rupert wollte es nicht erfüllen. Alles in ihm sträubte sich gegen diesen Zwang. Er konnte einfach nicht. Und als der hochwürdige Lorenz Profanter, der der Beichtvater und Ratgeber seiner Mutter war, nach einigen Tagen wieder nach dem verirrten Schäflein Nachschau halten kam, da sperrte sich der junge Mutschlechner in Vaters Musikkammer ein und kam vor dem Abend nicht mehr zum Vorschein.

Mit dankbaren, warmen Blicken schaute Rupert jetzt auf das ernste, geistvolle Gesicht des jungen Priesters. Mit Ehrfurcht und ehrlicher Bewunderung schaute er zu ihm auf.

Rupert hatte in der letzten Zeit schon beinahe alle Achtung vor den Stellvertretern Christi auf Erden eingebüßt. Daß die alle nur das eine Ziel kannten, neue Priester zu gewinnen! Tüchtige, brave Menschen, deuchte ihm, wären doch die Hauptsache und das schönste Ziel gewesen. Aber Georg von Degenhart hatte ganz anders gesprochen . . ganz, ganz anders. So klar und vernünftig und frei von jedem Fanatismus.

In Johannas Innerm ging eine allmähliche Wandlung vor. Sie war stolz auf ihren Stiefsohn. Ein merkwürdiges, sicheres Gefühl überkam sie mit einem Male.

Sie fühlte jetzt gar keine Scheu mehr vor dem jungen Geistlichen. Wie ein lieber Bekannter erschien er ihr, den sie sehr gut kannte und von dem sie genau wußte, daß der gar nicht anders reden konnte, als er es getan hatte. Und mit einem Male wurde es ihr auch klar, daß sie selbst in ihrem Innern auf der Seite des jungen Mutschlechner gestanden war.

Die Chorregentin blickte nun ganz verstört auf Georg von Degenhart. „Ja . . aber . . hochwürdiger Herr . ." stammelte sie mit einem Gemisch von Empörung und Verzagtheit. „Dös können's doch nit im Ernst meinen! Daß i den Rupert außi lassen soll! Auf die Universität! Zu dö Heiden! Wo's koan' Glauben und koa Religion nit kennen, wo's . ."

„Was möchten Sie denn eigentlich werden, Rupert?" fragte Georg von Degenhart, ohne von den Einwendungen der Chorregentin Notiz zu nehmen.

„Arzt möcht' ich werden!" sagte Rupert, der ganz freundlich und zutraulich geworden war. „Ein Doktor!"

„Das ist auch ein Priesterberuf, Frau Mutschlechner. Ein Priester im Dienste der Menschheit.“ Georg von Degenhart sagte es im festen, fast feierlichen Tone. „Da wehren Sie sich nur nicht länger und geben Sie ihm Ihre Einwilligung! Als guter Arzt kann er mehr Segen stiften, als wenn er ein schlechter Priester wäre. Denn Priester muß man sein mit Leib und Seele. Freiwillig und freudig muß man Gott sein Leben opfern. Nicht gezwungen. Ein erzwungenes Opfer ist kein Gott gefälliges Opfer. Und ein gezwungener Priester kann kein guter Priester werden. Sehen Sie, so denk' ich, Frau Mutschlechner.“

Eine Weile herrschte tiefes Schweigen in dem Zimmer. Nichts regte sich. Nur das schwere Atmen der Chorregentin, die einen harten inneren Kampf mit sich selber kämpfte, war zu hören. Die Rede des jungen Geistlichen hatte auf alle einen nachhaltigen Eindruck gemacht.

Rupert Mutschlechner atmete befreit auf. Neues Leben kam in die kräftige Gestalt des jungen Burschen, und unwillkürlich, wie von einer schweren, drückenden Last befreit, streckte er die Arme von sich.

„Ah!“ machte er leise. Dann stand er auf, ging zu Georg von Degenhart und schüttelte ihm kräftig die Hand. „Ich dank' Ihnen!“ sagte er einfach. Mehr brachte er nicht heraus.

In der Kehle würgte es ihn. Am liebsten hätte der junge Mensch laut aufgeweint vor Glück. Rupert Mutschlechner hatte in den letzten Wochen schwer gelitten. Ohne Freund war er dagestanden. Als ein Ausgestoßener und

Wortbrüchiger kam er sich vor. Und nun war ihm auf einmal ein Freund erwachsen!

Die Chorregentin schaute schüchtern, verzagt und ganz ratlos auf die beiden jungen Männer. Der hochwürdige Profanter hatte ganz anders gesprochen wie Georg von Degenhart. Beide waren sie Priester und doch so verschieden. Und Georg von Degenhart mußte wohl auch sehr gescheit sein. Sonst wäre er jetzt nicht schon Stadtkooperator geworden. Mit scheuer Ehrfurcht sah die Chorregentin zu dem jungen Geistlichen auf.

Die Leute redeten davon, daß der bald wieder nach Trient kommen werde ins Domkapitel. Weil er einen so guten Kopf habe. Dann würde er Domherr und vielleicht gar ein Bischof. Und was er da vorhin gesagt hatte, so klar und deutlich und doch in so kurzen Worten, das leuchtete ihr vollkommen ein. Aber dann kamen wieder die Zweifel. Lorenz Profanter, der Spitalpfarrer, fiel ihr ein. Wenn der jetzt nur hier wäre und ihr raten könnte!

„Nun, Frau Mutschlechner", forderte Georg von Degenhart die Chorregentin auf. „Haben Sie noch immer kein Einsehen? Wollen Sie Ihren Sohn wirklich unglücklich machen?"

„Hochwürden . . Hochwürden . ." stammelte die Frau. „Tun's mich grad' jetzt nit fragen! I weiß wirklich nit, was sagen. Das, was Sie g'sagt haben, ist alles recht und gut. Aber in mein' Kopf draht sich heut' alles umadum. I werd' beten . ."

„Ja, tun Sie das, Frau Mutschlechner!" sagte Georg von Degenhart warm und hielt ihr freundlich die Hand zum Abschied entgegen. „Und Gott wird Ihnen helfen. Sie sind ja eine gute Mutter und wollen doch das Beste für Ihren Sohn. Nicht wahr?"

„Ja, freilich. Freilich!" bestätigte die Chorregentin. „Aber wenn i grad wissen tät', was i machen soll . ." meinte sie ratlos, und schwere Tränen fielen wieder über ihre braunen, fleischigen Wangen.

„Also dann b'hüt' Gott, Frau Mutschlechner, und auf Wiedersehen!" Georg von Degenhart hatte sich erhoben und verabschiedete sich von allen der Reihe nach.

Johanna fühlte, daß sie nun auch überflüssig sei. Die Mutschlechners mußten jetzt unter sich sein. Das war besser. Daher erhob sie sich gleichfalls und drückte Frau Mutschlechner warm und teilnehmend die Hand.

„Sie werden schon das Opfer bringen . ." sagte sie so leise, daß die übrigen sie nicht hören konnten. „Sie werden dem Rupert nicht mehr im Weg sein. Gelten's, Frau Mutschlechner?" bat sie innig.

Frau Anna Mutschlechner weinte in völliger Ratlosigkeit still in sich hinein. „Ja . ." sagte sie mit halb erstickter Stimme. „Wenn's unser Herr wirklich so haben will von mir . . gern!"

Johanna und Georg von Degenhart gingen schweigend durch das stille Haus der Mutschlechners. Vor dem Hause am Rennweg blieben sie stehen. Einen Augenblick waren sie unschlüssig, was sie tun sollten.

Es dämmerte bereits stark, und vom Vintschgau her wehte ein scharfer Wind. Der Himmel hatte sich mit schweren, weißgrauen Wolken überzogen und die Bergspitzen ganz in Nebel eingehüllt.

Georg von Degenhart fuhr sich mit der Hand leicht

über die Stirn. „Mir ist völlig heiß worden da droben!" sagte er. „Ich geh' noch ein bissel auf die Wassermauer hinaus, Luft schöpfen. Gehst du mit?"

Johanna nickte stumm. Dann gingen die beiden schweigend den Rennweg hinunter, zum Ultener Tor hinaus auf die Wassermauer.

Draußen auf der Wassermauer hatte man einen weiten Ausblick auf das Etschland. Die Felder von Untermais lagen heute in leichten Nebeln. Von dem spitzen Turm der Untermaiser Kirche, die von wenigen kleinen Häusern mit spitzen, giebeligen Schindeldächern umlagert war, läutete man zum Ave.

Bald tönten die Glocken im langsamen, feierlichen Klang von Marling herüber, und endlich fielen die schweren Glockentöne vom Meraner Pfarrturm ein.

Der junge Geistliche nahm andächtig den Hut vom Kopfe und betete leise. Auch Johanna betete. Dann gingen sie schweigend durch die graue, heute ungewöhnlich scharfe Luft.

„Wir werden Schnee bekommen . ." sagte Georg von Degenhart über eine Weile und sah auf das graue Gewölk, das sich von Süden her in schweren Massen über der Mendel staute.

„Ja." Johanna nickte zustimmend. „Übermorgen ist Weihnachtsabend . ." sagte sie mit weicher Stimme. „Ich hab's immer so gern, wenn's da schneit."

Georg von Degenhart mußte lächeln. Wie ein Kind hatte die junge Frau das gesagt. Warm und innig und sehnsüchtig.

„Du hast's wohl gern, wenn's recht schneit?" fragte er.

„Ja. Aber bei uns schneit's nie ordentlich. In ein paar Tagen ist alles wieder trocken. Ich möcht' in einem Land sein, wo viel . . viel Schnee ist. Wo es kalt ist und man ordentlich frieren kann." Eine große Sehnsucht sprach aus ihren Worten. Die Sehnsucht nach Abwechslung und Erlebnis.

Georg von Degenhart sah sie aufmerksam an. Etwas wie tieferes Interesse für die junge Frau keimte in ihm.

„Der Vater wird dich schon auch einmal nach dem Norden führen . ." sagte er tröstend. „Nach Deutschland hinaus oder nach Wien hinunter."

„Glaubst du?" fragte sie leise. „Er hat doch hier so viel zu tun. Und dann . . das Reisen fällt ihm ja doch beschwerlich."

Sie sprach das in einem müden, resignierten Ton, der den jungen Geistlichen seltsam berührte. Etwas wie Mitleid für das junge Wesen, das da an seiner Seite ging, überkam ihn.

Er wußte, Johanna hatte eine öde, einsame Jugend hinter sich. Und das Leben neben dem Vater war ein einförmiges, stilles Glück, gewissermaßen ein Lebensabschluß.

Johanna schaute träumerisch vor sich hin. Ihre schönen, großen Augen bekamen einen dunkeln Schimmer. Nun gingen die beiden wieder schweigend die Wassermauer entlang.

Ganz still und ruhig war es hier. Öde und verlassen standen die leeren Bänke umher. Nirgends war ein Mensch zu sehen. Die kahlen, blätterlosen Bäume streckten ihre Äste wie große, dürre Arme sehnsüchtig in die graue Winterluft.

„Ich will noch einen Augenblick zur Mutter schau'n!" sprach Johanna, als sie beim Steinach angelangt waren, und hielt dem Stiefsohn schüchtern die Hand zum Abschied entgegen.

„Gute Nacht!" sagte Georg. „Grüß' mir den Vater und deine Mutter."

Dann schaute er der hohen, schlanken Gestalt nach, wie sie mit leichten, graziösen Schritten davoneilte und endlich hinter dem großen Holztor verschwand, durch das man vom Steinach zum Schlößchen und seinem Garten gelangte.

Drittes Kapitel

In dem großen, saalähnlichen Zimmer des Weinherrn, das für gewöhnlich das Wohnzimmer der Degenharts bildete, war es heute festlich hergerichtet. Der runde Tisch, der inmitten des Zimmers stand, war mit blendend weißem Linnen gedeckt. Schweres Silber und altes Porzellan, hohe, feingeschliffene Weingläser und Flaschen mit langen, feinen Hälsen standen umher.

Josef von Degenhart hatte heute am Weihnachtsabend eine kleine Gesellschaft um sich versammelt. Bei Zelten und gutem, altem Wein — alles Eigenbau — saßen die Gäste und plauderten.

Es war lange her, seit Josef von Degenhart einen so schönen und gemütlichen Weihnachtsabend gefeiert hatte. So lange, seit seine beiden Söhne noch kleine, blondhaarige Buben gewesen waren und seine selige Frau noch frisch und munter dem Hause vorstand.

Eine große, prunkvolle Petroleumlampe, die an einer schweren, gußeisernen Kette hing, brannte über dem Tisch. Der helle Schein des Lichtes wurde durch einen kunstvoll gearbeiteten Schirm aus roter Seide gedämpft und hüllte den weiten Raum in ein angenehmes, rosiges Dämmern. Eigentlich war das Zimmer mehr lang als breit und endete nach vorne in einen geräumigen viereckigen Erker, der auf die Laubengasse hinausging.

Johanna hatte es in der kurzen Zeit, die seit ihrer Verheiratung verflossen war, zuwege gebracht, die Wohnung ihres Mannes ungemein behaglich und gemütlich zu gestalten. Georg und Hans, die beiden Söhne des Weinherrn, hätten den langgestreckten, früher so öden und stimmungslosen Wohnraum ihres Elternhauses kaum wiedererkannt. So wohnlich sah es jetzt dort aus.

Und doch war alles beim alten geblieben. Die Schränke und die Truhen, die noch von der Mutter des Weinherrn stammten, waren noch an ihren ursprünglichen Plätzen. Aber es hatte alles einen neuen, intimen Reiz bekommen.

Die alten geschnitzten Schränke und Truhen waren an den langen, fensterlosen Wänden aufgestellt. Die einzigen Fenster des Zimmers gingen nach vorne. Und das war eine ganze Fensterfront, die den Erker bildete.

Hier im Erker hatte Johanna Veränderungen vorgenommen. Der Raum war früher ganz leer gewesen. Nur helle, geblümte Vorhänge hingen herab. Jetzt war da eine Art Podium angebracht, wo Johannas Nähtischchen stand.

Das Podium war mit einem schön geschnitzten, halbhohen Holzgitter eingefaßt, auf dem allerhand Blattpflanzen grünten. Auf den breiten, vorspringenden Fensterbalken standen blühende Blumen, und eine Reihe Vogelkäfige hingen an den Fenstern. Johannas Sitz am Nähtischchen war ganz versteckt durch die Blumen und bildete ein kleines Reich für sich.

Sonst bestand die Einrichtung des Zimmers noch aus einem Sofa mit hellgeblümtem Überzug, einem weitbauchigen, hellpolierten Kommodenkasten mit großen Messingbeschlägen und ebensolchen Schlössern, einem Schreibtisch in eingelegter Arbeit und einem schmucken Gläserkasten.

Alte Kupferstiche, feine Aquarelle in hellen Rahmen und etliche Familienbilder hingen an den Wänden, die helle Tapete mit kleinen Schwalben auf kurzen, blühenden Ästen aufwiesen. Es war alles hell und freundlich und gemütlich, während es früher verstaubt und vernachlässigt aussah.

Das Wohnzimmer wurde früher nur selten benutzt. Jetzt war es unter der Hand einer feinen, verständigen Frau zu einem traulichen Heim geworden, in dem man sich wohl fühlen konnte, das überall Wärme und Behagen atmete.

Hohe, gepolsterte Stühle mit geschweiften Beinen und hellgeblümten Überzügen standen um den runden Tisch. Der matte, rote Schein der Lampe warf einen rosigen Schatten auf die kleine, fröhliche Gesellschaft, die um den Tisch versammelt saß. Nur Frau Sabine von Tannauer mit ihrem ernsten, blassen Gesicht und dem tiefschwarzen Kleide paßte nicht recht in diese heitere Umgebung.

Die schwarzen Talare der beiden Geistlichen, Georgs und des Spitalpfarrers Profanter, die nebeneinander am Tische saßen, wirkten nicht so düster wie die Trauerkleidung der alten schweigsamen Frau.

Sabine von Tannauer saß neben der Tante Kathrin, der um zehn Jahre älteren Schwester des Weinherrn. Katharina von Degenhart war eine kleine zierliche Dame mit ungemein jugendlichen Bewegungen und einem rosigen frischen Gesichtchen, zu dem die weißen Haare in einem seltsamen Gegensatz standen. Ihre dunkeln Augen hatten einen hellen Glanz, und mit regem Interesse und fast jugendlicher Lebhaftigkeit nahm sie an der Unterhaltung teil.

Heute strahlte sie förmlich. Ganz steif und aufgeblasen sah die kleine Dame in ihrem grauen Seidenkleid aus. Echte weiße Spitzen, die noch von ihrer Mutter herrührten, umrahmten den Hals und verliehen dem zarten, fast faltenlosen Gesicht einen feinen eigenartigen Reiz.

Katharina von Degenhart war ungemein stolz auf ihre beiden Neffen. Immer und immer wieder ruhte ihr Blick prüfend bald auf dem einen und dann wieder auf dem andern. Sie wußte selbst nicht, welchem von beiden sie den Vorzug geben sollte. Sie gefielen ihr beide ausnehmend gut. Das gestand sie sich im Inneren mit einem Anflug mütterlichen Stolzes.

Eine Zeitlang, gleich nach dem Tode der Frau von Degenhart, hatte die Tante Kathrin auch Mutterstelle an den beiden vertreten. Da war sie heruntergezogen von Schloß Klobenstein in die Stadt und hatte die zwei mutterlosen Kinder mit ihrer ganzen warmen Zärtlichkeit und Liebe umgeben. Katharina von Degenhart war überglücklich gewesen, nun zwei Kinder zu haben, für die sie leben und sorgen durfte.

Aber lange hatte dieses Glück nicht angehalten. Der Weinherr war bald zur Einsicht gekommen, daß seine herzensgute Schwester die denkbar ungünstigste Erzieherin für seine wilden Buben war. Die taten mit der alten Tante, was sie wollten, und die Tante Kathrin lachte dazu und freute sich herzlich, daß ihre Buben sich unter ihrer milden Leitung so unbändig glücklich fühlten.

Einen losen Streich um den anderen führten sie aus, bis endlich der Weinherr dem Treiben ein Ende machte und seine zwei Buben in ein Institut steckte.

Die alte Tante Kathrin war damals ganz untröstlich gewesen und hatte Tag und Nacht geweint wegen der Trennung. Es war ihr, als ob ihr der Bruder ein Stück ihres Herzens herausgerissen hätte. Sie mochte gar nicht mehr herunten bleiben in der Stadt und zog grollend hinauf nach Obermais in das alte einsame Stammschloß der Degenharts.

Aber in den Ferien, da lebte sie jedesmal förmlich wieder auf. Da kamen die jungen Degenharts und blieben oft tagelang droben bei ihr auf Klobenstein. Da tollten sie herum in dem großen Wirtschaftshof und in den Ställen, oder sie arbeiteten mit Gallus Schnappinger, dem Schaffer auf Klobenstein, in den ausgedehnten Weingärten.

Mit inniger Zärtlichkeit hingen die beiden jungen Männer auch jetzt noch an ihrer alten Tante. Man sah es ihnen an, daß diese kleine Dame mit den weißen Haaren und den frischen dunkeln Augen ihnen alles bedeutete — Vater und Mutter und Freundin und Heimat.

Manchmal überkam es die alte Tante Kathrin fast wie Scheu vor ihren beiden hochgewachsenen Neffen. Die lebten da draußen in der großen Welt, von der sie so wenig kannte und verstand.

Da war der Georg, ihr kleiner, wilder Georg, dem sie früher so oft die Tränen getrocknet, wenn der Vater ihn einmal mit einer Strafe heimgesucht hatte. Und jetzt war er so ernst geworden. Gar ein geistlicher Herr, dem die Leute zugingen, um ihm ehrerbietig die Hand zu küssen.

Und dann dieser Schlingel, der Hans, der so ganz das Gegenteil von seinem Bruder geworden war. Voller Übermut bis zur Ausgelassenheit und voll toller Einfälle. Heute abend besonders spielte er sich auf den flotten Soldaten hinaus. Man kam gar nicht mehr aus dem Lachen. So lustige Geschichten wußte der zu erzählen.

Die Tante Kathrin hatte immer geglaubt, daß die Militärzeit eine Leidenszeit für die jungen Männer sei. Aber für den Hans war es nur so ein lustiger Spaß. Dem tat es ordentlich leid, wenn die Dienstzeit vorüber war. Das merkte man. Am liebsten wäre er wohl gar beim Militär geblieben. Aber das würde der Vater nie und nimmer zugeben.

Der Hans mußte einmal in Meran bleiben und Haus und Geschäft übernehmen. Und der Weinherr selber würde sich dann mit seiner jungen Frau zur Tante Kathrin nach Schloß Klobenstein zurückziehen und dort ganz still leben.

Josef von Degenhart träumte schon jetzt von dieser schönen Zeit und malte sich und seiner Frau dieses Glück in allen Farben aus. Wenn sie beide ganz allein sein würden, ohne Sorgen und ohne Arbeit und ganz für einander leben könnten.

Johanna hörte dann jedesmal zu und lächelte. Es war ein leises, schwermütiges Lächeln. Sie hatte ja schon so viel Ruhe und Einsamkeit gehabt in ihrem Leben. Zu viel! Sie sehnte sich gar nicht danach.

Und doch war Johanna glücklich. Das sahen und fühlten alle, die heute in dem Zimmer versammelt waren. Sie war freier und selbständiger geworden und auch selbstbewußter. Da war nichts mehr zu spüren von dem scheuen, gedrückten Wesen, das sie als junges Mädchen hatte. Frei und unbefangen ging sie umher, und mit sicheren, anmutigen Bewegungen machte sie die Honneurs des Hauses.

Nur ihren Stiefsöhnen gegenüber war sie noch immer etwas unsicher. Aber der Hans half ihr bald über ihre Schüchternheit hinweg. Der verstand das. Johanna mußte bald hell auflachen. So tolles Zeug erzählte er ihr.

Der hochwürdige Spitalpfarrer Lorenz Profanter, der auch geladen worden war, schaute einen Augenblick ganz erschrocken zu Johanna hinüber. So erstaunt war er über das helle, übermütige Lachen der jungen Frau. Georg, der neben ihm saß, schaute auch auf die beiden jungen Leute. Aber es lag keine Verwunderung in seinem Blicke.

Josef von Degenhart war glückselig. Er fühlte sich heute um Jahre verjüngt, weil er alle seine Lieben so glücklich und heiter um sich vereinigt sah.

„Soll ich alsdann Mutter, Mama, verehrte Stiefmama oder Frau Mutter zu dir sagen?“ fragte Hans die junge Frau und sah ihr schalkhaft in die Augen. „Sag Johanna!“ entschied sie lachend. „Das ist das Gescheiteste!“

Hans strich sich das kleine blonde Schnurrbärtchen in die Höhe, das seinem heiteren, fast knabenhaften Gesicht einen ernsteren Anstrich verlieh und stieß sein Glas übermütig mit dem der jungen Frau an. „Alsdann, prost, Johanna!“ sagte er lustig. „Und auf gute Freundschaft!“

Auch die übrigen erhoben ihre Gläser und stießen miteinander an. Nur Frau von Tannauer führte ihr Glas, das fast noch unberührt vor ihr stand, mechanisch zu den

Lippen, als hätte sie einer unangenehmen Pflicht Genüge zu leisten.

Josef von Degenhart, der zwischen dem Spitalpfarrer und seiner Frau saß, erhob sich, um von dem tiefroten Wein in die Gläser nachzufüllen.

Lorenz Profanter wehrte ab. „Ich dank' schön!" sagte er mit seiner langsamen, schweren Stimme, die einen einförmigen Klang hatte. „Ich dank' schön." Dann wandte er sich an Georg, der ihm zur Rechten saß, und sprach: „Ich mein', wir zwei tuan 's Essen und Trinken iatzt bleiben lassen. Gelten's, Herr Georg? Es wird nimmer weit von Elfe sein, und um Zwölfe geht die Metten an."

Georg von Degenhart nickte beistimmend. „Wann hast denn du die Meß' zu lesen morgen früh?" fragte Hans den Bruder mit einem Anflug von Interesse.

Es geschah nicht oft, daß der jüngere von dem Beruf des älteren Bruders Notiz nahm. Dazu waren die beiden eben zu verschiedenartig geraten. Hans, der zweiundzwanzigjährige, wollte es nicht begreifen, wie man auf alle Lebensfreude und jeden Lebensgenuß freiwillig für immer Verzicht leisten konnte. Für ihn bedeutete das Leben eine einzige große Freude, ein Vergnügen, das man mit allen Mitteln bis zur Neige genießen mußte.

Die beiden Brüder hatten sich in der Jugend immer gut verstanden, obwohl Georg um fast fünf Jahre älter war als Hans. Sie waren stets prächtig miteinander ausgekommen. Seit Georg aber die geistliche Laufbahn gewählt hatte, war eine gewisse Entfremdung zwischen den Brüdern eingetreten. Ihre Ansichten gingen eben jetzt weit auseinander. Und so vermieden sie es lieber, es zu einer Aussprache kommen zu lassen.

„Um sieben Uhr. Wie gewöhnlich!" erwiderte Georg auf die Frage des Bruders.

„Und da mußt jetzt schon fasten anfangen?" frug Hans übermütig. „Ich tät' mich schönstens bedanken!" machte er ernsthaft. „Da würd' mir ja übel. So lang tät' ich's einmal nit aushalten!" lachte er und schnitt sich geschwind ein Riesenstück von dem langen Zelten ab, das er dann mit ungeheurem Appetit zu verspeisen begann.

„Dich müssen's beim Militär halb verhungern lassen!" meinte die Tante Kathrin und sah ihm ganz bedenklich zu, wie er Stück für Stück heißhungrig in den Mund stopfte und dazu in großen Zügen von dem Weine trank.

„Ah, das ist wieder einmal ein Weindl!" lobte er und sah seinen Vater bewundernd an.

„Schmeckt er dir?" fragte Josef von Degenhart befriedigt. Es schmeichelte ihm immer, wenn jemand seine Weine lobte. „Der ist Küchelberger. Noch vom vorigen Jahr. Aber morgen sollst einen heurigen von Klobenstein kosten. Der ist vorzüglich. So gut ist der noch selten g'raten wie heuer!" berichtete er dem Sohne mit Stolz.

„Jessas, Klobenstein!" schrie der Hans wie ein ausgelassener Junge auf. „Ja, Tante Kathrin, was macht denn der alte Schlaufuchs, der Schnappinger? Noch nit g'heiratet? Was?"

Während die alte Tante ihrem Neffen alles Wissenswerte über Gallus Schnappinger und das Schloß Klobenstein mitteilte, entspann sich zwischen den beiden Geistlichen eine andere Debatte.

Der hochwürdige Lorenz Profanter, ein großer, stark gebauter Mann anfangs der sechziger Jahre, dem man seine bäuerliche Abstammung auf den ersten Blick ansah, hatte seine Serviette, die früher sorgfältig über den dunkelglänzenden Talar gebreitet war, auf den Tisch gelegt und Teller und Weinglas weit von sich weggeschoben. Zum Zeichen, daß er von nun ab nichts mehr zu genießen gedenke. Dann hatte er auch seinen Sessel etwas vom Tische gerückt und sich bequem darauf zurückgelehnt.

„Jatz sagen's mir amal, Herr Georg", fing er in aller Gemächlichkeit und Seelenruhe an und faltete seine großen, etwas fleischigen Hände wie zum Gebet, „iatz sagen's mir amal, was Sie da neulichst beim Chorregenten ang'stellt haben? Wie Ihnen grad' so was hat einfallen können?" machte er vorwurfsvoll und drohte dem jungen Geistlichen neckisch mit einem seiner großen, derben Finger.

„Ich? Angestellt? Daß ich nicht wüßte!" gab Georg unangenehm berührt zurück.

„Geh'! Geh'! Geh'! Stellen's Ihnen nur nit so!" machte der Spitalpfarrer herablassend. „Brauchen's Ihnen nit z'fürchten. I verrat' Ihnen nit. Wir sein ja alle amal jung g'wesen und haben a bissel unüberlegt daherg'redet. Dös ist ja nit so weit g'fahlt. Kann schon wieder gut g'macht werden."

„Was kann gut gemacht werden?" fragte Georg im scharfen Tone. Seine Stimme klang laut, und sein Gesicht bedeckte sich mit einer tiefen Blässe. Alle, auch Frau Sabine von Tannauer, schauten überrascht auf den jungen Geistlichen.

„Jatz tun's Ihnen nur nit aufregen!" begütigte der

Spitalpfarrer und legte beruhigend seine schwere braune Hand auf die feine, wohlgepflegte Georgs. „Nur nit aufregen! Es ist nit der Müh' wert, hab' i schon amal g'sagt. Es kann ja alles wieder gut g'macht werden. Alles!"

Georg von Degenhart wußte sofort, auf was der Spitalpfarrer anspielte. Aber die herablassende Art, in der es geschah, und der Umstand, daß der Pfarrer ihn gerade hier in seinem Vaterhause zur Rede stellte, verletzten und empörten ihn. Er schluckte jedoch seinen Ärger gewaltsam hinunter und fragte in bedeutend ruhigerem Tone: „Ich weiß nicht, Herr Pfarrer, ich verstehe Sie nicht recht. W a s kann gut gemacht werden?" Dabei sah er dem älteren Priester fest und offen in die Augen.

Lorenz Profanter rückte jetzt seinen Sessel wieder ganz nahe an den Tisch heran und wandte sich vollständig dem jungen Geistlichen zu.

„Ja, sehen's, Herr Kollege . ." begann er und runzelte bedenklich die hohe, stark gebräunte Stirn. „Wenn's mich schon nit verstehen wollen, nachher muß i schon deutlicher kommen." Er räusperte sich einige Male, wie er es gewöhnlich vor dem Abhalten einer Predigt zu tun pflegte, um die Anwesenden zu erhöhter Aufmerksamkeit anzueifern.

Und tatsächlich verhielten sich alle im Zimmer mäuschenstill. Sogar der Hans, dem diese Debatte recht ungelegen kam. Denn es waren ihm wieder allerlei Schnaxen und Dummheiten eingefallen, die er der jungen Frau seines Vaters gern mitgeteilt hätte.

„Ja!" begann der hochwürdige Lorenz Profanter neuerdings. „Sehen's, die Chorregentin ist gestern bei mir g'wesen und hat grad' g'weint und g'jammert. Und sie wiss' sich iatz halt gar nimmer zu raten und zu helfen. Und Sie seien dort g'wesen und haben halt grad' zum Rupert g'halten, und schließlich haben Sie gar von ihr verlangt, sie soll' den Rupert Medizin studieren lassen."

Hier machte der hochwürdige Spitalpfarrer eine Pause und sah den jungen Geistlichen fragend an.

„Stimmt!" sagte Georg einfach. „Das hab' ich getan."

Der Spitalpfarrer räusperte sich nun wieder etliche Male, ehe er fortfuhr. „Ja, sehen's, Herr Georg, dös hätten's halt nit tun sollen!" meinte er im milden, nachsichtigen Tone.

„Und warum nicht, wenn ich fragen darf!" sagte Georg scharf.

„Ja, sehen's, weil's halt auf deutsch g'sagt a große Dummheit war!"

„So? Glauben Sie?"

„Natürlich! Das tut man nit, wenn man a ordentlicher Geistlicher sein will!" belehrte Lorenz Profanter den jungen Amtsbruder. „Das tut man nit, daß man einen von seinem heiligen Berufe abspenstig macht!"

Der Spitalpfarrer sah nun ganz untröstlich aus wegen der vermeintlichen Dummheit, die Georg von Degenhart da angestellt hatte.

„Ich habe den Rupert nicht abspenstig gemacht!" Georg sprach es in ruhigem, klarem Tone. „Er wollte nicht Priester werden. Und da redete ich der Frau zu, ihn nicht zu zwingen, weil . ."

„Ja, ja! I weiß schon!" unterbrach der hochwürdige Profanter den jungen Geistlichen. „I weiß alles. Sie hat mir schon alles erzählt, die Chorregentin . ." berichtete er lächelnd. Dann schaute er aber gleich wieder ernsthaft auf Georg von Degenhart und meinte: „Es ist alles recht und gut, was Sie ihr da g'sagt haben von der Heiligkeit und dem freien Willen. Aber wissen's, so darf man nit reden mit die Leut'. Dös ist ung'schickt!"

„Was?" fragte Georg von Degenhart im scharfen Tone. Seine Stimme klang hell und durchdringend. „Ungeschickt ist das, wenn ich meine ehrliche Überzeugung reden lasse und einen Menschen davor bewahre, ein unwürdiger Priester zu werden?"

„Ah! Papperlapapp!" wehrte der Spitalpfarrer gutmütig ab, und sein tiefbraunes Gesicht, das für gewöhnlich einen beinahe finstern Ausdruck hatte, verklärte sich förmlich vor lauter Freundlichkeit und Wohlwollen. „Dös sein alles Redereien. Redensarten. Da kommt man nit weit damit."

„Ob ich weit komme oder nicht, ist mir einerlei!" sagte Georg von Degenhart entschieden. „Ich weiß nur, daß niemand auf der Welt von mir verlangen kann, daß ich anders rede, als ich denke!"

„Dös verlangt auch niemand von Ihnen. Koa Mensch nit. Tuan's Ihnen derentwegen grad' nit ereifern!" lenkte nun der Spitalpfarrer ein. „Aber wissen's, wir als Geistliche, wir müssen in erster Linie lernen, vorsichtig zu sein. Wohin täten wir denn da kommen, wenn wir alleweil g'schwind mit dem außerplatzen täten, was wir denken?"

Der hochwürdige Profanter runzelte jetzt wieder ganz bedenklich und sorgenvoll die Stirn, neigte seinen Kopf etwas nach der Seite und sah den jungen Kollegen mit seinen dunkeln, fast stechenden Augen mitleidig an.

Dabei nickte er ein paarmal wehmütig vor sich hin, und da Georg ihm noch immer keine Antwort gab, seufzte er schließlich: „Ja, ja, Herr Amtsbruder, Sie können mir's glauben. Man fahrt alleweil am besten, wenn man zuerst überlegt, bevor man redet. Zuerst nachdenkt, ob das, was man sagt, auch in den Intentionen der Kirche gelegen ist. Das muß es nämlich zuerst sein. Verstehen's mich? Nachher kommt alles andere. Erst nachher. Verstehen's mich?"

„Da hätt' ich also Ihrer Ansicht nach, Herr Pfarrer, dem Rupert zureden sollen, daß er den geistlichen Beruf ergreift?" fragte Georg über eine Weile nachdenklich.

„Ja, natürlich! Dös hätten's eigentlich tun müssen. Dös wär' g'scheiter g'wesen. Viel g'scheiter. Und dös werden's völlig noch tun müssen. Es wird Ihnen nit viel anders übrigbleiben, als zum Chorregenten hinz'geh'n und alles zu widerrufen!" fügte der Spitalpfarrer nach einer kleinen Pause hinzu.

„Herr Pfarrer!" rief Georg aufgeregt. Alles Blut war ihm zu Kopf gestiegen vor Empörung.

„Ruhig, Georg! Nit so hitzig!" Josef von Degenhart war zu seinem Sohn getreten und hatte seine Hand schwer auf dessen Schulter gelegt.

So hatte er es oft in früheren Jahren gemacht, wenn einer von seinen Buben gar zu temperamentvoll geworden war. Meist genügte dann ein beruhigendes Wort des Vaters, um die erhitzten Köpfe wieder kühler zu machen. Auch jetzt wieder war Georg, ganz wie in früheren Jahren, unter der ruhigen, festen Hand seines Vaters unwillkürlich zusammengezuckt, und das Blut, das ihm vorher jäh zu Kopfe gestiegen war, beschwichtigte sich gleich wieder.

Sabine von Tannauer war die ganze Zeit über still und teilnahmslos dagesessen. Kaum ein Wort hatte sie den ganzen Abend gesprochen, obwohl sich das alte Fräulein von Degenhart Mühe gab, ihre schweigsame Tischnachbarin zu unterhalten. Auch Georg, der ihr zur Rechten saß, versuchte es einige Male, sie in ein Gespräch zu ziehen. Er gab es aber bald auf. Frau Sabine von Tannauer antwortete nur einsilbig und saß steif und aufrecht da wie immer.

Auch während des Disputes, den Georg von Degenhart mit dem Spitalpfarrer hatte, blieb sie vollkommen ruhig. Nur ein paarmal sah sie mit müdem Blick auf den Pfarrer, als erwartete sie von ihm, daß er nun mit jener Leidenschaftlichkeit aufbrausen würde, wie er es in seinen Predigten zu tun pflegte, wenn er gegen die Ketzer und Feinde der Kirche loszog.

Die Predigten des hochwürdigen Lorenz Profanter waren stets gut besucht. Von weither kamen die Leute, um ihn zu hören. So ruhig und phlegmatisch sich der Spitalpfarrer im gewöhnlichen Leben gab, so leidenschaftlich wetterte und schimpfte er in der Kirche und im Beichtstuhl.

Lorenz Profanter hatte eine führende Rolle unter dem Klerus in Meran. Ja, er stand im Ansehen bei der Bürgerschaft höher als selbst der Dekan der Stadt. Der Spitalpfarrer nahm an allen Fragen des öffentlichen Lebens regen Anteil, und sein Wort und Urteil galt viel bei der Bevölkerung.

Wenn er von der Kanzel herab zu dem Volke sprach, so schien Lorenz Profanter mit einem Male ein ganz anderer zu werden. Seine kräftige Gestalt war noch aufrechter und wuchtiger, sein Blick sprühend und seine Rede kraftvoll und derb. In der Kirche war er ein Herrscher, und tatsächlich standen viele Familien in der Stadt unter seinem Einfluß. Auch Sabine von Tannauer hatte sich schon seit vielen Jahren, ebenso wie die Chorregentin, blindlings seinem Willen und Rat untergeordnet.

Georg von Degenhart kannte den Spitalpfarrer genau. Es war nicht das erste Mal, daß die beiden Geistlichen hart aneinander gerieten. Das war schon in früheren Jahren so gewesen, als Georg noch ein junger Theologe war. Damals schon konnte Georg die fanatische Art des Pfarrers nicht ertragen.

Und doch war es ihm lieber, wenn Lorenz Profanter leidenschaftlich aufbrauste, als wenn er diesen wohlwollenden Ton anschlug wie heute.

Für gewöhnlich zog Georg den kürzeren bei den Debatten mit dem Spitalpfarrer. So auch heute wieder. Durch die mahnenden Worte seines Vaters beruhigte sich Georg sofort. Er sagte sich, daß es vernünftiger sei, jetzt ruhig zu sein, da ja hier eigentlich nicht die passende Stelle war, solche Fragen zu erörtern.

„Du hast recht, Vater!" sprach Georg und fuhr sich mit der Hand leicht über die Stirn, als müsse er eine unangenehme Empfindung fortwischen. Sein feines, sonst blasses Gesicht war von innerer Erregung noch immer leicht gerötet, und um den schön geformten, bartlosen Mund zuckte es nervös.

„Sie tun Ihnen viel zu viel aufregen, Herr Georg. Über jede Kleinigkeit tun's Ihnen aufregen!" sagte Lorenz Profanter über eine Weile. „Sie müssen mir's etwa nit übelnehmen, daß i die Sprach' drauf gebracht hab'. I hab g'meint, i tu' Ihnen a G'fälligkeit. Wissen's, wenn dös bekannt wird . . und bekannt muß es werden . . daß Sie den Rupert abg'redet haben, Geistlicher zu werden, nachher könnt's Ihnen völlig a bissel schaden."

Der hochwürdige Profanter rieb sich langsam seine großen braunen Hände und sah etwas verlegen im Kreise herum. Die ganze Gesellschaft, die früher so vergnügt dagesessen war, machte jetzt einen peinlich betroffenen Eindruck.

Das alte Fräulein von Degenhart schaute mit großen, erschrockenen Augen auf den Spitalpfarrer und sah dann ängstlich zu ihrem geistlichen Neffen hinüber. Hans zog den Kopf ein und machte ein nervös gereiztes Gesicht. Ihn interessierte die ganze Geschichte nicht im geringsten. Aber es ärgerte ihn, daß der Spitalpfarrer da in Gegenwart aller seinen Bruder zur Rede stellte.

Johanna hatte sich erhoben und war an die Seite ihres Mannes getreten. Der Weinherr stand noch immer hinter dem Sohn und hatte die Hand wie schützend auf dessen Schulter gelegt.

„Gelten's, Herr von Degenhart . ." fing der Spitalpfarrer wieder an und wandte sich nun an den Weinherrn . . „Sie tun mich entschuldigen? I hab' g'wiß nit stören wollen. Aber . ."

„Verzeihung, Hochwürden!" unterbrach ihn da Johanna mit heller, klarer Stimme. „Ich war mit dabei neulich beim Chorregenten. Und ich kann alles bezeugen, was der Georg gesprochen hat. Er hat nit mehr und nit weniger geredet, als er müssen hat. Und was er g'sagt hat, das war recht!"

Alle, sogar Frau von Tannauer, sahen überrascht auf die junge Frau, die hoch aufgerichtet neben ihrem Gatten stand. Ihr zartes Gesicht war stark gerötet und ihre großen grauen Augen sahen tiefschwarz aus. Der matte rote Schein der Lampe warf einen feinen Schimmer auf die hellblonden Haare der jungen Frau, die sie in schweren Flechten wie eine Krone um den Kopf geschlungen hatte.

Der Spitalpfarrer sah sie mit scharfem Blick an. Dann sagte er in seiner gemütlichen, etwas schleppenden Art: „Aber natürlich hat er's gut g'meint, der Georg. Natürlich! Aber . ."

„Er hat's nicht nur gut gemeint, Hochwürden, sondern auch gut getroffen!" sagte Johanna mit scharfer Betonung. „Sie hätten das glückliche Gesicht vom Rupert sehen sollen, dann . ."

„Ja, ja! Dös glaub' i ja alles. Natürlich glaub' i's!" unterbrach sie der hochwürdige Lorenz Profanter. „Aber mei' liebe Frau . ." Der Spitalpfarrer faltete jetzt ganz inbrünstig die Hände und machte ein völlig verzweifeltes Gesicht. „Und mei' lieber Herr von Degenhart . ." wandte er sich an den Weinherrn . . „von dem, was der Rupert g'fühlt hat, ob er glücklich ist oder nit, ist ja gar nit die Red'. Da handelt sich's jetzt um den Georg. Dös können's mir glauben. Unannehmlichkeiten bringt ihm der Fall amal g'wiß. Wissen's, die in Trient drunten haben große Stück' g'halten auf den Rupert. Sie hätten ihn gut brauchen können. Weil er soviel g'scheit war und gut g'studiert hat!"

Der Spitalpfarrer räusperte sich neuerdings wiederholt und lehnte sich in nachlässiger Haltung auf dem Polsterstuhl zurück. Dann fuhr er gemächlich fort: „Und nachher, es kommt öfter vor, daß einer über a Weil' Reißaus nehmen will. Da ist der Rupert nit der einzige. Dös können's mir glauben. Aber das nennt man fahnenflüchtig werden!" Der Spitalpfarrer sah lächelnd zu Hans hinüber, der in seiner schmucken Kaiserjägeruniform einen ungemein feschen Eindruck machte. „Dös wissen's schon, gelten's, Herr Hans, was dös ist?" fragte er den jungen Degenhart neckisch. „Aber gelten's . ." fuhr er nach einer kleinen Pause fort . . „wenn a Soldat fahnenflüchtig wird, dös ist a Schand'. A großes Unrecht. Und wird bestraft. Schwer bestraft!"

Der hochwürdige Profanter nickte ein paarmal wie zur Bekräftigung seiner Rede mit dem Kopf. Dann machte er eine längere Pause und sah sich im Kreise um. Er merkte, daß seine Rede von Eindruck war. Denn alle sahen mit gespannter Aufmerksamkeit auf ihn. Nur Georg blickte starr vor sich hin und in seinem geistvollen, blassen Gesicht zuckte es vor verhaltener Erregung.

„Sehen's, so geht's halt auch den Soldaten, die unserm Herrgott dienen. Und der Rupert, der ist halt schon amal so a Rekrut von unserm Herrn. Und iatz will er Reißaus nehmen, weil ihm dö ganze G'schicht' auf einmal nimmer z' passen anfangt. Und iatz frag i Ihnen, Herr Hans . ." der Spitalpfarrer schaute angelegentlich auf den jungen Degenhart . . „ist's beim Militär nit auch hie und da vorkommen, daß Ihnen etwas nit gepaßt hat? Und sein Sie deswegen durchgangen? Sehen's!" sagte er triumphierend, als Hans bestätigend den Kopf schüttelte . . „Sehen's! Beim Soldaten heißt's ausharren! Oder täten Sie einem Soldaten, der fahnenflüchtig werden wollt', helfen, Herr Hans? Geltens nit?" machte er. „Sehen's! Grad' so wie beim Militär ist's bei der Kirche!"

Jetzt sprach Lorenz Profanter im lauten, klaren Ton. Jedes Wort betonte er scharf, und in seine ganze Gestalt kam ein jäher Ruck, so daß er mit einem Male gerade, aufrecht, kräftig und wuchtig dasaß. „Wir Priester sind auch Soldaten. Soldaten vom lieben Gott. Wir haben die Liebe zu unserm Feldherrn Jesus Christus zu predigen und ihm die Treue zu halten. Und wenn einer von uns dem Feldherrn die Treue bricht, so haben wir dem nit zu helfen, ihn nit zu bestärken in dem Treubruch! Sondern wir müssen ihn bekämpfen. Und jetzt, meine Herrschaften, glaub' i, haben's mich alle verstanden!"

Lorenz Profanter erhob sich und reichte dem jungen Geistlichen seine kräftige, große Hand hin. „Und Sie, Herr Georg, werden wissen, was Sie zu tun haben. Nix für ungut, Herr Amtsbruder!" sagte er dann im milden, fast abbittenden Ton und fuhr in seiner gewöhnlichen phlegmatischen Art fort: „I mein', es wird etwa nimmer weit fehlen bis Zwölf . ." Dabei zog er eine große silberne Taschenuhr, die er an einer schwarzen Seidenschnur trug, aus der linken Westentasche und sprach nun völlig erschrokken: „Richtig. Gleich dreiviertel ist's. Da haben wir ja ganz das Läuten überhört vor lauter Diskurieren!" lachte er gutmütig und zeigte dabei zwei Reihen kräftiger gelber Zähne.

Georg von Degenhart war nun gleichfalls aufgestanden. Er war leichenblaß im Gesicht, aber vollkommen ruhig. „So spät schon?“ sagte er leise, wie zu sich selber. Müde und abgespannt fuhr er sich einige Male über das dichte, blonde Haar. „So spät? Dann muß ich gleich hinauf in die Sakristei!“ sagte er hastig. „Gute Nacht, Vater! Gute Nacht, Tante Kathrin!“

„Warten's a wenig, Herr Georg! Lassen's mich auch mit!“ meinte Lorenz Profanter gemütlich. „I muß doch auch in die Metten geh'n!“ sprach er lächelnd. „I bin doch koa Heid' nit!“

„Ich assistiere!“ erwiderte Georg schroff ablehnend. „Und muß mich beeilen, daß ich nicht zu spät komme.“

Dann schüttelte er allen die Hand. Als er sich von Johanna verabschiedete, fühlte er einen leichten Druck ihrer feinen, weichen Hand. Er war innerlich zu aufgeregt, um weiter darauf zu achten. Und doch tat es ihm wohl, daß die Frau seines Vaters jetzt in dieser Stunde mit ihm fühlte.

Als Georg fort war, sprach der hochwürdige Profanter etwas verlegen zu dem Weinherrn: „I mein', er verübelt's mir etwa gar mei' Red'. Aber wissen's, er wird schon noch draufkommen, daß i's gut g'meint hab'. Wissen's, wenn er nit widerruft . . nächste Woch' kommt der Kanonikus von Trient auf Visitation. Und Sie wissen schon, mit großen Herren ist nit gut Kirschen essen!“ scherzte er. „Tun's ihm halt noch gut zureden, gelten's?“ bat er den Weinherrn eindringlich. „Wissen's, dö jungen Leut' sein soviel hitzig. Sie meinen's nit schlecht. Aber nachgeben wollen's halt auch nit.“

Josef von Degenhart schaute finster vor sich hin und nickte zustimmend. Dann nahm er den Hut und Mantel, den Johanna für ihn bereithielt, und folgte dem Spitalpfarrer auf die breite und hohe, mit Mosaik gepflasterte Vorhalle hinaus, die zu dem großen Stiegenhaus führte.

Frau von Tannauer und die Tante Kathrin waren schon vorausgegangen. Johanna ging, in einen warmen, dunkeln Mantel gehüllt, hinter ihrem Gatten.

„Gehst du nicht zur Metten?" fragte der Weinherr seinen jüngsten Sohn, der mit einer Kerze in der Hand die breiten Stiegen hinunterleuchtete.

„Nein." Hans schüttelte ärgerlich den Kopf. „Ich bleib' da. Ich bin a Heid'!" sagte er dann mit einem spöttischen Blick auf Lorenz Profanter.

Er hatte das bestimmte Gefühl, daß der Spitalpfarrer seinem Bruder eine Niederlage und Demütigung bereitet hatte. Und das ärgerte ihn wütend.

Der hochwürdige Profanter schüttelte dem jungen Mann kräftig die Hand. „Gute Nacht!" sprach er sehr freundlich. „Gute Nacht!" Dann drohte er scherzhaft mit dem Finger. „So faul sein. So gleichgültig, ha?" machte er vorwurfsvoll. „Ja, ja, die jungen Leut', die jungen Leut'!" meinte er nachsichtig und fügte dann mahnend hinzu: „Sie werden schon auch noch unsern Herrgott brauchen können!"

„Aber heut' nacht nimmer!" gab der junge Mann trotzig zurück. „Heut' hab' i mir Predigten g'nug g'hört!"

Dann warf er das hohe Portal, das auf die Laubengasse führte, so heftig ins Schloß, daß es laut in den alten

Fugen krachte. Die Gäste hatten das Haus verlassen. Hans ging mit dem Licht wieder langsam die Stiegen hinauf.

Draußen eilten die Leute zur Weihnachtsmette. Man hörte die raschen Schritte durch die lautlose Stille der Nacht. Heller Mondenschein flutete wie ein breiter, blasser Strom durch die enge Laubengasse und ließ die matte Lampenbeleuchtung der Gasse kaum recht zur Geltung gelangen. Es war ein eigenartiges, flimmerndes Licht, das sich dann wieder unter den dunkeln Schatten der Steinlauben verlor.

Manche der Andächtigen, die zur Kirche eilten, trugen auch Laternen. Das waren Bauern, die von weither aus den Höhen kamen. Man konnte in dieser heiligen Nacht schon Stunden früher eilige Lichtlein da und dort an den Berghöhen wandern und huschen sehen. Jetzt wanderten sie mit ihren Trägern wie blitzende Sterne gegen die Meraner Pfarrkirche.

Die Fenster der Pfarrkirche waren hell erleuchtet. Die Glasmalereien der hohen Kirchenfenster gewannen in dem Lichte, das aus dem Innern der Kirche kam, Gestalt, Leben und leuchtende Farben.

Nun hoben die Glocken feierlich vom Turm zu läuten an und sandten ihre mächtigen Stimmen durch die stille Nacht. Wie dröhnende Rufe war es, und wieder wie gewaltiger Gesang, der zu den Höhen aufstieg, dort sein Echo fand und in melodischen Wellen zur Erde herniederrauschte.

Aus der Kirche drang jetzt das Spiel der großen Orgel. Liebliche Töne, Weihnachtsmusik von dem Jesuskind in der Krippe, den verkündenden Engeln und den Hirten auf den Feldern.

Was die Glocken läuteten und was die Orgel spielte, das schwebte wie eine einzige Harmonie in die schweigende, tief in sich versunkene Beschaulichkeit der heiligen Nacht hinaus. In immerwährenden Akkorden klangen die Worte von den bethlehemitischen Fluren, die der Zeiten Vergänglichkeit, Sturm und Zwietracht überdauert haben . . Ehre sei Gott in der Höhe und Friede den Menschen auf Erden, die eines guten Willens sind.

Viertes Kapitel

Knapp hinter dem stolzen Bau der Meraner Pfarrkirche mit ihrem hohen Turme erhebt sich der Küchelberg. Die Pfarrkirche ist unmittelbar am Fuße des Küchelberges gelegen. Von da steigt der Berg empor. Anfangs steil und felsig, dann mit ausgedehnten Weingärten bepflanzt.

Stundenlang erstrecken sich diese Weingärten des Küchelberges. Bis ganz hinauf zu dem Plateau, wo sich das Dorf Tirol auf sanft anklimmender Hochebene ausbreitet. Und bis hinüber nach Gratsch und Algund wächst der Wein, während zu Füßen des Küchelberges die Stadt mit ihren eng aneinandergebauten Häuserreihen lagert.

Ganz eng neben der Pfarrkirche liegt die uralte Barbarakapelle mit ihren dunkelgrauen Mauern und dem kuppelförmigen Dach. Alte Bürgershäuser stehen am Pfarrplatze der etwas erhöht liegenden Kirche gegenüber, eine Strecke weit nur durch eine schmale Gasse von ihr getrennt.

Schmale, enge Gassen münden auf den Pfarrplatz. Die lange Laubengasse und die Postgasse mit dem alten Boznertor als Abschluß. Dann die beiden holprigen, mit Steinen gepflasterten Gassen, die in den ältesten Teil Merans führen, ins Steinach und zum Passeirertore hinauf.

Gleich am Eingang der Passeirergasse, die sacht ansteigend so knapp an der Berglehne des Küchelberges entlangführt, daß die Häuser der einen Gassenseite sich eng an die steilen Felsen schmiegen, liegt der Widum, das Haus des Dekans und der Pfarrgeistlichkeit. Ein großes, langes Gebäude, ebenfalls eng an den Berg gebaut.

Hier beim Widum ist der Pfarrplatz am breitesten. Ein ansehnliches altes Herrenhaus liegt wie ein Block zwischen den beiden Gassen, der Passeirergasse und der ins Steinach führenden schmalen Gasse, sie beide trennend, wie ein Felsblock den Lauf eines breiteren Wassers in zwei schmalere Bächlein spaltet.

Der Widum liegt nicht knapp neben der Kirche. Ein altes, palastähnliches Gebäude trennt ihn von der Barbarakapelle. Der Widum selbst ist ein grauer, schmuckloser Bau. Mehr lang als hoch. Er reicht noch ein beträchtliches Stück in die Passeirergasse hinein und macht die schmale Gasse noch besonders eng und fast düster.

Aber drinnen im Widum ist alles hell und licht und geräumig. Breite Holztreppen mit hell gestrichenen Geländern führen zu den Stockwerken empor. Lange, schmale Korridore geleiten zu den einzelnen Zimmern und Räumlichkeiten.

Im ersten Stockwerke ist das Stiegenhaus wie eine Galerie gebaut. Man hat nach unten und oben einen Ausblick auf die ganze Vorhalle. Mitten in dieser Stiegengalerie ragt ein großes Kruzifix. Davor stehen Blumen und Blattpflanzen und ein alter geschnitzter Betschemel.

Eine kleine rote Ampel brennt Tag und Nacht vor dem Gekreuzigten. Während der Nacht erleuchtet sie mit mattem Schimmer das Stiegenhaus.

Droben vom zweiten Stocke des Widums hat man eine herrliche Schau auf das Etschland, auf Untermais mit seinen Feldern und Wiesen und Weinäckern. Ganz nahe befindet sich der Besitz der Frau Sabine von Tannauer. Nur kleine Gärten trennen ihn von dem Pfarrplatz.

Von den Fenstern des Widums sieht man das giebelige Schlößchen am Steinach mit seinem Schieferdach, umgeben von dem weit ausgedehnten Obstanger und dem kleineren Weingarten. Hohe, weißgraue Mauern schließen es von der Außenwelt ab. Nur gegen den Pfarrplatz zu liegt es offen da. Aber auch nach dieser Seite sind die Bäume dichter aneinander gewachsen und bilden so den größten Teil des Jahres eine natürliche Mauer gegen unberufene Späher.

Im zweiten Stockwerke des Widums lag auch das Zimmer des Stadtkooperators Georg von Degenhart. Es war ein helles, sonniges Zimmer mit prachtvoller Fernsicht. Nicht groß, aber geschmackvoll möbliert.

Georg von Degenhart hatte sich heute gleich nach dem Mittagessen auf sein Zimmer zurückgezogen. Es war ihm ungemütlich gewesen drunten in dem weiten Refektorium.

Seit zwei Tagen weilte der Kanonikus Don Giuseppe Tamini aus Trient auf Inspektion in Meran. Morgen schon wollte er wieder abreisen. Georg war von Herzen froh darüber. Er war kein Freund dieser geistlichen Visitationen und der damit immer verbundenen gegenseitigen Aufmerksamkeiten und salbungsvollen Beteuerungen von Sympathie und Hochachtung, wie es bei solchen Anlässen in geistlichen Kreisen üblich ist.

Bei derartigen Gelegenheiten wurde im Widum stets besonders fein aufgekocht. Die Mahlzeiten, die einer festlichen Tafel glichen, dehnten sich dann um ein beträchtliches über das gewohnte Maß aus. Auch der Pater Guardian von den Kapuzinern wurde geladen. Dazu ein paar Professoren vom Gymnasium der Benediktiner in Meran, sowie der Pfarrer von Untermais und der Spitalpfarrer Lorenz Profanter.

Für Georg von Degenhart bedeuteten diese festlichen Gastereien eine Qual. Auch heute mittag war es wieder hoch hergegangen im Refektorium des Widums. Wahrscheinlich saßen sie noch drunten in dem großen Speisezimmer, das schon mehr einem Saale glich.

Georg hatte sich bei seinem Dekan mit Kopfschmerzen entschuldigt und war dann gleich auf sein Zimmer gegangen.

Seit dem letzten Weihnachtsabend, der nun schon über eine Woche zurücklag, war Georg von Degenhart innerlich mißgestimmt und niedergeschlagen. Und heute ganz besonders, da er zum erstenmal wieder seit dem Weihnachtsabend mit dem Spitalpfarrer zusammengekommen war.

Lorenz Profanter war sehr freundlich gegen ihn gewesen und väterlich wohlwollend wie immer. Aber trotzdem fühlte es der junge Geistliche deutlich, daß etwas gegen ihn in der Luft schwebte.

Georg von Degenhart hatte den Rat des Spitalpfarrers nicht befolgt und seine damaligen Worte bei den Mutschlechners nicht widerrufen. Im Gegenteil. Als vor einigen Tagen der Rupert zu ihm gekommen war, hatte er noch eine eingehende Unterredung mit ihm gehabt und ihn abermals ermahnt, standhaft zu bleiben und sich den geistlichen Beruf nicht aufzwingen zu lassen. Priester müsse man aus freier Wahl und innerem Antrieb werden, hatte Georg von Degenhart auch diesmal wieder ausdrücklich betont.

Der junge Mutschlechner war glückstrahlend und ganz erleichtert und beruhigt fortgegangen. Der Chorregent hatte ihm versprochen, gleich nach Neujahr dürfe er nach Innsbruck fahren und sich an der dortigen Universität inskribieren lassen. Gestern war Rupert Mutschlechner auch tatsächlich abgereist.

Die Chorregentin hatte sich mit schwerem Herzen darein gefunden. Seit jener Unterredung mit dem jungen Geistlichen war sie wankend geworden. Zum erstenmal in ihrem Leben folgte sie dem Rat des Spitalpfarrers nicht blindlings. Sie wußte nicht mehr recht, was sie tun sollte. Ihr Vertrauen zu Lorenz Profanter war nicht mehr bedingungslos. Denn ein anderer Priester hatte ja das gerade Gegenteil von dem gesagt, was Lorenz Profanter ihr anriet.

Jetzt weinte die Chorregentin nur still vor sich hin und ging noch fleißiger als gewöhnlich in die Kirche. Dort flehte sie in heißer Inbrunst die Mutter Gottes an, sie sollte ihr helfen, da menschlicher Rat sie nur verwirrt gemacht hatte. Sie mußte ihr ja helfen in ihrer Bedrängnis. Die Himmelsmutter würde sie gewiß nicht im Stiche lassen und alles so gestalten, wie sie es wünschte.

Ganz getröstet und voll Gottvertrauen kehrte dann die Chorregentin jedesmal heim. Zu Lorenz Profanter ging sie in diesen Tagen nicht mehr. Denn der hatte sie das letzte Mal nur wieder ganz aus der Fassung gebracht. Und sie verließ sich ja jetzt völlig auf die Hilfe der Mutter Gottes. Dieser war ja der Rupert von Kindheit auf geweiht. Sie würde schon ein Zeichen geben, wenn sie ihn haben wollte.

Als Rupert von seiner Mutter Abschied nahm, da schluchzte die Frau wohl ein paarmal verzweifelt auf. Das Opfer, das sie brachte, war doch recht schwer für sie. Gar zu gern hätte sie ihren Einzigen als Priester am Altar gesehen. Aber Frau Anna Mutschlechner fügte sich drein. Sie ließ ihn ohne Widerrede ziehen. Die Mutter Gottes verlangte offenbar dieses Opfer von ihr.

Für Lorenz Profanter bedeutete die ganze Angelegenheit eine große Niederlage. Georg von Degenhart kannte den Pfarrer genau und wußte, daß der ihm diese Schlappe nie verzeihen würde.

Der junge Geistliche merkte es deutlich aus den Reden seiner Vorgesetzten und den mitleidigen Blicken seiner Kollegen, daß sie durch Lorenz Profanter über alles informiert worden waren.

Der Herr Dekan hatte ihn noch in der vorigen Woche zu sich rufen lassen und ihm gut und liebevoll zugeredet. „Wenn's Ihnen zu hart ankommt, hinzugeh'n zum Chorregenten", — hatte er gesagt — „dann will i hingeh'n und alles erklären. Nur grad' nit so obstinat müssen's sein. Dös müssen's doch begreifen, daß das dem Ansehen unserer heiligen Kirche schadet, wenn zwei Geistliche grad' 's Gegenteil predigen."

„Nein, das begreif' ich nicht!" hatte Georg hartnäckig

erwidert. „Und ich widerrufe auch nichts, Herr Dekan. Gar nichts von dem, was ich gesagt habe."

„Ja . . aber nachher . . die Konsequenzen . ." warf der Dekan ganz schüchtern und verzagt ein. Er hatte Georg lieb und schätzte ihn außerordentlich.

„Die Konsequenzen trage ich!" erklärte der junge Geistliche mit Bestimmtheit. Damit war der Fall vorderhand erledigt.

Der Kanonikus hatte bis jetzt mit keinem Worte die Angelegenheit Georg gegenüber berührt. Und doch mußte er von allem ganz genau unterrichtet sein. Georg war der prüfende, etwas lauernde Blick des alten Herrn nicht entgangen, mit dem er ihn heute mittag wiederholt beobachtete.

Und morgen früh sollte der Kanonikus abreisen. Würde er tatsächlich fortgehen, ohne ihn zur Rede zu stellen? . . In den letzten vierundzwanzig Stunden hatte Georg ein quälendes Gefühl der Ungewißheit. Jeden Augenblick glaubte er, daß jemand kommen würde, um ihn zu dem Kanonikus zu holen.

Auch jetzt wieder lehnte er in der Sofaecke seines Zimmers und blätterte mechanisch in einem Buch. Mit gespannter Aufmerksamkeit horchte er nach außen. So oft Schritte über den Korridor kamen, schlug sein Herz schneller.

Georg von Degenhart war mit Leib und Seele Priester. Aus innerster Überzeugung hatte er den geistlichen Beruf erwählt und liebte ihn über alles. Er hatte eine hohe Auffassung von seinem Amte. Für ihn war es das Erhabenste und Schönste, ein Tröster und Ratgeber der Menschen sein zu dürfen, den Bedrängten zu helfen und die Sündigen zu Gott zu führen.

Wenn alle, selbst seine Kollegen, ihm wegen seiner großen Fähigkeiten eine glänzende Laufbahn prophezeiten, so hatte er selbst am wenigsten Sinn dafür. Er strebte die hohen Stellungen und Würden, welche die Kirche zu vergeben hat, keineswegs an. Er wollte ein Diener des Herrn und der Menschen sein. Das war sein höchstes Ziel.

Georg von Degenhart war sich bewußt, daß er sich durch seinen Widerstand gegen die bestehende Disziplin verfehlt hatte. Aber hätte er gehorsam sein sollen . . gegen seine bessere Überzeugung? Hätte er lügen sollen und durch seine Lüge an dem Lebensunglück eines anderen schuld sein? War er nicht vor Gott dafür verantwortlich, wenn Rupert ein unwürdiger Diener des Herrn wurde? Und wieviel Unheil konnte so ein unwürdiger Diener Gottes anrichten!

Aber vielleicht hatte Lorenz Profanter doch recht? War es denn notwendig, daß Rupert Mutschlechner ein unwürdiger Priester werden mußte? Nur weil man ihn zu diesem Beruf zwang? Würde er jetzt auf der Hochschule nicht doch vielleicht Schaden leiden, ein Abtrünniger werden oder ein gleichgültiger Katholik . . einer von jenen, „die nicht warm noch kalt sind, sondern lau" . . wie es in der Heiligen Schrift heißt . . Und er, Georg von Degenhart, hatte die ganze Verantwortung! . .

Quälende Zweifel und Gewissensbisse peinigten den jungen Geistlichen. Und doch hatte er vor wenigen Tagen wieder so ruhig und überzeugt zu Rupert Mutschlechner gesprochen.

Der Kooperator stand jetzt vom Sofa auf und ging ruhelos, aber mit festen Schritten im Zimmer hin und her. Ja, er würde auch heute wieder so sprechen. Er konnte nicht anders.

Wie quälend mußte das Leben eines Mannes sein, der gegen seine Überzeugung Priester war. Tagtäglich mußte der zum Heuchler werden vor sich selbst und den anderen. Und was für Opfer mußte ein solcher bringen! Den Verzicht auf Weib und Kind und Liebe.

Georg von Degenhart hatte in seinem Leben nie ein Weib geliebt. Rein hatte er seine Weihen empfangen, und sein Lebenslauf war bisher untadelig gewesen.

Die Liebe kannte er nur vom Hörensagen. Aber es mußte was Schönes um sie sein. Etwas Mächtiges, Allgewaltiges, das den Mann zum Weibe zieht. Der junge Mutschlechner hatte ihm das letztemal anvertraut, daß er eine große Liebe zu einem Mädchen im Herzen hege. Wie konnte er da mit der Sehnsucht nach dem Weibe ein Diener Gottes werden?

Nein! Er hatte doch recht gehabt. Lieber noch ein lauer Katholik sein. Ganz erleichtert atmete der junge Geistliche jetzt auf. Recht hatte er gehabt! Tausendmal recht! Sie sollten nur kommen und ihn strafen, wenn sie wollten. Nun war er wenigstens diese quälenden Zweifel und Selbstvorwürfe los.

Völlig leicht und frei fühlte er sich mit einem Male. Er horchte gar nicht mehr ängstlich auf den Korridor hinaus. Er stellte sich ans Fenster und öffnete es weit.

Der Sonnenschein drang warm und voll ins Zimmer. Wie schön das war. Und wie wohl das tat jetzt mitten im Winter. Georg schaute ganz glückselig hinaus in die herrliche Landschaft.

Da drunten die Mendel. Wie die blaß und duftig in der dünnen Nebelluft aussah. Nicht ein winziges Fleckchen Schnee konnte man darauf entdecken. Das ganze Etschtal lag da wie im Spätherbst. Keine Spur von Schnee. Nur die Nordkette war beschneit. Aber die sah man ja zum Glück von seinem Fenster aus nicht.

Zum Glück? .. Georg mußte daran denken, wie Johanna sich unlängst nach dem nordischen Winter gesehnt hatte. Und unwillkürlich sah er hinüber in den großen Obstanger der Tannauers, der jetzt kahl und blätterlos war. Man konnte nun ganz gut alle kleinen Wege, die dort herumführten, unterscheiden. Aber es war niemand zu sehen da drüben. Recht öde und wie ausgestorben war alles.

In früheren Jahren mochte wohl die kleine Johanna da herumgesprungen sein und sich in kindlichen Spielen erfreut haben. Erfreut? .. Konnte man sich denn da drüben freuen? .. Bei der düsteren, ernsten Frau, die so leise und unhörbar auftrat, als fürchtete sie die Toten zu stören ..

„Arme Johanna ..“ Der junge Geistliche sagte es ganz laut vor sich hin. „Arme Johanna ..“

Ein leises Klopfen an seiner Tür schreckte ihn auf. Das kam so plötzlich, daß Georg, wie es in den letzten Tagen öfters der Fall war, wenn er ein Geräusch von außen hörte, zusammenschreckte und Herzklopfen bekam.

„Herein!“ sagte er und seine Stimme bebte ein wenig.

Es war der Kanonikus Don Giuseppe Tamini, der nun ins Zimmer trat. Georg von Degenhart blieb einen Moment wie angewurzelt stehen. Er war so erschrocken, daß er leichenblaß wurde. Aber nur für einen Augenblick. Dann hatte er sofort wieder seine Fassung gewonnen. Was hatte er schließlich auch zu fürchten? Er hatte ja recht gehandelt. Tausendmal recht. Und . . er würde sich schon zu verteidigen wissen.

Der Kanonikus war ein kleiner, untersetzter Herr, anfangs sechzig. Sein gutgenährtes, glattrasiertes Gesicht wies ein fast dunkelrotes Kolorit auf. Er machte überhaupt den Eindruck eines behäbigen, asthmatischen, alten Herrn. Das spärliche Haar, das ihm auf dem breiten, etwas runden Kopf noch geblieben war, war schneeweiß und stach seltsam ab gegen das zarte Rosa der ansehnlichen Glatze.

Don Giuseppes fast schwarze Augen hatten einen scharfen, etwas stechenden Blick. Seine Bewegungen waren trotz der beträchtlichen Körperfülle geschmeidig und ungemein lebhaft. Seine Sprache war leicht und fließend und besaß den weichen, fremdartigen Akzent des gebildeten Italieners.

„Ah!" machte der Kanonikus, indem er hinter sich sacht die Türe schloß, und trat eilig auf Georg von Degenhart zu. „Da haben wir ja den Patienten. Der Herr Dekan sagte, Sie hätten Kopfweh? Aber es geht besser, wie es scheint?" Die kleinen schwarzen Augen des alten Herrn waren jetzt durchdringend auf den jungen Geistlichen gerichtet. „Wir wollen uns setzen, Herr Kooperator . ." sprach er dann, und seine Stimme klang ein wenig herablassend. „Und Sie werden mir erzählen, was und wo es Ihnen fehlt."

Don Giuseppe Tamini lehnte sich jetzt behaglich in dieselbe Sofaecke, wo noch vor kurzem Georg von Degenhart in quälenden Zweifeln gesessen war und vor sich hingebrütet hatte.

„Aber so setzen Sie sich doch, Herr Kooperator! Setzen Sie sich zu mir!" lud der Kanonikus den jungen Geistlichen lebhaft ein.

Georg von Degenhart nahm dem Kanonikus gegenüber auf einem Sessel Platz, so daß er mit dem Rücken gegen das Fenster saß. Der Kanonikus sah eine Weile scharf auf den jungen Geistlichen. Dann wurde sein Blick allmählich weicher und freundlicher. Das offene, ehrliche Gesicht des Kooperators gefiel ihm ausnehmend. Wohlwollend schaute er auf die geistvollen und ausgeprägten Züge Georgs.

„Nun? Warum erzählen Sie mir nichts, Herr Kooperator?" frug der Kanonikus über eine Weile in seiner lebhaften und eindringlichen Art.

Georg von Degenhart, der in abwartender Haltung ruhig dasaß, sagte jetzt bescheiden, indem er den Kanonikus mit einem offenen und ehrlichen Blick aus seinen großen, hellblauen Augen ansah: „Ich glaubte, der Herr Kanonikus sind gekommen, um mich zur Rede zu stellen."

„Ja, ja! Das bin ich auch. Das wollte ich auch!" sagte der Kanonikus lebhaft. „Wie gut Sie raten können!" meinte er erfreut. „Das erleichtert die Sache um vieles. Also hören Sie, Herr Kooperator!" begann er, und sein Gesicht nahm einen strengen Ausdruck an. „Sie haben sich eines groben Ungehorsams gegen Ihre Vorgesetzten schuldig gemacht. So wurde mir erzählt. Das wissen Sie? Nicht wahr?"

„Nein!" sagte Georg von Degenhart ruhig.

„Nicht?" fragte der Kanonikus verwundert. „Ja . ."

„Der hochwürdige Lorenz Profanter ist nicht mein Vorgesetzter!" unterbrach ihn Georg mit fester Stimme.

„Ach so! Hm! Den Spitalpfarrer meinen Sie? Hm. Ja. Das ist nicht Ihr Vorgesetzter. Ganz richtig. Wenigstens nicht Ihr unmittelbarer Vorgesetzter. Aber der Herr Dekan . ."

„Der Herr Dekan hat mir nichts befohlen. Er hat mir nur in Güte zugeredet . ."

„Ja, ja! Ganz richtig. Zugeredet. Ganz richtig?" unterbrach der Kanonikus lebhaft und froh darüber, daß er nun eine Gelegenheit fand, den Kooperator von dem Spitalpfarrer abzulenken.

Der junge Geistliche verteidigte sich sehr geschickt. Das hatte der alte Herr sofort heraus. „Aber Sie haben dem guten Zuspruch Ihres Vorgesetzten nicht Folge geleistet, wie ich höre?" frug er dann wieder.

„Nein!" gab Georg von Degenhart ruhig zu.

„Und warum nicht, wenn ich bitten darf?" Der Kanonikus richtete sich aus seiner bequemen Stellung etwas empor und faßte den jungen Geistlichen scharf ins Auge.

„Weil ich's nicht über mich bringen konnte, anders zu reden, als ich dachte. Ich kann nicht lügen."

„Ja, ja! Richtig. So! Hm!" machte der Kanonikus etwas verlegen. „Aber . . in diesem Falle hätten Sie nur einem Wunsch Ihrer Vorgesetzten Genüge geleistet. Bedenken Sie, welche Folgen Ihre Unbesonnenheit haben kann. Schlimme Folgen in erster Reihe für die Kirche und in zweiter Reihe für Sie selbst."

„Bedenken Sie, Herr Kanonikus, was für Unheil hätte angerichtet werden können, wenn der junge Mutschlechner ein unwürdiger Diener . ."

„Ja, ja. Richtig. Das ist es! Das meinen Sie? So!" Der Kanonikus war nun wieder vollkommen beruhigt und lehnte sich ganz behaglich auf das Sofa zurück. Jetzt hatte er ja den jungen widerspenstigen Geistlichen dort, wo er ihn haben wollte. „Aber nun sagen Sie mir, Herr Kooperator, glauben Sie ernstlich, daß S i e dazu berufen sind, dieses zu beurteilen? Glauben Sie nicht, daß das in erster Linie eigentlich Sache der Kirche ist? Halten Sie uns wirklich für so schlechte Erzieher? Glauben Sie nicht, daß wir den jungen Mutschlechner schon nach wenigen Jahren zu einem ganz anderen gemacht hätten, als er jetzt ist? Ah! Seien Sie ganz beruhigt, Herr Kooperator!"

Der Kanonikus hob beteuernd seine kleine fleischige Hand in die Höhe und fuhr dann in seinem fließenden Deutsch mit dem leichten fremden Akzent fort . . „Solche Fälle wie den jungen Mutschlechner haben wir öfter. Das ist gar nichts Ungewöhnliches, versichere ich Sie. Absolut nichts Ungewöhnliches! Das kommt sogar sehr häufig vor. Nicht alle können mit gleicher Lust und Liebe Priester werden. Da ist eben für den einzelnen eine ganz eigene individuelle Behandlung notwendig. Die jungen Leute werden dann meistens sehr bald zur Einsicht gebracht. Und ich versichere Sie, Herr Kooperator, gerade diese gehören dann später zu unseren eifrigsten und pflichttreuesten Seelsorgern."

Jetzt machte der Kanonikus eine längere Pause und sah erwartungsvoll auf den jungen Geistlichen, welchen Eindruck seine Rede wohl auf diesen gemacht habe.

Georg von Degenhart schaute ernst vor sich hin. Dann zuckte ein feines sarkastisches Lächeln um seinen Mund. Er mußte daran denken, ob Lorenz Profanter vielleicht auch einmal zu den Widerwilligen oder Fahnenflüchtigen, wie er selbst am Weihnachtsabend sich ausdrückte, gehört hatte.

„Worüber lachen Sie?" forschte der Kanonikus nach einer Weile.

„Über das Seltsame im Leben!" erwiderte der Kooperator ernst.

„Wie meinen Sie das?"

„Ich meine, daß solche Priester, die Ihre individuelle Behandlung durchgemacht haben, vor sich selbst und Gott treulos geworden sind!" sagte Georg bestimmt.

„Treulos? Ich verstehe nicht!" Der Kanonikus war ganz bestürzt über Georgs Rede. Das war ihm noch nie vorgekommen, daß ein junger Geistlicher so mit ihm sprach.

Georg von Degenhart erhob sich. Durch den wallenden schwarzen Talar erschien er noch größer und schlanker. Ernst und würdevoll stand er vor dem Kanonikus. Nicht wie ein Schuldiger, der seiner Strafe harrt, sondern wie ein Ankläger und Richter.

„Herr Kanonikus, ich kann mich nicht zu Ihrem System bekehren!" sprach er mit tiefem Nachdruck. „Ich halte dafür, daß man Priester nicht erziehen kann. Priester zu sein ist ein göttlicher Beruf. Meiner Ansicht nach ist er so heilig, daß man niemand dazu erziehen d a r f! Und ein

Priester, der Ihre individuelle Erziehung durchgemacht, wird nur zu leicht ein Streber, ein Zelot oder Fanatiker. Er ist dann kein Diener Gottes mehr, sondern ein Knecht seiner eigenen ehrgeizigen Pläne. Das ist meine Meinung, Herr Kanonikus. Und die laß' ich mir nicht so leicht nehmen!" schloß Georg von Degenhart und sah mit einem verbindlichen Lächeln auf den alten Herrn, der wie versteinert und ganz konsterniert vor ihm saß.

„Ja . . aber um Gottes willen!" machte der Kanonikus endlich bestürzt und schlug in heller Verzweiflung seine kleinen dicken Hände über dem Kopfe zusammen. „Was haben Sie für Ideen? Wie sind Sie nur auf solche Sachen gekommen? Mein lieber, junger Herr Amtsbruder! Sie haben ja keine Spur von Subordination! Was ist denn nur aus Ihnen geworden? Sie sind ja ganz verändert!"

„Sie irren sich, Herr Kanonikus . ." sagte Georg von Degenhart lächelnd. „Ich bin immer so gewesen. Auch in Trient schon, als ich noch Theologe war. Es bot sich nur nie eine Gelegenheit, mit meinen Ansichten hervorzutreten."

Der Kanonikus war ganz erregt aufgesprungen und trippelte mit kleinen, zierlichen Schritten im Zimmer herum. „Der reinste Freigeist sind Sie! Was denken Sie!" zeterte er und begann wie verrückt auf und ab zu laufen.

Dann blieb er vor dem jungen Geistlichen stehen und schaute wütend zu ihm hinauf. „Zelot? Fanatiker? Wie Sie sprechen! Es ist fürchterlich! Empörend! Sie müssen sich demütigen! Hören Sie? Sie sind hochmütig, junger Mann! Hochmütig wie Luzifer und die gefallenen Engel! Was glauben Sie? Zeloten! Die Kirche braucht Zeloten und Fanatiker! Die Kirche muß sich wehren. Was glauben Sie? Von allen Seiten wird die Kirche bedrängt. Wir müssen kämpfen, gerüstet sein zum Kampf. Und unsere tapferen Kämpfer . . Sie heißen sie Zeloten, Fanatiker! Dio mio! Wie weit sind Sie gekommen!"

Der kleine alte Herr hielt sich mit beiden Händen den Kopf. Georg von Degenhart war die ganze Zeit über ruhig dagestanden und hatte mit keinem Worte versucht, sich zu verteidigen. Jetzt sagte er ruhig: „Ich habe keinen Sinn für die streitende Kirche Christi, Herr Kanonikus. Christus lehrte die Liebe, aber nicht den Kampf."

„Aber . . aber . ." Der Kanonikus blieb vor Georg stehen und schüttelte ungeduldig den Kopf. „Lieber, junger Herr Amtsbruder!" sagte er dann und zwang sich mit Gewalt, in einem ruhigern Tone zu sprechen. „Lassen Sie uns nicht streiten. Lassen Sie uns friedlich miteinander reden. Schauen Sie . ." Jetzt rückte der Kanonikus sich einen Stuhl zurecht und nötigte auch Georg Platz zu nehmen. „Schauen Sie . . Sie sind noch jung. Ich weiß, man hält große Stücke auf Sie im Domkapitel. Man will Sie fördern. Sie haben bedeutende Fähigkeiten. Sie werden es weit bringen. Aber bitte, tun Sie diese Gedanken aus dem Kopf! Sie sind nicht gut. Sie hindern Ihre Karriere, Ihre Laufbahn. Ich will nicht gehört haben, was Sie mir vorhin sagten. Sie sind erregt und verärgert. Ich begreife die Sache mit dem jungen Mutschlechner. Ich werde ordnen, in Ordnung bringen. Seien Sie ruhig. Ganz ruhig. Ich werde nicht berichten. Aber lieber, guter, junger Herr Kooperator . ." Der Kanonikus hob bittend die Hände und sah fast flehend auf den jungen Geistlichen. „Tun Sie mir die Liebe. Bekehren Sie sich. Werden Sie demütig. Denken Sie nicht solche Sachen. Lernen Sie ein demütiger Sohn unserer heiligen Mutter Kirche zu werden. Üben Sie nicht Kritik an unserer heiligen Kirche! Was glauben Sie? Wohin kommen wir, wenn alle jungen Kooperatoren sich zusammentun und Kritik üben an der Kirche? Denken Sie nur! Gehen Sie in sich! Bereuen Sie!"

Georg von Degenhart sah lächelnd auf den kleinen aufgeregten alten Herrn. „Sie meinen es gewiß gut mit mir, Herr Kanonikus. Und ich bin Ihnen dankbar dafür. Aber sehen Sie, ich glaube, wir beide werden uns nie verstehen. Ich bin eben ganz anders wie Sie."

„Ja, ja. Gewiß. Aber Sie können sich ändern! Sie werden sich ändern, nicht wahr?" sagte der Kanonikus bittend.

„Ich glaube kaum." Georg von Degenhart sprach es fest und ernst. „Denn w e n n ich mich ändere, dann gehöre ich ja zu denen, die Ihre individuelle Behandlung durchgemacht haben."

„Sie sind verstockt!" Der Kanonikus stampfte nun zornig mit dem Fuß auf dem Boden. „Sie sind Priester. Ich bin Ihr Vorgesetzter. Sie haben sich zu unterwerfen!"

„Unterwerfen! Wieso?" fragte Georg von Degenhart kalt.

„Ich befehle Ihnen als Buße für Ihren Eigenwillen, noch heute zu dem Chorregenten zu gehen und Ihre Worte zurückzunehmen!"

„Das ist unmöglich!" sagte Georg leise, aber mit fester Stimme.

„Sie widersetzen sich?" fragte der Kanonikus und sah lauernd auf den jungen Geistlichen.

„Ja. Ich widersetze mich!" erwiderte Georg laut und bestimmt.

„Gut." Der Kanonikus stand resolut von seinem Sitz auf. „Sie werden bereuen. Ich habe gebeten und gefleht. Sie sind verstockt geblieben. Sie sind kein gehorsamer Sohn unserer heiligen Kirche. Sie sind ein Aufrührer, ein Rebell! Sie sollen gedemütigt werden! Adieu, Herr Kooperator!"

Der Kanonikus reichte seine Hand kühl und herablassend dem jungen Geistlichen zum Abschiede. „Adieu. Wenn wir uns wiedersehen, Sie werden anders denken als heute."

Georg von Degenhart hatte sich tief und stumm verbeugt. Alles Blut war ihm aus dem Gesichte gewichen und drängte sich zum Herzen, das in unruhigen Schlägen pochte und hämmerte.

Als sich die Türe hinter dem Kanonikus geschlossen hatte, setzte sich Georg aufatmend auf einen Stuhl und barg den Kopf in beide Hände.

Es war ihm unendlich schwer ums Herz. Wie ein Alpdruck lag es auf ihm. Er fühlte, daß er gegen eine Macht ankämpfte, die unendlich viel stärker und gewaltiger war als er selber . .

Im Zimmer wurde es auf einmal düster. Ein kalter Luftzug kam vom Fenster her. Georg von Degenhart fröstelte. Er stand auf, um das Fenster zu schließen.

Die Sonne sandte ihre letzten Strahlen wie zum Abschied auf die braungiebligen Dächer der Stadt, ehe sie hinter dem Marlingerberg verschwand. Die Felder und Auen von Untermais lagen in leichte, durchsichtige Nebelschleier gehüllt, während droben in Obermais die Burgen und Schlösser und in der Berghöhe das alte Kirchlein Sankt Katharina in der Scharte noch vom goldigen Glanz der untergehenden Sonne umflutet waren.

Georg von Degenhart hatte jetzt keinen Sinn mehr für den Zauber dieser Pracht. Ein eiskaltes Gefühl überrieselte ihn. Mechanisch und todmüde schloß er das Fenster. Dann ging er wieder in sein Zimmer zurück, das ihm nun auf einmal ganz grau und leer erschien.

Fünftes Kapitel

Es war eine schwere, aufregende Zeit, die jetzt für Georg von Degenhart folgte. Seit der Abreise des Kanonikus waren schon mehrere Wochen vergangen, und von Trient her traf noch immer keine Nachricht ein. Und doch wußte Georg bestimmt, daß es nicht ohne Strafe für ihn ausgehen würde. Der Kanonikus war über seinen Freimut zu empört gewesen.

Sicher würde man ihn demütigen und ihn mürbe machen wollen. Er sollte eben so werden wie Lorenz Profanter und die andern. Oder wie der alte Herr Dekan, dieser gutmütige Greis mit dem silberweißen Haar und der verschüchterten Redeweise. Sein Leben lang hatte der in steter Angst zugebracht, ja nicht nach oben hin anzustoßen.

Oder er sollte so werden wie Peter Malferteiner, der erste Stadtkooperator. Wortkarg und verschlossen. Jedes Wort, das er sprach, war vorher wohl überlegt und erwogen. Ein warmes, impulsives Eingreifen gab es bei dem nicht. Es hatte den Anschein, als wäre er kalt und hochmütig. Und doch wußte Georg bestimmt, daß alles nur Pose war. Eine Maske, die sich der erste Stadtkooperator angeeignet hatte, um sein allzu rasches Empfinden einzudämmen.

Aber er, Georg von Degenhart, wollte sich selber treu bleiben. Er würde sich nicht ändern. Niemals. Auch trotz der Strafe nicht, die für ihn in Aussicht stand.

Woche um Woche verging, ohne daß eine Nachricht vom Domkapitel eingelangt wäre. Dieses Schweigen und diese ewige Unsicherheit bedrückten Georg. Sie machten ihn nervös und gereizt und fast menschenscheu . .

Der März war schon ins Land gezogen, und noch immer lebte Georg in dieser Ungewißheit. Droben am Küchelberg blühten bereits die Mandelbäume. Das zarte Rosa der Pfirsichblüte hob sich von dem felsigen Hintergrund und aus den noch unbelaubten Weingärten ab und machte einen schier festlichen Eindruck. Überall sproßte und grünte es. Die Felder und Wiesen prangten schon zum größten Teil im fetten, saftigen Grün.

Die Amseln in den Gärten jubilierten. Alle Vögel zwitscherten und sangen und freuten sich des Frühlings, der nun bald mit der ganzen Blütenpracht und Üppigkeit des Südlands ins Etschtal Einkehr halten sollte. Auch die Menschen schienen neu aufzuleben und gingen freier und froher einher.

Die Bäurinnen trugen fast ausschließlich schon statt der dunkeln Winterjacke die weißen, mit Spitzen besetzten Hemdärmel. Die Bauern und Knechte arbeiteten emsig in den Weinbergen. Sogar in die Stadt selber schien mehr Leben gekommen zu sein. Die Bauern aus den umliegenden Dörfern und Tälern kamen häufiger in die Stadt, um ihre Einkäufe zu besorgen.

Durch das alte, enge Passeirertor rasselte oft Wagen um Wagen, hoch mit Lebensmitteln beladen. Schmale

Leiterwagen, mit Mehlsäcken befrachtet und meist nur mit einem Pferde bespannt, zogen das steile, durch Mauern eingefaßte und mit holprigen Steinen gepflasterte Bergstraßel zum Zenoberg hinauf.

Voran schritt meist ein stämmiger, vollbärtiger Passeirerbauer, die kurze Stummelpfeife im Mund, mit den langsamen, schwerfälligen und doch weit ausholenden Schritten des Berglers. Er trug ein kurzes braunes Lodenröckchen und eine dunkle Hose, die unten viel zu kurz war und die schweren, unförmlichen Bergschuhe vorschauen ließ. Ein breiter Ledergurt, vorne mit weißer Inschrift aus Gänsekielen gestickt, und ein weißes, grob gewebtes Hemd vervollständigten den Anzug. Am Kopfe saß das schwarze, vor Alter ins Grünliche schillernde, spitze Hütl mit den charakteristischen roten oder grünen Schnüren.

Es war seit Jahren das erstemal, daß Georg von Degenhart den Frühling wieder in seiner Heimat zubringen durfte. Vor mehreren Monaten war er aus einem kleinen Südtiroler Dorf nach Meran versetzt worden. Georg hatte stets eine große Sehnsucht nach Meran gehabt. Und diese Sehnsucht steigerte sich von Jahr zu Jahr. So gut wie in Meran gefiel es ihm doch nirgends. Und so schön wie im Burggrafenamt war das Frühjahr auch nirgends.

Damals war er glückselig gewesen, als er die Ernennung in seine Vaterstadt erhielt. Und doch machte jetzt der erwachende Frühling des Südlands mit seinem ganzen Zauber und seiner Farbenpracht gar keinen Eindruck auf ihn. Der helle, lachende Sonnenschein und der tiefblaue, wolkenlose Himmel stimmten ihn nur um so trauriger.

Der junge Kooperator vermied es jetzt noch mehr, mit

seinen Amtskollegen zusammenzukommen. Wo er nur konnte, wich er ihnen aus.

Der alte Dekan Ignazius Platter merkte wohl das veränderte und gedrückte Wesen des jungen Geistlichen und versuchte tröstend auf ihn einzuwirken. „Tuan Sie's Ihnen nur nit so zu Herzen nehmen, Herr Kooperator!" meinte er. „Es g'schieht Ihnen nit viel. Sie tuan Ihnen g'wiß nit viel, die Herrn in Trient drunten. I mein' halt, a bissel an Verweis wird's absetzen. Weil Sie halt soviel widerspenstig und eigensinnig g'wesen sein mit'm Herrn Kanonikus." Dabei sah er mit seinen hellen, wasserblauen Augen ganz verzagt und ängstlich auf das blasse, jetzt fast schmal gewordene Gesicht des jungen Kooperators.

Georg von Degenhart fühlte genau, was kommen mußte. Es war nicht feige Furcht vor der Strafe, die den jungen Geistlichen so veränderte. Georg hatte vielmehr seit jener denkwürdigen Unterredung mit dem Kanonikus eine harte innere Krise durchzumachen.

Schwere Zweifel bedrückten ihn. Er hatte von jeher ein offenes Auge für alles gehabt. Und im Seminar gab es manches, das ihm nicht gefallen hatte. Aber damals hatte der jugendliche Enthusiasmus alles überwunden. Da kannte er nur den einen Wunsch, Priester zu werden, ein Verkünder des Wortes Christi und ein Wohltäter der Menschen.

Später jedoch und besonders seit er in Meran weilte, waren schwere Zweifel in ihm entstanden. Bittere, schwere Zweifel, die seine Seele zermarterten und ihn nicht zur Ruhe kommen ließen.

In den stillen, einsamen Stunden, in denen er sich ganz allein überlassen war, grübelte er und sann nach. Er dachte nach über die hehre Lehre Christi und wie diese Lehre, die die Menschheit durch Jahrtausende gefangenhielt, oft im geraden Gegensatz zu den Lehren der Kirche stand.

In dieser schweren Zeit seines inneren Kampfes fand Georg von Degenhart häufiger, als es bisher der Fall gewesen war, den Weg ins Vaterhaus. Es drängte ihn mit einem Menschen zu sprechen, einen Freund und Berater zu haben. Jemanden, der außerhalb des geistlichen Standes war, der ihn nicht immer an seinen Beruf und an seine Vorgesetzten erinnerte, bei dem er nicht jedes freiere Wort mit Rücksicht auf seine Stellung unterdrücken mußte.

Der alte Degenhart war seinem Sohn stets freundlich und liebevoll entgegengekommen. Er hatte sich nie in dessen Angelegenheiten gemischt und vermied es auch jetzt beinahe ängstlich, mit seiner Meinung hervorzutreten.

Der Beruf seines Sohnes war ja doch eigentlich etwas, das vollständig außerhalb seiner Sphäre lag. Er sah in dem Sohn den geistlichen Herrn, der wohl am besten über sich selbst bestimmen mußte.

Der Spitalpfarrer hatte wohl ein paarmal Besuch bei dem Weinherrn gemacht und ihm angelegentlich geraten, ja seinen Sohn zur Nachgiebigkeit zu bewegen, Josef von Degenhart hatte diesen Rat nicht befolgt. Georg sollte allein mit sich ins reine kommen.

Jede Einmischung seinerseits wäre dem Weinherrn als eine ungerechtfertigte Beeinflussung des Sohnes erschienen. Und dann waren es doch schließlich rein geistliche Angelegenheiten, die Sache Georgs und seiner Vorgesetzten waren. Der alte Degenhart vermied es daher, mit seinem Sohn über die ganze Angelegenheit zu sprechen.

Georg aber hielt das Schweigen des Vaters für Gleichgültigkeit und wurde auch ihm gegenüber verschlossener und wortkarger.

Nur mit Johanna, der jungen Frau seines Vaters, machte er eine Ausnahme. Johanna war ihm in den letzten Wochen geradezu eine Art guter Kamerad geworden. Stundenlang saßen die beiden jetzt oft in dem großen Erker der Wohnstube beisammen, den Johanna so gemütlich hergerichtet hatte, und plauderten.

Georg fühlte sich dann jedesmal viel freier und zuversichtlicher, bis allerdings nach wenigen Stunden die alten Zweifel wieder seine Seele folterten. Johanna besaß eine feine Gabe zuzuhören. Sie konnte oft lange Zeit dasitzen und auf Georg hören, ohne ihn mit einem Wort in seinem Gedankengang zu unterbrechen.

Er hatte es sich allmählich angewöhnt, ihr auch von seinem Innenleben zu erzählen. Seit Jahren war diese junge Frau eigentlich der einzige Mensch, dem er sich rückhaltlos eröffnete. Eine Vertraute seiner Gedanken und eine Ratgeberin in seinen Angelegenheiten.

Es war erstaunlich, wie rasch Johanna den Ideen des jungen Geistlichen zu folgen vermochte. Sie wunderte sich manchmal selbst darüber. Wie sie sich verändert hatte, wie frei und klar sie denken gelernt hatte in diesen wenigen Monaten. Ein ganz anderer Mensch war sie geworden. Ein Mensch, der aus dem öden, grauen Alltag zu neuem Leben und neuem Denken erwacht ist.

Für Georg bedeuteten diese Besuche im Vaterhaus mit der Zeit eine liebgewordene Gewohnheit. Er kam nun beinahe täglich, und der alte Degenhart freute sich herzlich darüber. Er war froh, daß seine Frau das Vertrauen des Sohnes gewonnen hatte, und überließ es ihr gern, dem Sohn eine Ratgeberin zu sein. Seine Frau konnte ihm ja weit besser raten, als er selbst. Von ihr konnte er einen Rat leichter annehmen als vom Vater. Da brauchte er sich dann nicht irgendwie beeinflußt zu fühlen.

Oft ließ Josef von Degenhart die beiden allein und ging seinen Beschäftigungen nach. Er hatte sich ja um so vieles zu kümmern, so vieles zu beaufsichtigen und anzuordnen. Hinten im Hof, der ganz hinaus bis zum Küchelberg reichte, stand Faß an Faß. Große und kleine, neue und alte. Ein wahres Chaos von Fässern. Und drunten in dem ausgedehnten gewölbten Keller des Hauses, der einer geräumigen unterirdischen Halle glich, reihte sich Faß an Faß. Alle mit echten Tiroler Weinen gefüllt. Mannshohe Fässer lagerten da, mit roten und weißen Weinen, mit leichten und schweren Sorten.

Der Weinherr selber hatte ein ganz kleines Bureau zu ebener Erde, das auch hinten im Hof gelegen und recht bescheiden eingerichtet war. Hier pflegte er den größten Teil des Tages zu sitzen und zu schreiben oder mit seinen Angestellten zu verhandeln. Auch die Weinreisenden fanden sich hier ein, die mit dem alten Meraner Haus seit Jahren in geschäftlicher Verbindung standen.

Droben im ersten Stockwerk des behaglichen herrschaftlichen Hauses merkte man nichts von dem ganzen Betrieb, der drunten sich abwickelte. Da war es still und ruhig und vornehm. Nur die Vögel, die in ihren Käfigen im Erker hingen, sangen und zwitscherten.

Während Johanna über eine Handarbeit gebeugt an

ihrem Nähtischchen saß, ging Georg von Degenhart oft ruhelos in dem langen, saalartigen Zimmer auf und ab und sprach über alles mögliche. Über seine Jugend und seine Studienjahre und über ernste, gewichtige Lebensfragen. Und Johanna saß ruhig da und hörte zu.

Die schwere Krone ihres blonden Haares leuchtete hell und goldig in dem Glanz der späten Nachmittagssonne. Georg bemerkte den Zauber nicht, der von der feinen, stillen Frau ausging. Er hatte kein Gefühl und keinen Sinn für weibliche Schönheit und Anmut. Aber der ruhige, sich stets gleichbleibende Charakter der jungen Frau übte auf ihn eine ungemein wohltätige Wirkung aus.

Georg war auch heute wieder, wie jetzt fast täglich, in sein Vaterhaus gekommen und hatte sich länger als gewöhnlich bei Johanna aufgehalten.

Er war heute besonders erregt und nervös gewesen. Die längste Zeit war er ruhelos im Zimmer hin und her gegangen und hatte kein Wort gesprochen. Johanna hatte ihn mit keiner Silbe gestört. Ganz still saß sie auf ihrem gewohnten Platz im Erker und arbeitete.

Hie und da schaute sie besorgt zu Georg hinüber, der von ihrer Anwesenheit keine Notiz nahm. Allmählich wurde er etwas ruhiger. Müde und abgespannt warf er sich in einen Sessel und stützte den Kopf in die feine, schlanke Hand.

Vom Pfarrturm her ertönten die Glocken, dünn und einförmig. Sie riefen die Gläubigen zum abendlichen Rosenkranz. Ein lauer Frühlingswind wehte durch das offene, breite Erkerfenster und spielte mit dem blonden Haar der jungen Frau. Er zerzauste ihr die kleinen Löckchen, die wirr und kraus in die zarte, blasse Stirn fielen.

„Gehst du heut' nicht zum Rosenkranz?" brach Johanna jetzt das Schweigen und sah fragend zu dem jungen Geistlichen hinüber, der tiefer im Zimmer drinnen saß, wo es schon ganz dämmerig war.

Georg sah erschrocken auf Johanna. „So spät schon?" fragte er, und seine Stimme klang müd und tonlos.

„Sie läuten schon die zweite Glocke . ." entgegnete Johanna und beugte sich wieder tief über ihre Handarbeit.

„Ich geh' später!" entschied sich der junge Geistliche nach einer Weile. „Wenn kein Mensch mehr in der Kirche ist. Da wird mir leichter."

„Armer Georg!" kam es leise über die Lippen der jungen Frau. So leise, daß Georg es nicht hören konnte.

Dann legte sie ihre Handarbeit auf das vor ihr stehende Tischchen, erhob sich und ging mit leichten, elastischen Schritten zu Georg hinüber. Sanft legte sie ihre Hand auf die Schulter des Stiefsohnes, der in gebückter, nachdenklicher Haltung dasaß und vor sich hinstarrte.

„Du sollst jetzt nimmer grübeln, Georg . ." sprach sie mit ihrer weichen, etwas dunkeln Stimme. „Was nützt es dir denn? Schau', sei vernünftig. Ganz trübsinnig bist schon geworden. Und zu was führt dich das alles? Ändern kannst du doch nichts. So wie's ist auf der Welt, so wird's immer bleiben. Da hilft alles Grübeln und Denken nichts."

Georg sah mit einem müden Blick vor sich hin. Dann stand er auf. „Ja . ." sagte er tonlos. „Wenn ich's nur lassen könnt' das Grübeln. Wie eine Krankheit ist's über mich gekommen. Ich muß nachdenken . . nachsinnen . . Jedes Wort des Evangeliums . ."

„Das wird alles besser werden, wenn einmal die Entscheidung von Trient kommt . ." unterbrach ihn die junge Frau. „Hast du noch nichts gehört?"

Georg schüttelte den Kopf. „Nein." Dann ging er wieder mit nervösen, hastigen Schritten in dem langen, schmalen Zimmer auf und ab.

Johanna warf noch einen schier verzagten Blick auf den Stiefsohn und setzte sich dann von neuem zu ihrer Handarbeit. Keines von beiden sprach mehr ein Wort. Keines nahm mehr Notiz von dem andern. Als ob jedes die Gegenwart des andern vergessen hätte. Und doch fühlte jedes die Gegenwart des andern, und ein ruhiges Glücksbewußtsein lag in diesem Gefühl. Für Georg, weil er wußte, daß jemand mit ihm fühlte und mit ihm litt. Für Johanna, weil sie den innigsten Anteil an seinem Schicksal haben durfte . .

Die Türe des Wohnzimmers wurde langsam geöffnet. In ihrem Rahmen erschien die kleine, stark nach vorn gebeugte Gestalt des Herrn Dekans Ignazius Platter.

„Guten Abend! Guten Abend!" grüßte der alte Herr freundlich und sah blinzelnd in das schon stark dämmerige Zimmer. Für den Moment konnte er gar nichts unterscheiden. So dunkel war es bereits geworden.

Georg stand wie angewurzelt und sah gespannt auf den alten Herrn. Er wußte und fühlte es genau, daß dieser unerwartete Besuch nur ihm allein gelten konnte, daß jetzt die Entscheidung für ihn gekommen war.

Auch Johanna war über das plötzliche Erscheinen des Herrn Dekans sehr erschrocken. Sie faßte sich aber zuerst und ging auf den alten Herrn zu. „Guten Abend, Hochwürden!" sagte sie leise, und ihre Stimme bebte ein wenig.

„Guten Abend!“ Dabei küßte sie ehrfuchtsvoll die etwas zittrige Hand des Dekans. „Es ist dunkel da . .“ entschuldigte sie sich. „Soll ich Licht machen?“

„Ja, ja! Grüß Gott! Grüß Gott aa!“ sagte der Dekan. „Machen's nur a Licht, Frau von Degenhart. Daß man besser g'sieht. I g'sieh' beim Tag schon soviel wenig. Und auf die Nacht tuat's halt gar nimmer mit mein' G'schau!“ scherzte er.

Dann ließ er sich von Johanna auf das behäbige, hellgepolsterte Sofa mit der steifen Rückenlehne führen und nahm dort schwerfällig Platz. „Ah!“ machte er. „Jatz wohl. Da ist's fein ausz'rasten. Es tuat halt gar nimmer mit die alten Boaner.“

Johanna machte Licht in der großen Hängelampe über dem Tisch.

„Richtig!“ sagte der Dekan jetzt und blinzelte im Schein der hellen Lampe zu Georg hinüber, der noch immer regungslos vor dem Tische stand. „Richtig. Da stecken's ja. Dös hab' i mir do glei gedenkt, daß Sie da sein müassen. Im Widum lassen's Ihnen bald gar nimmer blicken!“ fügte er scherzend hinzu.

„Ich werd' gleich meinen Mann . .“ sagte jetzt Johanna und schaute unsicher bald auf den Dekan und dann auf Georg.

„Ja . . rufen's ihn. Oder naa . . rufen's ihn g'scheiter no nit, Frau von Degenhart. Ja, oder vielleicht a bissele später . . ja . . oder . .“ sagte der alte Dekan und sah zerstreut im Zimmer umher. Dann kraute er sich unbehaglich am Kopf, der nur spärlich mit weißen Haaren bedeckt war. „Ja . . oder . . vielleicht wär's do g'scheiter, wenn

Sie'n iatz rufen täten . ." sagte er nach einer kleineren Pause.

Als Johanna das Zimmer verlassen hatte, trat Georg von Degenhart mit schnellen Schritten zu dem Dekan heran. „Sie haben Nachrichten von Trient?" fragte er rasch, und seine Stimme klang rauh und heiser.

„Ja . . freilich! Ja!" sagte der Dekan und schaute hilflos zu dem jungen Geistlichen empor, der mit todblassem Gesicht vor ihm stand. „Wie meinen's?" fragte er dann unsicher.

„Es muß eine harte Strafe sein, Herr Dekan . ." sagte Georg bitter . . „die man mir in Trient drunten zuerkannt hat. Weil Sie so erregt sind."

„I? Erregt? Ah, beileib nit, Herr Kooperator! Beileib nit!" wehrte sich der alte Herr. „Was Ihnen nit einfallt! Gehen's!" versuchte er zu scherzen. „Und hart ist sie aa nit extra. Gar nit extra. G'wiß nit. Können's es grad' selber lesen."

Der Dekan erhob sich schwerfällig. Dann kramte er umständlich einen Brief heraus, den er in einer Seitentasche des Talars trug. Georg bemerkte, daß die ohnedies zittrige Hand des Dekans noch stärker als gewöhnlich zitterte, so daß er Mühe hatte, das Blatt zu halten.

„Da . . sehen's. Da können's es selber lesen, Herr Kooperator . ." sprach der alte Herr und versuchte eine harmlose Miene zu machen.

Georg nahm ruhig den Brief aus der Hand des Dekans. Ganz ruhig und Wort für Wort las er ihn. Langsam und bedächtig, als hätte er das Papier zu studieren.

Der alte Dekan sah angstvoll auf den jungen Geistlichen. „Sie müssen's Ihnen nit a so hart nehmen, Herr Kooperator!" versuchte er zu trösten, aber seine Stimme klang gedrückt und mutlos. „Es ist halt grad' amal für a Weil'. Lang wird's Ihnen nit treffen da droben. Halt grad' für a Weil'. Für a Straf'. Weil Sie soviel eigensinnig g'wesen sein mit'm Kanonikus. Aber . ."

„Was ist denn g'schehen?" fragte jetzt Josef von Degenhart, der Weinherr, mit seiner tiefen Stimme. Er war gerade zur Türe hereingekommen, gefolgt von Johanna, die mit großen, erschreckten Augen auf das leichenblasse Gesicht Georgs sah.

„Ich bin versetzt worden!" sagte Georg ruhig. „Nach Sankt Martin auf der Höh'!" fügte er mit klarer, heller Stimme hinzu. „Da, lies selber, Vater."

Josef von Degenhart warf einen flüchtigen Blick auf das Dokument. „Strafweise versetzt!" kam es kalt und hart über seine Lippen. Dann legte er den Brief achtlos auf den Tisch und ging gleichgültig, als ob nichts geschehen wäre, ein paarmal im Zimmer auf und ab.

Befremdet sah Georg auf den Vater. War das die ganze Teilnahme? Fühlte der Vater denn nicht die Schmach, die man seinem Sohne antat? . . Strafweise versetzt nach Sankt Martin auf der Höh'. Hoch droben am Berg, fern von jeder Kultur und jedem Verkehre sollte er nun leben. Nur ein paar Bauernhäuser um die Kirche. Sonst nichts. In der Ferne viele Stunden weit verstreute Einödhöfe, die noch zur Seelsorge von Sankt Martin auf der Höh' gehörten. Ein lebendiges Begrabensein . .

Und sein Vater konnte so ruhig und gleichgültig sein . .

Und fand kein einziges Wort des Mitleides und der Teilnahme für ihn . .

Josef von Degenhart fühlte gar wohl die Schmach, die dem Sohne widerfuhr. Er war zeit seines Lebens ein gerecht denkender Mann gewesen. Auch jetzt sagte er sich, daß Georg durch seine Unnachgiebigkeit und sein scharfes Auftreten gegenüber seinen Vorgesetzten diese Strafe selbst verschuldet hatte.

Lorenz Profanter, der Spitalpfarrer, hatte ihm alles haarklein berichtet. Der Weinherr hatte jedoch keinen sonderlichen Wert darauf gelegt. Jetzt mußte er sich allerdings eingestehen, daß Lorenz Profanter doch nicht so ganz unrecht gehabt hatte. Georg hätte schweigen sollen. Durch seine Unbedachtsamkeit hatte er seine ganze Karriere verscherzt . .

Strafweise versetzt! . . Das Wort wurmte den alten Degenhart. Seinen Sohn schickte man fort! Strafweise . . Einen Degenhart! . . Der alte Adelsstolz, der in jedem echten Tiroler Patrizier fest eingewurzelt ist, bäumte sich in dem Weinherrn auf. Und dann knickte er gleich wieder zusammen . . Selbstverschuldet! Durch Georgs eigene Schuld.

Eine tiefe Furche des Unmutes grub sich über der Nasenwurzel des alten Degenhart ein, und sein Gesicht rötete sich immer mehr vor innerer Erregtheit. Fest und mit weit ausholenden Schritten ging der Weinherr im Zimmer umher. Die Hände hatte er auf den Rücken gelegt. Er sagte kein Wort.

Der Herr Dekan stand noch immer unruhig bei dem Tisch und sah ratlos von einem zum andern. „Jatz wol. Jatz wol!" machte er. Dann griff er in seiner Verlegenheit mit zittriger Hand nach dem Brief und faltete ihn sorgsam zusammen.

Johanna war wie festgebannt am Türeingange stehengeblieben und blickte angstvoll auf Georg. Alle Farbe war aus ihrem Gesicht gewichen. Jetzt näherte sie sich leise und langsam ihrem Gatten.

„Josef . .“ Ihre Stimme klang weich und bittend.

„Ja, Johanna. Was willst?“ fragte der Weinherr kurz, aber im freundlichen Tone.

Die junge Frau legte ihre feine, schlanke Hand leicht und einschmeichelnd in den Arm des Gatten. „Hast du kein gutes Wort für Georg?“ sagte sie leise.

Der Weinherr blieb stehen. Mit ernstem Blick sah er zu dem Sohne hinüber, der neben dem alten Dekan hoch und aufrecht dastand.

„Strafweise versetzt . . durch eigene Schuld . .“ stieß Josef von Degenhart in unterdrücktem Tone hervor.

Fest klammerte sich die junge Frau an den Arm des Mannes. „Sag', Josef . . tut er dir nicht erbarmen . . fort zu müssen von da . . weit . . weit fort . . hinauf in die Einöd' . .“ Es klang wie ein mühsam unterdrücktes Aufschluchzen.

„Ich geh' gern!“ sagte Georg jetzt fest und sah finster vor sich hin.

„Gern . .“ Johanna sprach es traurig und gepreßt und schaute mit einem wehen Blick auf den jungen Geistlichen. „Du gehst gern?“

„Ja!“ erwiderte Georg fest. „Mir ist jetzt leichter. Viel leichter. Wie seit Wochen nicht mehr!“ fügte er aufatmend hinzu.

„Sehen's, das ist g'scheit. Recht g'scheit!" mischte sich der alte Dekan hocherfreut ein. „Weil Sie's Ihnen grad' nit a so zu Herzen nehmen. Ganz g'rastet bin i. Und sie werden Ihnen aa nit a so lang droben lassen auf Sankt Martin!" fügte er tröstend hinzu. „Sie werden sehen. Gar nit a so lang. G'wiß nit!"

„So lang, bis ich mürbe bin!" sagte Georg in hartem Ton.

Der alte Dekan blinzelte mit seinen kurzsichtigen Augen schon wieder ganz verzagt zu dem jungen Kooperator hinauf. Dann zog er eine große Schnupftabaksdose hervor und schnupfte ein paarmal. Das tat er immer, wenn er besonders ratlos war und sich gar nicht mehr zu helfen wußte.

Georg ging auf den Vater zu. „Gute Nacht, Vater!" sagte er und reichte ihm die Hand hin. „Verzeih' mir, wenn ich dir Verdruß gemacht hab'!"

„Gute Nacht!" sprach der alte Degenhart trocken.

Als Georg Johannas Hand in die seine nahm, war sie eiskalt. Ein Schauer durchfuhr ihn. Einen Augenblick sah er ihr voll und warm in das bleiche Gesicht, in dem es wie von verhaltenem Weinen zuckte.

In diesem Moment fühlte er es mächtig aufsteigen in sich. Eine heiße Dankbarkeit gegen diese Frau erfüllte ihn. Sie war das einzige Wesen, das in diesem Augenblick mit ihm und um ihn litt.

Warm und fest preßte er ihre kalte Hand. „Ich danke dir!" sagte er innig. Dann ging er mit langsamen Schritten der Türe zu.

Der alte Dekan folgte ihm. Ganz gedrückt und gebeugt.

„Herr von Degenhart . ." wandte er sich fast bittend zu dem Weinherrn. „Herr von Degenhart, Sie müssen's ihm nit a so verübeln. Er hat's nit schlecht g'meint. I kenn' ihn. Beileib nit schlecht. Und sie lassen ihn aa nit a so lang droben auf Sankt Martin. Sie werden sehen!" tröstete er noch. Dann ging er mit kleinen, etwas trippelnden Schritten hinter Georg von Degenhart, der hocherhobenen Hauptes und wie von einer schweren Last befreit, aufatmend vor ihm herging.

Von dem gewölbten Gang des Vorhauses hallten die festen Schritte des jungen Geistlichen wider.

Johanna horchte klopfenden Herzens. Schritt für Schritt verfolgte sie. Bis sie nichts mehr hörte und drunten die schwere Eichentüre dröhnend ins Schloß fiel.

Sechstes Kapitel

Droben in Obermais hatten die Degenharts ihren Stammsitz. Ein altes kleines Schloß, mitten in Weinbergen gelegen, mit einem herrlichen Rundblick auf das ganze Etschtal und weit hinauf bis zum Eingang des Vintschgaus.

Rote und gelbe Rosen und violette Glyzinien umrankten die weißen Mauern des Schlößchens. Hinter dem Herrensitz Klobenstein selbst lagen größere Ökonomiegebäude, ein umfangreicher Stadel und ein Stall mit Kühen. Ein hoher Bogeneingang führte zu dem Vorhofe des Herrenhauses. Die Bauart von Klobenstein gemahnte schon stark an den italienischen Stil.

Ein kurzer Säulengang verband den Vordertrakt mit dem Seitentrakt. Im Parterre befanden sich gar keine Wohnräume, sondern nur Wirtschaftsräume. Die Wohnräume verteilten sich auf den ersten Stock.

Die meisten Räume wiesen alte Gewölbe auf. Ins Schlößl selbst gelangte man durch eine niedere Seitenpforte, von der eine enge Wendeltreppe ins erste Stockwerk führte. Die Zimmer trugen hier zumeist ganz italienischen Charakter.

Von dem kleinen Säulengange kam man über einige Stufen abwärts in ein großes Gemach, das einen Steinboden aus Mosaik hatte. Breite Fenster ließen das Tageslicht herein. Man konnte sich hier völlig in die Antikamera eines alten italienischen Palastes versetzt glauben.

Um so größer war dann der Kontrast, wenn man von dieser Antikamera aus durch eine breite Flügeltüre das nebenliegende Zimmer betrat, das einen völlig deutschen Eindruck machte. Eine helle, freundliche Stube mit vier kleinen Fenstern, von denen man eine herrliche Aussicht hatte.

Drunten lag Meran mit seinem hohen Pfarrturm und dem Gewirr der rotbraunen, spitzen Ziegeldächer. Die Felder und Äcker der Ebene zogen sich bis hinüber nach Marling. Einen lieblichen Anblick gewährte Marling selbst mit seiner malerischen Kirche, eng angeschmiegt an den steil aufragenden und bis zur Höhe bewaldeten Marlingerberg. Dann unten Lana mit dem Schloß Lebenberg, dahinter die Laugenspitze und noch weiter gegen Süden die unvergleichlich schöne Bergform der Mendel.

Überall, wohin man sah, grünte und blühte es. Das ganze Etschland war ein Blütengarten. Die Burgen und Schlösser von Obermais steckten in blühenden Obstgärten, die ihre alten Mauern, Zinnen und Türme mit einem ewig neuen Leben umspannen.

Fast wie ein Stiefkind nahm sich dagegen die tief unten, in der Perspektive schier zu Füßen von Klobenstein gelegene uralte Zenoburg auf ihrem nackten, steilen und jäh abstürzenden Felsen aus. In den Überresten dieses einst stolzen Fürstensitzes starrte die Vergänglichkeit irdischer Macht in den blauen Südlandshimmel, ungemildert durch den versöhnenden Farbenzauber des Meraner Frühlings.

Über die Zenoburg weg schweifte das Auge nach dem sanft ansteigenden Küchelberg mit seinen Weingärten und nach der Hochebene des Dorfes Tirol. Im Norden grüßte der Jaufen aus dem Passeirertal, herb und kalt und noch teilweise mit Schnee bedeckt.

Im Kranze der alten Schlösser und Burgen von Obermais nahm sich Klobenstein mit seinem rundlichen Vorbau ungemein stattlich aus. Das Bild von Obermais wurde überhaupt durch die alten Herrensitze beherrscht. Nur hie und da lagen vereinzelte Bauernhöfe, halb versteckt durch Weingärten. Schmale, verschlungene Gehpfade, die teils durch Wiesen und Obstanger, teils durch Weinäcker führten, verbanden die Schlösser von Obermais untereinander.

Gallus Schnappinger, der Schaffer und Wirtschafter auf Schloß Klobenstein, arbeitete emsig im Weingarten. Mit hoch emporgestreckten Armen band er die Reben auf. Der Schweiß perlte ihm dabei in dicken Tropfen über die sonnverbrannte Stirn. Sein krauses, rotes Haar war ganz dunkel vor Nässe und klebte ihm fest an der niederen, vorspringenden Stirn. Hie und da hielt er bei der Arbeit inne, um sich mit den groben Hemdärmeln aus hausgewirkter Leinwand, die er bis weit über die Ellbogen aufgekrempelt trug, den Schweiß abzuwischen.

Gallus Schnappinger war ein guter Vierziger. Sein rotes, gutmütiges Gesicht war glatt rasiert, und die kleinen wasserblauen Augen hatten einen verschmitzt listigen Ausdruck. Die roten Haare wellten sich in üppigen Büscheln und fielen tief in die Stirn herein. Dadurch machte der Schaffer einen fast unheimlichen Eindruck, der sich noch verstärkte, wenn er sich auch den Bart stehen ließ.

Dann sah er geradezu fürchterlich aus. Die krausen roten Barthaare umwucherten dann so sehr das stark gebräunte Gesicht, daß man außer Augen und Nase kaum mehr was davon sah. Den Bart ließ sich der Gallus Schnappinger gewöhnlich nur dann stehen, wenn er wieder einmal recht weltschmerzlich gesinnt war.

Das war jedesmal der Fall, so oft er mit der Trina, der alten Magd auf Klobenstein, in Streit geriet. Die Trina hatte jahrelang Hoffnungen gehegt, daß sie und der Schnappinger einmal ein Paar werden würden. Aber der Gallus war ein eingefleischter Junggeselle und nicht so leicht zum Heiraten zu kriegen.

Die Trina war ihr Lebtag lang nie eine Schönheit gewesen. Ein kleines, eingeschrumpftes Weiblein mit einem steifen Fuß, den sie beim Gehen immer nachschleppte. Auch war sie um nahezu zehn Jahre älter als der Gallus Schnappinger. Das hinderte sie aber trotzdem nicht, alle ihre Verführungskünste spielen zu lassen, um den Schaffer dranzukriegen.

Sie kochte ihm extra fein auf, flickte und stopfte säuberlich seine Wäsche und nahm ihm die Arbeit ab, wo sie nur konnte. Ja sogar neue Taschentücher hatte sie ihm gekauft und ihm selbst ein paar neue Unterhosen gemacht. Und unermüdlich strickte sie abwechselnd rote, weiße und blaue Socken für ihn.

Aber es half alles nichts. Der Gallus Schnappinger ließ sich dadurch nicht rühren und blieb standhaft. Er wurde womöglich nur noch weiberfeindlicher und mißtrauischer.

Als die Trina einsah, daß alle ihre Liebesmühen umsonst waren, änderte sie ihr Benehmen und tat dem Schaffer alle Bosheiten an, die sie nur erdenken konnte. Rein wie Hund und Katze hausten die beiden manchmal. Das Fräulein Kathrin hatte oft ihre liebe Not, die zwei wieder auszusöhnen und sie zu einem halbwegs erträglichen Verhältnis zu bringen.

Gerade jetzt saß das alte Fräulein von Degenhart droben in der freundlichen Wohnstube des Schlössels und sah herab in den Weingarten, wo Gallus Schnappinger unermüdlich arbeitete. In einiger Entfernung von ihm war die Trina, klein und mager wie immer. Kopf und Gesicht hatte sie mit einem weißen Tuch verhüllt, das ihr Schutz gegen die sengenden Sonnenstrahlen gewähren sollte. Die Sonne meinte es jetzt schon gar zu gut. Erst April und eine Hitze wie mitten im Sommer.

Den schmalen Weg zum Schlößchen herauf, der durch die Weingärten führte, kam langsam eine hohe, schlanke Frauengestalt. Fräulein Kathrin erkannte sie sofort. Es war Johanna, die junge Frau ihres Bruders.

Mit langsamen, müden Schritten ging sie einher, als fiele ihr das Gehen beschwerlich. Katharina von Degenhart schaute mit scharfem Blick hinab und schüttelte dann leise den Kopf. Ihr gefiel etwas nicht an der jungen Frau. Sie eilte ihr auch nicht entgegen, wie sie das sonst immer zu tun pflegte, sondern blieb auf ihrem Beobachtungsposten am Fenster.

Jetzt begrüßte Gallus Schnappinger die junge Herrin,

und auch die alte Trina kam eilig herbeigehumpelt. Kaum, daß Johanna einige Worte mit den beiden sprach. Sie lächelte nur und gab ihnen flüchtig die Hand.

Der Tante Kathrin kam es vor, als sei es ein wehes, leidvolles Lächeln. Sie schüttelte abermals den Kopf. Dann ging die kleine zierliche alte Dame mit schnellen, elastischen Schritten ihrer Schwägerin entgegen. Draußen auf dem arkadenartigen Säulengang trafen sie sich.

Mit einem scharfen Blick aus ihren lebhaften dunkeln Augen sah das alte Fräulein zu Johanna empor. Es kam ihr vor, als ob Johanna nicht so jung und frisch aussähe wie sonst. Das zarte ovale Gesicht der jungen Frau war bleicher und eingefallener, und die großen grauen Augen, die sonst einen so strahlenden Blick hatten, waren müde und verschleiert.

„Grüß Gott, Johanna!" begrüßte das alte Fräulein Kathrin die Schwägerin und drückte ihr herzhaft die Hand. „Grüß Gott! Bei aller Hitz' kommst aufer zu mir. Das ist nett! Und ganz blaß bist worden. Hat's dich so ausbrennt die Sonn', gelt?" erkundigte sie sich teilnehmend und führte die junge Frau sorglich die paar Stufen herab in die Antikamera.

Dann gingen die beiden Frauen hinein in das freundliche, hell tapezierte Wohnzimmer, von wo aus man den prachtvollen Rundblick auf Meran und das Etschtal hatte. Dort setzte sich Johanna müde und abgespannt in einen der hochgepolsterten Lehnstühle, der in der Nähe des Fensters stand, und schaute hinaus.

Wie herrlich es hier oben war. So oft sie heraufkam, gefiel es ihr immer wieder aufs neue. Nach Klobenstein wollten sie und ihr Mann ja ziehen, wenn Hans, ihr Stiefsohn, drunten unter den Lauben das Haus und Geschäft einmal übernehmen würde. Und hier oben wollte Josef von Degenhart sich ausruhen und im stillen Frieden und in Einsamkeit seinen Lebensabend beschließen.

Ja, still und einsam war es hier oben. Noch viel, viel stiller als drunten in der Stadt. So still wie am Steinach, wo sie ihre Jugendjahre verlebt und verträumt hatte.

Ein leiser, schwerer Seufzer kam über die Lippen der jungen Frau. Dann raffte sie sich empor und sah freundlich auf das alte Fräulein, das ihr gegenüber Platz genommen hatte und mit forschendem Blick auf die junge Frau schaute.

„Tu' ablegen, Johanna!" mahnte das Fräulein Kathrin jetzt die Schwägerin und half ihr den einfachen, aber geschmackvollen hellen Sommerhut abnehmen. Das geschah mit so viel echter Herzlichkeit und mütterlicher Geschäftigkeit, daß Johanna unwillkürlich die Tränen in die Augen kamen.

Sie war ja in ihrem Leben nie durch besondere Zärtlichkeit und Fürsorge verwöhnt worden. Die sorgende Liebe ihres Gatten tat ihr ja unendlich wohl. Sie empfand sie als ein köstliches Geschenk des Himmels.

Aber in der letzten Zeit quälte sie diese Liebe eher. Da zuckte sie zusammen, wenn sie den schweren, wuchtigen Schritt ihres Mannes hörte, und wich ihm aus, wo sie konnte. Jedes gute Wort aus seinem Munde tat ihr weh, und sein fragend erstaunter Blick traf sie wie stummer Vorwurf.

Johanna hatte ihren inneren Frieden verloren. Sie,

die ruhige, ernste Frau mit dem stets sich gleichbleibenden Temperament war mit einem Male wie ausgewechselt. Eine tiefe Schwermut überkam sie. Eine Traurigkeit und Bangigkeit. Die lauen Frühlingsnächte durchwachte sie schlaflos. Unruhig ging sie in den großen Zimmern ihres Hauses umher. Dann lehnte sie sich wieder an eines der offenen Fenster und schaute in die klare, sternenhelle Frühlingsnacht.

Fräulein Katharina von Degenhart war aufgestanden und hatte den blonden Kopf der jungen Frau in ihre schon runzligen Hände genommen. Sodann bog sie Johannas Kopf leicht nach rückwärts und schaute der jungen Frau tief und ernst in die hellen Augen.

„So, Johanna!“ Das alte Fräulein drückte einen herzhaften Kuß auf die vollen Lippen der jungen Frau. „Und jetzt sagst mir, was es geben hat bei euch. Denn geben hat's was. Ich seh's dir an!“ beharrte sie.

„Geben?“ sagte Johanna, und ihr Gesicht wurde dunkelrot vor Verlegenheit. „Geben? Es hat nichts gegeben, Kathrin!“ versicherte sie. „Wie kommst denn auf das? Wo der Josef so gut ist . .“ fügte sie zögernd hinzu.

„Ja. Gut ist er wohl, der Josef. Sehr gut!“ nickte das alte Fräulein bestätigend. „Aber . .“

„Es ist gar nichts!“ versicherte Johanna jetzt eifrig. „Ich bin nur ein bissel müd worden vom Heraufgehen.“

„So. Müd bist worden . .“ machte Fräulein Kathrin. „Freilich. Bei der Hitz'.“ Dann rückte sie ihren Polsterstuhl knapp an den bequemen Lehnsessel der jungen Frau und nahm deren schlanke Hände in ihre kleine, etwas knochige Hand. „Siehst, Johanna . .“ begann sie dann leise, und ihre Stimme klang warm und teilnehmend. „Ich bin auch einmal jung g'wesen. Es ist freilich schon lang her. Aber ich hab' auch einmal alles durchmachen müssen. Das bleibt keinem Menschen erspart. Ich kenn' die Stimmungen. Sie kommen oft so über einen. Man kann sich nimmer helfen. Gelt? Ist's nit auch so bei dir?" forschte sie und sah teilnehmend in das jetzt wieder blasse Gesicht der jungen Frau.

Johanna hatte die Augen zu Boden geschlagen. Ihre dunkeln, dichten Brauen hoben sich scharf ab in dem bleichen Gesicht. Die langen, schwarzen Wimpern warfen dunkle Schatten auf die blassen Wangen und ließen sie noch bleicher und schmächtiger erscheinen.

„Ja . ." sagte Johanna ganz leise und sah noch immer unverwandt vor sich hin. „Ja."

„Siehst, Kind. Das hab' ich mir gleich gedacht, wie ich dich g'sehen hab'. Etwas fehlt bei dir. Weißt, die alte Kathrin, die hat scharfe Augen. Die haben schon manches Leid g'sehen, selbst in meiner stillen Welt da heroben . ." fuhr das alte Fräulein im warmen Ton fort. „Und fürs Leid, da sind meine Augen extra scharf. Das entdecken die gleich. Das entgeht ihnen nit so g'schwind . ." nickte sie leise vor sich hin.

Katharina von Degenhart trug ein einfaches, eng anliegendes, dunkelgraues Kleid. Eine schwarze Schürze und ein feines, schwarzes Spitzenhäubchen vervollständigten den bescheidenen Anzug. Aber Fräulein Kathrin sah darin fast jugendlich aus. Wäre nicht das schon stark ergraute Haar gewesen, man hätte sie sicher für zwanzig Jahre jünger halten können.

Die schlanke, biegsame Gestalt der jungen Frau durchlief ein Zittern bei den guten Worten des alten Fräuleins.

„Es hat mich heraufgetrieben zu dir, Kathrin . ." gestand sie jetzt zögernd. „Vielleicht, daß du mir helfen kannst, mir raten . ."

„Es hat also doch was geben?"

„Nein. Es liegt alles an mir. Ich allein bin die Schuld. Ich ganz allein . ." gestand Johanna. „Der Josef ist gut wie immer. Der bleibt sich immer gleich. Und doch ist's anders jetzt, als wie's früher war . ."

Johanna griff nach den beiden Händen des alten Fräuleins und umklammerte sie fest. Angstvoll schaute sie ihr in das kleine, lebhaft gefärbte Gesicht. „Ich glaub', Kathrin, ich hätt's nit tun sollen. Ich hätt' den Josef nit heiraten sollen . ." kam es wie eine leise Anklage über die Lippen der jungen Frau.

Eine Weile saßen die beiden Frauen stumm nebeneinander. Keine von beiden sagte ein Wort. Nur ihre Hände hielten sich fest umspannt. Katharina von Degenhart fühlte, wie die schöne, wohlgeformte Hand der jungen Frau ab und zu wie im Krampf zusammenzuckte.

Die Sonne, die sich langsam zum Untergang hinter dem Marlingerberg rüstete, sandte ihre Strahlen noch in das trauliche Wohngemach, das mit Bildern und Blumen reich ausgeschmückt war. Drunten die Stadt lag schon fast im Schatten. Aber hier oben in Obermais verweilte die Sonne länger.

Mit ihren letzten Strahlen beschien sie das alte Georgenkirchlein, dessen hellgrüner, spitzer Turm von Schloß Klobenstein aus gut sichtbar war. Die Scheiben der zerfallenen Zenoburg glitzerten wie Diamanten. Der efeuumsponnene Turm, knapp draußen an der jäh zu den Wasserstrudeln der Gilf abstürzenden Felsenklippe, war ganz in die Glut der untergehenden Sonne getaucht.

Die grünen Höhen des Küchelberges lagen noch im Schimmer. Und nur widerwillig wich das Tagesgestirn den emporklimmenden Schatten der Dämmerung.

„Schau, Kind . ." begann das alte Fräulein von Degenhart im guten, warmen Ton. „Sag' mir alles. Bist nit glücklich?"

Johanna schüttelte wehmütig den Kopf. Die schwere Krone ihres blonden Haares sah wie eine Last aus, die für den feingeformten, zarten Kopf viel zu drückend war.

„Ich bin nit glücklich . ." sagte die junge Frau mit leise bebender Stimme, und um ihren Mund zuckte es wie von verhaltenem Weinen. „Ich bin tief, tief unglücklich . ."

Wieder trat eine lange Pause ein. Katharina von Degenhart saß da und schaute mit ernstem Blick vor sich hin. Neben ihr hörte sie das schnelle, erregte Atmen Johannas. Die Tränen perlten ihr jetzt unaufhörlich in großen, schweren Tropfen aus den schönen Augen.

Katharina von Degenhart atmete tief. „Hast du den Josef nit lieb?" fragte sie dann leise.

„Ja. Sehr lieb. So lieb . . wie einen guten, lieben Vater."

„Das ist wenig. Zu wenig für den eigenen Mann . ." sprach das alte Fräulein langsam und ernst.

Abermals trat eine Pause des Stillschweigens ein. Dann fing Katharina von Degenhart aufs neue an . .

„Und ist das immer schon so g'wesen, Johanna? Ich mein' . . schon früher . . eh' du ihn geheiratet hast?

Johanna nickte stumm und weinte leise vor sich hin.

„Und doch seid's glücklich g'wesen, du und der Josef . ." sagte Katharina von Degenhart nachdenklich. „Glücklich bis jetzt."

„Ja . ." gestand Johanna zögernd. „Bis jetzt."

Die alte Dame richtete sich straff auf. So steif und aufrecht, als es ihr ihre zierliche kleine Gestalt erlauben wollte. Mit einem scharfen Blicke schaute sie fast durchbohrend auf ihre Schwägerin.

„Und warum auf einmal . ." fragte sie, und ihre Stimme hatte einen ungewohnt harten Klang.

„Weil ich früher keine andere Liebe gekannt hab' . ." sagte Johanna so leise, daß die alte Dame neben ihr sie kaum hören konnte.

Ein langes, banges Schweigen entstand. Sachte löste das alte Fräulein ihre Hand, die Johanna noch immer krampfhaft umklammert hielt. Streng und beinahe hart schaute sie vor sich nieder. Dann wurden ihre Züge allmählich wieder weicher und bekamen den gleich guten, mütterlichen Ausdruck wie immer.

„Es gibt Prüfungen im Leben . ." sagte sie in einem milden, nachsichtigen Ton. „Leichte und schwere. Die kommen von unserm Herrgott. Und wir müssen sie hinnehmen von Ihm. Aber es muß hart sein, wenn man die Lieb' zum eigenen Mann verliert . ."

„Du darfst nit schlecht denken von mir, Kathrin . ." verteidigte sich jetzt Johanna und schaute mit einem treuherzigen, offenen Blick auf die alte Dame. „Ich hab' die

Lieb' zu meinem . . zu Josef nit verloren. Ich hab' ihn gleich gern wie früher. Ganz gleich. Daran hat sich nichts geändert. Nur daß ich früher keine andere Liebe gekannt hab' . ." setzte sie aufseufzend hinzu.

„Siehst, Kind . ." fing Fräulein Kathrin über eine Weile wieder an. „Du hast mir oft erbarmt. Schon in früheren Jahren, wenn ich hie und da einmal zu deiner Mutter kommen bin. Da hab' ich dich aufwachsen sehen. Schön und groß. Und grad' wie geschaffen dazu, einen Mann recht glücklich zu machen. Wie g'schaffen für die Lieb' hab' ich mir oft denkt. Aber sie hat nit kommen wollen zu dir, gelt? Und wer anders, das weit weniger g'schaffen ist dazu als du, muß oft zu Grund gehen dran."

Die alte Dame hielt inne, als hätte sie das Reden ermüdet. „Weißt . ." begann sie dann wieder. „Ich in meiner Einöd' da heroben hab' viel Zeit nachzudenken und nachzusinnieren. Aber eins hab' ich mir oft gedacht. Vieles käm' anders in der Welt, wenn die Leut' mehr Treue halten täten." Das alte Fräulein hob wie warnend die Hand empor. „Treu muß man sein im Leben. Das ist die erste Bedingung. Treu in allem. Treu in der Lieb' und treu in der Freundschaft. Tu' dich darnach halten, Johanna. Ich mein', es wird dir a Hilf' sein. Und . ." fügte sie mit ganz leiser Stimme hinzu, „will's Gott, wird diese Prüfung, die Er dir g'schickt hat, gut an dir vorübergehen."

Geraume Zeit saßen die beiden Frauen noch schweigend beisammen. Die Sonne war schon längst hinter dem Marlingerberg verschwunden, und vom Jaufen kam eine frische

Jochluft herüber. Durch das offene Fenster wehte der Duft der Blüten, der süße, betäubende Geruch der Akazien und Glyzinien.

Johanna erhob sich. Langsam gingen die beiden Frauen über den Arkadengang herunter in den kleinen Schloßhof.

Dort fanden sie Georg von Degenhart im eifrigen Gespräche mit Gallus Schnappinger. Der Schaffer war gerade in seinem schönsten Stallanzug. Eben war er vom Stall gekommen, wo er die Kühe zu melken hatte.

Diese Beschäftigung wäre eigentlich von rechtswegen der Trina zugestanden. Aber die Trina hatte sich schon seit längerer Zeit davon geschraubt. Sollte nur er arbeiten, der Kerl, der z'widere, dachte sie. Recht geschah ihm. Warum wollte er nicht heiraten! Wo er es als verheirateter Mann soviel schöner gehabt hätte! . . So übernahm halt der Gallus Schnappinger gutmütig auch diese Arbeit und dachte tief darüber nach, daß ein Mann trotzdem recht elend dran sein kann, wenn er auch nicht verheiratet ist.

„Bist auch da, Georg . ." sagte das alte Fräulein von Degenhart, und ihr gutes Gesicht strahlte vor lauter Freude, als sie ihrem Neffen die Hand reichte.

„Ja. Ich bin gekommen, um Abschied zu nehmen, Tante Kathrin!" sagte Georg. „Übermorgen in aller Herrgottsfrüh' geht's fort mit dem Postwagen." Georg sprach es in einem leichten, fast scherzenden Ton.

„Fort? Schon übermorgen?" fragte das alte Fräulein erschrocken.

Georg nickte und sah beklommen in das aschfahle Gesicht seiner Stiefmutter. Johanna stand neben ihrer

Schwägerin und zitterte am ganzen Leib. Sie mußte ihre ganze Kraft aufbieten, um nicht umzusinken.

„I hab's alleweil g'sagt, es ist a Schand' und a Graus!" mischte sich jetzt der Gallus Schnappinger mit seiner lauten und etwas zu hohen Stimme in das Gespräch. „So was tuat man nit! Um so an Herrn muaß man froh sein, wenn man ihn in der Stadt b'halten kann. Aber nit aweg schicken in a so a gottverlassenes Nest aufi! Die Leut' sagen's alle. Weitumadum ist koa oanziger Herr als wie Sie, der a so ruhig und a so zum Herzen predigen kann. Nit amal der Herr Profanter. Dersell' larmt viel z'viel. Aber Sie verstiah'n's viel besser, den Leuten guat zuaz'reden. Und dös ist die Hauptsach'!" ereiferte er sich. Dabei stellte er sich mit gespreizten Beinen breitspurig hin und stützte sich schwer mit nach vorne gebeugtem Oberkörper auf eine große Mistgabel, die er in der Hand hielt.

„Ah mei'!" machte jetzt die Trina, die auf einmal aus der dunkeln, rauchgeschwärzten Selchkuchel auftauchte, vor der Gallus Schnappinger sich postiert hatte. „A gar a so gottverlassene Gegend ist es weiter aa nit auf Sankt Martin. I bin selber amal droben g'wesen, vor a etliche zwanzig Jahr' wallfahrten. Es kommen schon alle heilige Zeiten amal Bauern aufi, z'beten wegen dem Viech!" berichtete sie wichtig. Dabei schob sie mit der rechten Hand ihr weißes Kopftuch hinter die Ohren, so daß man ihr braunes, knochiges Gesicht besser sehen konnte. Mit der linken Hand stützte sie den knochigen, sonnverbrannten Arm in die Hüfte. „Und luftig und fein ist's aa droben!" lobte sie weiter. „I ging' amal glei mit Ihnen Häuserin machen!“ fügte sie zu Georg gewandt scherzend hinzu und zeigte ihr gelbliches Gebiß, das schon einige starke Lücken aufwies.

„Ja. Da wär' er was z' neiden mit dir, der Hochwürdige!“ brummte der Schaffer und spie verächtlich nach der Seite hin.

„Daß du do nia an Fried' geben kannst, du Mannsbild, du narretes!“ keifte die Trina empört.

„Gib nur du an Fried', Teufel damischer!“ höhnte Gallus Schnappinger und kehrte der Trina vollends den Rücken zu.

„Jetzt gebt's a Ruh', ihr zwei!“ mahnte das Fräulein Kathrin lächelnd. Dann wandte sie sich wieder an ihren Neffen. „Also wirklich schon übermorgen fahrst?“

„Ja. Mein Nachfolger ist heute gekommen und wird schon morgen sein Amt antreten.“

„Übermorgen schon . .“ sagte Johanna leise und mit bebenden Lippen.

Jetzt erst bemerkte Katharina von Degenhart, wie bleich die junge Frau geworden war. Verwundert sah sie zu der schlanken Gestalt hinauf, die sie um Hauptеslänge überragte.

„Ich begleit' die Johanna noch ein Stückl . .“ sagte das alte Fräulein zu Georg. „Geh' du nur derweil hinauf ins Zimmer. Ich komm' gleich wieder.“

Georg schaute mit tiefem Blick in das verhärmte Gesicht der jungen Frau. Ein inniges Mitleid mit ihr überkam ihn.

„Es ist schon spät, Johanna . .“ sagte er, und sein Ton klang ungewöhnlich warm und herzlich. „Soll ich dich nicht begleiten?“

„Danke, nicht!" Johanna wehrte erschrocken und ängstlich ab, und eine dunkle Röte bedeckte ihr Gesicht. „Ich .. ich . ."

„Die Johanna ist nit gut beisammen . ." sagte Katharina von Degenhart, als die drei langsam den schmalen Weg durch den Weingarten hinunterschritten. Sie hatte das Bedürfnis, irgendeine Erklärung zu geben. Johannas Benehmen und Scheu befremdeten sie.

„Arme Johanna!" sagte Georg leise. „Arme Johanna!" Dann drückte er ihr warm und fest die Hand. „Ich komm' noch zu euch, morgen . ." sprach er zögernd, und seine Stimme war beklommen. „Grüß' den Vater einstweilen und gute Nacht."

„Gute Nacht!" Eilig und schnell ging die junge Frau den steilen Weg hinunter, der Sankt Georgenkirche zu. In nervöser Hast, als müsse sie jemandem entfliehen. Georg und Tante Kathrin schauten ihr noch eine Weile nach.

„Arme Johanna!" Georg sagte es still vor sich hin. Ein schwerer Seufzer entrang sich seiner Brust, und sein Blick hatte etwas Träumerisches.

Katharina von Degenhart sah verwundert in das feine, scharfgeschnittene Gesicht des jungen Geistlichen. Georg blickte ernst und halb verloren vor sich hin. Sein Gesicht war leicht gerötet, und der sonst stets so energisch geschlossene Mund hatte eine weiche Linie.

„Georg!" Tante Kathrin sprach es still und bittend. „Georg!"

Georg achtete nicht auf sie. Er hatte offenbar auf ihre Gegenwart ganz und gar vergessen. Erst als sie wieder in dem kleinen Schloßhof angelangt waren, von dem aus man auch zu den Ökonomiegebäuden kam, schien er sich wieder auf ihre Anwesenheit zu besinnen.

Aber das Gespräch wollte heute nicht so recht in Fluß kommen zwischen den beiden. Auch droben im Wohnzimmer nicht, wo früher Johanna mit dem alten Fräulein gesprochen hatte.

Sonst saß Georg oft stundenlang bei Tante Kathrin, und die Zeit hier oben verging ihm nur allzu schnell. Heute war es anders. Da verstrichen die Minuten schleppend, als wären es Stunden.

Eine drückende Stimmung lag über den zwei Menschen. Ein beklemmendes Angstgefühl hatte sich der alten Dame bemächtigt. Ängstlich und forschend sahen ihre dunkeln Augen auf den jungen Geistlichen.

Georg saß da, blickte verloren vor sich hin und gab zerstreute Antworten. Schließlich war er froh, als er sich verabschieden konnte. Er war geraftet, nun wieder allein sein zu können mit seinen Gedanken . .

Als Georg fort war, ging Katharina von Degenhart durch die Antikamera mit dem schönen Mosaikboden und den alten, wurmstichigen Eichenmöbeln in das gegenüberliegende Zimmer, das ihr Schlafgemach war.

Hier hatte sich die alte Dame in einer Ecke einen kleinen Hausaltar errichtet. Ein Bild der schmerzhaften Mutter Gottes, umgeben von frischen, duftenden Blumen. Davor brannte in einer kleinen Ampel ein Licht. Ein einfacher Betschemel stand vor dem Hausaltar. Katharina von Degenhart pflegte hier stets ihre Morgen- und Abendandacht zu halten.

Auch jetzt kniete sich das alte Fräulein in den Betstuhl

und faltete inbrünstig die Hände. Eine große, jähe Herzensangst, ein tiefes Grauen war über sie gekommen. Mit aufgehobenen, leise zitternden Händen betete sie . .

„Heilige Mutter Gottes! Ich bitt' dich, laß' grad' das nit zu! Führ' sie nit in Versuchung. Steh' ihnen bei! Sie sind beide so jung noch. Hab' ein Einsehen, Schmerzensmutter. Bitt' für sie beim lieben Gott. Dir ist ja alles möglich. Dich erhört ja der Herrgott. Dir kann er ja nix abschlagen. Bitt' für sie und verlaß' sie nit" . .

Lange kniete die alte Dame in ihrer Herzensnot vor dem Madonnenbild und betete. Sie betete um das Glück und den Seelenfrieden der beiden jungen Menschen, die ihr so nahestanden.

Ihre scharfen Augen hatten sofort die Gefahr erkannt. Eine große Gefahr, ein Unglück so tief und entsetzlich, daß sie es nicht auszudenken vermochte. Ein kalter Schauer überrieselte sie. Wie übermächtiges Verderben stieg es vor ihrer Seele auf . . in düstern, gigantischen Schatten . . den Atem raubend . . alles erstickend . . ein würgender Schrecken der Nacht . . ein hoch aufragendes Gespenst . .

Und sie, die alte Frau, konnte nichts tun, um das Unheil abzuwenden. Gar nichts, nur beten konnte sie. Heiß und innig. Dem Schutze der Himmelsmutter konnte sie die zwei jungen Menschenkinder empfehlen. Die würde über die beiden wachen. Sie würde die Versuchung abwenden von ihnen und ihnen den Frieden und das Glück erhalten . .

Getröstet erhob sich das alte Fräulein und ging wieder hinüber in ihr Wohnzimmer. Die Nacht war hereingebrochen. Der Mond beleuchtete mit seinem matten, silbrigen Schimmer die Stadt drunten. Eng an den Küchelberg geschmiegt, ruhig und friedlich lag sie da. Gegen sie nahm sich die Zenoburg drüben fast finster und drohend im Mondschein aus. Und über die Schlösser von Obermais inmitten der Weinberge glitt das matte Licht wie spielender Flimmer.

Laue Frühlingsnacht im Süden, schon vorsommerlich durchwebt. Der alte Zauber und der alte Duft, der die Sinne gefangen nimmt und umschmeichelt.

Siebentes Kapitel

Während der ganzen Fastenzeit ist die Seelsorgegeistlichkeit stets ungemein in Anspruch genommen. Besonders an den Samstagen. Bis in die späte Nacht hinein müssen da oft die Priester in der Kirche ausharren, um die Osterbeichte zu hören.

Da kommen die Bauern von nah und fern, von all den Dörfern in der Umgebung nach Meran, von Kuens, Riffian, Schenna, Marling und Algund, um in der Stadt ihre Osterbeichte abzulegen. Sie könnten das ja auch daheim tun. Es ist aber vielfach eine alte Gepflogenheit, zur Osterbeichte in die Stadt zu kommen. Manchen treibt vielleicht auch ein rein seelisches Motiv dazu. In der Stadt findet er einen fremden Geistlichen, dem er leichter und ungescheuter beichtet als dem Pfarrer oder Kooperator daheim.

Die Osterbeichte ist ein strenges Gebot der katholischen Kirche. Wer sie verabsäumt, begeht eine Todsünde und kann nicht eingehen in das Himmelreich Gottes.

Auch an den Sonntagen, kaum daß der Mesner um vier Uhr früh beim Läuten des Englischen Grußes die Kirche aufgesperrt hat, finden sich schon wieder neue Beichtkinder ein. Stundenlang müssen die Priester in den engen Beichtstühlen verbleiben, um alle die Bekentnisse zu hören, immer wieder aufs neue Zuspruch zu spenden und die Absolution zu erteilen.

Es war der letzte Samstag vor der Karwoche. Der letzte Samstag, den Georg von Degenhart in seiner Heimatstadt verbringen sollte. Alles war schon zu seiner Abreise bereit. Morgen um fünf Uhr früh sollte er die Fahrt ins Vintschgau antreten.

Den Abschied vom Elternhause hatte er auch bereits hinter sich. Johanna hatte er nur flüchtig gesprochen.

Der neue Kooperator war schon im Amt. Der saß nun seit einigen Stunden in der Pfarrkirche und hörte die Beichte. Georg war in seinem Zimmer und las in einem Buche. Da öffnete sich die Türe, und herein kam der alte Herr Dekan Ignazius Platter mit kleinen, trippelnden Schritten.

„Geh'n's, Herr Kooperator, wenn's halt doch so gut wären und no a bissel in die Kirch'n schaueten!" sagte er bittend. „Es sein soviel Beichtleut' drunten, und i dermach's heut' völlig nimmer. Und der Herr Malferteiner hat aa fortmüssen auf an Versehgang. I sitz' schon seit halbe drei, ‚und iatz ist es bald siebene!" klagte der alte Herr.

Georg erhob sich bereitwillig. „Aber gern, Herr Dekan!" sagte er freundlich. „In welchen Beichtstuhl soll ich denn gehen?"

„Ja, ja. In welchen? I mein' etwa doch, in den meinigen. Wenn der Herr Malferteiner zurückkommt, nachher soll er nur aa no a bissel Beicht' sitzen. Damit wir eher fertig werden. Morgen heißt's do wieder zeitig aufsteh'n!" machte er bedenklich und sah ein wenig verzagt auf den jungen Geistlichen.

Georg war eigentlich froh, daß er noch in die Kirche gehen durfte. So wurde er wenigstens von seinen eigenen Gedanken abgelenkt, die ihn immer wieder gefangennahmen.

In der Kirche war es schon stark dämmrig geworden. Vor dem Beichtstuhl des Herrn Dekans knieten viele Leute. Sie erhoben sich ehrfürchtig, als Georg, angetan mit dem kurzen weißen Chorrock und der violetten Stola, den Beichtstuhl des Dekans betrat.

Mit flüchtigem Blick schaute Georg auf die Andächtigen. Da würde er heute lange ausharren müssen. Bis ganz hinunter zu dem nächsten Beichtstuhle standen sie Kopf an Kopf in enger Reihe . .

Die Uhr vom Pfarrturm herab hatte soeben zehn Uhr geschlagen. In langsamen, dumpfen Schlägen. Die letzten Beichtkinder entfernten sich. Der Mesner stand harrend an dem hohen Eingangsportal der Pfarrkirche und rasselte ungeduldig mit dem Schlüsselbund. Er wollte Feierabend machen. Denn morgen in aller Frühe gab es schon wieder viel zu tun für ihn.

Einige alte Weiblein knieten noch andächtig vor einem Seitenaltar, wo Christus am Kreuze hängend mit liebevollem Blick auf seine Mutter sah. Die Statuen der Madonna und des heiligen Johannes, des Lieblingsjüngers Jesu, waren in Lebensgröße kunstvoll aus Holz geschnitzt. Das Kruzifix selbst mit dem sterbenden Heiland hatte über Lebensgröße.

Schier gespenstig ragte es aus dem dunkeln Hintergrund heraus. Der weiße Leib des Gekreuzigten erschien noch bleicher und ganz natürlich, als ob er lebendig wäre.

Anschließend an diesen Seitenaltar war der Beichtstuhl

des Herrn Dekans, in dem heute ausnahmsweise Georg von Degenhart Platz genommen hatte. In der Kirche war es fast dunkel. Nur vorne am Hochaltar brannte das ewige Licht. Und drei schwere silberne Ampeln hingen von dem hohen Gewölbe der Kirche herab, in denen drei kleine rote Flämmchen brannten und unruhig flackerten.

Heilige Ruhe und Stille herrschte. Von den Beichtstühlen erhoben sich nach und nach die Priester und gingen mit leise schlürfenden Schritten gegen den Hochaltar der Sakristei zu. Ihre weißen Chorröcke leuchteten aus der Dunkelheit hell hervor. Am Hochaltar knieten sie dann nieder, bekreuzigten sich und verschwanden gleich darauf durch die schmale und niedrige Pforte der Sakristei.

Aus dem Hintergrund der Kirche, wo es am dunkelsten war, löste sich langsam eine hohe, schlanke Frauengestalt. Es war Johanna von Degenhart, die junge Frau des Weinherrn.

Schon geraume Zeit war sie da hinten gekniet, still und unbeachtet. Ganz versteckt durch einen Pfeiler. Sie hatte auch auf niemanden geachtet.

So versunken war sie gewesen. Aber nicht in Andacht. Ihre eigenen Gedanken waren auf sie eingestürmt. Wild und anklagend. Rechenschaft sollte sie geben über ihre Sünden, über die schwere Sünde, die sie begangen hatte.

Johanna barg den Kopf in ihre Hände und verhüllte ihr Gesicht. Sie schämte sich vor sich selber. Sie schämte sich vor Gott, der hier in der Kirche anwesend war als wahrer Gott und Mensch. Der in ihr Herz sehen konnte. Der ihre Gedanken lesen konnte und Kenntnis hatte von ihren geheimsten Wünschen.

Seit jener Stunde, als der Herr Dekan Ignazius Platter in ihr Haus gekommen war und die Nachricht von Georgs Versetzung gebracht hatte, war es ihr auf einmal klargeworden.

Da war eine jähe, tödliche Angst über sie gekommen. Eine Angst, daß sie nun diesen einen Menschen verlieren sollte, zu dem sie Vertrauen hatte, zu dem sie in stiller Verehrung aufblickte wie zu einem Heiligen.

Auf einmal erschien ihr ein Leben ohne Georg schal und öde, unmöglich und undenkbar. Sie hatte sich so sehr an dieses Zusammensein gewöhnt und hatte sich jeden Tag auf die paar Stunden gefreut, die er im Elternhaus zubrachte.

Schon in aller Frühe zählte sie die Stunden, bis er kommen würde. Sie war so stolz auf sein Vertrauen und auf seine Freundschaft.

Und wieviel sie von ihm gelernt hatte. Völlig herangebildet hatte er sie in diesen wenigen Monaten. Ein neues, geistiges Leben führten sie zusammen. Ein Leben, das nur ihnen beiden gehörte. An dem kein Mensch auf der Welt sonst Anteil hatte. Auch nicht der Josef, ihr Mann.

Johanna hatte in dem Wahn gelebt, daß dieses schöne, reine Verhältnis, in dem Georg und sie zueinander standen, ihnen nichts anderes bedeutete als Freundschaft und gute Kameradschaft.

Sie hatte nicht weiter darüber nachgedacht. Sie war so glücklich gewesen. Mit klopfendem Herzen war sie jeden Tag zur bestimmten Zeit auf ihrem Platz im Erker gesessen und hatte auf die Schritte gelauscht, die im Vorhaus draußen hörbar wurden.

Und wenn Georg einmal nicht kam, so war es ihr wie

ein verlorener Tag ihres Lebens. Wie ein grauer Herbsttag, an dem keine Sonne scheint, an dem die Luft drückend auf dem Gemüte lastet und von dem man froh ist, wenn er zu Ende geht.

Durch Georgs Versetzung war es in Johanna plötzlich klargeworden. Da fühlte sie es mit einem Male, daß ihr Georg teurer war, als er ihr sein durfte.

Johanna wußte zwar, daß Georgs Versetzung unmittelbar bevorstand. So oft sie aber daran dachte, krampfte sich ihr Herz in namenloser Angst zusammen. Nur nicht daran denken! Nur nicht daran denken! . . Gewaltsam verscheuchte sie jeden Gedanken an eine solche Möglichkeit. Sie wollte nur in der Gegenwart leben . . nicht an das Morgen denken, da das Heute sie so glücklich machte.

Als sie nun durch die grausame Wirklichkeit aus ihrem schönen Traum gerissen wurde, traf sie dieser Schlag doppelt hart.

Mit unbeschreiblichem Entsetzen erkannte die junge Frau, daß das, was sie für Freundschaft gehalten hatte, Liebe war. Eine heiße, lodernde Flamme. Ein leidenschaftliches Begehren . . ein Aufgelöstsein . . ein Sinnen und Trachten nach dem Besitz des Geliebten.

War das die Liebe? Das Glück, das sie einst als junges Mädchen so heiß ersehnt hatte? Es war zu spät zu ihr gekommen . . zu spät.

Jetzt war sie eines andern Mannes Gattin. Und der, den sie liebte, trug ein geweihtes Kleid und war . . Sie mochte es nicht weiter ausdenken.

Das war kein Glück. Das war Unglück. Ein schweres, tiefes Leid . . ein Verbrechen und eine Sünde . .

Und doch liebte sie ihn . . qualvoll, brennend, sehnsüchtig . . Sie kannte nun keinen andern Gedanken mehr als ihn. Weinen hätte sie mögen, laut aufschreien vor Leid und Glück . .

Ruhelos durchwanderte die junge Frau ihre Zimmer. Ruhelos bei Tag und bei Nacht. Und wenn Georg kam, fand er sie meist zerstreut und unachtsam.

Johanna litt namenlos. Nur nichts merken lassen, wie es um sie stand. Georg sollte keine Ahnung davon haben. Er wenigstens sollte seinen Frieden behalten.

Heute nachmittag war er bei ihr gewesen. Zum letztenmal. Die junge Frau hätte laut aufschreien mögen vor Leid. Ihre ganze Beherrschung hatte sie gebraucht und hatte fest die Zähne aufeinander gebissen. Dann hatte sie ihm kühl die Hand gereicht. Zum letztenmal . . für lange, lange Zeit.

Dann aber war Johanna in ihr Zimmer gegangen, hatte sich auf ihr Bett geworfen und hatte geweint. Heiße, leidenschaftliche Tränen. Den Mund grub sie fest in das Kissen, damit man von außen ihr lautes, herzzerbrechendes Weinen nicht hören sollte.

Allmählich war sie dann ruhiger geworden. Ruhig und still und gottergeben. Die alte Kathrin droben in Klobenstein hatte recht behalten. Es war eine Prüfung gewesen, die der liebe Gott ihr geschickt hatte.

Und beinahe wäre sie unterlegen. Sie hatte gesündigt . . eine schwere Schuld auf sich geladen.

Sie hätte strenger mit sich sein müssen. Vom Anfang an. Diese sündhafte Liebe hätte sie im Keim ersticken müssen. Sie war zu nachsichtig gegen sich selber gewesen.

Sie wollte glücklich sein . . um jeden Preis glücklich sein. Wohl hatte sie sich nur in Gedanken versündigt. Aber vor Gott gilt der sündhafte Gedanke ebensoviel wie die Tat.

Gleich heute würde sie ein neues Leben beginnen. Ihr bisheriges Leben . . ihre stille, sehnsüchtige Liebe mußten für sie tot und begraben sein. Gleich heute würde sie beichten gehen und sich die Lossprechung holen.

Lange war Johanna schon in dem verborgenen Winkel der Kirche bei dem Pfeiler gekniet. Ja. Sie wollte beichten . . bereuen . .

Und doch konnte sie die rechte Reue nicht finden. Sie war so glücklich in dieser Liebe . . so glücklich . . und so namenlos elend.

„Herr, hilf mir, daß ich meine Sünden bereue!" flehte sie in beklemmender Angst. „Ich will bereuen . . Buße tun . ."

Das laute, ungeduldige Rasseln des Schlüsselbundes, das der Mesner bei der Eingangstüre verursachte, störte sie auf.

Sie sah, wie die kleinen Lämpchen, die vorne an den Beichtstühlen brannten, nach und nach erloschen. Ein Zeichen, daß die Geistlichen heute keine Beichte mehr hören würden. Nur vorn beim Stuhle des alten Herrn Dekans brannte noch das Licht. Johanna mußte sich beeilen. Sonst würde auch der den Beichtstuhl verlassen.

Sie faßte einen raschen Entschluß und näherte sich dem Beichtstuhl. Demütig kniete sie nieder und klagte sich dem Priester gegenüber ihrer Sünden an.

Zögernd und stockend kam Wort für Wort über ihre Lippen. Vor Scham getraute sie sich nicht die Augen vom

Boden aufzuheben. Was mußte der alte Herr Dekan von ihr denken, wenn er sie jetzt ansah . .

Aber sie wollte beichten, rein werden von der Schuld, ein neues Leben beginnen . .

Ihren ganzen Mut nahm sie zusammen. Sie mußte alles beichten . . alles!

Als sie mit ihrer Beichte zu Ende war, richtete sich der Priester, der in halb zurückgelehnter Stellung dagesessen war und ein weißes Tuch vor sein Gesicht gehalten hatte, auf und sah mit ernstem Blick durch die kleine, eng vergitterte Öffnung, die ihn von seinem Beichtkind trennte.

„Und bereuen Sie aufrichtig . . von ganzem Herzen?" frug er mit leiser Stimme sein Beichtkind.

Beim Klang dieser Stimme durchzuckte ein tödlicher Schreck die junge Frau.

Mit weitaufgerissenen, entsetzten Augen starrte sie durch das kleine Gitter. War das wirklich Georg? . . Es konnte ja nicht sein. Am Ende hatte sie sich doch geirrt und war in einen anderen Beichtstuhl geraten? . .

Und dann . . Georg war ja schon seiner Funktionen enthoben. Der neue Kooperator hatte bereits heute seine Stelle angetreten. Es konnte nicht sein . . Ihre Phantasie hatte ihr einen tollen Streich gespielt . .

Georg war nicht weniger erschrocken, als er Johanna erkannte. Nun war ihm die Beichte mit einem Male klar. Nun wußte er bestimmt, was er im stillen geahnt hatte. Wußte, daß diese brennende, sündhafte Liebe, deren sich die junge Frau beschuldigte, dieses wilde Begehren und diese verlangende Sehnsucht ihm galten . .

Ein heißes Glücksgefühl überkam ihn. Eine unendliche

Dankbarkeit für diese Liebe. Dann besann er sich, daß er hier nicht als Mensch denken und fühlen dürfe. Hier war er Priester, ein Stellvertreter Gottes, der binden und lösen konnte.

Nur einen Moment begegneten sich ihre Augen. Dann wandte sich der Geistliche wieder, als ob nichts geschehen wäre, an die junge Frau, die vor Schrecken wie gelähmt war und sich nicht rühren konnte. Sie wollte fliehen . . und vermochte kein Glied zu regen . .

„Und bereuen Sie aufrichtig . . von ganzem Herzen?" wiederholte Georg mit leiser Stimme.

„Ich will bereuen . . von ganzem Herzen . . solang ich lebe . ." schluchzte die junge Frau jetzt auf. Dann weinte sie still vor sich hin.

Langsam sprach der Priester die Absolution über sie. Wort für Wort betonte er . . Absolvo te a peccatis tuis . .

Zuspruch hatte er ihr keinen erteilen können. Jedes Wort wäre ihm überflüssig erschienen. Aber freisprechen wollte er sie . . freisprechen von der Schuld, die sie um seinetwillen auf sich geladen hatte . .

Mit klopfendem Herzen und zitternder Hand bekreuzigte sich Johanna, als Georg das Zeichen des Kreuzes über sie schlug.

Nun war sie frei und ledig. Die Sünden waren ihr nachgelassen worden.

Wie eine Verbrecherin schlich Johanna aus der Kirche. Nur fort, fort . . weit fort, nach Hause . . zu ihrem Gatten . .

*

Vier Uhr früh.

Es war noch ganz dunkel, als der Mesner vom Pfarrturm die Glocke zum Englischen Gruß läutete. Die Straßen lagen ruhig und still da. Nur ab und zu flimmerte ein kleines Licht aus den noch im tiefen Schlafe liegenden Häusern des Pfarrplatzes.

Drüben im Osten, hoch droben am Berg, wo das Kirchlein Sankt Katharina in der Scharte liegt, zog sich ein schmaler Lichtstreifen bis zum Ifinger hinüber. Ein Vorbote der Sonne, die in etwas mehr als einer Stunde mit leuchtender Pracht über dem Etschland aufgehen sollte.

Georg von Degenhart stand droben in seinem Zimmer im zweiten Stockwerk des Widums und schaute durch das offene Fenster in die graue Morgendämmerung hinaus.

Die ganze Nacht war er wach gewesen. In einer Stunde sollte er fortgehen von hier, hinauf nach Sankt Martin auf der Höh'. Seine Habseligkeiten hatte er bereits fertig gepackt. Ein großer Koffer stand reisefertig in der Nähe der Tür. Sein Hut und Mantel und die kleine schwarze Handtasche lagen auf einem Stuhl.

Georg hatte das alles schon seit mehreren Stunden in Bereitschaft gelegt. Kalt und unlustig sah es in dem Zimmer aus. Wie immer, wenn die kleinen Gegenstände, die einen Raum traulich und behaglich machen, fortgeräumt sind.

Ein scharfer Wind wehte zu dem offenen Fenster herein und ließ Georg, den es nach der durchwachten Nacht ohnedies fröstelte, vor Kälte erbeben.

Die Widumhäuserin kam und brachte ihm den Kaffee. „Daß Sie no a bissele etwas Warm's haben, Herr Kooperator . ." meinte sie gutmütig, „bevor Sie aufi fahren zu dö Vintschger!" Dabei sah sie ihn mitleidig von der Seite an. So etwa wie man einen Verurteilten ansehen würde, den man für Jahre hinaus in die Verbannung schickt.

Georg schloß das Fenster und setzte sich auf das Sofa, um zu frühstücken. Vor ihm auf dem Tische stand eine kleine Stehlampe mit eisernem Fuß und weißem Milchglasschirm. Die Wände sahen kahl und leer aus. Die wenigen Bilder, die Georg gehörten, waren heruntergenommen worden.

Den jungen Geistlichen fror so stark, daß er jetzt schon seinen Mantel anzog. Er wollte nur noch schnell den heißen, dampfenden Kaffee trinken und sich dann zur Post draußen am Sandplatz begeben. Von dort aus fuhr täglich der Eilpostwagen hinauf ins Vintschgau.

Von der durchwachten Nacht sah Georg krank und elend aus. Ganz bleich war er im Gesicht, und seine Augen waren müde und glanzlos.

Jetzt öffnete sich sacht die Tür. Leise und heimlich und fast unhörbar.

Johanna trat mit müden, langsamen Schritten in das Zimmer. Um den Kopf hatte sie ein schwarzes Spitzentuch geschlungen, und ein dunkler, weiter Mantel hüllte ihre schlanke Gestalt ein.

Ihr Gesicht war bleich und leblos, und um den schön geformten Mund mit den vollen roten Lippen gruben sich zwei tiefe Falten ein. Die großen grauen Augen sahen fast schwarz aus, unnatürlich groß und wie im Fieber glänzend.

Das schwarze Spitzentuch, das sie um den Kopf trug, ließ ihr ohnedies schon sehr blasses Gesicht ganz wächsern und leblos erscheinen. Nur die vollen Lippen glühten wie im Fieber. Dunkelrot und brennend.

Die junge Frau sah um Jahre gealtert aus, wie sie jetzt mit todmüden Schritten auf Georg zuging. Mit einem langen, schmerzlichen Blick sah sie auf den jungen Geistlichen. Dann streckte sie sehnsüchtig und wie verlangend die weißen, schlanken Hände nach ihm aus. Nur einen Augenblick laug. Dann brach sie still weinend in die Knie und bedeckte ihr bleiches Gesicht mit ihren Händen.

„Johanna!"

Georg war aufgestanden und ging der jungen Frau entgegen. Ganz ruhig und gefaßt war er und nicht im mindesten überrascht. Als hätte er ihr Kommen erwartet.

Ihre Beichte von gestern abend hatte Georg von Degenhart nicht schlafen lassen. Immer wieder hatte er an sie denken müssen, hatte er ihr Bild vor Augen, wie sie vor ihm gekniet war in ihrer Not und sich beschuldigt hatte . .

„Johanna . ."

Georg sagte es leise und innig. Dann beugte er sich zu der knienden Frau, ergriff ihre Hände und zog sie sanft und zart zu sich.

„Johanna . ." Warm und innig hatte er das Wort ausgesprochen. Eine ganze Welt von Liebe barg dieses eine Wort für ihn.

Einen Augenblick lag die Frau an der Brust des Mannes. Einen kurzen Augenblick nur. Dann nahm Georg den schönen Kopf der jungen Frau in seine Hände und küßte sie leicht auf die reine, weiße Stirn. Innig und zart, als fürchtete er sie zu berühren.

„Geh' jetzt .. Johanna .." sagte er und sah ihr bittend in die Augen. „Geh' .."

Leise, wie sie gekommen, entfernte sie sich wieder. Müde und traurig und mit einem letzten angstvollen Blick aus ihren schönen, großen Augen.

Als sich die Türe hinter Johanna geschlossen hatte, stand Georg eine Weile regungslos da. Mit bleichen, festgeschlossenen Lippen. Eine tiefe Falte grub sich in seine Stirn und mit finsterem Blick sah er streng vor sich hin.

Georg hatte in der vergangenen Nacht einen schweren Kampf mit sich ausgefochten, einen Kampf, in dem er Sieger blieb. Nach Johannas Beichte war sein ganzes Inneres in Aufruhr gekommen. Er erkannte, daß er, der Priester und Gesalbte des Herrn, diese Frau liebte, die das Weib seines Vaters war .. mit heißer, verzehrender Sehnsucht und Leidenschaft liebte ..

Finster starrte Georg von Degenhart vor sich hin. Es war gut für ihn, daß er seine Heimat verließ. Gut für ihn und sie.

Sie beide würden in der Einsamkeit ihren Frieden wiederfinden. Würden genesen von dieser Krankheit des Herzens.

Mit einem energischen Ruck richtete sich Georg empor. Seine hohe, schlanke Gestalt erschien noch größer in dem langen, schwarzen Talar. Dann ergriff er mit fester Hand seinen Hut, nahm die kleine Reisetasche und ging hinunter über den Pfarrplatz dem Sandplatz zu, wo bereits der gelbe

Postwagen seiner harrte. Der Mesner brachte ihm den großen Reisekoffer nach.

Die Sonne ging strahlend über dem Haflinger Berg auf, gerade ob Sankt Katharina in der Scharte. Hell und klar und wolkenlos wölbte sich der Himmel über Meran.

Die Stadt selber hatte heute ein festliches Gepräge. Still und sonntäglich lagen ihre Straßen da, als der Eilpostwagen im flotten Tempo über die Landstraße rasselte und durch das Ultener Tor in den Rennweg einbog.

Da die gelbe Postkutsche durch das enge Vintschgauer Tor fuhr, stimmte der Postillon vorne am Bock auf seinem Posthorn ein Lied an. Es war eine ernste, wehmütige Weise.

Georg fühlte einen Druck in der Kehle. Wie im Krampf preßte es ihm das Herz zusammen.

Noch einmal drehte er sich um. Mit suchendem Blick. Als müsse er noch einmal die schlanke Frauengestalt sehen in ihrem dunkeln Kleide, mit dem schwarzen Spitzentuch und dem todblassen Gesicht . .

Aber er sah nichts mehr. Nur einzelne Bauern in ihren kurzen Hosen und Wadenstrümpfen und den braunen Lodenjoppen mit den grellroten Aufschlägen gingen langsamen und schwerfälligen Schrittes der Stadt zu. Grüßend lüfteten sie die schwarzen, spitzen, mit roten oder grünen Schnüren verzierten Hüte vor dem geistlichen Herrn, der als einziger Fahrgast in der offenen Kutsche saß.

Ein starker, betäubender Duft strömte von den blühenden Obstbäumen aus. Wie durch ein einziges Blütenmeer zog sich die Landstraße bis gegen Forst hin.

Ehe der Postwagen in den Töllgraben einbog, warf Georg noch einen letzten Blick auf die unten in tiefem Frieden lagernde Stadt.

Die Frühsonne beschien den hohen Turm der Pfarrkirche und die Burgen und Schlösser von Obermais. Sie flutete um die dahinter steilaufragenden Bergspitzen des Ifinger und Hirzer. Wie ein schöner Garten lag die Stadt da, wie ein Blütenmärchen inmitten der mächtigen Berge.

Achtes Kapitel

Wieder waren Wochen vergangen. Der Frühling war dem beginnenden Sommer gewichen. Die Obstbäume setzten schon kleine Früchte an. Die Weingärten lagen im warmen Sonnenschein dicht belaubt, so daß man unter ihren Lauben im angenehmen, grünen Dämmerlicht wandeln konnte.

Das kleine Schlössel am Steinach mit den hohen Mauern war jetzt ganz versteckt von dem dichten Gezweig der Obstbäume. Nur seine spitzen Giebel sahen heraus, scheu und heimlich, als fürchteten sie, zu viel von der Welt zu erspähen.

Sabine von Tannauer lebte jetzt womöglich noch einsamer und stiller als früher. Die alte Rosl getraute sich schon bald gar nimmer ordentlich aufzutreten. Auf den Fußspitzen schlich sie umher, um den Frieden und die tiefe Ruhe des Hauses nicht zu stören.

Die Mittagssonne brütete heiß über dem Steinach. Kein Mensch war auf den Straßen zu sehen. Wer um diese Zeit nicht ausgehen mußte, blieb hübsch zu Hause in seinen kühlen Räumen und wartete den Abend ab.

Der Chorregent Nikolaus Mutschlechner ging mit kleinen, trippelnden Schritten dem Ansitz zu, wo Sabine von Tannauer abgeschlossen und zurückgezogen lebte. Unter seinem dunkelblauen, kurzen Radmäntelchen, von dem er sich auch in der heißen Jahreszeit nicht trennen konnte, trug er seine Violine versteckt, die stete Begleiterin seiner Unterrichtsstunden.

Zaghaft zog er die Glocke und wartete bescheiden vor der niedern Eingangspforte, bis die alte Rosl ihm öffnen würde.

Die Rosl machte ein verdutztes Gesicht, als sie den Chorregenten erblickte. Seit Monaten war Nikolaus Mutschlechner nicht mehr hier gewesen. Seit damals, als Sabine von Tannauer ihn gehen hieß.

„Ja .. Sie .. Herr Chorregent ..“ machte die Rosl und schaute verlegen auf den alten Herrn. Sie wußte offenbar nicht, was sie zu tun habe. Denn daß es damals einen Streit zwischen ihrer Herrin und dem Chorregenten abgesetzt hatte, so viel konnte sie erlauschen. „I woaß nit, ist sie oben die Gnädige oder nit ..“ log sie nun darauf los.

„Sie brauchen mich nit anzumelden, Rosl!“ sagte der Chorregent resolut. „Ist die Gnädige im zweiten Stock?“ fragte er die ihm schüchtern folgende Rosl, als er schon die schmale Treppe bis zum ersten Stock gegangen war.

„Ja!“ nickte die Rosl und fügte dann in gedämpftem Tone hinzu: „Sie wissen schon no. Völlig 's letzte Zimmer ist es. Bevor man außi kommt auf'n Söller.“

Der Chorregent nickte kurz. Dann ging er schnellen Schrittes den dämmerigen, schmalen Korridor entlang bis zur vorletzten Tür. Leise und zaghaft klopfte er an.

Sabine von Tannauer saß in einem hohen, mit dunkelm Leder bezogenen Lehnstuhl in der Nähe des Fensters und stickte an einer Handarbeit. Es war ziemlich düster in dem kleinen Gemach, das ihr als Wohnzimmer diente. Aber es war entschieden gemütlicher als in den übrigen Zimmern des Schlössels.

Die Wände waren fast bis zum Überboden hinauf getäfelt, mit dunkelm, vor Alter schon fast braunem Holz. In der Mitte des Zimmers stand ein kleiner, viereckiger Tisch mit Holzstühlen. Ein großer, altväterischer, weit ins Zimmer vorspringender Kachelofen und daneben ein kleines Holzbänkchen, vor dem ein hübsches altes Spinnrad stand, bildeten die ganze sonstige Einrichtung.

An dem einzigen Fenster des Gemaches hatte der hohe Lehnsessel Platz gefunden, in dem Sabine von Tannauer gewöhnlich saß. Von hier aus konnte man hinübersehen auf Obermais und die steile Ifingerspitze, wo ihr junger Sohn seinen frühen Tod gefunden hatte.

Eine schmale, niedere Türe führte in ein Nebengemach, das früher Johannas Zimmer gewesen war. Ein großer, viereckiger Raum mit herrlichem Ausblick auf den Küchelberg und hinüber auf den Pfarrplatz und die Altstadt.

Als der Chorregent mit etwas zaghaften Schritten in das Zimmer trat, sah Sabine von Tannauer einen Augenblick erstaunt auf den alten Herrn. Dann zog sie ihre feingezeichneten Brauen unmutig zusammen, und mit einem kalten Blick aus den grauen Augen fragte sie leise und gedehnt: „Sie? Was wollen Sie hier?"

Die alte Dame war ruhig auf ihrem Platz sitzengeblieben und hatte nicht einmal die Stickerei aus der Hand gelegt. Nur etwas straffer und aufrechter richtete sie sich empor. Und ihr feines, weißes Gesicht hatte einen noch strengeren und härteren Ausdruck als sonst. Langsam näherte sich Nikolaus Mutschlechner dem Sitz der alten Dame.

„Reden will ich!“ stieß er mit unterdrückter Leidenschaft hervor. „Reden! Wie ein Mensch zum andern. Nicht immer nur Komödie spielen!“

Nun stand Frau Sabine von Tannauer mit einem jähen Ruck auf und warf achtlos die Stickerei beiseite. Hoch und gebieterisch stand sie vor ihm da, und ihre hellen, grauen Augen funkelten vor Zorn.

„Sie sind also doch wiedergekommen!“ sagte sie hart. „Sie sind da, um meinen Frieden und meine Ruhe zu stören. Gehen Sie! Lassen Sie mich!“

„Nein. Heut' bleib' ich da. Heut' red' einmal ich! Vielleicht zum letztenmal!“

Der Chorregent hatte ruhig Hut und Mantel abgelegt und die Violine sorgfältig auf seinen dunkelblauen Radmantel gebettet. Dann schaute er mit scheuen, etwas unsicheren Blicken auf die Frau ihm gegenüber. Bei dem Anblick ihres kalten Gesichtes mit den schmalen festgeschlossenen Lippen überkam ihn schon wieder die alte Zaghaftigkeit, die er vor dieser Frau stets fühlte. Mit dem Aufgebote der ganzen Energie bezwang er sich, seinen Mut zu bewahren.

Sabine von Tannauer stand in ihren schwarzen Trauerkleidern düster und aufrecht vor dem schon stark nach vorn gebeugten alten Manne. „Sprechen Sie!“ sagte sie in kurzem, befehlendem Tone. „Sprechen Sie!“

„Damals haben Sie mir's Reden verboten. Ich hätt' nicht folgen sollen. Ich hätt's nicht zugeben sollen, daß die

Johanna den Degenhart heiratet!" stieß der alte Mann gequält hervor.

Frau Sabine von Tannauer kreuzte jetzt die weißen, schlanken Hände unter der Brust und sah mit kaltem Blick auf den Chorregenten. „Johanna ist sehr glücklich geworden!" sagte sie, Wort für Wort scharf betonend.

Jetzt brach der Chorregent in ein grelles Lachen aus. „So! Glücklich nennen Sie das! Glücklich! Wenn's Mädel herumgeht, eingefallen und mager und blaß wie a Leich'! Ist das glücklich? Wissen Sie nicht, wie man ausschaut, wenn man glücklich ist? Haben Sie's Glück wirklich ganz vergessen? Krank ist's Mädel! Krank und unglücklich! Und Sie sind die Schuld! Sie . . und ich . ." fügte Nikolaus Mutschlechner in ruhigerem Tone hinzu.

Sabine von Tannauer nahm nun wieder gelassen ihren früheren Sitz am Fenster ein und sagte mit leiser, gleichgültiger Stimme: „Lassen Sie die alten Zeiten ruhen, Herr Chorregent. Ich wünsche das so. Und lassen Sie Johanna aus dem Spiel. Die ist versorgt. Es war das Beste für sie. Und ich bin froh . ." setzte sie müde hinzu.

Nikolaus Mutschlechner schaute verwundert auf die alte Dame. Es war, als ob etwas in Sabine von Tannauer sich verändert hätte. Ihr Ton war müde, und die innere Starrheit schien gebrochen zu sein.

„Sabine . ." Der Chorregent sagte es leise und zaghaft und näherte sich schüchtern dem hohen gepolsterten Lehnstuhl. „Sabine . ."

Bittend sah der alte Mann auf die aufrecht und steif vor ihm sitzende Frau. Die weißen Hände der alten Dame zitterten leicht. Kaum merklich. Nur die feinen schwarzen Spitzen, die das zarte Handgelenk umrahmten, bewegten sich leicht. Aber das bleiche Gesicht der Frau blieb kalt und verschlossen wie immer.

In dem Zimmer war es düster, fast dunkel. Ein dunkelgrüner Vorhang hing in schweren Falten vor dem Fenster. Eine drückende Luft herrschte in der kleinen Stube.

Sabine von Tannauer saß unbeweglich in dem hohen Lehnstuhl und schaute mit leeren Blicken zu der Ifingerspitze hinüber, die hoch und kühn und stolz in den tiefblauen Himmel hineinragte.

Eine Weile stand der Chorregent vor der alten Dame und schaute ihr stumm in das blasse Gesicht.

Sabine von Tannauer sah sehr alt aus. Ihr volles weißes Haar glänzte wie Silber. In ihr Antlitz gruben sich viele feine Falten und Furchen ein. Ihre schlanke Hand ruhte leicht ermüdet auf der gepolsterten Lehne des Stuhles. Nikolaus Mutschlechner bemerkte neuerdings, daß sie zitterte.

„Fehlt Ihnen was, Frau von Tannauer?" fragte er besorgt, als die alte Dame noch immer starr zum Fenster hinaus sah.

Ein müder, schwerer Seufzer hob ihre Brust. Einen Moment lang schloß sie die Augen. Dann schüttelte sie unwillig den Kopf. „Nein!" sagte sie schroff ablehnend. „Die große Hitze. Sonst nichts."

Wieder entstand eine lange Pause. Der Chorregent hatte sich nun auch einen Stuhl zurechtgerückt und sich zögernd darauf niedergelassen. Mit unsicheren, schüchternen Blicken schaute er zu der alten Dame hinüber, die jetzt wieder wie geistesabwesend starr und unverwandt zu dem halbgeöffneten Fenster hinaussah.

„Ich muß doch mit Ihnen reden!" fing der Chorregent von neuem an. „So leid's mir tut. Aber es laßt mir keine Ruh' nicht. Völlig nimmer schlafen kann ich vor Angst. Sagen's, was ist's mit der Johanna! Ich bitt' Ihnen . ." Der alte Mann hatte flehend seine beiden Hände erhoben und schaute mit angstvollen Augen auf Frau von Tannauer.

Sabine von Tannauer richtete sich krampfhaft empor. „Ich weiß nicht . ." sagte sie dann mit ihrer klaren, gleichgültigen Stimme. „Es wird die große Hitze sein."

Nun sprang der Chorregent erregt von seinem Sitze auf. Er griff mit den Händen in die Luft und preßte in unterdrücktem, leidenschaftlichem Tone hervor: „Ist wirklich alles gestorben in dir, Sabine? Hast du denn gar kein Gefühl für dein . . für unser Kind?"

„Nikolaus!" Gellend hatte Sabine von Tannauer das Wort herausgeschrien. Mit einem jähen Ruck war sie emporgefahren und stand nun mit vor Entsetzen weitgeöffneten Augen bleich und zitternd vor dem alten Mann.

„Tu' sie nicht wecken . . die Gespenster . ." flüsterte sie mit rauher, heiserer Stimme und sah mit irren Augen in dem Zimmer umher. „Weck' sie nicht . . sag' ich . ." stieß sie fast keuchend hervor und hielt die Hände des alten Mannes wie mit Klammern fest umspannt. „Hast du's nicht gehört . . da drinnen . ." Sie deutete auf die halb offenstehende Tür, die in das Nebengemach führte. „Der Gottfried . . mein Bub . . der uns g'sehen hat . . damals . . weißt noch . ."

„Sabine!“ Der alte Mann rief es mit erstickter Stimme. Ein trockenes Schluchzen erschütterte seine schmächtige Gestalt. „Sabine!“ stöhnte er nun und preßte sein Gesicht auf die zarten Hände der Frau.

Langsam machte Frau Sabine von Tannauer ihre Hände frei. Allmählich wich die Starrheit und das Entsetzen von ihr. Sie richtete sich wieder empor. Steif und aufrecht wie immer. Nur ihre hellen Augen hatten noch den irren, flackernden Blick von vorhin.

„Daß wir's so schwer büßen müssen, Sabine . .“ schluchzte der alte Mann.

Sabine von Tannauer sah erschrocken auf den jetzt vor ihr Knieenden. Dann raffte sie ihr schweres Trauerkleid ängstlich zusammen, als fürchtete sie seine Berührung. „Pst . .“ machte sie leise. „Wir dürfen nicht darüber reden . . du weißt es ja . . Ich hab' es gelobt . . damals . .“

Der Chorregent Nikolaus Mutschlechner erhob sich. „Sabine . .“ sagte er leise und bittend. „Laß die Toten ruhen . . Wir haben uns schwer versündigt. Aber ist's nicht genug, daß wir zwei es abbüßen . . Ein langes Leben ohne Freude und ohne Glück . . Muß die Strafe auch noch unser Kind treffen?“

Sabine von Tannauer legte müde die Hände über die Augen. „Und ich will die Sünden der Väter strafen bis ins sechste Glied, spricht der Herr . .“ sagte sie tonlos, aber mit ihrer hellen, klaren Stimme.

„Nein! So sagt der Herrgott nit!“ brauste jetzt der Chorregent empört auf. „Das sagt der Profanter. Der Spitalpfarrer. Aber nit der Herrgott! Der Herrgott ist barmherzig! Was kann denn die Johanna dafür, daß wir zwei uns gern g'habt haben . . daß es so kommen hat müssen . ."

Ein schriller Schrei aus dem Munde der alten Dame unterbrach den Chorregenten. Mit weit aufgerissenen Augen starrte sie entsetzt zu dem Türeingang, der ins Nebenzimmer führte. „Da . . da . ." stotterte sie und zeigte mit zitternder Hand hinüber zur Tür. „Da . ."

Johanna stand an der Schwelle des Zimmers. Hoch aufgerichtet, aber blaß bis in die Lippen und an allen Gliedern zitternd. Wie eine Richterin und Anklägerin stand sie da.

Eine Weile blieben sich die drei wortlos gegenüber. Mit scheuen Blicken sahen die zwei alten Menschen auf die junge Frau, die ihre Tochter war. Sie wagten nicht, ein Wort an sie zu richten.

„Warum habt ihr mir das nicht früher gesagt?" fragte nun Johanna mit bebender Stimme und sah vorwurfsvoll und traurig zuerst auf den Chorregenten und dann auf ihre Mutter. Langsam ging sie auf ihre Mutter zu. „Mutter, warum hast du mir das nicht gesagt?" fragte sie leise.

Mit Sabine von Tannauer ging plötzlich eine Wandlung vor sich. Ihr Gesicht wurde hart und kalt, und ihre Gestalt richtete sich steif und hochmütig empor. „Ich habe gebeichtet und für meine Schuld gebüßt!" sagte sie langsam mit klarer, durchdringender Stimme. „Ich büße noch. Mein ganzes Leben ist eine Buße."

„Ja." Johanna nickte traurig vor sich hin. „Dein Leben . . und das meinige, Mutter . ." fügte sie tonlos hinzu.

Ihre ganze öde, liebeleere Kindheit und Jugend stand nun mit einem Male vor ihr. Grau und düster. Ohne Liebe und ohne Freude. Jetzt wußte sie, warum sie wie ein scheues, wildes Ding hatte aufwachsen müssen.

Jetzt wurde es ihr klar, jenes Gefühl, das ihr die Jugend verbittert hatte. Das Gefühl der Überflüssigkeit. Sie war ja eine Störung gewesen in diesem Frieden und in dieser einsamen Zurückgezogenheit . . sie, das Sündenkind . . der lebende Zeuge der Schuld ihrer Mutter. Sie hatte mithelfen müssen, eine Schuld zu büßen, an der sie keinen Anteil hatte. „Johanna . ." Der Chorregent war nun näher gekommen und legte schüchtern seine schlanke, schon etwas welke Hand auf die Schulter der jungen Frau.

Johanna hatte sich müde und gebrochen auf einen Stuhl gesetzt und brütete traurig vor sich hin.

„Johanna . ." sagte der Chorregent leise . . „es war besser, daß du's nicht erfahren hast. Es wär' jetzt auch gescheiter g'wesen, wenn du's nicht g'hört hättest. Viel gescheiter. Und doch freut's mich, siehst, daß ich wenigstens einmal im Leben offen und ehrlich zu meinem Kind reden darf."

Johanna sah auf die kleine, gebeugte Gestalt des alten Mannes. Ohne Vorwurf und ohne Bitterkeit. Sie kannte ja nun aus eigener Erfahrung die Macht der Liebe, jener Allgewalt, die die Menschen zu Sklaven macht.

„Dich also hat sie geliebt, die Mutter . . dich allein . ." sprach Johanna leise und wehmütig.

Wie schon oft in früheren Zeiten waren sich diese beiden Menschen wieder nahe, der alte Mann und die junge

Frau. Und sie waren sich heute noch näher . . eng verbunden durch die Bande des Blutes . . und nahe durch die Schuld . . die sündige Liebe . . die bei dem alten Mann wie ein graues Gespenst mit überlangen Armen aus der Vergangenheit herübergriff . . bei der jungen Frau die ganze Gegenwart mit beklemmender Herzensnot erfüllte . .

Sabine von Tannauer war mit leisen, unhörbaren Schritten aus dem Zimmer gegangen und hatte die beiden allein gelassen.

„Dich allein hat sie geliebt . ." wiederholte Johanna.

„Ja." Der Chorregent nickte. „Ja. Mich und den Gottfried, ihren Sohn." Eine lange, drückende Pause entstand. Der Chorregent sah ängstlich auf das noch immer tiefblasse Gesicht der jungen Frau. Ihre sonst so feinen, zarten Züge traten scharf hervor, und um den Mund hatten sich zwei tiefe Furchen eingegraben.

Geraume Zeit sah Johanna vor sich hin. Ihre langen, dunkeln Wimpern warfen Schatten auf das bleiche Antlitz. Ihre sonst aufrechte Haltung war gebeugt.

„Aber mich hat sie nicht lieb gehabt . ." sagte sie nachdenklich. „Und ich bin doch dein Kind gewesen. Mich hat sie aufwachsen lassen und hat mir nie ein liebes Wort gesagt." Der alte Mann nickte traurig vor sich hin. „Ja . ." sprach er leise. „Sie war ganz verändert, seit sie ihr den Gottfried zerschmettert vor die Füße hing'legt haben."

„Den Gottfried? Warum hat sie den so lieb g'habt?" fragte Johanna.

Der Chorregent blickte sich scheu um. Dann rückte er ganz nahe an die junge Frau heran und sagte fast flüsternd: „Der Gottfried hat g'wußt von unserm Verhältnis. Seit

Jahr und Tag schon hat er was geahnt. Aber er ist still g'wesen und hat's keinem Menschen verraten. Aber einmal ist er uns nachg'schlichen . ." Der alte Mann deutete auf das Nebenzimmer. „Da drinnen war's. Und von der Stund' an hat er kaum ein Wort mehr mit seiner Mutter geredet. Und dann hat er nicht mehr lang gelebt . ."

Johanna sah gespannt auf den alten Mann. Dann fragte sie über eine Weile: „Ja . . und die Mutter?"

Der Chorregent räusperte sich ein wenig, ehe er fortfuhr. „Die Mutter hat den Buben abgöttisch gern g'habt. Und wie sie dann seine Verachtung g'merkt hat, ist sie völlig verrückt worden vor Scham und Verzweiflung."

Der alte Mann sah jetzt scheu und verlegen auf Johanna. Dann sagte er bittend: „Du darfst nit schlecht denken von deiner Mutter, Johanna, weil sie mich gern g'habt hat und ihrem Mann untreu worden ist. Sie war brav und gut. So gut, wie du bist, Johanna . ." fügte er weich und mit Rührung hinzu. „Aber sie hat ein heißes Blut g'habt und hat nie ein Glück in ihrer Ehe kennengelernt."

Wieder entstand eine lange Pause. Tiefes Schweigen herrschte. Der alte Mann hatte sich in seine eigenen Erinnerungen versenkt und achtete nicht darauf, wie Johannas blasses Gesicht sich jetzt mit flammender Röte bedeckte. Ihr Atem ging schneller, und ihr Herz klopfte in unruhigen Schlägen.

„Wie der Gottfried tot war, ist der Profanter ins Haus kommen . ." fuhr der Chorregent fort. „Der war ja schon lang ihr Beichtvater und hat von allem g'wußt. Aber er hat ja nichts verraten dürfen. Von der Stund' an hat er keine Rast und Ruh' gegeben, daß sie von mir ablassen soll. Heiraten hab' ich müssen auf sein Geheiß, daß die Sach' ein Ende nimmt. Und über deine Mutter hat der Profanter alle Macht bekommen. Der hat ihr's eingeredet, daß sie die Schuld trage an dem Tod des Sohnes. Keine frohe Stunde hat die Frau mehr g'habt und keinen Frieden."

Der alte Mann schloß für einen Moment ermattet die Augen, als seien die Erinnerungen, die jetzt mit voller Wucht auf ihn einstürmten, zu viel für ihn.

„Mit mir hat sie ganz gebrochen, die Sabine . ." sagte er traurig. „Ich hab' nie mehr ein freundliches Wörtl von ihr zu hören gekriegt. Grad' froh hab' ich sein müssen, daß ich hab' kommen dürfen, um dich zu sehen. Das war's Einzige, was mir übrig blieben ist vom Glück . ." fügte er hinzu und sah mit einem scheuen Blick voll Liebe auf Johanna. „Ja, ja, gern hab' ich dich g'habt, Kind!" sprach er warm. „Ich hätt' dich nit lieber haben können. Lieber, als wie den Rupert und die Luis' . ." fügte er aufseufzend hinzu. „Gott verzeih' mir die Sünd'! Aber du bist ja auch mein eigenes Fleisch und Blut. Grad' so gut wie die andern zwei. Nur daß ich dich hab' verleugnen müssen. Daß ich dir hab' nix merken lassen dürfen. Und das ist mir oft recht . . recht hart worden. Und daß ich gar kein Recht auf dich g'habt hab'. Gar keins. Dafür hat der Profanter g'sorgt!" sagte er mit einem Anflug von Bitterkeit.

Johannas schöne große Augen hatten sich mit Tränen gefüllt. Sie stand auf und nahm den Kopf des alten Mannes fest in ihre Hände. Dann drückte sie einen warmen, innigen Kuß auf die Lippen des Chorregenten.

Durch die gebeugte Gestalt des alten Mannes lief ein Zittern des Glückes und der Dankbarkeit.

„Daß man sich im Leben zu spät kennen lernt . ." sprach Johanna über eine Weile leise vor sich hin. „Erst dann zusammenkommt, wenn's zu spät ist."

„Kind, Kind . . was redest denn da daher?" meinte der Chorregent ganz erschrocken und sah ängstlich und verzagt auf die junge Frau. „Zu spät?"

Johanna lächelte. Ein müdes, feines Lächeln. „Es war doch zu spät für dich und die Mutter. Sonst hättet ihr beide glücklich werden können." Dabei dachte sie an ihr eigenes Leid.

Der alte Mann hatte sich erhoben und war unruhig im Zimmer auf und ab gegangen. Mit kleinen, nervösen Schritten. Vom offenen Fenster her kam ein leiser Windhauch in das Zimmer. Eine Erquickung in der drückenden Schwüle. Er spielte in dem welligen, schüttern Haar des alten Mannes und bewegte mit zartem Hauch den tiefgrünen Vorhang, der an dem Fenster herabhing.

„Johanna . ." bat der alte Mann nach einer Weile und blieb vor der jungen Frau stehen. „Sag' mir's offen und ehrlich. Bist wenigstens du glücklich worden?"

Eine tiefe, innere Herzensangst sprach aus ihm, wie er Johanna jetzt mit schüchternen, zaghaften Blicken aus seinen treuen dunkeln Augen ansah.

Die junge Frau verfärbte sich leicht, aber sie fand kein Wort der Erwiderung.

„Red', Johanna! Ich bitt' dich drum!" flehte der alte Mann. „Ich hab' keine Rast und keine Ruh' nit vor Angst um dich. Ich seh's ja, wie du nur mehr ein Schatten bist von dem, was du früher warst. Red', Johanna!" bat er mit zitternder, eindringlicher Stimme. „Red'! Bist unglücklich mit dem Degenhart?"

Johanna schüttelte verneinend den Kopf. Dann erhob sie sich. „Nein!" sagte sie, und ihre Stimme hatte einen ungewöhnlich festen Klang. „Mein Mann ist gut. Zu gut vielleicht . ." setzte sie weich hinzu. Dann trat sie ganz knapp zu dem alten Mann hin und sah ihm fest in die Augen. „Ich glaub', ich hab' das heiße Blut von dir und der Mutter . ." sprach sie leise.

Nikolaus Mutschlechner schaute in das schöne, todblasse Gesicht der jungen Frau. Der tiefe Leidenszug, der darin eingeprägt war, schnitt ihm ins Herz.

„Arme Johanna! Armes Kind! . ." sagte er wehmütig.

Der alte Chorregent wußte, daß es für solche Leiden keine Hilfe gab. Da half kein guter Rat und kein Trosteswort. Das mußte jeder Mensch mit sich allein auskämpfen.

Und Nikolaus Mutschlechner wußte auch, daß man ein ganzes, langes Leben hindurch an einem tiefen Herzleid zugrunde gehen konnte.

Neuntes Kapitel

Schloß Klobenstein, der alte Ansitz der Degenhart in Obermais, war nun schon seit zwei Wochen verwaist. Der Gallus Schnappinger und die alte Trina hausten jetzt ganz allein da droben und brachten sich recht und schlecht durch.

Das alte Fräulein Kathrin war fortgegangen, hinunter zu dem Bruder in die Stadt. Denn dort lag die junge Schwägerin todkrank darnieder und wollte niemand um sich haben, als gerade die alte Kathrin.

Wohl war in den ersten Tagen der schweren Krankheit Frau Sabine von Tannauer zu der Tochter gekommen, um sie zu pflegen. Als aber bei Johanna für Augenblicke das Bewußtsein wiederkehrte und sie die hohe, aufrechte Gestalt der Mutter in den düstern Trauerkleidern erkannte, verfiel die Kranke in noch schwerere Fieberträume.

Wie eine Rasende schrie sie auf und schlug wild um sich und wollte gar nicht mehr ruhig werden. Bis dann der Weinherr sich aufmachte und nach Klobenstein zu seiner Schwester ging. Bittend war der starke Mann vor der kleinen alten Dame gestanden und hatte sie hilflos angeschaut.

„Ja, Josef!“ hatte das alte Fräulein herzlich gesagt. „Ich komm' gern hinunter zu dir. Vom Herzen gern. Und will's Gott, werden wir das arme Häuterle schon wieder g'sund pflegen.“

Und tatsächlich wurde die junge Frau unter der milden, zarten Hand der alten Kathrin viel ruhiger. Sie schrie nicht mehr so verzweifelt auf und ließ sich unter dem Zuspruch der alten Dame geduldig von ihr in die weichen Polster betten.

Wenige Tage, nachdem Johanna von der schweren Schuld ihrer Mutter erfahren hatte, war das bösartige Fieber über sie gekommen. Tag und Nacht hatte sie geschrien vor Schmerzen und sich nicht mehr beruhigen können. Der alte Doktor Stampfer war kopfschüttelnd neben ihrem Bett gestanden und hatte mitleidig auf den Weinherrn geschaut, der in tiefer Herzensangst auf das Urteil des Arztes wartete.

„Ein böser Fall!“ sagte der alte Herr bedenklich und putzte seine großen, goldumränderten Brillen. „Ein böser Fall! Müssen wir halt dem Herrgott überlassen. Wir Ärzte können da nit viel ausrichten. Müssen's halt tüchtig Eisumschläg' machen auf den Kopf, und dann werd' ich Ihnen noch was aufschreiben Herr von Degenhart. Vielleicht, daß Sie's ihr hineinbringen, die Medizin.“

Dann war der Doktor mit einem festen Händedruck wieder fortgegangen. Zweimal und dreimal des Tages kam er nachschauen. Aber eine Besserung war bis jetzt nicht eingetreten.

Und draußen glühte die Sonne versengend und heiß. Der tiefblaue, wolkenlose Himmel des Südens prangte

Tag für Tag in seiner ganzen Pracht. Ein leichter Dunst lagerte über der Stadt und ließ die Berge wie durch einen weißen Schleier sehen.

Nur unter den Lauben war es angenehm kühl. Droben im zweiten Stockwerk, im Rückgebäude des Degenhartschen Hauses unter den Lauben lag die Krankenstube. Da waltete das alte Fräulein Kathrin leise und unhörbar ihres Amtes. Tag und Nacht blieb sie im Zimmer der jungen schwerkranken Schwägerin. Und froh war sie, vom Herzen froh, daß sie nun wieder jemand hatte, den sie hegen und pflegen durfte. Sie war also doch noch zu etwas nütze, die alte Kathrin.

Heute war die Johanna den ganzen Tag bedeutend stiller gewesen. Mit geschlossenen Augen lag sie da und mit einem heißen, brennroten Gesicht. Die weißen, jetzt durchsichtig zarten Hände hielten krampfhaft die Bettdecke. Hie und da ging ein Zucken durch ihre Glieder. Aber sonst rührte sich die Kranke nicht. Wie leblos lag sie da.

Der alten Kathrin war diese Ruhe schon ganz unheimlich. Wenn nur der Doktor bald kommen möchte. Es war so ängstlich und beklemmend in dem großen Zimmer. Schier kalt und frostig kam es dem alten Fräulein vor und dunkel und dämmerig.

Katharina von Degenhart ging mit leisen Schritten zu den beiden hohen Fenstern, die gegen den Küchelberg führten, und ließ die warme Luft hereinströmen. Dann schloß sie wieder die dunkeln Vorhänge, damit das helle Tageslicht der Kranken nicht wehe tat.

Leise und unhörbar schlich sie auf den Fußspitzen zum Bett und sah ängstlich auf die Schwägerin. Lautlose Stille herrschte. Nichts regte sich. Selbst das Atmen der Schwerkranken war kaum vernehmbar.

Von unten her hörte man jetzt das Geräusch, das die Angestellten des Weinherrn verursachten. Aber nur ganz unterdrückt und entfernt. Josef von Degenhart hatte strengen Auftrag gegeben, im Geschäftsbetrieb jeden Lärm tunlichst zu vermeiden, damit die Kranke oben nicht erschreckt oder gestört werde.

Katharina von Degenhart, in ihrem schlichten, dunkelgrauen Kleide und dem kleinen schwarzen Schürzchen, saß zu Füßen des Bettes und sah mit ängstlichen Augen auf die Kranke. Die lag noch immer unbeweglich da, die Lippen fest geschlossen. Das vom Fieber gerötete Gesicht war auf einmal blasser geworden und sah jetzt ganz eingefallen aus.

„Heilige Mutter Gottes!" betete das alte Fräulein in jähem Schreck. „Laß' sie nit sterben! So jung, wie sie ist! Hilf ihr! Laß' sie leben!"

Ängstlich näherte sie sich dann dem Kopfende des Bettes. „Kennst du mich noch, Johanna?" fragte sie leise und beugte sich beklommen über die junge Frau.

Diese schlug nun plötzlich die Augen auf, die unnatürlich groß und glänzend waren. „Ja . ." sagte sie mit matter Stimme. „Die Kathrin . ."

Die alte Kathrin hatte eine so herzliche Freude über das plötzlich wiedergekehrte Bewußtsein der Kranken, daß sie alle Vorsicht, die Kranke nicht aufzuregen, vergaß und die heißen Fieberhände derselben mit Küssen bedeckte. Dabei rannen ihr dicke Tränen aus den guten braunen Augen über die rosigen, faltenlosen Wangen.

Johanna richtete sich jetzt müde empor, sank jedoch sofort wieder erschöpft in die weichen Kissen zurück. „Kathrin . ." sagte sie matt. „Kathrin . ."

„Ja, Johanna. Willst was?"

Keine Antwort. Die Kranke hatte schon wieder ermattet die Augen geschlossen und lag vollständig apathisch da. Ihr Gesicht war nun wieder brennend rot, ein Zeichen, daß das Fieber neuerdings überhand genommen hatte. Ängstlich beugte sich die alte Kathrin über die Kranke. Wenn nur bald der Doktor kommen möchte. Die Johanna gefiel ihr heute gar nicht.

„Johanna! Willst nit was trinken?" mahnte sie dann mit leiser Stimme und hielt der Kranken ein Glas mit einem erfrischenden Getränk hin.

Jetzt riß die junge Frau plötzlich die Augen auf, so wild und verworren, daß das Fräulein Kathrin vor Schrecken den Trank beinahe über sie geschüttet hätte. Eiligst stellte sie das Glas beiseite, um die Kranke mit gutem Zuspruch zu beruhigen.

Die junge Frau richtete sich jetzt mit aller Kraft in halbsitzender Stellung auf. Das hellblonde Haar hing ihr in feuchten, dichten Strähnen in das vom Fieber glühende Gesicht, und die großen Augen glänzten unheimlich schwarz und dunkel.

„Kathrin!" sagte sie geheimnisvoll und klammerte sich mit der einen Hand fest an den Hals der alten Dame. „Gelt, du sagst es gewiß niemand. Gewiß nit. Gelt? Versprich mir's!" bat sie eindringlich.

„Nein, nein, Johanna! Ganz g'wiß nit!" beruhigte sie das alte Fräulein. „Schau', tu' dich grad' schön niederlegen und brav sein. Ich sag's niemand." Dabei machte sie sich sanft los und drückte die Kranke zart und doch energisch in das Polster zurück.

Johanna gehorchte aber nur für einen Augenblick. Dann fuhr sie von neuem empor. „Siehst . . dort steht sie . ." schrie sie gellend auf und deutete mit der ausgestreckten Hand in eine Ecke des Zimmers. „Dort drüben . . Sie ist doch wieder kommen . . Und ich will sie nit . . Ich will sie nit sehen . . nie . . nie wieder . . Schaff' sie hinaus . . Kathrin . . Sie ist die Schuld . . die ganze Schuld . . die Schuld dran . . daß ich's hab' beichten müssen . . die sündige Lieb' . . Und dann haben sie ihn fortgebracht . . nach Sankt Martin hinauf . . Und droben . . Kathrin!" Sie schrie und umklammerte die alte Dame so fest und wild, daß dieser fast der Atem ausging. „Geh' . . lauf' . . rett' ihn . . hilf'! . . Ruf' die Leut' zusammen! . . Siehst nit . . am Isinger . . ganz auf der äußersten Spitzen droben . . da hängt er . . Siehst! . . Lauf'! . . Hilfe! Hilfe! . . Er fallt! . . Um Gotteswillen! . ."

Erschöpft fiel die Kranke wieder in die Kissen zurück. Dann wimmerte sie leise wie ein todwundes Tier vor sich hin . . „Jetzt ist's aus . . Jetzt ist's vorbei . . Tot . . tot . ."

Katharina von Degenhart hatte sanft den Arm um die Schwerkranke gelegt und fuhr ihr streichelnd mit der weichen Hand über das heiße Gesicht.

„Schau', Johanna, es ist ja kein Mensch nit da . ." sagte sie tröstend und strich ihr liebevoll wie eine Mutter die feuchten, wirren Haare aus der brennenden Stirn. „Kein Mensch als ich. Und den Isinger, den kannst ja gar nit einmal sehen von dein' Bett aus. Da siehst höchstens a Stückel vom Küchelberg und a paar Weinreben. Und die Reben, die sind jetzt so schön grün und schattig. Und wenn du besser bist, dann bringen wir dich außi, gelt? Da kannst so schön kühl sitzen im Garten, und kein Mensch stört dich. Gelt? Aber jetzt mußt brav sein und dich nit so aufregen wegen nix und wieder nix. Das sind ja alles wüste Träum', die du hast. Schau', das ist ja alles miteinander nit wahr."

Müde schloß die Kranke die Augen. „In Sankt Martin ist er droben . ." flüsterte sie leise. „So weit weg . . Und ich hab' ihn so gern . ." sagte sie mit wehem Ton. „So unendlich gern . . Und kann nichts mehr denken . . nur ihn . . den Georg . ."

Dem alten Fräulein stand mit einem Male das Herz still. Ein jäher Schmerz durchzuckte sie.

„Trinken . ." verlangte jetzt Johanna und trank gierig aus dem ihr dargebotenen Glase. Dann zog sie ihre heißen Lippen ein, als könnte sie sie dadurch kühler machen. „Wie das brennt . ." flüsterte sie matt. „Grad' so wie damals bei der Beicht' . ."

Dann richtete sie sich mit einem plötzlichen Ruck auf, ballte krampfhaft beide Hände und schrie: „Dort steht die Mutter! Schaff' sie hinaus, Kathrin! . . Schaff' sie hinaus! . . Ich kann sie nit sehen . . Sie soll fortgehen . . Ich mag sie nimmer. Ich haff' sie . . haff' sie . . haff' sie . ." Ihre Züge verzerrten sich in wildem Haß, und ihre Zähne knirschten unter den festgeschlossenen Lippen aufeinander. „Sie ist die ganze Schuld . . Mich hat sie zur Welt gebracht . . das Schandkind . . das Sündenkind . . Und hat's mir nit einmal gesagt . . daß der Chorregent mein Vater ist . . Siehst, wie sie dort steh'n die zwei . . Schau' sie an . . Dort in der Eck' stehen sie . . und trauen sich nit mich anzuschauen . . weil ich sie belauscht hab' . . Und der Gottfried hat sterben müssen wegen ihr . . sein Leben lassen . . Siehst . . wie er herunterfallt . . zerschmettert . . der Gottfried . . nein . . der Georg ist's! . . Heilige Mutter Gottes . . hilf . . hilf . . hilf mir armen Sünderin . . hilf mir . . hab' Erbarmen . . der Georg . . "

Die letzten Worte hatte die Kranke nur noch röchelnd hervorgestoßen. Ein wilder Krampf hatte sie befallen. Ihr ganzer Körper zuckte zusammen.

Katharina von Degenhart bebte am ganzen Körper. Das, was sie gehört hatte, was Johanna im Fieberwahn verraten hatte, war Wahrheit. Das fühlte die alte Dame sofort. Eine schreckliche Wahrheit.

Die Kathrin konnte es zuerst gar nicht fassen. Ganz wirr war ihr im Kopf geworden. Sie taumelte zu dem mit Eis gefüllten Eimer und legte der Kranken eine neue Kompresse auf. Dabei zitterten ihre Hände, und ihr sonst so jugendlich frisches Gesicht war fast wachsgelb vor Schrecken.

Josef von Degenhart hatte bis ins Kontor hinunter die gellenden Schreie der Kranken gehört. Er war nun eilig heraufgekommen, um Nachschau zu halten.

„Ist sie wieder schlechter?" fragte er leise die Schwester und sah scheu zu der Kranken hinüber. Dann näherte er sich mit unbeholfenen Schritten, so gut er konnte auf den Fußspitzen gehend, dem Bette seiner Frau.

„Pst!" machte das alte Fräulein warnend. Der Fußboden krachte leise unter dem Gewicht des stattlichen Mannes.

„Kathrin . ." sagte die Kranke mit matter Stimme, ohne die Augen zu öffnen. „Kathrin . ."

„Ja . . du Hascherle, du arm's . ." Das alte Fräulein beugte sich zärtlich über die Fiebernde und strich ihr sanft über die mageren Hände. „Willst was?"

Johanna schüttelte kaum merklich den Kopf. Ihr blondes, dichtes Haar floß aufgelöst wie ein Mantel über die weiße Bettdecke. „Wer ist denn da?" erkundigte sie sich ängstlich. „Der Fußboden hat geknarrt . . Ist die Mut . ."

„Nein, nein!" beschwichtigte sie die Kathrin sofort. Sie hatte Angst vor einem erneuten Ausbruch des Fieberwahns. „Keine Spur. Nur der Josef ist da . . dein Mann. Fragen, wie's dir geht."

Johanna lächelte müde. „Der Josef . ." sagte sie schwach und so leise, daß nur die alte Kathrin, die sich tief über sie beugte, jedes Wort verstehen konnte . . „Nur der Josef . . nit der Georg . ."

„Was hat sie g'sagt?" fragte der Weinherr flüsternd.

Katharina von Degenhart richtete sich auf und ging etwas tiefer ins Zimmer hinein. Dort bedeutete sie dem Bruder ihr nachzukommen.

„Geh', Josef . ." sagte sie leise und eindringlich. „Schick' um den Doktor. Die Johanna gefällt mir heut' gar nit. Und nachher geh' abi zu die Kapuziner und laß' a paar Messen lesen. Auf Meinung. Hast g'hört?"

„Steht's so schlecht mit ihr?" fragte der Weinherr. Seine Stimme klang rauh. Der starke Mann sah gebeugt und um Jahre gealtert aus. Das dunkle Haar war an den Schläfen grau geworden, und das sonst kräftige, rotbraune Gesicht hatte einen Stich ins Gelbliche und war leicht durchfurcht von lauter kleinen, feinen Falten.

Die alte Kathrin sah es, und ein tiefes Mitleid, das sie bis jetzt nur für Georg und Johanna gehabt hatte, überkam sie für den Bruder. Kräftig drückte sie die wuchtige Hand des Weinherrn, der sie ratlos und verzagt wie ein Kind anschaute.

„Es wird alles gut werden, Josef!" sagte das alte Fräulein tröstend. „Der liebe Gott verlaßt uns nit. Tu' grad' auf ihn vertrauen. Er schickt einem oft ein Unglück, das nachher ein Glück ist."

Leise und geduckt schlich sich der Weinherr aus dem Zimmer. Drunten in dem gewölbten Gang des ersten Stockwerkes stieß er auf die schmächtige, gebeugte Gestalt des Chorregenten, der angetan mit seinem dunkelblauen Radmäntelchen, die Violine darunter versenkt tragend, gekommen war, um sich nach Johanna zu erkundigen.

Schüchtern und mit zagafter Stimme redete er, als würde er fürchten, durch ein lautes Wort die Ruhe der Kranken droben zu stören. Angstvoll schaute er in das tiefernste Gesicht des Weinherrn.

„Es geht ihr nit gut . ." sagte Josef von Degenhart gedrückt. „Ich geh' grad' um den Doktor. Und dann zu die Kapuziner. Die Kathrin meint, wenn ich Messen lesen laß' . ."

Der Chorregent nickte beklommen vor sich hin. Aber er sprach kein Wort. Dann gingen die beiden so ungleichen Männer den Hausgang hinunter. Vor dem hohen, eisenbeschlagenen Portal blieben sie stehen.

„Ich werd' hinausgehen zur Frau von Tannauer . ." sagte Nikolaus Mutschlechner gedrückt. „Vielleicht . . daß sie herkommt . ."

„Nein. Sie soll nit kommen!" wehrte jetzt der Weinherr energisch ab. „Die Johanna will sie nit sehen . . soviel ich weiß . ." setzte er mit leichter Verlegenheit hinzu.

Der Chorregent schaute unsicher zu dem Weinherrn auf. Ob der etwas wußte oder vermutete?

Josef von Degenhart reichte dem schmächtigen alten Herrn seine wuchtige Rechte zum Abschied hin. „Wenn's Ihnen nit ungelegen wär', Herr Chorregent . ." bat er, „dann machen's einen Sprung zum Spitalpfarrer. Für alle Fäll' . . daß er vorbereitet ist . ." sprach er mit fester Stimme. Und doch hatte sie einen rauhen, heisern Klang. Das kam von dem heftigen Würgen, das der Weinherr in der Kehle verspürte und das er gewaltsam überwinden mußte.

Nikolaus Mutschlechner zuckte zusammen. „Zum Profanter?" sagte er unsicher. „Muß es der Profanter sein? Ich könnt' ja zu einem andern . ."

„Nein, nein!" wehrte jetzt der Weinherr entschieden ab. „Tun's Ihnen nur nit inkommodieren, Herr Chorregent. Ich geh' schon selber hin. Jetzt ist's ja gottlob noch nit notwendig."

Es war ihm plötzlich eingefallen, daß Nikolaus Mutschlechner mit dem Spitalpfarrer nicht auf dem besten Fuße stand. Noch von der Zeit her, seitdem Rupert fahnenflüchtig geworden war.

Und mit einem Male erinnerte sich Josef von Degenhart auch an den letzten Weihnachtsabend, an dem der hochwürdige Profanter mit seinem Sohne jene Auseinandersetzung gehabt hatte. Damals war für ihn das Unglück angegangen. Erst der Ärger mit dem Georg, die strafweise Versetzung, und dann das Unglück mit Johanna. Seit Wochen und Wochen war die schon so dahingesiecht, ehe die schwere Krankheit zum Ausbruch kam.

Rasch verabschiedete sich der Weinherr von Nikolaus Mutschlechner und ging mit festen Schritten und gesenktem Kopf die Berglauben hinauf dem Steinach zu, wo sein alter Hausarzt wohnte.

Er merkte es gar nicht, wie die Leute eilig aus den Läden kamen und ihm neugierig nachschauten. Aber ihn anzureden getraute sich niemand.

Josef von Degenhart dachte nur immer darüber nach, warum seine Frau langsam dahinwelkte wie eine Blume, der die Sonne fehlt. Und doch hatte er sie so lieb gehabt . . so unendlich lieb . . und hatte nichts im Auge gehabt als ihr Glück.

Zehntes Kapitel

An den sich weit hinaus gegen den Küchelberg erstreckenden Hof des Weinherrn, wo die vielen leeren Fässer und Bottiche lagerten, schloß sich ein kleiner Garten. Da standen alte Obstbäume mit breiten, wuchtigen Ästen. Das Gras sproß üppig und saftig unter dem schützenden Laubdach hervor.

Ein rundes, kleines Sommerhäuschen, das ganz mit Efeu überwuchert war, stand knapp an die großen, ausgedehnten Weingärten hingebaut. Die Weingärten, die zumeist Eigentum Josefs von Degenhart waren, stiegen sanft den Küchelberg hinan.

Kleine, schmale Steinstufen, mit wildem Gras überwachsen, führten empor. Dann erstreckten sich die Weinberge in weitläufiger Ausdehnung nach rechts und links. Immer breiter und breiter. Bis hinüber nach Gratsch und hinauf zum alten gezackten Pulverturm. In der Sonnenglut lagen sie da und fast baumlos. Nur ab und zu ragte ein Pfirsichbaum oder Mandelbaum aus den grünen Laubengängen der Rebe.

Eine schwüle Hitze lagerte über dem runden, mit kurzem, saftlosem Gras bewachsenen Kopf des Küchelberges.

die brütende Glut des zu Ende gehenden Juli. Die Reben hingen schon schwer vom Stock und färbten sich tiefblau. In dem Garten des Degenhartschen Hauses war es schattig und angenehm. Besonders in der Efeulaube. Die war so dicht bewachsen, daß selbst die neugierigsten Sonnenstrahlen schwer durchdringen konnten.

Die großen Obstbäume breiteten ihr Blätterdach so dicht und schützend aus, daß der unschöne Anblick der lagernden Fässer des Hofes ganz verdeckt wurde.

An der Rückseite des Gartenhäuschens war die weiße, niedere Mauer des beginnenden Weinberges. Grünlich schillernde Eidechsen, kleine und große, trieben ihr mutwilliges Spiel auf der Mauer, verkrochen sich in einer Ritze oder lagerten faul und schläfrig und sonnten sich in der Gluthitze.

Stufenweise stieg der Weinberg empor, immer steiler und steiler, immer mehr der Sonne entgegen.

Von dem runden Gartenpavillon hatte man keinen Ausblick. Der lag noch zu viel niedrig. Nur einige Bäume und Gartenzäune der Nachbarhäuser konnte man sehen und die braunroten Ziegeldächer der Häuser der Laubengasse mit ihren hohen Kaminen.

Vor einer Woche hatte man Johanna zum erstenmal hierher gebracht. Gegen Abend war's, als die Sonne hinter dem Marlingerberg verschwand und die Luft frischer und abgekühlter wurde.

Seitdem kam sie täglich zur selben Stunde. Langsam und müde. Sorgfältig auf den Arm ihres Gatten gestützt. Hinter ihr das alte Fräulein Kathrin mit Kissen, einer großen Wolldecke und einem warmen Tuch beladen.

Behutsam geleitete der Weinherr seine junge Frau die wenigen Stufen zu dem kleinen Pavillon empor. Dann ließ er die beiden Frauen meistens allein oder setzte sich wohl auch für einige Zeit in die kühle Laube. Und die alte Kathrin waltete auch hier getreulich ihres Amtes. Sie legte der jungen Frau stützende Polster an die Stuhllehne und breitete sorgsam die warme Decke über sie. Ein bequemer, weiter Lehnsessel war eigens in den Garten gebracht worden.

Johanna sah noch sehr angegriffen aus. Das feine Gesicht war fast durchsichtig blaß geworden. Ihre grauen Augen waren tief umrändert und nahmen sich unter den langen, dunkeln Wimpern und dichten Brauen schwarz und unnatürlich groß aus.

Josef von Degenhart lebte in den letzten zwei Wochen förmlich wieder auf. Er hatte nicht mehr daran geglaubt, daß ihm Johanna erhalten bleiben werde. Jede Stunde des Tages und der Nacht war er darauf gefaßt gewesen, daß ihn die Schwester rufen würde zum letzten Kampf. Völlig gebebt hatte der starke Mann und an allen Gliedern gezittert, so oft er unerwartet auf seine Schwester stieß.

Und einmal hatte sie ihn wirklich rufen lassen. Aber nur, um ihm zu sagen, daß es nun besser ginge und daß man, so es Gottes Willen sei, auf die Genesung hoffen dürfe.

Da war der starke Mann dagestanden wie betäubt und hatte die Kathrin verständnislos angestarrt. Erst allmählich begriff er das große und unerwartete Glück.

Und dann war er fortgegangen. Ganz still und heimlich.

Hatte Haus und Geschäft im Stiche gelassen und war stundenlang weggeblieben. Rückwärts hinaus ging er durch den Garten und folgte den schattigen, verschlungenen Wegen der Weinberge. Und hatte sich gefreut.

Die Hände am Rücken ging er mit stolzen Schritten dahin. Nur immer aufwärts schauen konnte er zu dem tiefblauen Himmel, und dankbar war er, vom ganzen Herzen dankbar. Sein ganzer Weg war ein heißes Dankgebet zu Gott.

Das war kurze Zeit nach jenem heftigen Fieberanfall, in dem Johanna das Geheimnis ihrer Familie preisgegeben hatte. Die alte Kathrin hatte keinem Menschen davon erzählt. Niemandem. Auch dem Josef nicht, ihrem Bruder.

Aber das alte Fräulein wußte nun, was sie in der nächsten Zeit zu tun hatte. Ängstlich hielt sie den Chorregenten und Frau Sabine von Tannauer von der Genesenden ferne, um sie nicht durch deren Anblick neuerdings aufzuregen.

Der Chorregent kam fleißig. Jeden Tag, oft auch zweimal des Tages. Schüchtern und verzagt und in gebeugter Haltung. Aber nie durfte er heraufkommen ins zweite Stockwerk des Hauses, wo Johanna krank lag. Dafür sorgte das Fräulein Kathrin.

Der alte Mann ging dann jedesmal ganz traurig davon. Das dunkelblaue Radmäntelchen zog er eng an sich, als fröstelte ihn trotz aller Hitze. Mit kleinen, zaghaften Schritten ging er dann hinaus nach dem giebeligen Schlössel am Steinach.

Es schien, als ob die todkranke Tochter die zwei alten Leute einander wieder näher gebracht hätte. Wenigstens duldete Sabine von Tannauer jetzt die Besuche des Chorregenten. Sie waren ja das einzige Lebenszeichen, das sie von der Tochter erhielt. Denn seit damals die alte Tante Kathrin ihr entgegengetreten war und ihr ruhig, aber bestimmt erklärt hatte, sie dürfe vorderhand nicht ins Krankenzimmer, der Doktor habe jeden Besuch streng verboten .. seit dieser Stunde hatte Sabine von Tannauer den Fuß nicht mehr über die Schwelle des Degenhartschen Hauses gesetzt.

Sie fühlte sich verletzt und gedemütigt. Ihr stolzer Sinn konnte das nicht ertragen. Wenn man sie brauchte, so würde man sie nun holen müssen. Nachlaufen würde sie niemandem. Auch dem eigenen Kinde nicht.

Und doch litt die alte Dame schwer unter der Krankheit der Tochter. Aber sie ließ sich nichts merken. Stolz und aufrecht, kühl und gleichgültig ging sie in dem kleinen Schlössel umher oder empfing Nikolaus Mutschlechner, den Chorregenten. Aber innerlich zitterte sie vor dem Augenblick, da der alte Mann ihr die schlimmste Kunde bringen würde. Sie hatte ihr Kind doch lieber, als sie selbst geglaubt hätte . .

Frau Anna Mutschlechner hatte sich ein Herz genommen und war heute hinaufgegangen unter die Berglauben, um sich einmal persönlich von dem Befinden der Frau von Degenhart zu überzeugen. Daß ihr Mann so gar nie bei Johanna vorgelassen wurde, wollte der einfachen Frau nicht recht einleuchten.

„Vielleicht hast die alte Fräul'n Kathrin beleidigt!" sagte sie vorwurfsvoll zu ihrem Mann. „Jatz werd' amal i schau'n geh'n. Und die Luis' muß mit. Dös schickt sich so.

Was tät' sich denn die Frau von Degenhart von uns denken, wenn man sich gar nimmer bekümmern tät' um sie!"

Der Chorregent ließ seine Frau gewähren. Er war nur zu froh, daß sie hinging. Ihr wurde es vielleicht leichter, bis zu Johanna vorzudringen.

Er sehnte sich ja so sehr nach seinem Kinde. Wenn er sie nur auf wenige Augenblicke hätte sehen und ihre Hand drücken dürfen. Aber er durfte nicht zu ihr. Wie eine eiserne Schranke stellte sich die kleine, zierliche Gestalt des alten Fräulein Kathrin zwischen ihn und das Krankenzimmer. Und gewaltsam konnte er doch nicht eindringen. Er hatte ja kein Recht auf sein Kind, war der arme, fremde Chorregent, der froh sein mußte, wenn man ihm gutwillig Auskunft über die Frau von Degenhart gab.

Katharina von Degenhart vermied es ängstlich, Johanna über die Besuche des Chorregenten etwas mitzuteilen. Und Johanna fragte nicht. Sie fragte auch nie nach ihrer Mutter. Sie war zufrieden, daß man sie in Ruhe ließ, und glücklich darüber, die Schwägerin stets um sich zu haben.

Die Chorregentin hatte kurzen Prozeß gemacht. Über ihr sauberes, kaffeebraunes Kleid hatte sie einen schönen türkischen Schal geworfen, den sie noch von ihrer Mutter besaß und den sie im Dreieck trug, so daß der Zipfel rückwärts an den Saum des Kleides anstieß. Ein kleiner schwarzer Kapotthut vervollständigte ihren Sonntagsstaat.

Auch die Luis' hatte sie herausgeputzt. Ein blasses, schon recht ausgewaschenes Rosakleidchen hatte sie anziehen müssen, und die kurzen, dicken Zöpfe hatte sie heute um den

Kopf gewunden. Die Chorregentin konnte die herabhängenden krausen Haare ihrer Tochter nicht ausstehen. Das war alles viel zu künstlerisch und daher zu hoffärtig für sie.

Am Arme trug das junge Mädchen in einem Körbchen Marillen und Pfirsiche für die Frau von Degenhart.

Frau Anna Mutschlechner wußte vom Chorregenten, daß sich Johanna in den späten Nachmittagsstunden jetzt immer im Garten aufhielt. Sie vermied es daher, in der Wohnung des Weinherrn erst lange nach der Gnädigen zu fragen, sondern ging schnurstracks den hohen, gewölbten Hausgang hindurch und zwischen den aufgestapelten, großen und kleinen Fässern hinaus in den Garten.

Als Johanna in dem Gartenpavillon das gutmütige Gesicht der Chorregentin, das jetzt ziemlich erregt ausschaute, so urplötzlich vor sich auftauchen sah, mußte sie unwillkürlich lachen. Ein feines, herzliches Lachen.

Die Chorregentin stand in leichter Verlegenheit da und wußte offenbar nicht, womit sie ihr unbefugtes Eindringen in das Gartenhäuschen rechtfertigen sollte.

Hinter ihr reckte sich die Luis' fast den Hals aus nach der jungen Frau. Sie starrte sie an wie ein Wunder, mit einer heimlichen, gruseligen Scheu, wie ein Wesen, das auf rätselhafte Weise wieder von den Toten auferstanden war. In unbeholfener Verlegenheit stand sie da in ihrem dünnen, fadenscheinigen Sommerkleidchen und nahm das kleine Hängekörbchen bald in die eine, bald in die andere Hand.

Katharina von Degenhart, die mit dem Rücken gegen den Eingang der Laube saß, drehte sich nun auch um und starrte in ratloser Verlegenheit auf die beiden Frauen.

„Ja . . ja . .“ stotterte sie und sah mit einem scheuen Blick auf die Schwägerin.

Als Johanna das verdutzte Gesicht der alten Kathrin bemerkte, war es ihr sofort klar, daß diese ihr bisher alle Besuche ferngehalten hatte. Aber es freute sie, daß die Chorregentin doch Mittel und Wege gefunden hatte, sich den Weg zu ihr auf schlaue Weise zu erzwingen.

„Das ist aber nett von Ihnen, Frau Mutschlechner, daß Sie nachschauen kommen . .“ sprach Johanna herzlich und streckte der Frau ihre beiden durchsichtig feinen Hände entgegen.

Dabei fiel ihr Blick auf die rührend unbeholfene Luis’, die schüchtern und mit fragenden Augen nach der jungen Frau starrte. Die Luis’ hatte in diesem Augenblick eine geradezu verblüffende Ähnlichkeit mit ihrem Vater. Dieselbe ratlose Verzagtheit in den dunkeln Augen und dieselbe schüchterne Haltung.

Eine jähe Röte bedeckte jetzt das Gesicht der jungen Frau. Es fiel ihr plötzlich ein, wie nahe sie dem Mädchen stand.

Ängstlich schaute Katharina von Degenhart auf die Schwägerin. Aber Johanna behielt ihre Fassung. „So kommt’s doch herein, ihr zwei!“ bat sie jetzt leise. Ihre Stimme vibrierte kaum merklich, so leicht, daß es nur der alten Kathrin auffiel.

„Du hast mir gewiß was mitgebracht, Luis’?“ fragte sie dann lächelnd, als sie sah, in welcher hilflosen Verlegenheit das junge Mädchen mit ihrem Handkörbchen spielte.

Die Chorregentin hatte ihre Sicherheit wiedergewonnen.

„Ja!“ sagte sie in ihrer leiernden monotonen Sprechweise. „Grad' a paar Marillen und Pfirsich'. I hab' mir denkt, dö können Ihnen nit schaden, Frau von Degenhart, wissen's!“

Johanna drückte herzlich die schwielige Arbeitshand der Frau Chorregentin. „Dank' schön!“ sagte sie einfach. Dann schloß sie für einen Moment die Augen und lehnte sich ermüdet in die weichen Polster zurück.

„Aber so setzen's Ihnen doch, Frau Mutschlechner!“ mahnte jetzt das Fräulein Kathrin und machte geschäftig Platz für die beiden Frauen. „Und die Luis' soll sich auch hersetzen zu uns.“ Dabei nahm sie dem Mädchen das Körbchen aus der Hand und reichte es Johanna hin. „Da schau' einmal, Johanna, wie schön die sind. Die werden dir aber schmecken!“

„Freilich werden's Ihnen schmecken, Frau von Degenhart!“ sprach nun die Chorregentin eifrig. „Wissen's, i hab' sie immer g'holt von die Benediktiner. Da wird alleweil 's Obst no amal so gut bei dö Pater!“ meinte sie wichtig.

Johanna lächelte matt. „Die werden mir gut tun die Pfirsich' . .“ sagte sie leise in müdem Ton.

Die alte Kathrin tat ihr Möglichstes, ein recht unbefangenes Gesicht zu machen. Aber innerlich fühlte sie sich sehr unbehaglich. Sie konnte absolut den richtigen Ton nicht finden, und ihre sonstige natürliche Herzlichkeit ließ sie heute ganz im Stich. Sie saß da mit hochrotem Kopf und stichelte eifrig an einer Handarbeit. Dabei warf sie verstohlene, ängstliche Blicke auf Johanna.

Die Chorregentin merkte ganz gut den gezwungenen

Ton der Unterhaltung. Sie glaubte aber, ihr unbefugtes Eindringen sei schuld daran. Daher versuchte sie, so gut sie konnte, sich zu entschuldigen.

„Nehmen's mir's halt nit für übel, Frau von Degenhart . ." sagte sie mit einem treuherzigen Blick aus ihren kleinen runden Augen . . „daß i so mir nix dir nix da daherkommen bin. Aber wissen's, der Nikolaus ist alle Tag' nachfragen gangen, wie's Ihnen geht. Aber einer zu Ihnen hat er halt nit dürfen. Und da hab' i mir denkt, er hat am End' die Fräul'n Kathrin beleidigt, weil sie'n halt gar nia hat einerlassen. Und gekränkt hat's ihn schon aa. Weil wir sie halt soviel gern haben die Gnädige."

Die Chorregentin schneuzte sich jetzt gerührt in ihr großes, blendend weißes Taschentuch. Dann zerknüllte sie es zu einem Ballen und schob es in die dichten Falten ihres kaffeebraunen Rockes. „Und nachdem . ." begann sie wieder, „hab' i mir denkt, iatz gehst du amal nachschau'n. Und wenn der Nikolaus was ang'stellt hat, nachdem tust ihn halt entschuldigen. Wissen's, Fräul'n Kathrin . ." wandte sie sich jetzt an das alte Fräulein, die tief über ihre Handarbeit gebeugt dasaß und ein recht schuldbewußtes Gesicht machte. „Sie müssen's ihm halt nit verübeln, wenn er Ihnen beleidigt hat. Er meint's nit a so schlecht der Nikolaus. Die Mannder sein halt amal schon a so!" entschuldigte sie ihren Mann.

„Aber ich bitt' Ihnen, Frau Mutschlechner . ." stammelte nun das alte Fräulein in großer Verwirrung. „Es war g'wiß nix anders. Ganz g'wiß nit. Der Doktor hat mir aufgetragen, ja keinen Menschen zur Johanna zu lassen. Und da hab' ich halt folgen müssen. Sonst war g'wiß nix die Schuld. Ganz g'wiß nit. Das können's mir glauben!" sprach sie mit großer Eindringlichkeit.

Johanna stützte ihren Kopf nachdenklich in die Hand und sah aufmerksam auf ihre Schwägerin. Aber sie sprach kein Wort. Nur die große Verwirrung der alten Dame kam ihr etwas sonderbar vor. Und dieses schuldbewußte, hochrote Gesicht, das sie dabei hatte.

Die Chorregentin war nun ganz getröstet über die Erklärung. „Nachdem ist es schon recht!" meinte sie befriedigt und völlig stolz darauf, daß die alte Freundschaft durch nichts gestört worden war. „Nachdem kann i's dem Nikolaus sagen, daß er wieder kommen darf. Gelten's, Frau von Degenhart?"

„Aber natürlich!" sagte Johanna herzlich, und leiser fügte sie hinzu: „Ich freu' mich schon darauf."

Katharina von Degenhart atmete erleichtert und das so auffallend, daß Johanna wieder einen Augenblick lang forschend nach der Schwägerin hinsah.

Zum Glück kam jetzt der Weinherr in das kleine Gartenhäuschen. Der hatte eine herzliche Freude darüber, bei seiner Frau Besuch zu finden. Mit den strengen Absonderungsvorschriften seiner Schwester war er ohnedies nie ganz einverstanden gewesen. Aber er hatte sich darein gefügt in der Überzeugung, daß die Kathrin von solchen Sachen jedenfalls mehr verstünde als er.

Die Chorregentin fing nun zu erzählen an. Vom Rupert, der jetzt wieder in den Ferien zu Hause sei, und von der jungen Kurgästin, die ihrer Fürsorge anvertraut war.

„Und nit glauben täten Sie's!" machte sie nun wichtig. „Völlig ganz g'sund ist sie wieder. Aber wissen's, der

Doktor hat g'sagt, iatz müsst' sie amal ganz dableiben in Meran. Damit sie nit wieder rückfällig wird. Höchstens ins Ultental darf sie geh'n. Aber mei'! Alleinig kann man halt a so a jung's Madl do nit geh'n lassen, wissen's schon. Und i komm' halt nit fort von daheim!" schloß sie seufzend.

„Ja . . und was macht denn der Rupert? Ist er recht glücklich?" erkundigte sich Johanna über eine Weile.

Die Chorregentin seufzte. „Ja. Freilich. Dös schon . ." gab sie kleinlaut zu. Es war ihr noch immer schmerzlich, über den Sohn zu reden. „Ganz verändert ist er. Viel umganglicher wie früher. Sogar spazieren geht er iatz. I brauch's ihn nit amal z' heißen. Und die Fräul'n laßt er aa mitgeh'n. I bin froh. Wenigstens kommt sie auf die Weis' a bissel an die Luft. So nach Algund außi oder nach Marling ummi. Weiter derpackt sie's wohl no nit. Aber man muß schon froh um das sein."

„Und die Luis'? Geht die auch mit?" fragte der Weinherr nach einer Pause und sah aufmunternd zu dem verschüchterten jungen Mädchen hinüber.

Die Chorregentin setzte sich in Positur. Das tat sie immer, wenn man ihr zumutete, etwas zu unternehmen oder zu unterlassen, was für die Luis' vom Nachteil hätte sein können. Und für nachteilig erachtete sie alles, was nicht Gebet und Arbeit hieß. Alles andere war ihrer Meinung nach Faulheit und führte zu Hoffahrt und zum Untergang.

„Die Luis'?" fragte die Chorregentin nun etwas spitz. „Nein. Die muß z' Haus bleiben und arbeiten. I tu' mich nit den ganzen Tag allein schinden und rackern. Sie soll nur aa zugreifen helfen. Schadet ihr gar nit. Sie hat eh' schon dö musikalischen Faxen vom Vater im Kopf! Bin ihr grad' neulich erst draufkommen!" sagte sie und raffte pikiert ihren Rock zusammen, als hätte sie Eile fortzukommen.

Die Luis' ließ beschämt, als sei sie bei einem schweren Fehler ertappt worden, den Kopf hängen. Johanna legte wie schützend den Arm um die zarte Schulter des Mädchens, das in ihrer unmittelbaren Nähe saß. „Also musikalisch bist du?" sagte sie leise.

„Ja. Singen tut sie!" nickte die Chorregentin und sah unwillig auf die Tochter. „Und geigen aa no dazu. Als wenn's nit schon g'nug wär', daß der Vater Tag und Nacht koa Ruh' gibt mit dem Gekratz! Muß dö aa no anfangen! Und alles hinter mein' Rucken. Daß i ja nix g'spüren soll davon. Und er hilft ihr natürlich, der Nikolaus!" empörte sich die Frau.

Johanna sah eine Weile nachdenklich auf das junge Mädchen. Dann meinte sie zur Chorregentin gewandt: „Warum schicken Sie die Luis' nicht nach Ulten mit dem Fräulein? Es tät' ihr auch gut die Erholung. Sie hat ganz dünne Backerln." Leicht fuhr die junge Frau mit der Hand über die braune Wange des Mädchens.

„Mein Gott!" seufzte die Chorregentin. „Erholen . . erholen! Uns tät's wohl allen not die Erholung. Ihnen wohl zuerst, Frau von Degenhart."

„Natürlich!" mischte sich jetzt der Weinherr ein. „Dir tut's wohl vor allem not, Johanna. Da hat die Frau Mutschlechner ganz recht."

„Geh'n Sie a bissel nach Ulten eini!" meinte jetzt die Chorregentin. „Nach Mitterbad oder . ."

Johanna schüttelte den Kopf. „Nein . ." sagte sie tonlos. „Ich bleib' viel lieber zu Haus."

„Ja . . aber der Doktor hat schon g'sagt . ." warf jetzt das alte Fräulein Degenhart ein. „Du solltest schon recht bald fort in a recht hohes Klima. Höhenluft, hat er g'sagt, sei's beste für dich."

Johanna stützte den Kopf müde in die Hand. „Laßt mich dableiben . ." bat sie leise. „Ich bin viel lieber da, als wie unter fremden Leuten."

„Warum schicken Sie eigentlich nit Ihre Frau auf Sankt Martin aufi?" fragte die Chorregentin den Weinherrn nach einer kleineren Pause. „I wisset mir do auf der ganzen Welt koa luftigeres Platzl als wie Sankt Martin. Und nachdem . . der Hochwürdige ist aa droben. Unter fremde Leut' wären Sie da amal nit, Frau von Degenhart."

Johannas Gesicht bedeckte eine feine Röte. „Sankt Martin ist viel zu weit und viel zu hoch für mich, Frau Mutschlechner!" sagte sie im leisen, aber festen Ton. „Da komm' ich nicht hinauf."

Der Weinherr war ganz begeistert von der Idee. „Daß mir das nit selber schon eing'fallen ist! Freilich Johanna, du mußt hinauf. Gleich morgen red' ich mit dem Doktor. Und wenn er's erlaubt, dann schreib' ich dem Georg. Eine bessere Sommerfrisch' wie Sankt Martin finden wir nit leicht. Das ist ja schon bald am Joch droben."

Jetzt wandte sich das alte Fräulein Kathrin dem Bruder zu. Es war das erstemal, daß sie für längere Zeit von ihrer Handarbeit aufsah. „Der Weg ist zu weit für die Johanna!" erklärte sie bestimmt. „Das geht nit!"

„Was ihr Weiberleut' aber kurzsichtig seid!" lachte der Weinherr nun belustigt auf. „Als wenn's keine Mulli geben tät' und keine Pferd'! Das ist's wenigste. Der Gallus Schnappinger, der soll mitgeh'n. Der ist gut bekannt in der Gegend. Und Unterkunft hat der Georg auch. Der wird doch nit den ganzen Widum allein brauchen!"

Josef von Degenhart lachte dröhnend. Er freute sich herzlich über den guten Einfall der Chorregentin. „Da haben's wirklich a g'scheite Idee g'habt, Frau Mutschlechner! Droben muß sie ja g'sund werden mei' Johanna. Ob sie will oder nit!" scherzte er und sah mit einem zärtlichen Blick zu seiner jungen Frau hinüber.

In Johanna tobten die widersprechendsten Gefühle. Sie wäre ja so gerne hinauf gegangen nach Sankt Martin. Gleich. Sofort. Als ob sie plötzlich neue Kräfte bekommen hätte, so stark fühlte sie sich auf einmal. Sie sehnte sich ja stündlich nach Georg. Hatte kaum einen anderen Gedanken als ihn. Aber sie wußte auch, daß sie nicht gehen dürfe. Um keinen Preis.

„Ich glaub', der Doktor wird kaum dafür sein, daß die Johanna so eine weite Fahrt macht!" sagte jetzt Katharina von Degenhart, und ihre Stimme klang ungewöhnlich hart und kalt. „Ulten oder Hafling ist besser für sie. Viel besser."

Als ob jäh alle Lebensfreude in Johanna ausgelöscht worden wäre, so müde und blaß sah sie nun auf einmal aus. Ihre grauen Augen, die gerade früher einen strahlenden Blick gehabt hatten, waren jetzt glanzlos und traurig.

„Die Kathrin hat ganz recht . ." sprach sie leise. „Ulten ist besser . . wenn ich überhaupt fort muß . ."

Aber der Weinherr wollte von allen Einwendungen nichts mehr wissen und bestand darauf, Johanna müsse unbedingt nach Sankt Martin hinauf, sowie der Doktor damit einverstanden sei. Und gleich jetzt wolle er zum Doktor gehen und mit ihm darüber sprechen.

Auch die Chorregentin half eifrig zu dem Weinherrn. „Und wissen's, Frau von Degenhart . ." meinte sie, während ihre kleinen, gutmütigen Augen ganz feucht vor Rührung wurden . . „damit sie nit so alleinig sein, gebet i Ihnen schon die Luis' mit, wenn Sie wollen. Sonst lasset i's Madl freilich nit aus die Augen. Aber Ihnen z'lieb' tu' i's gern. Recht gern!"

„Wenn die Johanna nach Sankt Martin geht, dann geh' ich mit!" Katharina von Degenhart erhob sich, und ihre kleine, zierliche Gestalt sah um ein gutes Stück größer aus. So gerade und aufrecht stand die alte Dame jetzt vor ihrem Bruder und sah ihm fest und energisch in die Augen.

Der Weinherr war ganz erstaunt über die plötzliche Energie seiner Schwester. „Ja. Natürlich. Du gehst mit. Freilich. Allein kann man die Johanna nit gehen lassen!" beeilte er sich dem alten Fräulein beizustimmen.

Katharina von Degenhart hatte den Kampf, der in der Seele der jungen Frau tobte, wohl bemerkt. Sie schrak davor zurück, Johanna und Georg so nahe zusammen zu bringen. Jedenfalls wollte sie ihr Möglichstes tun, das zu hintertreiben. Und wenn es ihr nicht gelingen würde, so wollte sie mitgehen. Das war ihre Pflicht . .

Eine geraume Weile saßen die Chorregentin und ihre Tochter noch in dem kleinen Gartenpavillon. Die Frau Mutschlechner sprach mit dem Weinherrn eifrig über die bevorstehende Reise. Die Luis' saß still und geduckt daneben, und Johanna hörte lächelnd zu. Es war ihr wie ein schöner Traum. Ein Traum, der nie in Erfüllung gehen sollte .. nie in Erfüllung gehen durfte ..

Katharina von Degenhart hatte heute entschieden eine schlechte Laune. Die Chorregentin konstatierte das im geheimen. Das alte Fräulein saß nur immer dabei und stichelte an ihrer Handarbeit, obwohl sie fast nichts mehr sehen konnte vor Dunkelheit. Dabei machte sie ein auffallend unfreundliches Gesicht.

Die Chorregentin hätte ihr ihrer Lebtag nie einen solchen Unwillen zugetraut. Als sie später mit ihrer Tochter allein die Laubengasse hinunter gegen den Rennweg ging, sprach sie sich aus . . „Dö alten Jungfern sein do alle gleich!" meinte sie empört. „An Humor haben sie, wenn ihnen koa Mensch was tut. Ist weiter aa nit zu beneiden damit die Johanna, wenn sie dö alleweil auf'm G'nack haben muß!"

Als die Chorregentin mit ihrer Tochter, begleitet von dem Weinherrn, der sie vor das Haus brachte, fortgegangen war, saßen Johanna und die alte Kathrin eine Weile schweigend in der Laube beisammen.

Es war schon so dunkel, daß einzelne Sterne am nächtigen Himmel aufblitzten. Die Grillen zirpten im eifrigen Durcheinander. Sonst störte kein Laut die heilige Stille. Schwarz und in den Umrissen kaum mehr erkennbar sahen die Häuser der Laubengasse aus. Und wie ein hoher, mächtiger Berg erschien im Dunkel der Nacht der Küchelberg.

„Wir müssen jetzt hinaufgehen. Es wird kühl!" mahnte

die Tante Kathrin und legte sorgsam das warme Tuch über die Schultern der jungen Frau.

„Kathrin . ."

„Ja . ."

„Warum hast du den Chorregenten nie zu mir lassen?" fragte Johanna mit leiser Stimme.

„Weil's der Doktor verboten hat. Hast nit g'hört?" kam es abweisend von den Lippen des alten Fräuleins.

„Und meine Mutter?" fragte die junge Frau zögernd.

„Aus dem gleichen Grund." Die Stimme der alten Dame klang hart. Das Lügen wurde ihr schwer.

„War sonst kein Grund?"

„Nein."

Fast unwillig raffte das alte Fräulein die Decken und Polster zusammen. „Kannst du heut' allein gehen?" fragte sie dann. „Oder soll ich wen rufen?"

„Mir geht's heut' viel . . viel besser, Kathrin . . Ich glaub' . . ich werd' wieder ganz gesund . ."

Ein leises Zittern klang aus ihrer Stimme. Ein Zittern des Glückes, das heimlich wie auf unhörbaren, weichen Sohlen zu ihr kam.

Elftes Kapitel

Hoch droben am Berg, wo er fast senkrecht zum Tale abfällt und es nur noch ungefähr zwei Stunden bis hinauf zum Joch sind, liegt Sankt Martin auf der Höh'.

Ein kleines, weißes Kirchlein mit spitzem Turm, von nur wenigen Häusern umgeben. Knapp neben der Kirche, die von einem kleinen, stimmungsvollen Bergfreithof umschlossen ist, liegt der Widum, ein alter Holzbau. Die Balken tiefbraun und glänzend wie Samt, wenn die Sonne sie bescheint, oder wie die braunen Jochbrunellen im Tau und Sonnenschimmer des Hochlands.

Die winzigen Fensterlein blinken wie Edelsteine aus dem samtenen Hintergrund. Üppige Blumen, leuchtend rote Geranien und Nelken, stehen in dichter Reihe vor den Fenstern. Ein freundlicher, sauberer Anblick, unendlich still und friedlich.

Neben dem Widum träumt ein kleiner Garten, den ein verwitterter Holzzaun umsäumt. Gleich dahinter beginnt der Wald, der in seinen letzten Beständen bis zum Joch hinanreicht.

Ein Wirtshaus, das zur Hälfte gemauert und zur Hälfte aus Holz gebaut ist, bildet hier außer der Kirche das einzige stattlichere Gebäude. Sonst besteht Sankt Martin nur noch aus ein paar kleinen Bauernhäuseln, die ebenso wie der Widum ganz aus Holz aufgeführt sind und mit ihren windschiefen Dächern, deren Schindeln große Steine beschweren, noch älter und verwitterter aussehen. Auch bei ihnen das tiefe Samtbraun der dem Schnee, Sturm und Jochwind ausgesetzten Balken.

Nur ein paar Wiesen und Kartoffeläcker gibt es hier oben. Sonst nichts. Keine Kornfelder mit schweren Halmen und keine Obstbäume. Tannen und Fichten und Zirbelbäume und weiter oben mächtige Felsen. Das ist alles.

Aber einen prächtigen Blick ins Tal hinunter hat man von Sankt Martin auf der Höh' und hinüber zu den Bergen und Gletschern des Martelltals und zum Laaser Ferner. Und unten im Vintschgau zieht sich die Etsch dahin. Wie ein weißer, silberner Faden nimmt sie sich aus, der sich durch grüne Felder und gelbe Getreideäcker schlängelt, vom Oberland kommend, im sanften Abstieg sich durch reiche Obstkulturen hindurchwindet, an Dörfern und einzelnen Gehöften vorüberrauscht.

Warm scheint die Sonne ins Vintschgau hinunter und macht die Früchte saftig reifen in ihrer Glut. Aber oben in Sankt Martin ist es frisch und kühl. Da hat die Sonne keine große Macht mehr. Der Wind, der vom Joch herunterkommt oder von den Fernern des Martelltals herüberstreicht, bringt frische, scharfe Hochlandsluft selbst an den heißesten Sommertagen.

Die Menschen hier oben sind alle vom Wind und von der Sonne gebräunt. Es ergeht ihnen schier wie dem Gebälk ihrer Häuser. Starke, wetterfeste Menschen sind es.

So stark und knorrig wie die alten Tannen und Fichten und die zähen Zirbeln ihrer Bergheimat.

Sankt Martin ist eine arme Gemeinde. Die wenigen kleinen Gehöfte, die noch ganz versteckt etwas tiefer unten am Berg liegen, gehören mit dazu. Mühsam bringen sich die Bauern hier oben durch. Sie müssen der Erde ihr karges Leben abringen. Und doch gedeiht kaum das Notwendigste. Brot und Mehl müssen sie in schweren Lasten vom Tal heraufschleppen.

Es liegt ein tiefer Frieden und eine heilige Stille über Sankt Martin. Der Friede der hohen Bergeinsamkeit und der Nähe Gottes . .

Seit Georg von Degenhart hier oben in dieser Bergeinsamkeit lebte, war er viel glücklicher und innerlich um vieles ruhiger geworden.

Er paßte eigentlich gar nicht in diese Umgebung, paßte nicht zu den knorrigen, verschlossenen Menschen, die ihm scheu auswichen und nichts Rechtes mit ihm anzufangen wußten.

Ehrfürchtig zogen sie die Hüte vor ihm, aber sie gingen ihm aus dem Weg, wenn sie nur konnten. Vertrauen hatten sie keines zu dem feinen Stadtgeistlichen. Der redete nicht in ihrer Sprache und verstand nichts von der Bauernschaft.

Da war Georgs Vorgänger ein ganz anderer gewesen. Jahrelang hatte der da oben gehaust und war selber ein halber Bauer geworden. Der verstand jeden Wolkengang am Himmel zu deuten und ging im Herbst ausgerüstet mit Gewehr und Patronen hinauf aufs Joch und schoß sich allerhand Wild zusammen. Und im Frühjahr bearbeiteten er und die Nann, seine Häuserin, gemeinsam den kleinen Garten beim Widum. In Hemdärmeln stand der Hochwürdige da mit Hacke und Schaufel, und der Schweiß troff ihm von der Stirn vor lauter Graben und Pflanzen.

Dieser Herr Expositus gefiel den Bauern. Zu ihm kamen sie in allen ihren Anliegen und ihm vertrauten sie. Es war daher für die weltferne, kleine Gemeinde ein harter Schlag gewesen, als ihnen ihr alter, liebgewordener Expositus so Knall und Fall versetzt wurde und Georg an dessen Stelle kam.

Gleich auf den ersten Blick erkannten die Bauern, daß dieser junge Geistliche nie und nimmer ihr Vertrauen erringen würde. Dazu war er viel zu städtisch und zu nobel. Auch Georg merkte es bald, daß ihn seine Gemeinde eher mied als aufsuchte.

Und das war ihm eigentlich recht. Wenigstens vorderhand. Er mußte sich selber erst einmal hier eingewöhnen und in sich innerlich gefestigter werden. Später, hoffte er, würde er sich schon an die Bauern gewöhnen, und sie würden dann auch zu ihm kommen, ebenso wie sie zu seinem Vorgänger gekommen waren.

Georg von Degenhart hatte sich allerdings in vieles zu finden. Vor allem in die große Einsamkeit. Er hatte tatsächlich kaum einen Menschen, mit dem er verkehren konnte. Da war die Nann, die alte Widumhäuserin, die er von seinem Vorgänger übernommen hatte. Und mit der Nann hatte er bald ausgeredet. Die interessierte sich überhaupt für nichts, was nicht die Wirtschaft und die Bauernschaft anbelangte. Weiter reichte ihr Verständnis nicht.

Der Wirt in Sankt Martin war in erster Reihe

Bauer. Gäste fanden sich wohl zumeist nur an Sonntagen und Feiertagen im Wirtshaus ein. Dann war ein alter Bergschulmeister da, der gleichzeitig Bauer, Mesner und Totengräber war. Ein eigenes Schulhaus gab es noch nicht in Sankt Martin. Die paar Kinder wurden in einer dazu primitiv eingerichteten Bauernstube unterrichtet.

Bis zum nächsten Ort drunten im Tal, wo Georg mit Amtskollegen hätte verkehren können, waren es mehr als drei Stunden zu gehen. Georg von Degenhart verspürte jedoch wenig Lust nach einem solchen Verkehr. Lieber allein hier oben sein, sich und seinen Gedanken überlassen, als die salbungsvollen Ermahnungen eines älteren Amtsbruders anhören zu müssen.

So blieb denn Georg wochenlang allein und gewöhnte sich beinahe das Reden ab. Er stieg viel im Berg herum und las viel. Dabei gewann er immer mehr inneren Frieden. Es war ein neues Leben, das er hier oben lebte. Mit dem früheren Leben hatte er abgeschlossen, mußte er abgeschlossen haben.

Josef von Degenhart, der Weinherr, hatte dem Sohn in kurzen Worten von der schweren Erkrankung seiner Frau geschrieben und hatte ihn gebeten, die Kranke in das heilige Meßopfer einzuschließen.

Dann blieb lange jede Nachricht von der Heimat aus. Der Weinherr liebte es nicht, ausführliche Briefe zu schreiben. Seine Mitteilungen waren stets sehr karg und knapp gehalten.

Georg verbrachte eine schwere Zeit der Sorge um Johanna. Es wirkte lähmend auf ihn, daß er so lange nichts mehr von ihr hörte. Er mußte immer wieder an sein Vaterhaus unter den Lauben denken, wo sie krank lag. Und dann tauchte ihre Gestalt vor ihm auf mit dem todblassen Gesicht wie damals, als sie stumm von ihm Abschied genommen hatte.

Wie in einer quälenden Vision sah er sie tot. Und es preßte ihm die Brust zusammen, wenn er sich vorstellte, daß er sie nur tot wiedersehen sollte .. daß er ihre Stimme nicht mehr hören sollte .. daß ihre großen, schönen Augen auf ewig erloschen wären.

Jene Allgewalt, vor der er schauderte und die doch seine ganze Seele mit einem scheuen, unermeßlichen Glück erfüllte, hatte wieder von ihm Besitz ergriffen. Sie war aufs neue zu ihm emporgestiegen in die Einsamkeit der Berge und umgab ihn mit der lähmenden Sorge um das Leben der geliebten Frau.

Dann wanderte er wohl empor zum Joch auf einsamen, steilen Pfaden, die nur mehr den Jägern vertraut waren, immer weiter empor, dem Himmel entgegen. Je höher er kam, desto leichter wurde ihm, desto mehr löste sich der dumpfe Druck von seiner Brust ..

Eines Tages traf wieder ein Brief in Sankt Martin ein. Die alte Botin Moidl, die wöchentlich einmal ins Tal hinunter mußte, um die notwendigen Sachen für die Bäuerinnen heraufzutragen, hatte ihn mitgebracht. Der Weinherr schrieb in kurzen, trockenen Worten von der Genesung seiner Frau und daß der Doktor eine Luftveränderung angeordnet habe.

Dann bat er den Sohn, er möchte für Johanna und Tante Kathrin ein Zimmer bereithalten, da die beiden Damen schon in den nächsten Tagen in Sankt Martin eintreffen würden, um dort einige Wochen zu verbringen. Gallus Schnappinger, der in der Gegend gut bekannt sei, würde sie hinbegleiten und Bettzeug und das notwendigste Gepäck mit hinaufbringen. Schließlich empfahl der Weinherr die beiden Frauen der Obhut und Fürsorge Georgs und rechnete darauf, daß ihm der Besuch, wenn auch unerwartet, so doch nicht ungelegen käme.

Der Eindruck des Schreibens auf Georg war jähe Freude und tiefes Erschrecken zugleich. Er sehnte sich nach diesem Besuch, und er fürchtete ihn. Er fühlte, daß es weder für ihn noch für Johanna gut sei, daß sie wieder zusammen kämen.

Die Liebe zu dieser Frau war ja noch so stark und mächtig in ihm. Gleich mächtig, wie er sie in die Bergeinsamkeit getragen hatte. Und es war ihm nicht gelungen, sie zu begraben. Auch hier im Frieden der Höhe loderte diese Flamme. Das war ihm in den letzten Wochen nur zu deutlich bewußt geworden, als er um das Leben dieser Frau gebangt und gezittert.

Wenn es ihm am Tage für kurze Zeit geglückt war, sich von dem quälendsten Druck der Sorge zu befreien, so folgten dafür oft ganze Nächte, die er in lähmender Angst wach zubrachte.

Beten hatte er nicht können. Das Gebet war ihm zur leeren Formel geworden. Er hatte seinen frühern festen Glauben auf die Kraft des Gebetes eingebüßt . . ja viel, viel von seinem ganzen Glauben verloren. Den mußte er erst wiederfinden hier oben bei den einfachen Menschen und in der großen Natur . .

Georg von Degenhart hatte die Nann gleich nach Erhalt des Briefes hinuntergeschickt ins Tal. Von dort mußte sie allen möglichen Bedarf heraufschleppen. Namentlich Lebensmittel, damit die beiden Damen etwas Besseres vorfänden, wenn sie eintreffen würden.

Auch das größere Zimmer im ersten Stock, das er bisher selbst bewohnt hatte, ließ er für die Frauen instand setzen. Er selber zog hinunter in eine kleine ebenerdige Kammer, die neben dem Wohnzimmer lag. Er half mit bei der Arbeit. Die besten Möbelstücke, die er im Hause hatte, wurden in das Zimmer im ersten Stock getragen. Und er hatte wenig genug. Kaum das Notwendigste. Aber Johanna und die Tante Kathrin sollten es hier oben möglichst behaglich finden.

Jetzt wartete der junge Geistliche von Tag zu Tag mit fast fieberhafter Ungeduld auf das Eintreffen seiner Gäste. Ein neues Gefühl hatte von ihm Besitz ergriffen. Die Sehnsucht, wieder mit Menschen seinesgleichen sprechen zu können. Er freute sich ja auch auf Tante Kathrin. Er wollte nach den langen Wochen der Einsamkeit wieder Menschen um sich haben, die ihn verstanden. Eine Aufregung hatte sich seiner bemächtigt, eine fast kindliche Freude, ein ungeduldiges Erwarten . .

Zwei Wege führten vom Tal aus nach Sankt Martin auf der Höh'. Jeden Tag, den es nun gab, ging Georg von Degenhart diese Wege. Ein großes Stück zum Tal hinunter. Vormittag den kürzern, steilern Weg und nachmittag den schmalen Saumpfad, auf dem man bequem heraufreiten konnte. Sicher würden die Frauen diesen Weg nehmen, sagte sich Georg, obwohl der Saumpfad bedeutend länger war als der andere Weg.

Angestrengt sah der junge Geistliche hinunter ins Tal, ob er seine Gäste nicht entdecken würde. Eine ganze Woche war seit dem Eintreffen des Briefes schon vergangen, und Georg hatte jeden Tag seinen Weg umsonst gemacht. Endlos zogen sich die Tage für ihn hin. Ohne Inhalt und Freude.

Er war bisher fast ausgesöhnt gewesen mit seinem Los, hatte es oft gar nicht mehr bemerkt, wie einsam und verlassen er eigentlich hier oben war. Jetzt fiel es ihm plötzlich von neuem auf. Bleischwer lagerte der Druck der Einsamkeit auf ihm. Er empfand einen brennenden Durst nach dem Verkehr mit gleichgestellten gebildeten Menschen.

Heute war Georg von Degenhart wieder den gewohnten Weg zum Tal hinuntergegangen. Gleich nach dem Mittagessen hatte er sich aufgemacht und war schon weit in die Tiefe gelangt. Kaum eine Stunde noch, und er hätte die nächste Ortschaft erreicht.

Der Wald lag hinter ihm, und er hatte jetzt einen weiten Ausblick ins Unterland. Der schmale Saumpfad führte sachte ansteigend den Berg hinan, der hier kahl und felsig und nur mit kurzem Gestrüpp, mit Kranewittstauden und Brombeersträuchern, mit Schlehdorn und Heckenrosen bewachsen war.

Im Tal drunten erblickte man die staubige Landstraße, die sich wie ein graues Band neben der Etsch hinzog. Am jenseitigen Ufer der Etsch lagen kleine Ortschaften zu Füßen des Berges. Die spitzen Kirchtürme ragten aus dem dichten Laub der Obstbäume hervor, welche die Häuser schier versteckten. Goldgelbe Kornfelder prangten in üppiger Reife und neigten ihre Ähren schwer nach vorn.

Die Sonne brannte heiß auf das Tal herab. Schwere, dunkle Wolken ballten sich drohend und zogen langsam vom Unterland herauf. Schwarzgrau und düster lagerten sie über der Töll, dort wo das Tal gegen Meran zu einbiegt.

Forschend schaute Georg ins Tal hinunter. Dann nahm er seinen schwarzen weichen Filzhut vom Kopf und fuhr sich mit dem feinen weißen Taschentuch über die glühend heiße Stirn. Müde sah er den steilen Weg entlang bis tief in die Talsohle hinab.

Nichts war zu sehen. Kein Mensch. Georg setzte sich auf einen der Felsblöcke, die aus dem steinigen Grund des Weges emporstrebten, und brütete vor sich hin. Sie kamen also auch heute nicht. Er würde wieder allein sein droben in der niedern braungetäfelten Holzkammer, die seine Wohnstube geworden war. Allein. Ganz allein, wie alle die Wochen seither.

Vielleicht kamen sie überhaupt nicht mehr. Allerhand trübe Gedanken durchkreuzten den Kopf des jungen Geistlichen. Vielleicht war Johanna neuerdings schwer erkrankt. Oder am Ende weigerte sie sich noch im letzten Augenblick, nach Sankt Martin zu gehen. Sie fühlte vielleicht doch, daß es besser sei für sie beide, wenn sie fern bleibe . .

Lange war Georg auf dem Felsblock gesessen. Seinen großen derben Stock hatte er vor sich in die Erde gerammt und den Hut darauf gehängt. Jetzt schaute er noch einmal ins Tal hinunter. Die Sonne hatte sich hinter einer dunkeln Wolke versteckt, und das breite Tal lag im Schatten vor ihm. Schwerer Dunst brütete über der Landschaft, und bleiern hingen die Wolken bis tief herab.

Von einem Dorf her hörte Georg jetzt eine Glocke läuten. Die Kirche selbst konnte er nicht erblicken. Von ganz unten, wo der schmale Saumpfad steil gegen das Tal abfiel, sah er nun plötzlich eine kleine Karawane kommen. In langsamem Schritt. Drei schwarze Punkte, die sich allmählich nach aufwärts bewegten.

Immer näher kamen sie. In Georg jubelte es auf. Das waren sie. Johanna und Tante Kathrin mit Gallus Schnappinger. Mit einem jähen Ruck sprang Georg in freudiger Erwartung von dem Felsblock empor und schwang seinen Hut.

„Holdrioh!" schrie er nach Art der Bergbauern.

„Holdrioh!" tönte es ferne von unten herauf.

Nun eilte Georg, so schnell er konnte, den Pfad hinunter. Er trug auf seinen Bergwanderungen anstatt des langen Talars stets einen kurzen schwarzen Gehrock und hatte von seinem geistlichen Gewand nur noch den gestickten Halskragen, das Collare, beibehalten.

In kaum einer Viertelstunde war Georg bei Johanna und Tante Kathrin angelangt. Johanna saß auf einem Mulli, den Gallus Schnappinger sorgsam am Zügel führte. Sie sah noch immer sehr blaß und angegriffen aus. Aber eine ganz feine Röte bedeckte jetzt ihr Gesicht, als sie Georg die Hand zum Gruße herabreichte.

Hinter dem Mulli ging die Tante Kathrin rüstig und mit weit ausholenden Schritten, als wäre sie ein junges Mädchen. Ihr ohnedies rosiges Gesicht war von der ungewohnten Anstrengung des Steigens ganz rot, und ihre dunkeln, fragenden Kinderaugen glänzten lebhaft, als sie ihren Neffen so frisch und munter auf sich zukommen sah.

„Ist's noch weit hinauf bis zu euch?“ fragte sie Georg, als die allgemeine Begrüßung vorüber war.

„Na. Noch gute zwei Stunden!“ erwiderte Georg.

Er ging jetzt langsam, aber mit gleichmäßigen Schritten neben dem alten Fräulein, knapp hinter dem grauen Mulli, auf dem Johanna saß.

Georg und Johanna hatten sich nur ganz kurz begrüßt. Mit festem Händedruck und einem strahlenden Blick. Gesprochen hatten sie wenig. Sie waren beide in diesem Moment zu glücklich gewesen, um viele Worte zu finden. Und der Schnappinger hatte ihnen auch keine Zeit gelassen zum Reden.

„Ratschen könnt's oben g'nuag. Soviel's wollt's!“ hatte er grob gesagt, aber dabei gutmütig in seinen feuerroten Bart hineingelacht. Denn der Gallus trug jetzt wieder einen langen Bart. Ein Zeichen, daß er in der letzten Zeit sein liebes Kreuz mit der Trina gehabt hatte. „Aber iatz hoaßt's fürwärts giahn!“ meinte er. „Sonst wird die Gnädige naß. Schaun's nur selber aufi! Ewig dauert's nimmer. Nachher fangt's zu giaßen an!“

Dabei sah er ängstlich auf den jetzt ganz mit grauschwarzen, schweren Wolken bedeckten Himmel. Nur rechts droben, wo Sankt Martin lag, war noch ein Fleckchen blauer Himmel zu sehen. Sonst überall schweres, drohendes Gewölk.

Die kleine Gesellschaft stieg rüstig den steilen Berg hinan. Georg wollte die alte Dame stützen. Er hatte Angst um sie. „Wird's dir wohl nicht zu viel das Steigen, Tante Kathrin?“ fragte er besorgt.

„Aber wo denkst denn hin, Kind!“ wehrte sie fast beleidigt ab. „I dermach' schon noch einmal so viel. Gar so alt bin i doch noch nit!" lachte sie.

Dann stiegen sie wieder schweigend empor. Geraume Zeit hörte man nichts als den schweren Tritt des Tieres, wenn es mit seinen Hufen gegen den steinigen Boden schlug, und die gleichmäßigen Schritte der drei Menschen.

Ab und zu wandte sich Johanna von ihrem erhöhten Sitz auf dem Sattel des Mulli nach Georg und Tante Kathrin um und lächelte leise. Ein stilles, glückliches Lächeln, voll Zufriedenheit und banger Erwartung.

Eine halbe Stunde vor Sankt Martin fing es zu regnen an. In großen, schweren Tropfen. Dann kam ein starker Guß. Weiße, jagende Nebel senkten sich vom Joch herab.

Gallus Schnappinger schimpfte aufgeregt. „Sakra no amal eini! Der Teufel soll's holen a so a Hundswetter!" ereiferte er sich, und seine hohe Stimme kippte fast über.

„Jatz wird die Gnädige do no patschnaß und erkrankt uns wieder!" Heftig trieb er das Tier zur Eile an. Derb schlug er ihm mit der Faust in die Weichen. „Jatz wohl! Du Rabenviech, du elendig's!" schimpfte er in komischer Entrüstung. „Wirst ausgreifen oder nit, Hornochs malefizischer!"

„Aber Gallus!" sagte die junge Frau vorwurfsvoll. „Was kann denn das arme Tier dafür, daß es jetzt regnet!" Dabei mußte sie aber unwillkürlich lachen; denn der Schnappinger sah in seiner Wut köstlich aus und schnitt allerhand Grimassen vor Unbehagen.

Auch Georg und das alte Fräulein Kathrin mußten über den Schaffer lachen. Und so erreichte man trotz des

Regens in fröhlichster Stimmung Sankt Martin auf der Höh'.

„Ist das deine Behausung?" fragte Johanna den jungen Geistlichen, als er ihr beim Absteigen behilflich war, und sah enttäuscht auf das kleine dunkelbraune Holzhaus. Sie hatte sich den Widum nicht groß vorgestellt, aber immerhin viel größer und ansehnlicher, als er es in Wirklichkeit war.

„Ja . ." sagte Georg und reichte der Nann, die nun auch geschwind aus dem Haus gelaufen kam, den durchnäßten Mantel, in den man Johanna eingehüllt hatte. „Du wirst es drinnen behaglich finden, Johanna. So behaglich, wie's eben hier oben sein kann.

Die Widumhäuserin erging sich in Entschuldigungen. „Die Gnädige soll's halt ja nit übel nehmen, wenn's ihr etwa nit sauber g'nuag ist im Zimmer droben. I versteah's halt nit besser, wissen's wohl!" machte sie und wischte sich mit dem Rücken ihrer Hand über den Mund. „I bin meiner Lebtag nit von die Bauern wegkommen, wissen's wohl. Und dös bissel Bildung, was unseroans hat, dös hat man halt von dö geistlichen Herrn, wissen's wohl. Und sein tua i schon a etliche Jahrlen Widumhäuserin. Aber wissen's wohl, mit Kochen werd' i's grad' extra guat aa nit treffen. Sie müassen halt z'frieden sein mit dem, was i kann."

Langsam folgten sie den beiden Damen über die paar Holzstufen, die zur Haustüre des Widums führten. Georg war schon vorangegangen.

„Hoi! Du!" rief jetzt Gallus Schnappinger der Häuserin nach und schnalzte mit den Fingern, als wollte er irgendeine Kuh oder ein Kalb herbeilocken. „Habt's ös koan' Stadel oder Stall für'n Mulli? Moanst, der soll die ganze Nacht in der Nässen da heraußen stiahn? Hirn haben sie do gar koans dö Weiberleut'!" schimpfte er mit seiner hohen Stimme tapfer darauf los.

Die Nann stemmte die Arme in die Hüften. Sie war eine Fünfzigerin. Nicht groß, aber knochig und derb, mit wasserblauen Augen und spärlichen schmutziggelben Haaren. „Ja, was bist nachher du für oaner?" fragte sie.

„Hörst nit guat?" schrie sie der Schnappinger grob an. „An Stadel möcht' i für's Viech!"

„Bist du da aufer kommen, 's Regiment z'führen?" erkundigte sich die Nann mit unheimlicher Ruhe.

„Kruzifix no amal eini!" begann der Schaffer jetzt zu fluchen und fuchtelte fuchsteufelswild mit den Armen in der Luft herum. „Jatz werd' i do sehen . ."

„Nann! Zeig' dem Schnappinger den Stall!" befahl Georg mit ruhigem Ernst. Er hatte den Streit der beiden Leute von drinnen mit angehört und mußte natürlich über die Wut des Schaffers herzlich lachen. Dann war er herausgegangen, um die Sache zu schlichten.

Murrend entfernte sich die Nann. Der Gallus Schnappinger folgte ihr, den Mulli führend, mit geducktem Schädel. Er schämte sich, daß ihn der Hochwürdige hatte fluchen hören.

Johanna und das Fräulein Kathrin hatten es sich inzwischen in dem Zimmer des ersten Stockes bequem gemacht. Später kam der Schnappinger herauf und brachte das Gepäck.

Als er damit fertig war, stellte er sich breitspurig in

der Mitte des Zimmers auf und sah kritisch umher. „Grad' extra nobel habt's es weiter nit da heroben!" äußerte er sich abfällig. „Nit amal weiße Vorhangeln! Dös ist do koa Quartier für an Hochwürden wia der unsrige ist! Und nit amal a Kanapee. Nur a paar Holzsessel. Dös, wann der Gnädige sehen tät'! Der tät' dreinschau'n. Da hätt' er die Gnädige ihrer Lebtag nit aufer lassen, wann er si dös ordentlich fürg'stellt hätt'!"

Der Gallus Schnappinger hatte recht. Es war äußerst primitiv in dem kleinen Widum. Die zwei Betten und zwei Kästen, ein Tisch und einige Stühle bildeten die ganze Einrichtung des Zimmers der beiden Damen. Nur an den Wänden hingen Bilder. Die hatte Georg vom ganzen Haus zusammengetragen, um nur ja dieses eine Zimmer damit auszuschmücken.

Drunten in der Wohnstube sah es nicht viel anders aus. Eine mit Leder bezogene Bank stellte das Sofa dar. Ein weichholzener, dunkel gestrichener Tisch und ebensolche Stühle, ein kleines Bücherregal und ein großes Bild der schmerzhaften Mutter Gottes . . das war alles.

Eine kleine Hängelampe brannte jetzt über dem Tisch. Draußen regnete es in Strömen, und die Nacht war vorzeitig hereingebrochen. Der Wind pfiff und heulte um das Holzgebälk des Widums und machte einen unheimlichen Lärm.

„Ein netter Anfang für die Sommerfrische!" sagte Georg zu Johanna, als sie in die Stube zu ebener Erde trat, und rieb sich fröstelnd die Hände. Dann ging er eine Weile auf und ab.

Johanna setzte sich an den Tisch und stützte den Kopf

in die Hand. Sie hatte ein weißes, wollenes Tuch um die Schultern geschlungen und zog dieses jetzt eng an sich.

„Wie mag's da erst im Winter sein!" sprach sie nachdenklich. Es schauderte sie im Innern. Alles hier bedrückte sie. Die enge, niedere Stube und diese ganze Umgebung.

Die Nann kam in die Stube und fragte nach der Fräul'n Kathrin. Sie habe gestern schon ein paar Henndeln abgestochen. Wenn halt das Fräul'n a bissele nachschau'n kommen tät', ob sie's wohl so recht mach' . . meinte sie treuherzig. Fräulein Katharina von Degenhart, die auf dem primitiven, mit schwarzem Leder bezogenen Sofa gesessen hatte, erhob sich und ging in die Küche.

Georg und Johanna blieben allein in der Stube zurück. Nur ganz allmählich kam das Gespräch in Fluß. Georg erzählte von seinem Leben hier oben. Und Johanna berichtete aus der Heimat. Von der letzten Zeit und von ihrer Krankheit.

Fast ängstlich vermieden sie es, einander anzusehen. Georg ging, wie das von jeher seine Art war, in der Stube auf und ab. Wie ein Gefangener in einem engen Käfig nahm er sich dabei aus. Mit dem Kopf stieß er beinahe an die getäfelte Decke des Überbodens.

Erst nach dem Abendessen, als auch die Tante Kathrin in der Stube war, wurde es gemütlicher. Da saßen die drei bis in die späte Nacht beisammen und erzählten sich.

Das bange Gefühl zwischen Georg und Johanna war langsam gewichen. Sie dachten jetzt nicht an jene Stunde, da Johanna im Morgengrauen zu Georg gekommen war, um Abschied zu nehmen. Sie waren beide glücklich, daß sie sich wiedersahen und einige Zeit hindurch beisammen bleiben durften.

Auch draußen in der Küche ging es lebhaft zu. Die Nann hatte bald herausbekommen, daß der Gallus Schnappinger eigentlich gar kein so zuwiderer Kerl war, wie es zuerst den Anschein hatte. Sie wurde immer zutraulicher und erzählte ihm allerhand. Von ihrem Leben und von ihren Leuten, die drunten im Tal einen ganz ansehnlichen Bauernhof besaßen, von den Dienstplätzen, die sie gehabt hatte, und von ihren Ersparnissen.

Der Gallus Schnappinger saß ruhig auf einem Holzstockerl neben dem Herd und sah der Nann zu, wie sie mit bloßen Armen das Geschirr abspülte. Ein kleines, trübes Öllicht brannte über dem offenen Herd. Die Partie der rauchgeschwärzten Küche, die gerade über dem Herd lag, schimmerte in dem kärglichen Licht wie glänzende Kohlen.

„Und du?" fragte plötzlich die Nann. „Bist du no ledig?" Dabei sah sie ihn forschend von der Seite an und rieb mit der Hand fest an einer Pfanne.

„I? Sakra no amal eini! Was glaubst denn du?" erwiderte Gallus Schnappinger ganz empört. „Moanst, i hab' nix G'scheuteres z'tuan, als a so a Weibsbild aufz'heiraten? I tät' mi weiters bedanken!" Im großen Bogen spie der Gallus weit von sich und wischte sich dann den Bart mit dem Ärmel seiner braunen Lodenjoppe.

„Freilich!" sagte die Nann und spülte langsam und träg eine rußige Pfanne von außen. „Freilich. Du wirst schon a Heikler sein." Dann betrachtete sie ihn mit sichtlichem Wohlgefallen. „Sein tuast etwa gar koa uneben's

Mannsbild!“ meinte sie. „Die Tracht steht dir gar nit schlecht zu G’sicht.“

Der Schaffer sprang auf. Er dachte daran, wie die Trina, sein alter Hausdrach’, in frühern Jahren in einem ähnlichen Ton wie jetzt die Nann zu ihm gesprochen hatte. „I geh’ iatz schlafen!“ sagte er grob und sah die Nann mit unverhohlenem Mißtrauen an.

„Ja.“ Die Nann wusch sich mit dem Abspülfetzen die braunen Arme und trocknete sie dann. „I werd’ dir in die Kammer leuchten!“ sagte sie.

„Naa!“ wehrte der Schnappinger resolut ab. „I brauch’ di nit. Und i brauch’ koa Kammer nit. I geh’ lieber in Stall ummi zum Mulli, als daß i no a Stund’ in der Hütt’n bleib’!“

Die Nann stemmte die Arme in die Hüften und starrte verblüfft auf den Schaffer. „Bist ganz verruckt?“ fragte sie.

„I geh’!“ rief Gallus Schnappinger wütend. „I kenn’ enk. Ös seid’s alle gleich. Oane wia die andere. Die Trina hat’s akkurat a so g’macht!“ Damit war er schon bei der Tür draußen.

Die Nann schüttelte noch eine Weile nachdenklich den Kopf. „I hätt’s nit g’moant . .“ sagte sie vor sich hin . . „daß dös so a narreter Kerl ist. Schaut weiter gar nit a so uneben aus. Gar nit a so uneben . .“

In aller Herrgottsfrüh’, als der Mesner Gebet geläutet hatte und die Nann gerade aufgestanden war, um die Kuh zu füttern, stand der Gallus Schnappinger schon völlig reisefertig vor dem Stall und putzte an dem Mulli herum.

„Magst nit an Kaffee oder a Supp'n?" fragte die Nann mit einem mißtrauischen Blick auf den Schaffer.

„Na!" entgegnete der und kniff verbissen die Lippen ein. „Koan' Schluck!"

„Nachher laßt es bleiben!" erwiderte die Widumhäuserin achselzuckend.

„Ja."

„Deine Leut' sein no nit auf!" meinte die Nann, nachdem sie dem Schnappinger eine Weile zugesehen hatte, wie er den Mulli abrieb.

„Ist mir gleich. I geh'!"

„Nachher gehst! Und auf der Stell' machst di durch, du Teufel, du damischer!" keifte die Nann nun erbost.

Der Gallus Schnappinger ließ sich das nicht zweimal sagen. Als ob der leibhaftige Gottseibeiuns hinter ihm drein wäre, so schnell ging er mit seinem Mulli den Bergabhang hinunter.

Es war noch immer trübes Wetter, und schwere Regenwolken lagerten über Sankt Martin. Aber unten im Tal zerteilten sich die Nebel und stiegen in flatternden Streifen wie wehende Fahnen langsam in die Höhe. Das war ein sicheres Zeichen, daß sich die Sonne noch im Laufe des Vormittags siegreich durch all das Gewölk durchringen würde, um mit ihrem leuchtenden Glanz Tal und Höhen zu überfluten.

Zwölftes Kapitel

Die Zeit in Sankt Martin auf der Höh' verging wie im Fluge. Nach jenem heftigen Gewitter folgten herrliche, wolkenlose Tage, an denen die Berge und Gletscher zum Greifen nahe waren und die Luft durchsichtig blau erschien.

Georg und Johanna waren sehr viel beisammen. Draußen im Wald unter einem der hohen Fichtenbäume mit den weitausholenden Ästen und den langen grauen Bärten, die die mächtigen Fichten wie Greise unter den Bäumen erscheinen ließen, saßen Johanna und Tante Kathrin auf Feldstühlen und beschäftigten sich mit einer Handarbeit oder lasen in einem Buch. Georg saß gewöhnlich bei ihnen. Dann wurde meistens geplaudert.

Die schönen Stunden, die Johanna und Georg im Winter in Meran drunten verlebt hatten, fanden nun hier oben in stiller Bergeinsamkeit ihre Fortsetzung. Nur mit dem Unterschied, daß jetzt das alte Fräulein von Degenhart dabei war. Zumeist als stumme, unbeteiligte Zuhörerin, die still und schweigsam über ihre Handarbeit gebeugt dasaß und auf die Beiden gar nicht zu achten schien.

Johanna erholte sich in der Berghöhe zusehends. Mit

jedem Tag wurde sie frischer und kräftiger. Ihr feines, blasses Gesicht bekam schon einen ganz rosigen Hauch und sah sogar bereits etwas gebräunt aus.

Nach und nach unternahm sie in Begleitung von Georg und Tante Kathrin kleinere Spaziergänge. Das alte Fräulein bemerkte mit Genugtuung, daß ihr Gang immer kräftiger und elastischer und das Atmen ihr immer leichter wurde.

Aber noch etwas bemerkte die alte Dame. Johanna fühlte sich nur dann glücklich, wenn Georg in ihrer Nähe war. Da war sie mit einem Male jung und stark und jeder Anstrengung gewachsen. Es war, als ob Georgs Nähe eine Art hypnotischen Einflusses auf sie ausgeübt hätte.

Mit rotem, vollem Gesicht und strahlenden Augen saß die junge Frau da und lauschte auf Georgs Worte. Wenn er aber einmal nicht zugegen war, so verschwand der jugendfrische, glückliche Ausdruck aus ihrem Antlitz, und ein welker Zug legte sich um den feinen Mund.

Nur allmählich hatten Georg und Johanna den alten vertrauten Ton wiedergefunden. Was in Meran zwischen ihnen vorgefallen war, jene Beichte und der Abschied, stand immer noch lebendig vor ihren Seelen. Und das machte sie beklommen. Aber sie gaben sich beide redliche Mühe, nicht mehr daran zu denken.

Die Vergangenheit mußte für sie begraben sein, ausgelöscht wie ein flackerndes Licht. Sie durften nicht mehr daran denken. Jeder Gedanke war Sünde.

Und doch erinnerten sie sich nur allzu oft daran. Das geschah, wenn sie beide sich zufällig in die Augen sahen. Da bohrten sich ihre Blicke ineinander und konnten sich nicht mehr trennen. Ihre ganze unterdrückte heiße Liebe lag in diesen Blicken.

Aber sie waren tapfer. Sie kämpften mit sich selber und suchten sich zur Ruhe und zum innern Frieden durchzuringen. Sie durften sich nicht lieben. Sie mußten es wieder zu der einfachen guten Kameradschaft bringen wie früher. Und allmählich gelang es ihnen. Nur ganz allmählich.

Das alte Fräulein von Degenhart hatte scharfe Augen und Ohren. Wenn sie auch tat, als ob sie von allem nichts merke, erkannte sie doch, was zwischen beiden vorging. Und sie nahm sich vor, bei der nächsten Gelegenheit mit Georg ein offenes Wort zu sprechen. Nicht mit Johanna wollte sie sprechen. Die sollte ja genesen von dieser Liebe. Deshalb war sie ja mit ihr hier heraufgegangen nach Sankt Martin, damit sie gesund und stark würde an Leib und Seele.

Die Gelegenheit, mit Georg allein zu sprechen, sollte der Tante Kathrin bald werden. Eines Tages war Georg zu einem alten Bauer gerufen worden, der im Sterben lag. Der Einödhof, der noch zur Seelsorge von Sankt Martin gehörte, war sehr weit entfernt. Ganz übers Joch mußte man gehen und hinüber auf die andere Talseite.

Georg war den ganzen Tag ausgeblieben. Schon brach der Abend herein, ohne daß er zurückkehrte. Johanna war schon im Laufe des Nachmittags unruhig und aufgeregt gewesen. Als es immer dämmeriger wurde, ohne daß Georg zurückgekommen war, konnte sie ihre Angst um ihn nicht mehr bemeistern.

„Kathrin, wenn ihm doch was zugestoßen ist?" fragte sie immer und immer wieder und sah angstvoll zu der alten Dame hinüber. „Er ist das Bergsteigen doch nicht so gewohnt. Ein Fehltritt und . ." Sie konnte den Satz nicht mehr vollenden. Ruhelos wanderte sie in der kleinen Stube des Widums hin und her.

Das alte Fräulein von Degenhart zwang sie endlich mit milder Energie, neben ihr Platz zu nehmen. „Aber Kind!" sagte sie weich. „Wer wird denn so verzagt sein! Schau', wenn doch der Mesner mit ist. Der kennt sich schon aus. Da g'schieht nix. Kannst ganz ruhig sein." Leise streichelte sie die eiskalten weißen Hände der jungen Frau.

„Ja . . aber mit dem Gottfried . . meinem Bruder . ." sprach Johanna tonlos, und ihre Augen irrten angstvoll durch die dämmerige Stube.

Die Nann kam und brachte das Essen. Johanna konnte keinen Bissen verzehren. Alles Zureden des alten Fräuleins half nichts. Die Widumhäuserin mußte das Essen wieder unberührt abtragen.

Johanna lehnte müde am Fensterbalken und sah hinaus in die aufsteigende Nacht. Es war schon stockdunkel, als man von draußen her die schweren Tritte von Männern hörte. Mit schnellen Schritten eilte Johanna vor die Haustüre.

„Bist du's, Georg?" fragte sie bebend.

„Ja. Es ist spät worden. Ich bin bei ihm geblieben, bis es vorüber war . ." sprach Georg ernst. Dann kam er herein in die Stube, die nun durch das Licht der kleinen Hängelampe erleuchtet war und einen ganz behaglichen Eindruck machte.

„Die Johanna hat Angst um dich g'habt . ." sagte das alte Fräulein von Degenhart, als sie dann alle beisammen um den Tisch saßen und nun das Abendbrot einnahmen.

„Angst um mich? Ja, warum denn?" fragte Georg.

Johanna lachte gezwungen. „Mein Gott . . der weite Weg . ."

„Es war ja der Mesner mit. Der kennt sich aus . ." erwiderte Georg gleichmütig. Und dann berichtete er von der beschwerlichen Bergwanderung und von dem alten Einödbauern, dem er den Leib des Herrn zur letzten Wegzehrung stundenweit auf steilen Pfaden übers Joch gebracht hatte.

„Es ist gut, daß es nicht im Winter war . ." meinte Johanna. „Der Weg . ."

„Ja . ." bestätigte Georg. „Im Winter soll es gefährlich sein. Wenn die Bergsteige alle vereist sind, da genügt oft ein einziger Fehltritt . ."

Johanna schauderte. Bald darauf erhob sie sich, um auf ihr Zimmer zu gehen. Sie fühlte sich müde und abgespannt nach der Aufregung dieses Tages.

Tante Kathrin blieb noch bei Georg. Sie holte sich vom Fensterbalken ihre Handarbeit, die in einem Körbchen lag, und setzte sich eine Brille auf. Abends bei spärlichem Licht trug sie in der letzten Zeit immer Brillen.

Georg mußte lachen. Er hatte das alte Fräulein noch nie mit Brillen gesehen. Sie machte ihm darin einen ganz fremden, fast strengen Eindruck.

„Du siehst merkwürdig aus mit den Brillen, Tante Kathrin!" sagte er, als er ihr eine Weile zugeschaut hatte, wie sie sorgfältig die Stiche in dem feinen weißen Batist zählte. „Ganz ernsthaft schaust du aus!" neckte er sie. „Völlig zum fürchten." Dann zündete er sich eine Zigarre an und lehnte sich bequem auf die mit Leder bezogene Bank zurück.

Fräulein Katharina von Degenhart saß auf einem der braun gestrichenen Holzsessel und beugte sich leicht über ihre Arbeit. Jetzt sah sie einen Moment zu Georg hinüber, und ihre dunkeln Kinderaugen hatten einen ungewöhnlich strengen Ausdruck.

„Weißt du, warum sich die Johanna um dich geängstigt hat, Georg?" fragte sie unvermittelt und sah über ihre Brille hinweg zu ihm hinüber.

„Sie ist noch leidend . ." entschuldigte Georg. „Da regt sie sich natürlich leicht über jede Kleinigkeit auf."

Tante Kathrin legte jetzt ihre Handarbeit vor sich auf den Tisch und nahm ihre Brille wieder herunter. „Ja. Sie ist noch krank . ." bestätigte sie. „Da kann man sich nicht so gut beherrschen, als wenn man gesund ist."

Georg sah verwundert auf die alte Dame. „Was willst du damit sagen, Tante Kathrin?" fragte er. Sein Ton war nervös und leicht gereizt.

„Wie die Johanna krank war, da hat sie im Fieber aufgeschrien . ." erzählte nun das alte Fräulein. „Völlig nimmer beruhigen hab' ich sie können. So wild und rabiat ist sie g'wesen. Sie hat den Gottfried g'sehen . . ihren Bruder . . wie er vom Ifinger abg'stürzt ist . ." berichtete sie in leisem, gleichgültigem Ton.

Georg hatte sich von seinem bequemen Sitz aufgerichtet und sich leicht mit dem Arm an den Tisch gelehnt.

„Ja . ." sprach er. „Sie muß sehr . . sehr krank gewesen sein. Arme Johanna!" kam es dann leise und weich über seine Lippen.

Das alte Fräulein setzte sich zurecht. Ihre kleine zierliche Gestalt bekam eine völlig steife Haltung.

„Es war aber nit der Gottfried allein, den die Johanna abstürzen g'sehen hat . ." fuhr sie fort. „Einmal war's . ." sagte sie dann nach einer kleinen Pause . . „da hab' ich g'meint, es ist alles aus mit ihr. Gar nimmer hat sie mir g'fallen. Mir ist ganz unheimlich worden. Bis dann wieder ein Fieberanfall kommen ist. Dann hat sie alles heraus-g'schrien . . alles . ."

Ein längeres Stillschweigen war nun eingetreten. Georg legte achtlos seine Zigarre beiseite und ging jetzt nervös im Zimmer auf und ab.

„Was hat sie g'sagt, Tante Kathrin?" fragte er dann, ohne die alte Dame anzusehen.

„Es war nit der Gottfried allein, den sie abstürzen g'sehen hat. Dich hat sie g'sehen, Georg. Dich!" wiederholte Katharina von Degenhart mit Nachdruck. „Und dann hat sie so wild getan, daß sie dein Vater bis hinunter ins Kontor g'hört hat. Helfen hätten wir sollen . . dich retten . . weil sie dich lieb hat . ." fügte das alte Fräulein ganz leise, fast unhörbar hinzu.

Georg ging eine Weile erregt mit raschen Schritten auf und ab. Dann blieb er hinter dem Stuhl der alten Dame stehen und fragte tonlos: „Und weiß der Vater . ."

Katharina von Degenhart schüttelte heftig den Kopf. „Nein. Der hat nix mehr g'hört. Der ist erst später dazu kommen."

Wieder entstand eine lange Pause.

„Tante Kathrin, warum hast du die Johanna nach Sankt Martin gebracht?" fragte Georg und sah jetzt dem alten Fräulein zum ersten Male voll ins Gesicht.

Katharina von Degenhart wandte sich mit einem lebhaften Ruck dem Neffen zu, der knapp vor ihr stand. „Kannst du dir das nit denken?" fragte sie ernst. „Damit die Johanna g'sund wird. Damit sie g'sund wird von einer Liebe, die ein großes Unrecht ist."

Georg setzte sich auf einen Stuhl neben die alte Dame und stützte schwer den Kopf in die Hand. „Hast du da nicht gerade das verkehrte Heilmittel gewählt, Tante Kathrin?" fragte er gepreßt.

Das alte Fräulein schüttelte den Kopf. „Nein!" sagte sie fest. „Ihr seid doch beide gute Menschen. Und dann . . ich hab' ein großes Vertrauen auf dich, Georg. Du wirst ihr helfen, damit sie gesund wird von dieser Liebe!" sprach sie leise, aber mit Nachdruck.

Ein schwerer, gequälter Seufzer entrang sich Georgs Brust. „Es wäre doch besser gewesen, du hättest sie nicht heraufgebracht, Tante Kathrin . ." sagte er tonlos.

Die alte Dame drückte fest und warm die schlanke Hand des jungen Geistlichen. „Sei stark, Georg!" bat sie leise. „Es ist nur eine Prüfung, die euch der Herrgott g'schickt hat." Tränen traten ihr dabei in ihre guten, dunkeln Augen. „Die Johanna wär' nur so dahingesiecht . ." sprach sie leise. „Sie hat sich so nach dir gesehnt . . I hab' sie heraufbringen müssen . . sonst wär' sie drunten zu Grund gangen . ."

Lautlose Stille herrschte in der kleinen Stube. Georg hatte den Kopf in beide Hände gestützt und atmete schwer.

Tante Kathrin saß in ihrem dunkelgrauen Kleid mit dem schwarzen Schürzchen regungslos da und sah mit ängstlichen Augen auf den jungen Geistlichen.

„Es ist eine Krankheit bei der Johanna. Eine schwere Krankheit . ." begann die alte Dame wieder. „Es liegt ihr im Blut. Sie hat's geerbt. Die Liebe hat sie nie kennen g'lernt. Ist halt so aufg'wachsen wie ein armes Waiserl. Hat keinen Vater und keine Mutter nit g'habt . . und hat doch so ein heißes Herz geerbt vom Vater . . und ihrer Mutter . ." fügte sie zögernd hinzu.

Georg sah erstaunt auf das alte Fräulein. „Von der Mutter?" fragte er verständnislos. „Sabine von Tannauer und . ."

„Ja . ." unterbrach ihn Tante Kathrin. „Das ist's ja eben. Das hab' ich dir auch sagen wollen. Aber darfst der Johanna nichts verraten. Die Johanna hat überhaupt keine Ahnung nit, daß ich was weiß. Wir haben nie g'sprochen drüber. Es ist auch besser so, wenn sie's nit erfahrt."

„Was hast du mir erzählen wollen, Tante Kathrin?" fragte Georg abermals.

Katharina von Degenhart rückte jetzt ganz nahe an den jungen Geistlichen heran. „Es liegt ihr im Blut . ." sagte sie flüsternd. „Sie kann nit dafür. Die Leidenschaft hat sie von den Eltern. Die Sabine und der Chorregent . ."

„Was ist's mit dem Chorregent . ." sagte Georg nun aufs äußerste gespannt mit unterdrückter Stimme und sah das alte Fräulein erwartungsvoll an. Es war, als wollte er ihr Wort für Wort von den Lippen ziehen. „Was ist's mit dem Chorregent, Tante Kathrin?" fragte er eindringlich.

„Die Johanna . ." sprach das alte Fräulein stockend . . „sie hat's nit g'wußt früher. Erst später muß sie's erfahren haben . ."

„Was denn, Tante Kathrin? Red'!"

„Daß sie's Kind ist vom Chorregenten. Die Sabine . ."

„Unmöglich!" Georg stand erregt auf. „Das kann ich nicht glauben. Frau von Tannauer, diese kalte, hartherzige . ."

„Es muß doch so sein!" erwiderte Tante Kathrin. „Damals im Fieber hat sie's alles g'sagt die Johanna. Und ihre Mutter hat ihr nie in die Nähe kommen dürfen. Ganz rabiat ist sie g'wesen, solang die Mutter bei ihr war."

„Das waren wilde Fieberphantasien! Sonst nichts!" wehrte Georg ab.

„Nein. Ich glaube, es ist die Wahrheit!" sagte das alte Fräulein bestimmt. „Seit die Johanna wieder g'sund ist, hat sie nie mehr nach ihrer Mutter g'fragt. Und die Sabine ist auch nimmer kommen. Kein einziges Mal mehr. Seit damals, wie ich sie nit mehr ins Krankenzimmer hab' eini lassen, weil die Johanna gar so wild getan hat. Es ist ganz gewiß wahr, Georg. Grad' so wahr, als wie die Lieb' zu dir."

Georg ging jetzt wieder erregt in der kleinen Stube auf und ab. Mit tiefgesenktem Kopf und am Rücken gefalteten Händen. Eine ganze Flut von Gedanken stürmte auf ihn ein.

Er wollte nicht daran glauben, und er mußte es doch. Er konnte sich der Erkenntnis nicht verschließen, daß Johanna in ihrem Fiebertraum ein Geheimnis ihrer Familie enthüllt hatte. Diese Enthüllung erfüllte den jungen Geistlichen mit einem inneren Schauder.

Der bloße Gedanke an einen Ehebruch in einer solchen Familie war ihm etwas Ungeheuerliches. Sein ganzes Empfinden bäumte sich gegen die Tatsache auf, daß Sabine von Tannauer und der Chorregent sich miteinander vergangen haben sollten. Er empfand es als eine schwere, tiefe Schande. Die beiden hatten in einem schmählichen Betrug gelebt. Sie hatten gelogen und logen weiter. Bis an ihr Ende. Sabine von Tannauer und der Chorregent.

Georg empfand in diesem Augenblick kein Mitleid und hatte kein Verständnis für diese Schuld. Nur die Schande sah er und die Sünde.

Aber nur Augenblicke dauerte diese Empfindung. Dann mußte er an das Kind dieser Sünde denken . . an Johanna . . Und ein tiefes Mitgefühl, ein inniges Leid um die junge Frau ergriff von seiner ganzen Seele Besitz.

„Arme Johanna!" Georg sagte es leise und in einem Tone innigster Wärme vor sich hin. Dann ging er wieder ruhelos im Zimmer auf und ab.

„Ja. Arme Johanna!" wiederholte Katharina von Degenhart laut. „Und arme Sabine!" fügte sie gedämpft hinzu. „Seitdem ich das weiß, denk' ich besser von ihr. Die Frau muß viel durchgemacht haben, bis sie so geworden ist wie jetzt."

„Die Frau ist eine Ehebrecherin!" stieß Georg leidenschaftlich hervor. „So was tut man nicht. So weit . ."

Katharina von Degenhart war aufgestanden und ganz nahe zu ihrem Neffen hingetreten. Jetzt legte sie leicht ihre Hand auf seinen Arm. „Urteile nicht hart!" sprach sie leise. „Dich schützt dein Rock, Georg. Du bist Priester. Und doch treibst du ein gefährliches Spiel. Gib acht, Georg, daß du nicht in der Versuchung umkommst wie die Sabine . ."

Tante Kathrin hatte diese Worte leise und eindringlich, fast feierlich gesprochen. Georg stand erschüttert da und blickte auf die kleine, alte Dame, die fest und mit ruhigem Ernst zu ihm aufblickte.

„Tante Kathrin . . Tante Kathrin . ." sagte er fassungslos und stützte den Kopf schwer in beide Hände.

Wie sein lebendiges Gewissen stand das alte Fräulein vor ihm. Mahnend und warnend. Und Georg fühlte, daß sie recht hatte. In diesem Augenblick fühlte er es mit ganzer Übermacht . . Er spielte mit dem Feuer . . Sie hatte recht . . Es war ein gefährliches Spiel . . das zum Abgrund führen konnte . . wie bei Frau Sabine von Tannauer und dem Chorregenten . .

„Georg!" sagte die alte Dame weich und gut. „Verstehst du jetzt, warum ich mit der Johanna nach Sankt Martin gegangen bin? Damit ihr zwei gesund werdet. Damit du sie gesund machst. Denn du bist stark, Georg. Jedenfalls viel stärker als sie. Und du bist ein Priester. Dir wird der liebe Gott beistehen. Dich laßt Er nit umkommen in der Versuchung!" setzte sie voll Vertrauen hinzu.

„Wenn ich nur noch meinen alten, festen Glauben hätte, Tante Kathrin!" stöhnte der junge Geistliche in tiefer Seelennot und verbarg seinen Kopf in beiden Händen.

Das alte Fräulein fuhr liebkosend mit der Hand über das dichte, blonde Haar Georgs. In diesem Augenblick war er für sie nicht mehr der Priester, sondern ihr lieber, wilder Bub von ehemals, der zur alten Tante Kathrin gekommen war in seiner Not.

„Georg! Armer Bub!" sagte sie weich und nahm den Kopf des jungen Geistlichen, wie sie das früher getan hatte, zwischen ihre beiden Hände. „Hab' nur Vertrauen. Bet' zum lieben Gott. Er wird dir deinen Glauben wiedergeben. Und Er wird dir helfen. Bet' nur fleißig. Bet'!" flehte die alte Dame innig.

„Ich habe meinen Frieden verloren, Tante Kathrin . . Ich bin viel friedloser, viel zerfahrener, als du ahnst . ." kam es gequält über Georgs Lippen. „Aber ich will es versuchen. Ich will stark sein."

Lange saßen die beiden noch schweigend in der kleinen Stube beisammen. Georg saß gebeugt neben der alten Dame, die ihn mit fragenden Blicken aus ihren guten, dunkeln Kinderaugen ängstlich beobachtete. Von Zeit zu Zeit fuhr sie ihm mit der Hand streichelnd über den Kopf, als wäre er immer noch der Knabe, den sie zu trösten hätte.

Georgs schlanke Gestalt war endlich ganz in sich zusammengesunken. Er beugte sich tief über den Tisch. In seinem feinen Gesicht mit der leichtgebogenen Nase zuckte es immer wieder. Aber die Lippen waren fest geschlossen, und um den bartlosen Mund prägte sich ein strenger, energischer Zug, der von einem eisernen Willen zeugte. Von dem eisernen Willen, sich zum Kampfe zu rüsten . . nicht unterzugehen in menschlicher Leidenschaft . .

Dreizehntes Kapitel

Eine regenschwere, feuchte Luft lag über Sankt Martin auf der Höh'. Die weißgrauen Wolken hingen tief ins Tal herab und jagten einander in fliegender Eile. Die ganze Nacht hatte es ununterbrochen geregnet. Aber es war kein erfrischender Regen gewesen. Dunkel und drohend zogen sich die Wolken noch immer zusammen wie vor dem Ausbruch eines heftigen Gewitters. Dumpf und schwer lastete die Luft auf den Gemütern.

Johanna stand in der niedern Wohnstube des Widums und sah durch das kleine Fenster, vor dem die blühenden Geranien und Nelkenstöcke rankten. Vom Turm der Kirche klang eine Glocke wimmernd und eintönig klagend.

Vom Joch her trugen sie den alten Bauer zu Grabe, dem Georg vor zwei Tagen die letzte Wegzehrung gebracht hatte.

Nun zogen sie langsam vor den Fenstern des Widums vorbei. Ein Häuflein Leidtragender in dunkeln Gewändern. Mit schweren, wuchtigen Schritten gingen sie dahin. Vor dem einfachen schwarzgestrichenen Sarg, den vier Bauern mit vor Anstrengung hochroten Gesichtern trugen, schritt Georg im weißen Chorrock. Mit voller, tönender

Stimme betete er um die Seelenruhe des Dahingeschiedenen.

Und hinter dem Sarg schritten die Leidtragenden. Zuerst die Männer, barhäuptig und mit gesenkten Köpfen. Und dann die Weiber.

In der Hand trugen sie alle einen brennenden Wachsstock. Die kleinen wandernden Lichtlein flackerten in der regenschweren Luft. Und alle die Begleiter beteten laut für den Toten .. Herr gib ihm die ewige Ruh' .. Und das ewige Licht leuchte ihm .. Herr lasse ihn ruhen im Frieden .. Amen ..

So waren sie mit ihm auf steilen Wegen übers Joch gezogen und hatten ihm die letzte Ehre erwiesen. Und die Glocke vom Turm läutete immer aufgeregter und schneller, je näher der kleine Trauerzug kam, bis sie endlich ganz verstummte. Als wären es die Schläge eines menschlichen Herzens, die mitfühlend bebten und zitterten und endlich schwiegen in der Ruhe des Todes.

Sie waren mit dem Sarg bei dem Friedhof angelangt, in dessen Mitte etwas erhöht die Kirche stand. Auf den breiten Schultern der Bauern schwankte die schwarze Truhe durch das enge Gitter des Friedhofs. Alle die flakkernden Lichtlein wanderten hinterdrein wie ein letzter, bald verlöschender Gruß des Lebens ..

Johanna lehnte am Fenster und weinte. Draußen in der Küche hantierte die Tante Kathrin herum und half der Nann wie alle Tage bei der Zubereitung des Mittagessens. Die junge Frau war ganz allein im Zimmer und sah auf den kleinen Trauerzug.

Sie hörte Georg, wie er laut für den Toten betete.

Seine volltönende tiefe Stimme ergriff sie. Dazu die ernsten Gestalten der Bergbauern, die mit wuchtigen Schritten dem Sarge folgten und in den derben Arbeitshänden den brennenden Wachsstock trugen.

Das alles erschütterte sie. Es kam ihr vor, als sei sie selber tot. Die alte, müde Traurigkeit überfiel sie. Was war ihr Leben? . . Ein Nichts . . Ein langsames Dahinsiechen . . ohne Sonne . . ohne Glück . . Es war kein Leben . . Es war ein lebendiges Begrabensein . .

Müde lehnte Johanna an dem niederen Fensterbalken und sah hinüber nach der grauen Friedhofsmauer. Sie hatte das Fenster geöffnet und ließ die schwere laue Regenluft in die Stube strömen.

Jetzt hörte sie, wie man den Sarg in die Gruft senkte. Sie hörte das harte Aufstoßen der Truhe und das Knistern und Schürfen der Schaufel, welche die Erde faßte, um sie auf den Sarg zu schütten.

Etwas wie Neid überkam die junge Frau. Wer doch auch schon sein Leben ausgelebt hätte . . abgeschlossen hätte mit dem Leben . . keinen Kampf mehr hätte und keine Sehnsucht . . diese brennende, verzehrende Sehnsucht nach dem Glück . . nach dem Leben . . nach Liebe . .

In der Kirche hielt Georg schon längst das Totenamt. Ab und zu hörte Johanna die Orgel und den Chorgesang. Sie achtete jedoch nicht darauf. Sie war zu sehr mit sich selber und mit ihren Gedanken beschäftigt.

Sie dachte daran, daß sie nun schon drei volle Wochen in Sankt Martin weilte und daß der Herbst nun bald kommen würde. Lange würde sie hier oben nicht mehr bleiben dürfen. Dann mußte sie wieder fort. Hinunter in die Stadt. In ihr Heim und zu ihrem Mann.

Ein kalter Schauer überrieselte die junge Frau bei diesem Gedanken. Drunten in der Stadt würde sie weiter leben als die Gattin des Weinherrn, den sie achtete und schätzte, dem sie unendlich dankbar war .. aber den sie nicht liebte. Denn ihre Liebe, ihr ganzes Sein und Denken, ihre Seele und ihr Glück war Georg.

Gestern war Georg den ganzen Tag nicht hinausgekommen in den Wald, wo sie und das alte Fräulein von Degenhart unter einem der hohen Fichtenbäume saßen. Zum ersten Male war er nicht gekommen, seit sie in Sankt Martin weilte. Mit Ausnahme jenes Tages, da er den Versehgang übers Joch hatte.

Johanna war das aufgefallen, und es kam ihr vor, als ob er ihr fast absichtlich ausgewichen sei.

Die junge Frau stützte den feinen blonden Kopf in ihre schmale Hand. Warum wohl Georg auf einmal so verändert war .. fragte sie sich. Vielleicht drückte es auch ihn, daß er nun bald wieder ganz allein hier oben sein würde ..

Johanna war so in Gedanken versunken, daß sie es gar nicht bemerkte, wie Georg jetzt ins Zimmer trat. Sie stand noch immer am Fenster und sah wie verloren den jagenden Wolkenfetzen nach, die sich vom Tal herauf immer höher zogen.

Die hohe, schlanke Gestalt der jungen Frau kam Georg heute gebückt und eingesunken vor. Von Zeit zu Zeit ging es wie ein Zucken durch ihren Körper. Georg sah besorgt auf Johanna. Dann trat er mit raschen Schritten auf sie zu.

Johanna fuhr erschreckt zusammen. „Du schon hier?" fragte sie, ohne ihn anzusehen, und ihre Stimme bebte wie von verhaltenem Weinen. „Bist du schon fertig mit der Totenmesse?"

„Ja!" sagte Georg ernst. Dann sah er ihr forschend in die Augen, die sie noch immer zu Boden gesenkt hielt. „Warum hast du geweint, Johanna?" fragte er weich.

Die junge Frau schaute zu ihm auf und lächelte. Aber in ihren schönen grauen Augen glänzte es noch immer feucht. „Es hat mich ein bissel angegriffen . ." entschuldigte sie sich. „Es war so eine merkwürdige Stimmung. So feierlich und doch so einfach. Diese brennenden Wachsstöcke, die sie trugen . ."

„Ja." Georg sah ernst vor sich hin. „Das ist ein schöner Brauch, den sie hier heroben haben . ." bestätigte er. „Der geht einem seltsam zu Herzen."

„Es ist mir vorgekommen, als sei ich selber tot . ." sprach Johanna leise und beklommen.

Die beiden standen jetzt dicht nebeneinander an dem kleinen Fenster und sahen hinaus in die sich immer mehr aufheiternde Landschaft.

Georg dachte daran, daß er nun bald wieder allein sein würde hier oben und daß Johanna fortgehen würde von ihm. Der Gedanke war ihm schwer. Wie ein Alpdruck lastete er auf ihm.

„Eigentlich bin auch ich tot!" sprach er gedämpft. „Ein Mensch ohne Glück ist ein toter Mensch."

Johanna schaute mit erschrockenen Augen zu ihm auf. „Georg . ." sagte sie bittend und legte ihre Hand auf seinen Arm. „Red' nit so . ." bat sie dann mit schüchterner Stimme.

Kurze Zeit sahen sich die beiden tief in die Augen. Dann klammerten sich ihre Hände fest ineinander.

„Du mußt fortgehen, Johanna . ." sagte Georg stokkend, und seine Stimme zitterte.

Johannas Augen füllten sich mit Tränen. „Ich mag gar nit dran denken . ." sprach sie bebend. „Ich kann mir's gar nit vorstellen . ." Sie schloß die Augen und neigte wie müde den blonden Kopf.

In Georg wallte es auf. Ein tiefes Mitleid überkam ihn. Ein Mitleid mit ihr und mit sich selber.

„Johanna! Wir sind doch beide noch so jung . ."

„Ja . ." erwiderte sie mit leiser, sehnsüchtiger Stimme. „So jung und schon gestorben . ."

Georg beugte sich jetzt ganz nahe zu ihr herab. Sie war ganz bleich, und ihr Atem ging heiß und in fliegender Hast.

„Bist du so unglücklich, Johanna?" fragte Georg leise.

Durch ihren Körper ging ein zitterndes Beben. Seine Nähe berauschte sie . . raubte ihr das Bewußtsein . . Sie wußte nicht mehr, was sie tat. Wild umschlang sie mit einem Male seinen Hals und verbarg ihr Gesicht an seiner Brust.

„Ich kann nimmer leben ohne dich, Georg!" preßte sie in wilder Leidenschaft hervor. „Ich kann nit. Ich kann nit!"

„Johanna!" rief Georg fast keuchend und riß die junge Frau fest an sich. „Du . . Du . . so lieb hast du mich . . so lieb . ."

Sie lag wie leblos in seinen Armen. Sie fühlte den Druck seines Körpers und fühlte seine heißen Küsse, die sie wie Feuer brannten.

„Georg!" Mit einem wilden Ruck fuhr sie empor. Ihre Augen flammten und ihre Lippen sogen sehnsüchtig seine Küsse ein. „Ich kann nit lassen von dir . ." stöhnte sie. „Ich vergeh' . . Laß' mich bei dir sein . . Immer . . Schick' mich nit fort . ." bat sie wie ein Kind. „Ich kann nit leben ohne dich . . Ich . ."

Georg kam jetzt plötzlich die Besinnung wieder. „Du mußt fort!" stieß er, sich mühsam beherrschend, mit rauher Stimme hervor und löste ihre Arme von seinem Hals. „Gleich. Heute noch!" sagte er leidenschaftlich. „Wir dürfen nimmer beisammen bleiben. Ich weiß nimmer, was g'schieht." „Georg!" Mit einem entsetzten Aufschrei klammerte sie sich an ihn. „Nit fortschicken!" bat sie in namenloser Angst. „Nit fortschicken von dir!"

Georg fuhr sich mit zitternder Hand über die Stirn. Ein Grauen überfiel ihn. „Geh', Johanna . . geh' . ." stieß er mühsam hervor und machte sich sanft von ihr los. Dann ließ er sich auf einen Stuhl fallen. So weit also hatte es kommen müssen. Daß er das Weib seines Vaters — wenn auch nur Augenblicke lang — in heißer Leidenschaft und wildem Begehren an sich gedrückt hatte . .

Johanna mußte fort . . heute noch. Keine Nacht wollte er mehr mit ihr unter einem Dache sein. Er fühlte, daß er nicht die Kraft hatte, seine Leidenschaft zu bezwingen.

Georg preßte die Lippen fest aufeinander, so daß sie ihn schmerzten. Er durfte nicht . . Stark sein mußte er . . Er hatte kein Recht auf diese Frau . . Er mußte dieses Gefühles Herr werden . . um jeden Preis . . und wenn sie auch beide darüber zugrunde gingen . .

Schwer stützte Georg seinen Kopf in beide Hände, die sich zu Fäusten ballten in seinem wilden innern Kampf.

„Georg!" Johanna hatte sich vor ihn hingekniet und sah bittend zu ihm auf. „Georg . ." bat sie leise flehend. „Nur einen Tag laß' mich noch dableiben . . einen einzigen Tag . ." Ihre Haare hatten sich gelöst und fielen nun in zwei langen Zöpfen über die Schultern. Ihre tiefgrauen Augen hatten den Ausdruck eines todwunden Tieres. Die vollen Lippen in dem bleichen Gesicht sahen tiefrot aus . . tiefrot und brennend wie Blut.

„Ich darf nicht, Johanna. Ich darf nicht! Wir haben uns zu lieb und . ."

Johanna hatte sich erhoben. Müde und traurig stand sie mit gefalteten Händen vor ihm. „So jung und schon gestorben . ." flüsterte sie kaum hörbar.

Ein heiseres Schluchzen entrang sich der Brust des Mannes. Er war aufgesprungen und hielt ihre Schultern wie mit Eisenklammern fest umspannt.

„Wenn du nicht die Frau meines Vaters wärest . . bei Gott . . Johanna . ." stieß er heiser und leidenschaftlich hervor, „ich hätte den Mut dazu. Ich würde den Rock da wegwerfen und würde es aller Welt sagen . . daß ich nicht leben kann ohne dich! Nehmt dieses Gewand wieder, würde ich ihnen zurufen . . denn ich bin nicht würdig genug, es zu tragen! Und dann würde ich zu deinem Mann gehen und würde ihm sagen: Gib sie mir! Denn sie gehört zu mir! Kämpfen würde ich um dich, Johanna! Kämpfen bis zum äußersten!"

Wild hatte Georg diese Worte hinausgeschrien und preßte die junge Frau fest an sich.

Mit schüchternen ängstlichen Augen sah Johanna zu ihm auf. Seine Worte betäubten sie, machten sie unsagbar glücklich und taten ihr zu gleicher Zeit unendlich weh.

Georgs Augen glühten dunkel vor unterdrückter Leidenschaft. Jetzt nahm er plötzlich ihren Kopf zwischen seine Hände und sah ihr in die Augen. Ganz nahe beugte er sich zu ihr. Seine Blicke flammten in die ihren.

„Johanna . . ich darf nicht . ." flüsterte er heiser. „Der Vater steht zwischen uns . . mein Vater . ."

„Georg!" Die junge Frau klammerte sich verzweifelt an ihm fest. „Ich kann nimmer zu ihm gehen. Ich kann nit . ."

„Du mußt!" Georg sagte es rauh und fest und löste sich von ihr. Eine wilde Entschlossenheit war über ihn gekommen. Alles Blut war ihm aus dem Gesicht gewichen, und seine Züge strafften sich. „Du mußt!" wiederholte er nochmals. „Er ist dein Gatte. Geh'!"

Johanna wandte sich ab. Mit müden, langsamen Schritten näherte sie sich der Türe. Dann wandte sie sich noch einmal um. „Lebewohl . ." sprach sie leise und schaute ihn mit einem todtraurigen Blick aus ihren großen Augen an. „Lebewohl . ."

„Johanna!" Wieder umschlang Georg die junge Frau. In wilder, verzehrender Leidenschaft fanden sich ihre Lippen. Halb ohnmächtig lag Johanna in seinen Armen. Dann riß er sich gewaltsam los.

„Geh', Johanna . . geh' . ." bat er jetzt weich und flehend. „Wir müssen auseinandergehen . ."

Johanna richtete sich auf. Bleich und verstört sah sie auf Georg. „Muß ich wirklich?" fragte sie angstvoll.

Georg wandte sich von ihr ab und ging zu dem Fenster hin. Er konnte ihren Anblick nicht mehr ertragen und fürchtete, seine Selbstbeherrschung ganz zu verlieren.

Er trat erst wieder vom Fenster weg und kehrte in die Stube zurück, als er die Türe leicht in ihren Angeln knarren hörte. Leise hatte sich Johanna fortgeschlichen.

Vierzehntes Kapitel

In Sankt Martin auf der Höh' läutete der Mesner zum Ave Maria. Drinnen in der Kirche knieten verstreut in den roh gezimmerten Bänken ein paar alte Weiblein und Kinder. Das waren die einzigen Andächtigen, die an Wochentagen zu dem Rosenkranz kamen, den Georg jeden Abend zu halten pflegte.

Den ganzen Tag über hatte es in wenigen Unterbrechungen geregnet. Ein feiner, durchdringender Regen, der ab und zu von einem kalten Windstoß gepeitscht wurde. Graue Nebel lagerten über dem Tal und verhüllten den Ausblick hinüber zu den Bergen und Gletschern des Martelltales.

In der Kirche war es schon stark dämmrig. Die paar brennenden Kerzen an dem einfachen Hochaltar flackerten leicht. Georg kniete im weißen Chorrock am Hochaltar und betete laut den Rosenkranz. Der flimmernde Schein der Kerzen beleuchtete sein dichtes blondes Haar, so daß es heller erschien und einen goldigen Schimmer hatte.

Das Innere der kleinen Bergkirche war bescheiden genug. Da prangten keine Kirchenfenster mit bunten Glasmalereien. Die Fenster waren einfach verglast und trugen billige rote Vorhänge.

Die kahlen, weißgetünchten Wände zeigten keine Malerei. Nur die Stationen des Kreuzweges hingen in primitiven Ölfarbendrucken dort. An einem der vordersten Kirchenstühle war eine gestickte Kirchenfahne befestigt, während über dem nächsten Stuhl der gestickte Traghimmel an vier Stangen aufgebaut war. Das waren die beiden Prunkstücke der armen Gemeinde, die bei der Fronleichnamsprozession und bei andern Bittgängen ihren besondern Stolz ausmachten.

Zwei schmucklose Beichtstühle und die Kanzel stimmten in ihrer Ärmlichkeit völlig mit den rohgezimmerten Kirchenbänken überein. Im Hintergrund der Kirche erhob sich der Chor mit der kleinen Orgel, zu dem eine holprige, ausgetretene Holzstiege emporführte.

Der Hochaltar zeigte in seiner Architektur und Bemalung den plumpen Stil bäuerlicher Meister. Das Bauernblau, aus dem sich die Holzfiguren zweier geschnitzter goldener Engel abhoben, machte die Umrahmung des Hochaltarbildes aus, das den heiligen Martinus darstellte.

Beim Aveläuten erhoben sich alle, auch der Priester am Altar, und beteten still für sich den Englischen Gruß. Dann gab Georg noch den Segen mit der Monstranze und kehrte in die Sakristei zurück, um dort wieder Chorrock und Stola abzulegen.

Das alte Fräulein von Degenhart hatte schon eine geraume Weile in der Sakristei gewartet. Ängstlich spähte sie durch die schmale Tür, die von der Sakristei in die Kirche führte, zu dem Hochaltar hinüber, vor dem Georg kniete.

Dann zog sie sich gleich wieder bescheiden zurück. Sie

wagte es nicht, durch ihr Erscheinen in der Kirche den Geistlichen in seiner Andacht zu stören. Aber selber beten konnte sie nicht. Dazu war sie viel zu aufgeregt. Sie trippelte mit kleinen Schritten unruhig hin und her und schaute dann wieder verstohlen zum Hochaltar hinaus, ob denn Georg noch immer nicht zu Ende wäre.

Der Rosenkranz kam ihr heute endlos lange vor. Es war so dunkel und unheimlich in der engen Sakristei und dabei unlustig kalt. Wenigstens fror das alte Fräulein. Ohne Hut und ohne Mantel oder Tuch war sie vom Widum herübergelaufen in die Kirche.

Als Georg jetzt die Sakristei betrat, stürzte sie beinahe atemlos auf ihn zu. „Die Johanna ist fort, Georg!" flüsterte sie aufgeregt. „Ich kann sie nirgends finden. Die Nann ist auch schon schau'n gegangen. Und hat sie nirgends auftreiben können."

Der junge Geistliche sah Tante Kathrin zuerst verständnislos an. Dann erfaßte ihn plötzlich eine jähe Angst. „Fort? . ." sagte er tonlos. Er war blaß geworden bis in die Lippen und stand einen Moment wie gelähmt vor der kleinen, alten Dame.

„Den ganzen Tag hat sie sich eing'sperrt. Du weißt ja . ." berichtete Tante Kathrin in fliegender Hast. Ihre Worte überstürzten sich förmlich vor fieberhafter Aufregung. Von dem weißen Haar hingen ihr einige kurze Strähnen wirr ins Gesicht. „Und auf einmal, wie ich wieder nachschau'n gangen bin, war das Zimmer leer und die Johanna nirgends zu finden."

Georg legte in hastiger Eile den Chorrock ab und übergab ihn dem Mesner, der neben ihm stand.

„Fort? . ." wiederholte er tonlos. „Seit wann?"

„Das weiß ich nit. Ich bin vor einer halben Stund' erst draufkommen . ." erwiderte das alte Fräulein. „Schmerzhafte Mutter Gottes! Wenn nur grad' kein Unglück nit g'schieht!" fing sie laut zu jammern an und sah angstvoll auf Georg.

„Komm'!" sagte dieser und eilte mit raschen Schritten dem Ausgang der Sakristei zu.

Tante Kathrin folgte ihm. Sie konnte ihm kaum nachkommen. So schnell ging er jetzt, ohne aufzusehen, nach dem Widum.

Das ganze Haus durchsuchte er nach Johanna, ohne auf die Einwendungen der Nann zu hören. „O unser liabe Zeit! Hochwürden! Da können's lang suachen!" sagte die Nann und stand gemächlich in der Mitte des Hausganges, die Arme in die Seiten stemmend. „I hab' mir völlig die Augen ausg'schaut nach ihr. Und beim Wirt drüben bin i aa schon g'wesen, ob der sie nirgends g'sehen hat. Aber es hat sie koa Seel' nit g'sehen. I woaß nit, was ihr auf amal eing'fallen ist!" machte die Widumhäuserin empört.

„Die Gnädige ist krank. Das weißt ja, Nann!" sprach Tante Kathrin zurechtweisend. „Es wird wieder 's Fieber sein, das ausgebrochen ist bei ihr."

„Ja. Freilich . ." brummte die Nann. „I hätt's ihr weiter nit ang'sehen, daß sie bei so an Wetter davonlauft."

Die Nann haßte es, wenn man sie aus ihrer gemächlichen Ruhe brachte. Sie hatte jetzt einen ehrlichen Zorn auf die Gnädige, die nach ihrem Dafürhalten sie und das ganze Haus unnötig in Aufregung versetzte.

Georg hörte schon nichts mehr von den Worten der

Häuserin. Ohne auf sie und Tante Kathrin weiter zu achten, war er hinausgestürzt und lief nun in atemloser Eile zu den nächsten Bauernhöfen.

Eine wahnsinnige Angst hatte ihn erfaßt. Etwas in seinem Innern sagte ihm, daß er Johanna das letzte Mal in seinem Leben gesehen und daß sie ihm heute das letzte Lebewohl gesagt habe.

Immer wieder rief er sich das Bild der jungen Frau in die Erinnerung zurück, wie sie heute vormittag vor ihm gestanden war mit müden, herabhängenden Schultern, mit dem todblassen Gesicht und den wunden Blicken. Und immer wieder hörte er ihre leidenschaftlich vibrierende Stimme . . „Ich kann nimmer zu ihm gehen . . Ich kann nit . .“

Georg machte sich bittere Vorwürfe. Er war zu hart mit ihr gewesen. Hatte sie hart von sich gestoßen. Er hätte milder sein sollen. Wie ein Egoist hatte er gehandelt . . Ihre Anwesenheit in Sankt Martin auf der Höh' war für ihn eine schwere Gefahr . . Daher wies er sie von sich . . Er hätte tapferer sein müssen . . hätte ihr eine Stütze und ein Freund sein sollen in dem Kampfe gegen die Leidenschaft . .

Und jetzt war sie von ihm gegangen . . Georg hatte die feste Überzeugung, daß Johanna fortgegangen war, um sich ein Leid anzutun . . weil sie nicht mehr die Kraft besaß, zu ihrem Gatten zurückzukehren.

Atemlos rannte der junge Geistliche zu den verstreut am Berg liegenden Bauernhöfen. In fliegender Hast erzählte er, was geschehen war, und beschwor die Bauern, mit ihm auf die Suche nach der kranken Frau zu gehen.

Der Kurtatscher Michl, bei dem er zuerst vorsprach, verstand gar nicht recht, um was es sich handelte. So ein Fall war ihm seiner Lebtag noch nicht vorgekommen. Die Moid, sein Weib, die auch dabei stand, mußte es ihm erst klar machen. Sie tat das auf ihre eigene Art und Weise.

„A Latern' sollst mitnehmen und an Stecken und mit'm Hochwürdigen sollst giahn!" belehrte sie ihn. Dabei versetzte sie ihm einen kräftigen Rippenstoß, um ihren Worten den gehörigen Nachdruck zu verleihen. „Und nachdem geahnst no aufi zum Innerforcher Much und hoaßt ihn mitgiahn. Und den Ragger Hannes könnt's aa mitnehmen. Der kennt sie nit schlecht aus, moan' i. Der ist beim Militär g'wesen!" erzählte die Bäuerin wichtig.

Der Kurtatscher Michl, der ein baumstarker, großer Mensch war, dafür aber im Kopf um so weniger abbekommen hatte, machte ein blitzdummes Gesicht und kratzte sich bedenklich hinter den Ohren. „Joa . ." sagte er nachdenklich. „Z'wegen was denn nachher? Es ist schon spat auf die Nacht, und regnen tuat's aa . ." wandte er ein und sah mit kritischen Blicken zu dem schwarzgrauen Himmel empor. „Und an Sturm gibt's aa no ab in a Stund' a zwoa . ." fügte er bedenklich hinzu.

„Schau', daß di weiter dermachst!" eiferte ihn sein Weib an. „Die Gnädige hat si verlaufen. Suachen sollst sie giahn. Weil sie krank ist."

„A so wohl!" machte jetzt der Michl ganz befriedigt. „Dö werden wir bald haben!" meinte er dann gutmütig tröstend. „Dö wird bald umgekehrt sein, oder sie ist unter an Felsknott oder an Baum wo unterg'standen!" sagte er zuversichtlich.

Dann machte er sich reisefertig. Auch der Innerforcher Much und der Ragger Hannes, die sich später anschlossen, waren derselben Meinung wie der Kurtatscher Michl.

So gut sie konnten, trösteten sie den jungen Geistlichen. Georg von Degenhart war in einer ungeheuren Aufregung. Je dunkler es wurde und je weiter die Männer mit ihm den Berg hinanstiegen, desto mehr steigerte sich seine Angst.

Es war das erstemal, daß die drei Bauern längere Zeit mit dem neuen geistlichen Herrn sprachen. Sie hatten immer eine gewisse Scheu vor dem vornehmen Stadtherrn gehabt. Aber jetzt tat er ihnen von Herzen leid in seiner Angst um die junge Frau. Und daß er in seiner Not zu ihnen um Hilfe gekommen war, das freute und ehrte sie zugleich. So gut sie es konnten, sprachen sie ihm Mut zu.

„Tuat's enk grad' nit a so sorgen!" meinte der Innerforcher Much, nachdem sie einmal kurze Rast gemacht hatten und er sich sein Pfeifl gestopft hatte. „Sie wird nit weit sein die Frau. Etwa auf der Knollenalm drein. Da kann ihr nix g'schehen!" sprach er zuversichtlich.

„Vielleicht ist sie aufi zum Lurkenschlag!" sagte der Ragger Hannes. „Da ist a Holzhütt'n. Vielleicht ist sie da unterg'standen."

„Dös könnt' sein!" frohlockte der Kurtatscher Michl. „Da könnten wir aufi schau'n!"

„Geh'ts ös aufi zum Lurkenschlag!" meinte der Innerforcher Much und blieb stehen. „Und i und der Hochwürdige geh'n auf die Knollenalm eini."

„Tuat's a bissel ruafen!" riet der Ragger Hannes über eine Weile. „Vielleicht ist sie wo und hört uns. Sehen kann sie ja nix mehr. Weil's schon bald g'schlagene Nacht ist."

Die drei Männer zündeten nun ihre Laternen an und gingen eine Weile schweigend weiter. Später trennten sie sich. Der Innerforcher Much blieb bei Georg.

Regen und Unwetter setzten mit erneuter Heftigkeit ein. Der Wind peitschte dem jungen Geistlichen und seinem Begleiter den kalten Regen ins Gesicht. Nur langsam konnten sie sich vorwärts bewegen. Es war ein stetes Ringen mit den Elementen.

Stockdunkle Nacht war es jetzt geworden. Der Sturmwind heulte und pfiff und drang den beiden Männern eiskalt durch die Kleider.

Hie und da hörten sie noch aus der Ferne das Rufen des Kurtatscher Michl, der die kräftigste Stimme hatte. Bis auch das verhallte.

Nur der Innerforcher Much, der mit Georg war, schrie jetzt noch von Zeit zu Zeit in die stürmische Nacht hinaus. Aber seine Stimme wurde von dem Brausen des Sturmes übertönt und verschlungen.

Georg konnte keinen Laut hervorbringen. Die Angst schnürte ihm die Kehle zu. Seine Augen suchten nur immer die Finsternis zu durchdringen. Und in dem Heulen des Sturmes vermeinte er die hilfeflehende Stimme Johannas zu hören. Wie ein fernes Klagen und Wimmern kam es ihm vor.

Öfters machte er bei einem Baumstrunk Halt, den er in der Dunkelheit für eine zusammengekauerte menschliche Gestalt hielt. „Hier!" schrie er dann auf. So laut und gellend, daß sein Begleiter ganz erschrocken zusammenfuhr.

„Da . . dort . . ist sie!“ . . Aber es stellte sich jedesmal als ein Irrtum heraus.

Von Johanna war keine Spur zu entdecken. Rastlos stiegen die beiden Männer weiter. Stumm und ernst. Mit kräftigen Schritten und hocherhobenen Häuptern boten sie dem Unwetter Trotz.

Auch drinnen auf der Knollenalm war Johanna nicht gesehen worden. Der Innerforcher Much hatte die Senner aus dem Schlaf geweckt.

„Der Ragger Hannes und der Kurtatscher Michl haben sie ganz g'wiß g'funden!“ versuchte der Much den Geistlichen zu trösten. Aber seine Stimme hatte den zuversichtlichen Ton von früher verloren. Er glaubte nun selber an ein Unglück.

„Ich geh' noch weiter!“ erklärte Georg mit heiser Stimme. „Ich muß sie finden!“

Einer der Senner riet Georg und dem Bauern, daß sie sich trennen sollten. Von der Alm aus führten zwei Wege. Der eine zum Joch. Der andere der Längsseite des Berges zu.

„Aber ös müaßt's acht geben. Und bei an jeden Schritt leuchten. Es sein Abgründ' da. A Fehltritt, und es ist um enk g'schehen!“ sagte der Senner warnend. Georg schauderte zusammen.

„G'scheiter geht's hoam iatz!“ meinte ein alter Senner. „Ausrichten tuat's do nix bei der Nacht.“

Aber Georg ließ sich nicht halten. Die Senner gaben ihm eine Laterne mit, und er machte sich allein weiter auf den Weg zum Joch hinauf.

Der Innerforcher Much schlug den Seitenweg ein. Ein

großes, mühseliges Stück ging er noch. Fast bei jedem Schritt, den er machte, glitt er aus. Endlich kehrte er mutlos um und übernachtete auf der Alm. Die Nacht war zu schaurig. Der Sturm heulte und pfiff. Dazu hatte noch ein heftiges Schneetreiben eingesetzt. Das Gehen war geradezu lebensgefährlich geworden.

Georg von Degenhart ging weiter. Er hörte und sah nichts und fühlte nichts mehr, was um ihn geschah. Nur immer weiter. Rastlos weiter in die stürmische, dunkle Nacht.

Der rasende Sturmwind hatte ihm längst das Licht der Laterne ausgeblasen. Jeder Versuch, dasselbe wieder zu entzünden, war vergebens.

Wohin er ging, wußte Georg nicht mehr. Nur immer aufwärts. Hinauf in die Bergwildnis zu Johanna. Er mußte sie finden . . tot oder lebendig . .

Georg war schon längst vom Wege abgekommen. Das merkte er deutlich. Bei jedem Tritt, den er machte, stieß er auf große Steine. Mühsam mußte er Felsplatten erklimmen und glitt wieder aus.

Der Sturm heulte um sein Gesicht und drang ihm mit schneidender Kälte bis auf die Knochen. Georg ging weiter. Unerschrocken und tapfer. Nur immer vorwärts . . immer weiter . . Er mußte sie finden . . lebendig oder tot . .

Wie lange er sich durch das Unwetter durchgerungen hatte, wußte er nicht. Plötzlich schrak er zusammen. Es war ihm, als hörte er durch das Heulen des Sturmes hindurch abermals eine flehende und klagende menschliche Stimme. Wie ein Wimmern. Ganz leise und schwach . . wie das stille Weinen eines Kindes.

Georg blieb stehen und horchte. Das hatte er in dieser Nacht wohl schon hundertmal gehört. Und es war immer nichts gewesen . . eine Täuschung seiner aufgeregten Sinne.

Das Brausen des Sturmes setzte jetzt für einen Augenblick aus. Georg horchte gespannt in die dunkle Nacht hinein. Kaum zu atmen getraute er sich.

Da war er wieder, der leise, wimmernde Ton. Ganz von ferne. Und dann wieder ganz nahe. Eine Weile stand Georg wie gebannt.

Der Sturm setzte mit erneuter Gewalt ein, heulte und toste, daß Georg seine eigenen Laute nicht hören konnte. Er schrie jetzt mit dröhnender Stimme: „Johanna! Johanna!" aber er konnte sich selbst kaum vernehmen.

Dann wartete er wieder, bis das Tosen der Windsbraut für Momente nachließ. Jetzt hörte er es deutlich. Ganz deutlich . . Ein Schluchzen . . Ganz nahe . . von seitwärts kam es . . kaum zwei Minuten entfernt von ihm . .

Während einer kleinen Pause des Sturmes gelang es endlich Georg nach mehreren vergeblichen Versuchen, die Laterne in Brand zu bringen. Er leuchtete umher. Er sah naßglitzernde Felsen und Steine. Sonst nichts.

Vorsichtig tastete er weiter, ganz vorsichtig. Und dann machte er wieder Halt und wartete, bis das Weinen noch deutlicher hörbar wurde.

Und jetzt war es ganz nahe, so nahe, daß er glaubte, es sei nur wenige Schritte vor ihm. Wieder leuchtete Georg behutsam vor sich hin. Ein mächtiger Windstoß blies ihm neuerdings die Laterne aus. Nun war es wieder stockdunkel. Anzünden konnte er das Licht jetzt nicht mehr. Dazu war der Sturm zu stark.

Mit den Händen tastete er weiter. Langsam und vorsichtig. Bis er an etwas Hartes stieß. Eine große, schwarze Wand staute sich vor ihm auf. Er konnte nicht mehr weiter. Überall, wohin er griff, die felsige Wand.

Mit vieler Mühe gelang es ihm endlich, Licht zu machen. Er suchte die nächste Umgebung in dem kargen Schein der Laterne, die jeden Augenblick erlöschen wollte, zu erkennen. Er war offenbar knapp an einen Abgrund geraten. Tief und gähnend tat sich zur Seite eine Schlucht auf. Vor ihm war die hohe Felswand.

Plötzlich entrang sich ein wilder Schrei der Brust des jungen Geistlichen. Schrecken war es und Freude zugleich. Für Augenblicke war Georg wie gebannt an den steinigen Boden, auf dem er mühselig Fuß gefaßt hatte. Er vermochte keinen Schritt vom Platze zu tun. Seine Augen erweiterten sich zu unnatürlicher Größe. Er starrte mit angehaltenem Atem nach vorwärts.

Dort drüben, ganz an den Felsen hingekauert, als wollte sie bei dem harten, kahlen Gestein Zuflucht suchen vor dem Wüten des Unwetters, saß Johanna.

Georg erkannte sofort das lichte Kleid, das sie zu tragen pflegte. Den Kopf hatte sie in ein großes, dunkles Tuch gehüllt und weinte leise wie ein Kind vor sich hin.

Sie hatte gar keine Ahnung von Georgs Nähe. Mit den beiden Händen preßte sie das Tuch vor die Augen. Ihre ganze Gestalt zuckte von heftigem Schluchzen.

Die momentane Erstarrung, die Georg befallen hatte,

löste sich. Nun zitterte er am ganzen Körper vor freudigem Schreck. Gott sei Dank! Sie lebte!

Mit ein paar Schritten hatte er sie erreicht. „Johanna!" Er beugte sich über sie und versuchte ihre Hände von dem Tuch zu lösen, das sie wie im Krampf festhielt. „Johanna!"

Die junge Frau schrak empor. Wie geistesabwesend sah sie mit leeren Augen zu ihm auf. Im ersten Augenblick erkannte sie ihn nicht. Sie mußte sich offenbar erst in ihrer Lage zurechtfinden. Dann fuhr sie jäh empor und schaute ihn aus großen, entsetzten Augen an.

Das dunkle Tuch, das ihr Haupt verhüllt hatte, war ihr auf die Schultern geglitten, und der Sturm peitschte jetzt den Regen in ihr aufgelöstes, blondes Haar.

„Arme Johanna!" sagte Georg mit bebender Stimme. „Arme Johanna!" Dann zog er behutsam das Tuch wieder über ihren Kopf und preßte sie innig an sich. „Weil du nur noch am Leben bist!" sprach er und atmete tief und erleichtert auf. Es klang wie ein Jubel der Erlösung in seiner Stimme.

Johanna schmiegte sich fest an ihn. Ihre Glieder zitterten vor Nässe und Kälte. „Ich habe solche Angst . ." sagte sie leise. „Solche Angst . ." Seine Nähe tat ihr wohl. Sie fühlte sich sicher und geborgen.

„Komm', Johanna. Wir müssen fort von hier. Hinunter auf die Alm." Willig wie ein Kind folgte ihm die junge Frau. Fest hielt er ihre Hand umklammert und stützte sie.

Es war ein schwerer Abstieg. Der Sturm hatte etwas nachgelassen. Dafür schneite es aber. Bei jedem Schritt drohten sie auszugleiten. Vorsichtig mußte Georg zuerst mit der Laterne den Weg beleuchten; denn jeder falsche Tritt konnte Gefahr bringen.

Das trübe Kerzenlicht der Laterne ging zur Neige. Nur noch wenige Minuten, und sie würden nicht mehr weiter finden in der stockdunkeln Nacht.

Ratlos sah Georg umher. Bis zur Alm würden sie wohl nicht mehr kommen können. Er hatte auch keine Ahnung von der Richtung des Weges, wußte nicht, wo sie sich befanden. Wenn er nur einen vorspringenden Felsen entdecken könnte, der ihnen einen kargen Schutz für die Nacht gewähren würde.

Georg fühlte jetzt auf einmal, wie der Boden unter seinen Füßen weicher wurde. Sie hatten offenbar wiesigen Grund erreicht. Das Ärgste war also glücklich überstanden. Auch dunkel emporragende Kiefern und einzelne Fichten mit ihren wie gespenstig ausholenden Ästen sah er.

Es war die höchste Zeit. Denn das Licht in der Laterne verlöschte gerade. Georg schlang den Arm um Johanna und drückte sie eng an sich.

So gingen sie langsam und schweigend eine Weile in der Dunkelheit. Bis dann das Unwetter neuerdings losbrach. Blitz und Donner und Regenschauer. Dazu das Krachen der Bäume, die vom Sturm gepeitscht und gerüttelt wurden. Wie am Jüngsten Tag war es. Johanna schloß die Augen vor Entsetzen und folgte Georg wie leblos.

Im Scheine eines grellen Blitzes konnte Georg jetzt ganz nahe vor sich eine kleine Holzhütte unterscheiden. Kaum zwei Minuten entfernt stand sie. Er atmete auf. Wenigstens ein Zufluchtsort vor dem Unwetter.

Die Blitze leuchteten ihnen, so daß sie den Eingang zu der Hütte finden konnten. Es war ein winzig kleiner Holzbau, wie sie im Hochgebirge öfters zu finden sind. Sie dienen als Unterkunft für die Holzknechte, die im Herbst und oft bis in den späten Winter hinein hier oben arbeiten müssen.

Ein kleiner Vorraum war eine Art Küche. Er war ganz mit Kleinholz angefüllt, so daß man keinen Platz zum Sitzen finden konnte. Von da führte eine schmale Tür in eine Kammer. Hier war es eng und niedrig. Es war offenbar der Schlafraum der Holzknechte.

Die Hütte stand leer. Georg rief wiederholt mit lauter Stimme. Aber niemand antwortete ihm. Er leuchtete mit einem Zündholz umher. Es war so niedrig in dem Raum, daß er sich bücken mußte, um nicht mit dem Kopf an dem Überboden anzustoßen.

Georg holte nun Johanna herein, die vor der Hüttentür wartete. „Komm'!" sagte er. „Hier haben wir Unterkunft für die Nacht."

In der kleinen Kammer saßen sie jetzt ganz eng nebeneinander. Sie spürten den Geruch von frischem, duftendem Heu. Ein breiter Schragen, mit Heu gefüllt, das war die Liegestatt der Holzknechte. Und da saßen die beiden nun fest aneinander geschmiegt und sich umschlungen haltend.

Draußen heulte der Sturm und pfiff durch die Ritzen der Balken. Ab und zu leuchtete ein greller Blitzschein durch die kleinen Öffnungen der Hütte. Johanna zitterte noch immer vor Frost und Angst.

„Wie kalt du bist!" sagte Georg und bettete ihren Kopf an seiner Brust.

Er dachte jetzt an gar nichts mehr, als daß sie bei ihm

war. Nur die Angst und der Schrecken, die er um sie ausgestanden hatte, zitterten noch manchmal nach in ihm. Sonst hatte er bloß das selige Gefühl, die geliebte Frau wieder gefunden zu haben und mit ihr zu sein.

Johanna lehnte sich weich an ihn und umfaßte dankbar seine Hände. „Ich hatte solche Angst . ." flüsterte sie leise. „Solche Angst . ."

„Du böses Kind! Warum hast du es getan?" fragte er und drückte sie an sich.

„Ich wollte sterben . ." gestand sie ein. „Aber ich war zu feig dazu . . Als ich den Abgrund sah . . so tief und gähnend . . hat mich mein ganzer Mut verlassen . ."

Draußen krachten die Donner und die Blitze zuckten durch die dunkle Nacht. Der Sturm toste, daß die kleine Hütte in ihren Fugen wankte und bebte.

„Wie es wettert!" sagte Georg. „Und zu denken, daß du . ."

Johanna erschauerte an allen Gliedern und preßte sich an ihn.

„Die Angst, die ich um dich ausgestanden habe!" sprach Georg nach einer Weile. „Ich sah dich tot . . zerschmettert . ."

Dann küßte er sie. Ihre Lippen fanden sich in der Dunkelheit. Wie Verdurstende tranken sie beide ihre Küsse.

Sie dachten an nichts mehr auf der weiten Welt . . Nur an sich selber dachten sie . . an ihre Jugend . . und an ihre Liebe.

Sie fühlten den warmen Druck ihrer Körper . . den raschen, stürmischen Schlag ihrer Herzen . . Das berauschende Gefühl des Alleinseins . . der Zusammengehörigkeit übermannte sie . . das Gefühl eines unbeschreiblichen Glückes, daß sie sich noch einmal im Leben gefunden hatten . . Der Atem der jungen Frau ging fliegend und heiß wie im Fieber . . „Georg . ."

„Johanna . ." Gleich einem Flammenmeer loderte die Leidenschaft ihrer jungen Liebe empor . . Was sie in unsagbar bittern Kämpfen unterdrückt hatten . . die Jugend in ihnen verlangte gebieterisch ihr Recht . .

„Georg . ." Es war ein Schrei des Jubels und der Erlösung . . flammenden Entzückens und unermeßlicher Seligkeit . . „Georg . ." Es verhauchte leise in einem tiefen Seufzer . . verhauchte und schwieg . .

*

Das frühe Morgengrauen weckte die beiden aus ihrem Schlummer. Fahl und grau stahl sich die Dämmerung durch die engen Ritzen der kleinen Hütte. Ein kalter, schneidender Wind blies durch die schmale Fensteröffnung der Kammer. Johanna erhob sich. Ihre hellen Haare flossen aufgelöst wie ein langer blonder Mantel um ihre Schultern.

Wie kalt es hier war. Hand in Hand traten sie jetzt vor die Hütte. Das Unwetter hatte zu toben aufgehört. Weiße Nebel lagerten über den Höhen und tiefer im Tal. Fliegende graue Wolkenfetzen jagten um die Bergzacken.

Vor den beiden einsamen Menschen da droben lag dichter Wald. Die grünen Wiesenmatten, welche die Hütte umsäumten, sahen naß und wie frisch gewaschen aus.

Lähmende, schwere Nebelluft rings umher. Drüben im Osten leuchteten die Nebel silbrig. Ein Zeichen, daß die

Sonne mit ihren Strahlen nun bald siegreich durchdringen würde. Hand in Hand standen die beiden vor der Hütte und sahen hinaus in den grauen Morgen. Mit fahlen Gesichtern und scheuen Blicken. Ihre hohen, schlanken Gestalten sahen gedrückt aus, von der Schuld gebeugt. Ein tiefes inneres Beben hatte sie erfaßt . . ein Entsetzen vor ihrer Schuld . .

„Siehst du die lichten Nebel dort drüben?" fragte Georg mit heiserer Stimme. „Die Sonne wird aufgehen . . Sie wird unsere Schuld beleuchten . . sie . ."

„Georg!" Mit einem wilden Aufschrei hatte sich die junge Frau auf die Knie geworfen und ihn leidenschaftlich umschlungen. „Sie darf nicht aufgehen . . Georg . . nimmer aufgehen . . nie mehr . ." schluchzte sie.

Georg hielt sich mit beiden Händen die Stirne. Sein blasses Gesicht erschien noch fahler in der grauen, feuchtkalten Morgenluft. „Sie wird aufgehen . . Johanna . . bald . ."

„Wir dürfen nicht mehr leben . . Georg! Wir dürfen nicht!" schluchzte Johanna und verbarg ihr Gesicht in seinem dunkeln Rock.

Georg sah zu ihr herunter. Mit großen, entsetzten Augen. „Hättest du den Mut, Johanna?" fragte er, und seine Stimme klang rauh und heiser. „Hättest du den Mut dazu, Johanna . ."

Die junge Frau erhob sich. Fest und entschlossen. „Ja!" sagte sie ruhig. „Heute ja! . . Einmal bin ich doch glücklich gewesen . . unsagbar glücklich . ." sprach sie weich und mit einem seligen Lächeln. „Ich hab' nicht umsonst gelebt . . Es ist doch noch zu mir gekommen . . das Glück . ."

Fest preßte Georg die junge Frau an sich. „Das Glück . ." wiederholte er dumpf. „Und dann der Tod . ."

Sie küßten sich lange und heiß. Zum letztenmal. Ihre Lippen wollten sich nicht mehr trennen. Alle Leidenschaft ihrer jungen Herzen bäumte sich noch einmal auf in diesem Kuß, jubelte und weinte. Es war der Abschied fürs Leben . .

„Komm', Johanna . ." sagte Georg leise. „Ich weiß eine Schlucht da drunten . . so tief und still wie der Tod . . Willst du mir dorthin folgen, Johanna? . ." Seine Augen bohrten sich leidenschaftlich in die ihren.

„Mit dir in den Tod . ." sprach Johanna leise. Und ein glückliches Lächeln spielte um ihren todblassen Mund.

Dann gingen sie beide mit langsamen Schritten. Fest hielten sie sich umschlungen und unverwandt sahen sie vor sich hin. Mit bleichen Gesichtern und starren Augen . .

Ein letzter, schwerer Gang . . der Gang in das ewige Schweigen . . die Sühne für ihre Schuld . . Immer das Ziel vor Augen . . vorwärts . . in den Tod . .

Zuletzt wandelten sie wie zwei Schlafende, Schritt für Schritt nach vorwärts tastend. Unaufhaltsam, von einer übermächtigen Gewalt getrieben, gingen sie dahin . . Wie im letzten Traum des verlöschenden Lebens, als wären sie schon gestorben, hinüber gewandert in das unbekannte Land . .

Sie fühlten es nicht mehr, daß ihre Sohlen irdischen Boden berührten. Aufgetaucht aus der Nacht und überrascht vom Licht des Tages glitten sie gleich fahlen Gespenstern dahin durch die Morgenluft des Hochgebirgs . . In schlaftrunkener Hast die letzte Heimat suchend . .

Und immer lichter wurde es am Himmel. Die Nebel jagten sich im leichten Morgenwind, und die Vögel sangen ihr frühes Lied . . Aber die beiden jungen Menschen hörten und sahen nichts. Sie gingen nur immer weiter . . dem Abgrund zu . . ihrer Sehnsucht nach . . der Erlösung . . dem Ende . .

Immer fester und krampfhafter hielten sie sich umklammert. Sie wollten sich nimmer trennen. Eine Seele wollten sie sein und ein Leib. Vereint sollte sie das Letzte treffen . .

Jetzt waren sie schon ganz nahe am Ziel . . Nur eine kurze Spanne schied sie von der Schwelle zu dem dunkeln Reich des ewigen Schweigens. Nur noch Minuten — und sie würden nicht mehr sein . .

Im Osten drüben leuchtete es blutrot auf. Kurze Zeit — und die Sonne erhob sich leuchtend über den Bergen.

Ein schmaler Felsenpfad führte an den Abgrund. Nun kamen sie ganz nahe hinunter . . Wenige Schritte noch — und es war vorbei . .

Da . . ein Rufen von unten, entsetzt und lang . . Und noch einmal, so schrill und dröhnend, daß es die Felsen im Echo wiedergaben.

Georg schrak empor und löste unwillkürlich seinen Arm von Johanna. Wie aus einem bösen Traum erwacht stand er still und sah mit leeren Blicken um sich.

Das Rufen von unten kam immer näher, klang schriller und lauter und entsetzter und hallte immer gewaltiger von den Felswänden wider.

„Halten! Stehen bleiben! Nit rühren!" Wie ein Befehl klang es. „Stehen bleiben!"

Und jetzt kam es ganz nahe. Ein Mensch tauchte plötzlich vor den beiden auf. Es war Gallus Schnappinger, der Schaffer auf Schloß Klobenstein. Atemlos wie ein gehetztes Wild rannte er und stand nun vor den beiden. Mit dem Ärmel seiner braunen Lodenjoppe wischte er sich keuchend den Schweiß von der Stirn.

„Habt's koane Augen nit!" brüllte er. „Ein Schritt no und ös liegt's drunten in der Gruab'n!"

Georg und Johanna standen wie gelähmt, mit zu Boden gesenkten Augen vor dem Schaffer. Gallus Schnappinger sah die beiden eine Weile an. Mit festen, stechenden Blicken. Zuerst Georg und dann die junge Frau. Aber er sagte kein Wort mehr. Und als weder Georg und Johanna redeten, fing er nach einer Zeit neuerdings an.

„I bin heut' in der Nacht no auf Sankt Martin kommen . ." sagte er zögernd. „Ös seid's nit da g'wesen. Dann bin i weiter gangen. Dem Innerforcher Much bin i begegnet. Der hat mi zur Alm gebracht."

Allmählich kehrte nun das Leben bei Georg und Johanna wieder zurück. Es fiel ihnen jetzt erst auf, daß Gallus Schnappinger so unvermutet gekommen war.

Johanna durchzuckte ein heißer Schrecken. Sie sollte zurück nach Meran. Der Schaffer war gekommen, um sie zu holen. Er war zu früh gekommen . . Wenige Augenblicke noch . . und . .

„Der Gnädige schickt mi aufer . ." fuhr jetzt Gallus Schnappinger mit unsicherer Stimme fort und sah angelegentlich die steile Felsenwand hinauf. „I soll's enk melden . ." Hier stockte er und zog sein großes, buntes Taschentuch. Dann räusperte er sich umständlich. „Das G'scheiteste wär's, wir gingen iatz g'schwind amal abi auf Sankt Martin!" meinte er dann grob. „Alleweil da umeinander steh'n nutzt do nix!"

„Warum hat Sie mein Vater hergeschickt, Schnappinger?" fragte jetzt Georg mit müdem Ton. „Warum sind Sie gekommen?"

„Ah was!" machte der Schaffer und drehte Georg und Johanna brüsk den Rücken. „Er hat mi ja gar nit aufer-g'schickt. Es ist ja alles mitsamt derlogen. Geht's nur amal abi auf Sankt Martin. Die Fräul'n Kathrin verzählt's enk schon. I bin zu so was nit z'brauchen!"

„Gallus! Es ist ein Unglück g'schehen!" rief nun Johanna angstvoll.

„Reden Sie, Schnappinger!" sagte Georg ernst.

Dem Schaffer kippte jetzt fast die Stimme über. „Seid's do nit gar a so aufg'regt! A bissele derkrankt ist er halt, der Gnädige."

Dabei mußte sich der Gallus Schnappinger abwenden; denn die Augen gingen ihm über, und im Halse würgte es ihn so stark, daß er einen heftigen Hustenanfall bekam.

„Tot!" sprach jetzt Georg von Degenhart tonlos. „Er ist tot." Und ganz leise, so daß es nur Johanna hören konnte, die noch immer dicht an seiner Seite ging, sagte er: „Und wir leben .. Wir müssen leben .."

„Tot!" schrie Johanna auf. So wild und leidenschaftlich, daß Gallus Schnappinger seine ganze Fassung verlor.

„I hab' ja koan Wörtl nit g'sagt!" stieß er hervor, während ihm die Tränen in den dichten, krausen Bart rannen. „Krank ist er und .."

Georg sah den Schaffer fest an. „Reden Sie die Wahrheit!" bat er. „Warum weinen Sie?"

„I? I?" stotterte Gallus Schnappinger und rieb sich mit dem Rockärmel energisch die Augen aus. „Tuifl no amal eini! Daß i's grad' nit derhebt hab'! Sein tua i a Stoanesel! Die Trina hat ganz recht. I bin wirklich zu nix zu brauchen!"

Und dann weinte der Schaffer. Offen und gerade heraus. Er hatte seinen Herrn lieb gehabt vom ganzen Herzen. Wie zu einem Fürsten hatte er immer zu ihm aufgeschaut. In tiefer Achtung und Verehrung. Und nun war sein Herr gestorben . .

Georg und Johanna fragten nichts mehr. Stumm und schweigend gingen sie hinter dem Schaffer her. Mit schweren, müden Schritten und mit tief gesenkten Blicken.

Wie leblos folgten sie ihm. Sie mußten ihm folgen, gleich Gefangenen an Ketten . . folgen zurück in das Leben . .

Der Himmel hatte sich nun ganz aufgeheitert. Nebel und Wolken waren verschwunden. Vor ihren Augen tauchte unten Sankt Martin auf. Die wenigen kleinen Holzhäuser und die weiße Kirche mit dem spitzen emporragenden Turm.

Hell und glänzend stieg die Sonne im Osten über die Berge. Einer Siegerin gleich. Die Schatten wichen. Alles lag in leuchtender Pracht.

Das helle Tagesgestirn schmerzte sie. Es schien in ihre zerrissenen Seelen.

Es war die Sonne jenes Tages, den sie nicht mehr erleben wollten.

Fünfzehntes Kapitel

Vor dem Hause des Weinherrn unter den Berglauben versammelte sich heute alles, was Rang und Namen hatte in Meran.

Das hohe Portal stand weit geöffnet, und die geräumige Vorhalle war in einen Blumengarten verwandelt worden. Inmitten der hohen Palmen und der mächtigen flakkernden Wachskerzen stand der Sarg.

Eine große Menschenmenge in dunkeln Kleidern wartete in der Laubengasse. Kopf an Kopf gedrängt standen sie da, lautlos und harrend.

Manche gingen hinauf in das Trauerhaus, wo Hans und Georg von Degenhart die Beileidsbesuche in dem langen, saalartigen Zimmer, das heute schwarz verhängt war, entgegennahmen. Denn so hatte es Hans von Degenhart, der nunmehrige Herr und Eigentümer der Firma angeordnet.

In einem kleinen Nebenzimmer waren die Frauen. Sabine von Tannauer und Tante Kathrin in schweren Trauerkleidern und dichten Schleiern. Johanna saß neben der Mutter, steif und aufrecht, mit weißem Gesicht und heißen, brennenden Augen.

Sie hatte keine Tränen finden können. Wortlos und

wie im Traum war sie umhergegangen. Sie tat alles, was man ihr sagte. Sie fragte nichts. Sie fragte nach gar nichts. Aber zu der Leiche ihres Gatten zu gehen, vermochte sie nicht. Sie getraute sich nicht mehr vor ihn hinzutreten. Auch vor den Toten nicht.

„Laß' mich, Kathrin!" hatte sie mit bebender Stimme gesagt und ihr Gesicht in beide Hände verborgen, als ihr Katharina von Degenhart nahelegte, ob sie den Gatten nicht doch noch ein letztes Mal sehen wollte . . „Laß' mich Ich kann nicht . . Ich kann nicht . ."

Und die alte Dame war aus dem Zimmer gegangen. Mit überströmenden Augen und schwerem Herzen. Drinnen, wo der Tote lag, hatte sie sich auf die Knie geworfen und still und lautlos in sich hineingeweint. Die kalten Hände des Toten bedeckte sie mit Küssen.

„Mein Gott! Josef!" schluchzte sie. „Daß ich das hab' erleben müssen. Daß nit ich früher hab' geh'n dürfen. Aber vielleicht ist's besser für dich. Vielleicht hat's dir der Herrgott gut g'meint, daß er dich g'nommen hat . ."

Lange kniete sie bei dem toten Bruder, bis sie dann kamen und den Sarg verschlossen.

Da führte der Hans seine alte Tante fort. Hinüber in das Zimmer, wo Johanna mit ihrer Mutter saß.

Und dann kam er wieder, die Frauen zu holen. Vom Turm der alten Pfarrkirche läuteten jetzt die Glocken. Ein Zeichen, daß die Geistlichkeit nun bald kommen würde, um die sterblichen Überreste Josef von Degenharts einzusegnen.

Scheu und schüchtern stand Johanna drunten im Vorhaus hinter der Bahre ihres Gatten. Sie wagte es nicht, aufzusehen. Tiefe Scham durchschauerte ihre Seele. In ihren Augen mußte es ja jeder lesen können . . die schwere Schuld.

Einige gute Freunde kamen und drückten ihr die Hand, die sich so steif und kalt anfühlte wie die Hand einer Toten. Johanna konnte nichts erwidern, sich nicht rühren. Wie gelähmt stand sie da. Sie faßte auch gar nichts von dem auf, was man zu ihr sagte.

Auch die Frau Mutschlechner kam und hinter ihr scheu und eckig wie immer die Luis'. Mühsam mußten sich die beiden durch das Gewühl der Leute durchdrängen. Die Chorregentin drückte allen die Hand. Auch dem Fräulein Kathrin und dem Georg.

Als sie aber zu Johanna kam, konnte sie nicht mehr an sich halten und fing laut zu weinen an. „Es ist do a Graus und a Elend!" schluchzte sie. „A so guater Herr, wia's g'wesen ist! Und hätt' no so leicht leben können. Und Sie arm's Hascherl steh'n iatz ganz verlassen da . ."

Neben Johanna, die wie ohne Leben und mit glanzlosen Augen auf die Chorregentin schaute, stand Sabine von Tannauer und sah mit strengen, harten Blicken auf die Frau Chorregent.

„Es war so Gottes Wille, Frau Mutschlechner!" antwortete sie jetzt für die Tochter. „In Seinen Willen müssen wir uns fügen!"

Mutter und Tochter hatten jetzt, wie sie so nebeneinander standen, eine auffallende Ähnlichkeit. Die schweren Trauerkleider ließen die hohen Gestalten noch größer und vornehmer erscheinen. Ihre blassen, feinen Gesichter waren kalt und leblos, wie aus Stein gemeißelt. Aber

Sabine von Tannauers Lippen waren schmal und streng geschlossen, während um Johannas bleiche volle Lippen ein tiefer schmerzlicher Zug eingeprägt lag.

Auf der andern Seite des Sarges standen Georg und Hans im Gespräch mit Lorenz Profanter, dem Spitalpfarrer. Etwas abseits von ihnen war demütig und ganz geduckt der alte Chorregent Nikolaus Mutschlechner mit seinem Sohne Rupert. Scheu sah er von Zeit zu Zeit auf die kleine Gruppe, ob denn der hochwürdige Lorenz Profanter noch nicht bald fertig sein würde.

Aber Lorenz Profanter war noch lange nicht fertig mit reden. Breit und massig, als gehöre er mit zu den Verwandten, postierte er sich neben Georg von Degenhart auf und sprach eifrig auf ihn ein. Der junge Geistliche antwortete kaum. Er sah nur immer fest vor sich hin. Sein Gesicht war bleich, und um seinen Mund zuckte es gequält.

„Also a Schlagl hat ihn troffen, den Herrn Vater?" erkundigte sich der Spitalpfarrer bei Georg. „Ja . . und nachdem . . Sie haben ihn nit amal mehr lebend angetroffen, gelten's?" frug er weiter.

„Nein!" sagte Georg kurz.

„Es war eine schwerer Schlaganfall. Mein Vater war gleich tot. Fünf Minuten. Länger hat's nit gedauert bei ihm . ." erzählte Hans von Degenhart mit stockender Stimme. Er hatte heute seine schmucke Kaiserjägeruniform abgelegt und stand jetzt in einfacher schwarzer Kleidung mit hohem, steifem Zylinder neben dem Bruder.

„Ja, ja, Hm! Ja!" machte der Spitalpfarrer. „Eigentlich wär's a schöner Tod . ." sagte er dann nachdenklich.

„Wenn man seinen Frieden g'macht hätt' mit unserm Herrn. So ohne Todeskampf . ."

„Unser Vater war ein streng rechtlicher Mann!" erwiderte Hans von Degenhart scharf. Er dachte an den letzten Weihnachtsabend und an das schöne Beisammensein, das Lorenz Profanter damals gestört hatte, und empörte sich innerlich über den Spitalpfarrer.

„Freilich. Natürlich. Versteht sich!" bestätigte nun der hochwürdige Lorenz Profanter eifrig. „Hochanständig und ehrenwert. Da kann man gar nix sagen. Aber wissen's . . wir sein alle Menschen. Mit unsern Fehlern und Mängeln. Und a so mir nix dir nix vor Gottes Thron hinzutreten . . ohne Empfang der heiligen Sterbesakramente . . wissen's, das . ." machte er salbungsvoll.

Es war gut für den Spitalpfarrer, daß jetzt gerade die Geistlichkeit im vollen Kondukt angekommen war. Denn sonst hätte ihm Hans sicher eine scharfe Gegenrede erteilt.

Der alte Herr Dekan Ignazius Platter war im feierlichen schwarzen Rauchmantel selbst gekommen, um dem Toten die letzte Ehre zu erweisen und ihn hinauszubegleiten zur ewigen Ruhestätte.

Die Gebete all der übrigen Priester in ihren weißen Chorröcken mit der schwarzen Stola hallten dumpf wieder in der Halle des alten, vornehmen Hauses: Requiem aeternam dona ei Domine! . . Et lux perpetua luceat ei! . . Requiescat in pace!

Dumpf und traurig klang jetzt das Totenlied, das der Kirchenchor, mit Nikolaus Mutschlechner, dem Chorregenten an der Spitze, sang. Dazu läuteten die Glocken vom Pfarrturm in langsamen, schweren Schlägen. Unausgesetzt, dumpf und feierlich.

Katharina von Degenhart schluchzte laut auf, als sie nun den Weinherrn in dem schwarzen, silberbeschlagenen Sarg aus seinem Hause trugen.

In einem Winkel des Hofes versteckt stand Gallus Schnappinger mit den übrigen Angestellten des Weinherrn. Aber ganz abseits von ihnen, so daß er völlig unbemerkt blieb.

Als man jetzt den Toten aus seinem Hause trug, rieb sich der Schaffer krampfhaft die Augen; denn die Tränen ließen sich nicht mehr zurückhalten. Dann sah er verstohlen umher, ob ihn wohl niemand bemerkt habe.

„Tuifl!" machte er und räusperte sich energisch, als er den forschenden Blick der alten Trina gewahrte. „I moan', i hab' mi gar verkältet auf Sankt Martin droben. Es ist sakrisch kalt g'wesen oben. Kannst mir's glauben!"

Die Musikkapelle intonierte den Trauermarsch. Und im endlosen Zug führten sie nun den Weinherrn die Laubengasse hinauf, hinunter durch die Postgasse, durchs Bozner Tor hinaus. Es war ein Stück desselben Weges, den Josef von Degenhart vor kaum einem Jahr mit klopfendem Herzen als Brautwerber gegangen war.

Dicht hinter dem Sarg gingen Georg und Hans. In ihrer Mitte Johanna. Dann kamen die alte Tante Kathrin und Sabine von Tannauer mit den übrigen Verwandten und Freunden.

Im langsamen, feierlichen Zug ging es über die Spitalbrücke hinaus auf den Friedhof. Der Gesang der Geistlichkeit und die tiefen Responsorien des Kirchenchores, das laute Beten der endlosen Reihen von Leidtragenden begleiteten den Weinherrn Josef von Degenhart auf seinem letzten Wege.

Als man die Spitalbrücke erreicht hatte, fing das helle Glöcklein der Spitalkirche zu läuten an. Geschäftig und aufgeregt, als erwartete es gar nicht mehr, daß man den Weinherrn in die Erde betten würde.

Wie im Traum, leblos und mechanisch, schritten Georg und Johanna hinter dem Sarge einher. Ihre Blicke waren starr zu Boden gerichtet.

Sie sahen erst wieder auf, als sie das Gepolter des Sarges hörten, den man jetzt in die Gruft senkte.

Der rohe Ton griff ihnen ans Herz und weckte sie. Jetzt erst bemerkte Johanna, daß sie an dem offenen Grab ihres Gatten stand und daß neben ihr die alte Tante Kathrin in fassungsloses Schluchzen ausbrach. Auf der andern Seite des Grabes standen Hans und Georg.

Johanna sah wie im wachen Traum, daß ihr jemand die Schaufel reichte, auf daß sie der Sitte gemäß Erde in das offene Grab werfen solle. Sie schrak empor. Es war Georg, der ihr die kleine silberne Schaufel gab, die zu dieser Zeremonie diente.

Leise berührten sich ihre Hände, als sie die Schaufel entgegennahm, und ihre Blicke fanden sich. Nur für einen Augenblick. Es waren Blicke voll Reue und Vorwurf und schmerzvoller Verzweiflung . .

Als Johanna langsam, geleitet von Tante Kathrin und ihrer Mutter, aus dem Friedhof ging, stießen sich die Leute an.

„Sie muß ihn do gern g'habt haben, ihren Mann!" meinte ein altes Weiblein zu ihrer Nachbarin gewendet.

„Freilich. Schaut's es grad' an, wie sie ausschaut! Koa Farb' im G'sicht und um zwanzig Jahr' gealtert!" gab diese flüsternd zurück.

„I hätt's nit g'moant!" sagte eine dritte schnippisch. „Wo er do um soviel älter g'wesen ist!"

„Ja. Freilich!" bestätigte das alte Weiblein von vorhin. „Aber mei'! Guat's hat dö aa nit viel gekennt bei der Muatter. Sie hat si wohl aa nit viel Besser's verlangt, moan' amal i!"

Und dann gingen die Weiber hinauf unter die Arkaden des Friedhofs und besahen sich neugierig die vielen Kränze und Schleifen, die zu beiden Seiten des Grabes im wirren Durcheinander lagen.

Der Totengräber und sein Gehilfe schaufelten Erde in die offene Gruft. Hart und klingend stießen die Schaufeln in die Erde, und mit dröhnendem Gepolter fielen die Schollen hinunter auf den Sarg, der die irdischen Überreste des Weinherrn Josef von Degenhart umschloß.

Sechzehntes Kapitel

Eine klare, sternenhelle Vollmondnacht lag über dem Burggrafenamt. Der Mond wob seine silbernen Schleier über Berg und Tal. Die Burgen und Schlösser von Obermais lagen im tiefen Frieden. Schier gespenstig ragte drunten auf steilem Felsen im Mondenschimmer die Ruine der Zenoburg empor. Dagegen sah Klobenstein in dem milchweißen Licht des Nachtgestirns aus wie ein kleines Märchenschloß mit verschwiegenen Gärten und heimlich leuchtenden Mauern.

In dem traulichen Wohnzimmer mit den lichten Tapeten und den hohen, altmodischen Stühlen saß Katharina von Degenhart, die einsame Bewohnerin von Schloß Klobenstein. Das alte Fräulein sah in die mondbeglänzte Landschaft hinaus. Es war schon eine späte Stunde, aber Katharina von Degenhart hatte noch keinen Schlaf finden können.

Sie fühlte sich heute recht müde und abgespannt. Zum ersten Male in ihrem Leben war es, daß sie ihr Alter spürte. Alle die Aufregungen der letzten Tage, die Angst um Johanna und dann der Tod des Bruders hatten ihre Kräfte erschüttert.

Und daß der Josef hatte so früh sterben müssen . . daß sie ihn hatte überleben müssen . . das schmerzte das alte

Fräulein Kathrin. Nun hatte sie gar niemand mehr auf der Welt. Keinen Menschen.

Denn die Neffen, die brauchten sie ja eigentlich nicht mehr. Der Georg würde jetzt wohl wieder zurückgehen, hinauf nach Sankt Martin auf der Höh'. Und würde dort sein einsames Leben weiter fristen. Und der Hans würde in Meran bleiben und das Geschäft übernehmen.

Er fühlte sich ja schon ganz als Herr und Besitzer. Tante Kathrin dachte daran, wie alle Sorgen und Anordnungen der letzten Tage vollständig auf Hans geruht hatten. Denn Johanna saß in gänzlicher Apathie auf ihrem Zimmer und sprach mit keinem Menschen. Kaum daß man ihr mit vieler Mühe und gutem Zureden ein wenig Nahrung hatte beibringen können.

Und der Georg war überhaupt nirgends zu sehen gewesen. Bis kurz vor dem Begräbnis. Die Tante Kathrin hatte auch gar keine Zeit gefunden, sich weiter um ihn zu bekümmern. Sie wenigstens mußte doch dem Hans an die Hand gehen, soviel sie konnte.

Aber jetzt war sie müde. Ehrlich müde. Gleich nach dem Begräbnis heute nachmittag war Katharina von Degenhart hinaufgewandert nach Obermais auf Schloß Klobenstein. Langsam und mit fast schleppenden Schritten. Sie fühlte sich wirklich alt und hinfällig.

Die Johanna brauchte sie ja jetzt auch nicht mehr. Die war ja eigentlich ganz gefaßt und viel ruhiger, als es das alte Fräulein erwartet hatte. Und in der Einsamkeit würde sie sich eher zurechtfinden, würde sie leichter mit sich ins reine kommen und ihren Frieden wiedererlangen.

Der Josef war ja nun tot. Und der Tod heilt viele

Wunden. Der ist oft der beste Arzt für die Krankheiten der Seele.

So dachte das alte Fräulein Kathrin. Und trotzdem war sie bei dem Gedanken an Johanna innerlich unruhig. Sie machte sich jetzt Vorwürfe, daß sie nicht doch noch eine Nacht bei der Schwägerin unten in der Stadt geblieben war.

Eine Unruhe und Angst erfaßte die alte Dame. Wenn nur diese Nacht schon glücklich überstanden wäre! Es wurde ihr auf einmal so unheimlich zumute. Sie mußte sich zusammennehmen, um nicht jetzt noch mitten in der Nacht hinunter in die Stadt zu eilen und nach Johanna zu sehen.

Vom Turm der Sankt Georgenkirche schlug es elf Uhr. Elf lange, getragene Schläge. Jeder Schlag durchzuckte das alte Fräulein wie ein körperlicher Schmerz. Wäre sie doch nur in der Stadt drunten geblieben. Sicher würde ein Unglück geschehen . . Die Johanna war doch noch gar nicht gesund.

Die alte Dame fröstelte vor innerer Erregung. Sie mußte sich ein Tuch holen und sich fest darin einhüllen. So kalt war ihr auf einmal.

Dann setzte sie sich wieder auf den hohen Polstersessel am Fenster und sah unruhig in die helle Mondnacht hinaus. Sie hatte heute nachmittag so ein Ruhebedürfnis empfunden, hatte sich so gesehnt nach dem stillen Frieden auf Schloß Klobenstein.

Und jetzt konnte sie doch keine Ruhe finden. Immer wieder die Angst vor dem Morgen . . diese lähmende Angst . . Und dann mußte sie wieder an den toten Bruder denken, der heute die erste Nacht unter freiem Himmel ruhte. Dabei war sie froh, daß es schönes Wetter war, daß es nicht regnete. Sie hatte das Gefühl, als ob der Tote noch unter der Unbill des Wetters leiden müßte.

Sie konnte es gar nicht recht fassen, daß er nun auf einmal kalt und tot war. Dann sah sie ihn wieder vor sich, wie er aufgebahrt in dem großen Zimmer gelegen hatte. Kalt und starr, aber mit dem guten, freundlichen Lächeln, das er stets im Leben gehabt hatte.

Ein unsägliches Mitleid mit dem toten Bruder ergriff sie. Er kam ihr so verlassen, so ausgestoßen vor . . mitten unter den Gräbern . . so ganz allein . . ihr lieber, guter Josef . . ihr einziger Bruder . . der starke, kräftige Mann, zu dem sie ihr Lebenlang in Bewunderung aufgeschaut hatte.

Und dann beschlich sie wieder die lähmende Angst, das Entsetzen und Grauen vor dem Morgen. Sie mußte ein Licht anzünden. Sie konnte es nicht mehr aushalten in dem matten Mondschein, der ihr heute so unheimlich und gespenstig vorkam.

Eine Lampe brannte jetzt hell in dem traulichen Gemach. Aber Katharina von Degenhart erschien es heute gar nicht gemütlich in ihrem Zimmer. Sie fürchtete sich. Sie hatte Furcht vor den vielen Miniaturbildern, die an den Wänden hingen und alte Großmütter und Großväter der Familie Degenhart darstellten.

Es kam ihr heute so kalt und leer in dem Zimmer vor. Gerade so, als ob auch in diesem Raum der Tod Einkehr gehalten hätte. Katharina von Degenhart sah sich ängstlich um. Kein Laut. Stille überall.

Die große Wanduhr war noch nicht aufgezogen worden. Vielleicht war es weniger unheimlich, wenn sie dieselbe wieder in Gang brachte. Das alte Fräulein hatte sich so an das stille, gleichmäßige Ticken der Uhr gewöhnt.

Katharina von Degenhart erhob sich nochmals und richtete mit bebender Hand die großen Zeiger der Uhr. Halb zwölf. Wie langsam doch die Zeit dahinkroch.

Jetzt nahm Tante Kathrin wieder ihren Platz am Fenster ein und sah von dort in das hell erleuchtete Wohnzimmer. Da war es ihr plötzlich, als hörte sie wie aus weiter Ferne ihren Namen rufen.

Sie schrak zusammen und fing heftig zu zittern an. Der Mond schien auf ihr weißes Haar und gab ihm einen silbernen Glanz. Nun hörte sie es wieder, das Rufen. Ganz deutlich, aber mit leiser, unterdrückter Stimme: „Tante Kathrin . . Tante Kathrin . ."

Das alte Fräulein öffnete das Fenster, an dem sie saß. Dabei zitterten ihre Hände so stark, daß das Fenster klirrte.

Sie dachte an ein Unglück, das geschehen sein mußte, und daß man nun kam, um sie zu rufen. Eine wahnsinnige Angst hatte sie erfaßt. Sie wollte hinunter rufen und konnte keinen Laut aus der Kehle bringen.

„Mach' auf, Tante Kathrin! Laß' mich herein!" kam es jetzt von unten im heiseren, flehenden Ton. „Ich bin's, der Georg."

So schnell sie nur konnte, eilte das alte Fräulein durch die mondbeleuchtete Antikamera mit dem italienischen Mosaikboden und dann den kleinen offenen Säulengang entlang.

An der Treppe mußte sie sich krampfhaft festhalten,

um nicht umzusinken. Ihr Herz schlug so heftig, daß sie das Pochen desselben im Halse zu fühlen vermeinte. Mit bebenden Händen schob sie unten an der Eingangstür den Riegel zurück und ließ Georg herein.

„Ist was passiert, Georg?“ fragte sie zitternd. „Red'!“ Flehend sah sie in das bleiche, verstörte Gesicht des jungen Geistlichen. „Die Johanna . .“

Georg schüttelte heftig den Kopf. „Nein!“ sagte er im heiseren, rauhen Ton. „Es ist noch nichts g'schehen. Noch nicht.“

Dann ging er die etwas steile Wendeltreppe hinauf in das erleuchtete Wohnzimmer. Katharina von Degenhart folgte ihm mit gesenktem Kopf und mit beklommenem Herzen. In der Mitte des Zimmers blieb Georg stehen und sah sich mit irren Blicken um.

Dem alten Fräulein fiel es erst jetzt auf, daß er ohne Hut und Überrock war. Die Haare hingen ihm wirr in die Stirn, und seine Lippen hatten eine bläuliche Farbe. Seine blauen Augen flackerten unruhig und sahen fast schwarz aus in dem fahlen Gesicht.

„Georg . .“ sprach die alte Dame weich und mit zitternder Stimme. „Georg . .“ Sie griff nach den wie erschlafft herabhängenden Händen des jungen Geistlichen. Sie waren starr und eiskalt wie die Hände eines Toten.

„Schau', setz' dich her zu mir, Georg . .“ bat sie ihn dann über eine Weile. „Du schaust ja so elendig aus. Ruh' dich a bissel aus. Es wird dir gut tun.“ Sie sprach zu ihm mit einer mütterlichen Wärme und fuhr mit ihren kleinen, welken Händen liebkosend über die Hand des Neffen.

„Für mich gibt's keine Ruhe mehr im Leben, Tante Kathrin!“ stieß Georg nun wild hervor. „Keine Ruhe und keinen Frieden!“

Er sagte das mit einer solchen Verzweiflung in der Stimme und sah dabei so irr und verstört aus, daß die alte Dame ihren ganzen Mut aufbieten mußte, um nicht laut zu weinen. Aber sie nahm sich zusammen und blieb tapfer.

„Siehst, Georg . .“ sagte sie dann leise. „Wenn du noch a bissel was haltest auf die alte Tant', dann tu' mir jetzt die Lieb' und setz' dich nieder. Ich kann dich so nimmer anschau'n. Du bist ja so . . so . . halt gar nimmer zum kennen.“ Ihre Stimme stockte vor verhaltenem Weinen.

Die guten Worte der alten Dame schienen nun doch einigen Eindruck auf Georg zu machen. Wenigstens ließ er sich wie willenlos zu einem der hohen, gepolsterten Stühle führen und setzte sich mechanisch darauf nieder.

Katharina von Degenhart hatte ihm gegenüber Platz genommen, auf ihrem gewohnten Sitz am Fenster. Georg saß eine Weile wie leblos und ganz erstarrt da. Mit leeren Blicken sah er auf das blasse Gesicht des alten Fräuleins, das jetzt so bleich und farblos war wie das Haar auf ihrem Haupt.

Plötzlich kam Leben in den erstarrten Körper Georgs. Er warf sich laut aufschluchzend vor Tante Kathrin auf die Knie und verbarg seinen Kopf in ihrem Schoß.

Ein heftiges Beben ging durch die schlanke, hohe Gestalt des jungen Geistlichen und ein Zucken wie im Krampfe. Ein leidenschaftliches Schluchzen erschütterte seinen ganzen Körper so heftig und gewaltig, daß das alte Fräulein ganz ratlos und verzagt wurde.

Sie fuhr ihm nur immer wieder leise und zärtlich wie zur Beruhigung mit zitternder Hand über den blonden Kopf und flüsterte mit bebender Stimme immer wieder vor sich hin: „Armer Bub .. Mein armer, lieber Bub .."

Mehr brachte sie nicht heraus. Die dicken Tränen rannen ihr jetzt unaufhörlich über die Wangen, die heute runzlig und eingefallen waren.

Allmählich wurde Georg ruhiger. „Ich hab' nit sterben können .." stieß er hervor. „Ich muß es dir zuerst beichten, Tante Kathrin, die Schuld .. die schwere Schuld .. meine Sünde .."

Keuchend kam es aus der gequälten Brust des jungen Mannes. Wort für Wort. Im schweren Kampf.

Noch immer barg er sein Gesicht in ihrem Schoß und umklammerte die kleine, zierliche Gestalt der alten Dame. „Du sollst es hören, Tante Kathrin, du sollst alles wissen .. Zu dir hat's mich hergetrieben, jetzt mitten in der Nacht. Du sollst mich lossprechen .. mir helfen von der Sünd'!"

„Lossprechen? .." sagte die alte Dame weich. „Ich dich lossprechen .. den Priester .."

„Ja! Du!" rief Georg leidenschaftlich. „Du bist mein letzter Halt! Ich hab' alles verloren, Tante Kathrin! Meinen Glauben .. und meinen Gott .. meine Ehr' und mein Gewissen!" In wilder Anklage stieß Georg diese Worte hervor.

„Armer Bub .." sagte das alte Fräulein mit einem Zittern in der Stimme. „Armer Bub .." Dann fügte sie ernst hinzu: „Seinen Gott darf man nit verlieren, Georg. An den m u ß man glauben."

„Er hat mich verlassen . . Tante Kathrin . ." stöhnte Georg. „Er hat mich umkommen lassen in der Versuchung. Die Leidenschaft in mir war stärker als Er . . Zum Verbrecher bin ich worden, zum Verbrecher an dem Weib meines Vaters!"

Laut schreiend hatte Georg diese Beichte abgelegt. Den Kopf hatte er jetzt tief in den Nacken zurückgeworfen. Seine Zähne knirschten wie im heftigen Fieberschauer. Die Fäuste ballten sich und waren drohend gegen den Himmel gerichtet.

„Georg!" Ein Schrei voll tiefster Verzweiflung und innerster Herzensnot kam aus dem Munde der alten Kathrin. Sie war aufgesprungen vor Entsetzen und starrte auf den vor ihr knienden Mann mit vor tiefem Grauen weit aufgerissenen Augen.

„Klag' ihn nit an, deinen Gott und Herrn!" rief sie mit bebender Stimme. „Er verlaßt niemand. Er steht jedem bei, der an Ihn glaubt!"

Es war, als ob die zarte Gestalt der kleinen Dame auf einmal größer und stattlicher geworden wäre.

Wie eine Richterin stand sie vor ihm, strenge und gerecht. Mit scheuen, ehrfürchtigen Blicken sah Georg jetzt zu ihr auf. Dann haschte er demütig nach ihren Händen, die sie ihm wie willenlos überließ.

„Ich will büßen, Tante Kathrin!" sagte er heiser. „Ich will's tun . . gleich jetzt. Jetzt kann ich's tun, weil ich's gebeichtet hab' . ."

„Was willst du tun?" fragte Katharina von Degenhart laut und strenge. „Was willst du tun, Georg?"

Der junge Geistliche erhob sich. Ganz nahe trat er zu

Tante Kathrin und ergriff wild ihre Hände. So zog er sie an das Fenster, das noch immer halb geöffnet war.

Der Mond hing wie eine leuchtende Kugel an dem schwarzen Himmel. Ein leiser, lauer Wind rauschte unten durch die Blätter der Weinreben.

„Da . . schau' hinüber . ." flüsterte Georg rauh und deutete mit der ausgestreckten Rechten auf die andere Seite des Tales. „Siehst du sie . . die Zenoburg . . Wie ein Gespenst schaut sie aus, so kalt und grausam . . Da . . bei der Kapelle, du weißt es ja . . kirchturmhoch geht's da hinunter . . in die Schlucht . . über den Felsen . . in die Passer . ."

Katharina von Degenhart schauderte. Angstvoll klammerte sie sich an Georgs Arm. Sie hielt den Atem an vor qualvoller Erwartung.

„An der Stell' bin ich heute nacht g'standen, Tante Kathrin . . und hab' hinunterg'schaut. Meinen Hut hab' ich hinunterg'worfen und meinen Mantel. Die sollten früher drunten sein als ich. Ich hab's probieren wollen, wie tief das geht. Ein Schritt noch . . und ich wär' drunten g'legen . . tot . . zerschmettert . . Aber da hat's mich gepackt. Als stünd' der Vater hinter mir und tät' mich zurückreißen mit seiner festen Hand . . Ich hab' die Hand g'fühlt, wie oft im Leben, wenn er hinter mir g'standen ist und mich hat beschützen wollen . . Der Schweiß ist mir auf die Stirn kommen. Und da hat's mich zurückgetrieben vom Abgrund . . herauf zu dir, Tante Kathrin! Beichten hab' ich's müssen! Bekennen! Die Schuld. In der Nacht ist's g'schehen . . wie ich ausgangen bin, die Johanna zu suchen

.. in der gleichen Nacht, wo mein Vater kalt und tot auf der Bahr' g'legen ist!"

Heiser und leidenschaftlich hatte Georg dieses Bekenntnis hervorgestoßen. Jetzt sah er mit irren Blicken auf die kleine, zitternde Dame neben ihm, die mit weißem Gesicht und entsetzten Augen zu ihm emporstarrte.

Langsam griff er dann nach den welken Händen des alten Fräuleins. Scheu und fast furchtsam. Als habe er Angst, ihre reinen Hände zu berühren.

„Jetzt weißt alles!" Ein tiefer Seufzer der Erleichterung entrang sich seiner gequälten Brust. Dann kniete er vor dem alten Fräulein nieder und hob bittend die Hände empor.

„Tante Kathrin!" flehte er mit tränenerstickter Stimme. „Laß' mich nicht so gehen von dir! Es ist das Letzte, was ich von dir erbitt'. Gib mir noch ein gutes Wort .. einen Trost .. eine Stärkung auf meinen letzten Gang."

Durch den schmächtigen Körper des alten Fräuleins ging ein Schauern. Allmählich löste sich die Starrheit, die ihre Glieder umfangen hielt.

„Georg .." kam es dann fast unhörbar leise über ihre Lippen. „Bist du so tief gesunken .. bist du so feig, daß du deine Schuld nicht sühnen willst?"

„Ich will sühnen .. ich will's büßen, Tante Kathrin .. mit meinem Leben .." sagte Georg mit trockenem Schluchzen. „Noch eine Stunde .. dann .."

„Noch eine Stunde .." wiederholte die alte Dame tonlos. Ihr Blick sah leer über Georg hinweg, und ihre Hände, die sie jetzt segnend auf das Haupt des Neffen legte, zitterten heftig. „Noch eine Stunde .. und du wirst nicht mehr sein .."

„Tante Kathrin! Tante Kathrin!" schluchzte nun Georg auf. „Ein Wort . . ein letztes . . verzeihendes Wort von dir!"

„Du sollst leben . . Georg!" sagte jetzt die alte Dame auf einmal langsam, aber mit fester Stimme. „Du hast kein Recht, dich selber zu richten . . Du gehörst Gott . Er ist dein Richter . . Warte auf Ihn!"

„Tante Kathrin! Tante Kathrin! Gib mir den Glauben wieder! Lehr' mich noch einmal beten . . wie als Kind . ." sagte Georg flehend und verbarg seinen Kopf aufschluchzend in ihrem schlichten, schwarzen Kleid. „Lehr' mich wieder beten . ."

Katharina von Degenhart neigte sich tief zu Georg herab. Zart nahm sie die Hände des jungen Mannes in die ihren. Dann faltete sie diese, wie sie ihm das als Kind so oft getan hatte, zart und leicht.

Mit lauter, klarer Stimme fing sie zu beten an: „O Herr, ich bin nicht würdig, daß Du eingehest unter mein Dach . . Aber sprich nur ein Wort, so wird gesund meine Seele . . O Herr, ich habe gesündigt vor Dir und bin nicht mehr wert, Dein Sohn zu heißen . . Aber sprich nur ein Wort, so wird gesund meine Seele . . O Herr, ich glaube an Dich . . Hilf' meinem Unglauben . . Amen."

Eine tiefe Stille entstand. Die Hände Katharinas von Degenhart lagen jetzt wieder segnend auf dem gebeugten Haupt ihres Neffen. Ihre Augen hatten die Starrheit verloren und füllten sich mit Tränen. Regungslos kniete Georg lange Zeit vor der alten Dame, tiefer Frieden war über ihn gekommen.

Draußen war es nun dunkle Nacht. Der Mond war

hinter der Laugenspitze untergegangen, und nur mehr einzelne Sterne glitzerten an dem Himmel, der sich langsam bewölkt hatte.

„Steh' auf, Georg!" mahnte Tante Kathrin mit fester Stimme. „Steh' auf und lebe! Geh' fort von hier . . sei tot für Johanna und tot für uns alle! Aber lebe . . arbeite und bete . . Leg das Kleid ab, das du trägst. Du bist kein Priester mehr. Von nun an sei dein Leben eine Buße, eine Sühne für deine große Schuld. Geh' fort . . weit fort . . hinaus in die weite Welt. Und suche dort deinen Gott zu finden, den du hier verloren hast."

Aufschluchzend umschlang Georg den Hals der alten Dame. Er konnte nichts sprechen.

Das alte Fräulein ließ ihn gewähren. Es war ihr so unsäglich weh ums Herz. Aber sie weinte jetzt nicht mehr. Sie blieb standhaft und tapfer.

Nur ab und zu fuhr sie leise streichelnd und liebkosend mit ihrer zitternden Hand über die Wange des jungen Mannes.

Vom Turm der Sankt Georgenkirche schlug es zwei Uhr früh.

„Georg . ." Tante Kathrin sprach es leise mahnend. „Du mußt jetzt fort. Ehe der Tag anbricht, mußt du fortgehen aus der Heimat. Leb' wohl, Kind. Sei ein Mann und werde ein guter Mensch!"

Katharina von Degenhart geleitete Georg aus dem hellerleuchteten Zimmer.

Hand in Hand gingen sie hinunter. Mit langsamen Schritten. Den dunkeln Gang der Weinlauben entlang bis an das Tor, das den Besitz der Degenharts abschloß.

Schwer und reif hingen die Trauben in den Weinlauben herab. Eine heilige Stille herrschte überall. Kein Laut. Nichts . . als der schwarze Nachthimmel und die glitzernden Sterne über ihnen.

Ein letztes Mal noch preßte Georg die kleinen welken Hände der alten Dame an seine Lippen. Dann riß er sich gewaltsam los.

Sie sah. wie seine hohe, vornehme Gestalt in der Dunkelheit der Nacht verschwand.

Es war das letztemal, daß Katharina von Degenhart ihren Neffen gesehen hatte.

Siebzehntes Kapitel

Das plötzliche Verschwinden Georgs von Degenhart hatte in Meran großes Aufsehen hervorgerufen.

Am Rande der Gilfschlucht, wo die Passer wild und tosend durch die enge Felsenkluft braust, hatte man den Mantel des jungen Geistlichen gefunden. Etwas weiter droben, wo die jähen Felsen der Zenoburg sich steil und fast senkrecht emportürmen, hing auf einem der niedern Sträucher, die in den Spalten des zerklüfteten Gesteins ihr kärgliches Dasein fristen, Georgs schwarzer Hut.

Beide Kleidungsstücke wurden als unzweifelhaftes Eigentum des jungen Geistlichen erkannt. Das war die einzige Spur, die von Georg von Degenhart zu finden war.

Man glaubte zuerst an einen Unglücksfall. Bald erhoben sich aber auch Stimmen, die davon sprachen, daß der junge Geistliche freiwillig aus dem Leben geschieden sei. Aus Schmerz und Kränkung über die Behandlung, die ihm von seinen kirchlichen Obern widerfahren war.

Das ganze Bett der Passer bis zu ihrer Einmündung in die Etsch und das ganze Etschtal bis hinunter gegen Trient wurde eingehend durchsucht. Aber keine Spur von dem Verschwundenen war zu finden.

Wenn es zu dunkeln begann und die Nacht ihre grauen Schatten vorausschickte, stand drunten am Steinernen Steg eine hohe, schlanke Frauengestalt in schweren Trauerkleidern. Tagtäglich kam Johanna hierher und starrte mit heißen, tränenlosen Augen hinunter in die Fluten der Passer.

Das Rauschen der Gilfschlucht drang aus unmittelbarer Nähe zu der alten schmalen Steinbrücke herüber, die sich in einem kühnen Bogen über der Passer wölbt und in ihren Fundamenten noch aus der Römerzeit stammen soll. Unter dem Bogen flutete das klare, hellgrüne Wasser. Rechts und links stiegen steile, mit Bäumen und Sträuchern bewachsene Höhen empor, während den Hintergrund der mächtige Felsblock mit der Zenoburg ausfüllte.

Dort, wo die Felsen der Zenoburg zum Bett der Passer abstürzen, braust diese, eingeengt in eine schmale Schlucht mit dem Tosen und Strudeln eines Wildbachs, sich gewaltsam ihren Weg erzwingend. Ein gähnender Trichter tut sich in der Gilfschlucht auf, in den die gurgelnden Wasser schäumend und tobend stürzen. Von da steigen wieder die gigantischen Felsblöcke in die Höhe, auf denen die Zenoburg trutzt.

Ein Sturz von diesen Felsen in die tosende Schlucht muß unrettbar den Tod bringen. Wenn man von dieser schier atembeklemmenden Höhe niederschaut in das laute, donnernde Tosen der wilden, um ihren Weg seit Urzeiten kämpfenden, durch die Felsenenge stürmenden, aufgepeitschten und rasenden Wasserflut . . dann beschleicht auch den Mutigsten das schaurige Gefühl, daß da drunten alles, was aus der Höhe stürzt, von den Felsen zerschmettert und von den Wasserstrudeln zermalmt und zerrieben werden müsse.

Als ob sie Georg da unten mit ihren brennenden Blicken hätte entdecken müssen, starrte Johanna unverwandt in die Fluten. Lange Zeit stand sie unbeweglich da, bis die Dunkelheit der Nacht völlig hereingebrochen war, sie nichts mehr sehen konnte und nur mehr das dumpfe Rauschen der Wellen an ihr Ohr drang. Dann ging sie mit müden, langsamen Schritten nach Obermais.

Katharina von Degenhart hatte die Schwägerin zu sich in das Schloß Klobenstein genommen. Sie mochte sie nicht mehr allein lassen in dem alten Haus unter den Berglauben.

Und Johanna war gern gekommen. Sehr gern. Teilnahmslos lebte sie ihre Tage dahin, wie in einem endlosen schweren Traum.

Nur wenn es Abend wurde, da litt es sie nicht mehr droben in dem friedlichen Heim. Da mußte sie hinunter zur Gilfschlucht.

Warum sie nicht selbst ihre Erlösung da drunten suchte? Sie wußte es selber nicht . . Es hätte einen Entschluß gebraucht und eine Tat. Entschlüsse fassen und Taten vollbringen können nur lebende Menschen . . Und sie lebte nicht mehr, seit jenem nebelgrauen Morgen, da sie mit Georg in den Tod gegangen war . .

Alles war ihr wie ein Traum geworden, aus dem es kein Erwachen mehr gab. Die ganze Welt war versunken. Nur von Sankt Martin auf der Höh' wehten noch die feuchten Morgennebel, und drunten aus der Gilfschlucht donnerten die Wellen der Passer . .

Fast ein Monat war nun seit dem Ereignis vergangen. Man begann es langsam zu vergessen. Der Alltag trat wieder in seine Rechte. Der Herbst war ins Land gezogen und hatte neue Gäste zur Traubenkur gebracht.

Die Chorregentin hatte ihr schönes Zimmer wieder an das Fräulein aus Deutschland für den ganzen Winter vermietet. Den Sommer hindurch hatte sich „die Fräul'n" recht erholt. Sie war zusehends stärker und kräftiger geworden, so daß die Prophezeiung, welche die Chorregentin einmal der Frau von Degenhart machte, nicht in Erfüllung zu gehen schien.

Die Fräul'n machte jetzt schon größere Spaziergänge mit dem Rupert. Sogar bis zum Schloß Tirol hinauf verstieg sie sich und hinüber nach Lebenberg. Allerdings mußte sie oft lange Rasten machen.

Rupert Mutschlechner sah ihr dabei oft ängstlich in das feine, hektisch gerötete Gesicht. Aber die Fräul'n hielt sich brav und machte alle die Ausflüge tapfer mit. Und Rupert, der starke, junge Mensch freute sich darüber wie ein kleines Kind.

Zwischen ihm und der Fräul'n hatten sich seit einiger Zeit zarte Fäden angesponnen. Die beiden liebten sich mit der ganzen Macht und Stärke einer ersten Jugendliebe.

„Wart' nur, bis ich einmal Doktor bin!" tröstete Rupert dann das geliebte Mädchen. „Ich mach' dich gewiß g'sund. Du sollst stark werden und kräftig und gar nimmer dran denken, daß das einmal anders g'wesen ist!"

Das junge Mädchen lächelte dann jedesmal still und selig vor sich hin und sah voll Vertrauen und froher Hoffnung zu dem jungen Mann empor, der sie ganz gesund machen wollte. Aber ihre Augen waren dabei unnatürlich groß und glänzten wie im Fieber.

Der Rupert Mutschlechner hatte es fest im Sinn. Sowie er ausstudiert hatte, wollte er die Fräul'n heiraten. Er wußte es wohl: das würde einen harten Kampf absetzen bei der Mutter. Einen ebenso harten Kampf, wie es bei seiner Berufswahl der Fall gewesen war. Denn die Fräul'n war ja eine Lutherische. Und zu einer Ehe mit einer Andersgläubigen würde die Mutter niemals freiwillig ihre Zustimmung geben.

Das Verschwinden Georgs hatte auch in der Familie des Chorregenten seinen tiefen Widerhall gefunden. Frau Anna Mutschlechner verurteilte Georg auf das schärfste, während ihr Mann und der Rupert entschieden auf seiten des jungen Geistlichen standen. Die Chorregentin fand eine willkommene Gelegenheit, sich wieder einmal in allen Tonarten über die Fortschritte des Unglaubens und über die Früchte, die der sogenannte Freisinn trug, auszulassen.

In der letzten Zeit war jedoch bei Frau Anna Mutschlechner etwas anderes in den Mittelpunkt ihres Interesses und ihrer Sorgen getreten. Sie war sehr mißtrauisch auf die Fräul'n aus Deutschland geworden und spannte entschieden was von den Beziehungen des jungen Mädchens zu ihrem Sohn. Auch beschränkte Frauen haben in solchen Dingen sehr scharfe Augen.

Früher hatte sie ja die Spaziergänge Ruperts mit der Fräul'n begünstigt. Daß aber der Rupert diese Spaziergänge jetzt immer solange ausdehnte und die Stunden zu zählen schien bis zum nächsten Tag, wo sie beide wieder hinauswandern würden in die herrliche Umgebung von Meran, das wollte ihr nicht recht gefallen.

Seit einiger Zeit hatten sich der Rupert und die Fräul'n ein neues Vergnügen gefunden, das der Chorregentin schon ganz gegen den Strich ging. Unter den Berglauben, nicht weit von dem Degenhartschen Hause, war ein kleines Theater. Das Theater im Rosengarten hieß es. Es war nach rückwärts gelegen, nahe dem Küchelberg.

Der Rupert und die Fräul'n pflegten jetzt öfters abends dorthin zu gehen. Das war der Chorregentin gar nicht recht. Ein Theater hielt sie schon an und für sich für etwas Sündhaftes. Da küßten sich ja die Leute öffentlich, hatte man ihr einmal erzählt. So was war ja ein Skandal und wahrhaftig kein Schauspiel für so junge Menschen wie den Rupert und die Fräul'n.

Gegen Rupert getraute sich die Chorregentin jetzt merkwürdigerweise nicht mehr soviel aufzubegehren als früher. Der wurde gleich zu grob und ließ sich gar nichts mehr gefallen. Daher versuchte sie es mit zarten Anspielungen bei der Fräul'n. Da kam sie aber schon gar an die Rechte.

„Was fällt Ihnen denn ein, Frau Mutschlechner!" hatte das junge Ding lachend erwidert und dabei die schwarzen Haare aus dem feinen, blassen Gesicht geschüttelt. „Ein Theater paßt sogar sehr gut für mich. Meine Eltern haben nicht das geringste dagegen, wenn ich ins Theater gehe. Und dann wegen des Küssens . . das ist doch kein Unrecht. Das gefällt mir sogar sehr gut, wenn sich zwei junge Leute so lieb haben."

„So?" machte die Chorregentin gedehnt. „Sogar

g'fallen tut Ihnen das! I sag's ja, dö Lutherischen haben koan' Glauben und koa Scham im Leib!"

Einen ganzen Tag lang hatte dann die Chorregentin mit der Fräul'n keine Silbe mehr gesprochen. So beleidigt war sie gewesen.

Sie nahm sich aber vor, bei der ersten besten Gelegenheit den hochwürdigen Herrn Lorenz Profanter zu Rate zu ziehen, was da zu machen sei. Denn entweder mußten diese Beziehungen zwischen der Fräul'n und dem Rupert aufhören oder die Fräul'n mußte ihr aus dem Haus. Das stand fest. Lieber das Zimmer den ganzen Winter leer stehen lassen, als so ein Ärgernis noch länger im Haus dulden!

Der Spitalpfarrer kam jetzt nur mehr selten zu dem Chorregenten auf Besuch. Es war ihm jedesmal peinlich, dem Rupert zu begegnen.

Seit aber Georg von Degenhart verschwunden war, geschah es heute schon zum zweiten Male, daß der hochwürdige Profanter die Familie Mutschlechner besuchte. Es hatte fast den Anschein, als freute er sich über den Triumph, den er nun doch über Georg von Degenhart davongetragen hatte.

Für Lorenz Profanter war Georgs Verschwinden Wasser auf die Mühle. Nun konnten es die Mutschlechners ja selber sehen, wieweit es ein Priester brachte, wenn er ein Freigeist war.

Lorenz Profanter hatte sich allerdings bei Mutschlechners nicht darüber ausgesprochen. Er hatte nur kurz abgewinkt, wenn die Rede auf Georg kam. Aber heute machte er eine Ausnahme. Da ließ er verlauten, was er eigentlich über den Fall Georg von Degenhart dachte. Und das kam so.

Rupert Mutschlechner war gerade ins Zimmer hereingestürmt, wo seine Mutter mit dem Spitalpfarrer an dem ovalen Tisch mit der weißgehäkelten Decke saß.

Der hochwürdige Herr Profanter saß ganz allein am Sofa, in seiner gewöhnlichen nachlässigen Haltung, und die Chorregentin in ihrem kaffeebraunen Kleid saß etwas weiter von ihm entfernt auf einem Stuhl und hörte demütig auf die Erzählungen und Belehrungen des Spitalpfarrers.

Rupert war gekommen, um seiner Mutter mitzuteilen, daß sie heute das Nachtmahl etwas früher richten solle, weil er und die Fräul'n wieder ins Theater im Rosengarten gehen wollten. Das kam der Chorregentin nun gerade recht.

„Jatz reden amal Sie, Hochwürden!" sagte Frau Anna Mutschlechner und wandte sich mit einem energischen Ruck zu dem Spitalpfarrer. „Schickt sich dös, daß a junges Madl mit so an jungen Menschen, wie der Rupert einer ist, auf die Nacht in die Theater umanander hockt?"

Ihre ganze demütige, gottergebene Haltung von vorhin war verschwunden. Sie war jetzt völlig die resolute Bürgersfrau, die das Regiment im Haus nicht aus der Hand ließ.

Der hochwürdige Lorenz Profanter erhob sich leicht von seinem bequemen Sitz und sah mit gleichgültigen Blicken auf die Chorregentin. Seine großen, kräftigen Hände lagen gefaltet im Schoß, und die dicken Daumen spielten umeinander im Kreise. Dann schaute er mit einem kurzen, scharfen Seitenblick auf Rupert hinüber, der im Türrahmen unschlüssig stehen geblieben war.

„Nein!“ erwiderte er in seiner breiten, selbstgefälligen Art. „Das schickt sich nit.“

„Siehst es! Da hast es!“ wandte sich jetzt die Chorregentin triumphierend an ihren Sohn. „Mir wird nie was geglaubt, wenn i was sag'! I sag' Ihnen, Hochwürden, sein tuat's a Elend mit dö Kinder. Alleweil . .“

„Ich soll wohl wieder geschulmeistert werden!“ unterbrach sie Rupert mit einem bösen Blick auf Lorenz Profanter und trat näher an den Tisch heran. „Ich möcht' doch wissen, was dahinter sein kann, wenn ich mit einem anständigen Mädel in einem öffentlichen Lokal unter lauter ordentlichen Menschen sitz'?“

„Nur nit glei a so oben außi, Rupert! Nur nit glei a so oben außi!“ winkte jetzt der Spitalpfarrer gutmütig mit seiner derben Hand ab. „Dös tuat's gar nit. Beherrschen muß sich der Mensch können. Beherrschen! Dös ist die erste Bedingung im Leben!“

Rupert Mutschlechner zog nun doch unwillkürlich den Kopf ein wenig ein bei den Worten des Spitalpfarrers. Dann sagte er mürrisch: „Ja, weil's wahr ist! Alleweil hat die Mutter was zu nörgeln und herumzukommandieren. Jetzt, weil sie sich bei mir nimmer recht getraut, muß alles die Luis' aushalten, dös Hascherle!“

„Die Luis'?“ fragte Lorenz Profanter. „Was ist denn mit der Luis'?“

„Ja, wissen's, Hochwürden . .“ ereiferte sich jetzt die Chorregentin, „die Luis' hätten's mir aa no aufg'redet, daß sie hat mitgeh'n wollen in's Theater. Aber dös erlaub' i nit! Und dös duld' i nit! A so a unverdorben's Madl verführen! Dö hat eh' schon Grillen g'nuag im Kopf. Singen tuat sie hoamlich und auf die Nacht Geigen spielen in Vater seiner Kammer. Dös ging' mir iatz grad' no ab, daß dös Madl iatz aa no theaternarrisch würd'! Aber i sag's. Eher muaß mir dö Lutherische aus'm Haus! Dö bringt mir alles durcheinander! Den Rupert . ."

„Was ist mit mir!" fragte Rupert scharf und trat ganz nahe an den Tisch heran, an dem seine Mutter und der Spitalpfarrer saßen.

Die Chorregentin spielte etwas verlegen mit den Fingern an den Fransen der gehäkelten Tischdecke. Es reute sie offenbar, daß sie so heftig gewesen war. Aber nachdem sie schon so weit gegangen war, gab's kein Zurück mehr. Daher schrie sie jetzt erregt auf ihren Sohn ein: „A Verhältnis hast mit ihr! Moanst, i hab's nit schon lang g'merkt!"

„Ja. Das ist wahr!" gestand Rupert ruhig ein und sah zornig und mit blitzenden Augen auf seine Mutter. „Und nachher?"

„Und nachher? Und nachher?" machte die Chorregentin händeringend. „Hören's es denn nit, Hochwürden? A Liebschaft hat er! Mit der Fräul'n! Mit der Lutherischen! Aber aus'm Haus muaß sie mir! Iatz! Heut' no! Auf der Stell!" schrie die Chorregentin erbost und sprang erregt von ihrem Sessel auf. „I . . i werd' . ."

„Mutter!" Rupert vertrat ihr mit raschen Schritten den Weg. „Da bleibst! Wenn du sie aus dem Haus tust, dann geh' auch ich!"

„Hören Sie's, Hochwürden? Hören Sie's denn nit?"

zeterte nun die Chorregentin mit schriller Stimme. „So weit ist es schon kommen mit ihm. So redet er mit seiner Mutter . ."

Lorenz Profanter hatte sich nun gleichfalls von seinem bequemen Sitze ganz erhoben. Breit und wuchtig stand er da. Seine große, massige Gestalt nahm sich jetzt inmitten des Zimmers aus wie eine schwere, dunkle Mauer.

Mit ruhigem Blick sah er auf Rupert und die Chorregentin. Dann legte er begütigend die Hand auf die Schulter der aufgeregten Frau. „Tuan's fein sein, Frau Mutschlechner! Tuan's fein sein!" ermahnte er sie. „Und setzen's Ihnen iatz nieder da!"

Gehorsam setzte sich Frau Anna Mutschlechner auf den Stuhl, den der Spitalpfarrer für sie bereit hielt.

„Mit dem da . ." Der hochwürdige Lorenz Profanter deutete jetzt ernst mit dem Finger auf Rupert. „Mit dem da red' iatz amal i. Es ist ohnedies lang' her, daß i mit dem Rupert das letzte Wörtl g'redet hab'. Heut' nimm amal i mir'n wieder z'leihen den jungen Herrn da!" setzte er jovial hinzu. „Heut' kann er mir ja nimmer dreinpfuschen ins Handwerk, der andere!" meinte er in gutmütig scherzendem Ton.

„Georg von Degenhart . ." sagte jetzt Rupert leise und unwillkürlich.

„Ja. Der Degenhart. Ganz richtig!" bestätigte der Spitalpfarrer. „Das ist auch so einer g'wesen. Einer von die Hitzköpf'. Akkurat a so wie du."

„Der Degenhart war ein ganzer Mann. Über den laß' ich nix kommen!" brauste jetzt Rupert auf.

„Was Georg von Degenhart war oder nit war, das

zu beurteilen steht dir nit zu, Rupert!" verwies der Spitalpfarrer den jungen Mutschlechner ernst. „Das wird Gott entscheiden, der ewige Richter. Hoffen wir, daß er ihm gnädig und barmherzig sein wird!" fügte er salbungsvoll hinzu.

Die Chorregentin faltete andächtig die Hände und sah schüchtern zu dem Spitalpfarrer empor, der noch immer wuchtig und streng vor Rupert stand. „Mein Gott!" sagte sie dann kleinlaut. „Wer so was gedacht hätt'!" Es ist so a feiner, gebildeter Herr g'wesen. Soviel gut und heiligmäßig wie er g'wesen ist . ." sprach sie mit aufrichtigem Bedauern.

„Heiligmäßig?" Die Spitalpfarrer lachte kurz auf. „Das war er wohl nicht. Er war ein Mensch, wie wir alle sind, Frau Mutschlechner!" sprach er salbungsvoll. „Aber sein Sinn war hochmütig. Er dünkte sich höher . . besser wie wir . ."

„Sie sollten sich schämen, Herr Pfarrer, so über einen Menschen zu reden, der sich nicht mehr verteidigen kann!" stieß jetzt Rupert leidenschaftlich hervor. „Der Georg war mein einziger Freund in der Not. Wie ihr alle mich völlig verrückt gemacht habt's, da war er der einzige, der für mich eing'standen ist! Und wegen mir hat er die Straf' gekriegt. Weil er den Mut gehabt hat, seine Meinung zu sagen und zu behaupten! Da habt ihr ihn klein machen wollen. Zu Kreuz hätt' er kriechen sollen und anders reden, als er gedacht hat. Aber er ist sich selber treu geblieben. Er hat nit nachgegeben. Und darum ist der Georg von Degenhart in meinen Augen ein Held! Der hat's euch einmal gezeigt! Lieber ist er zu Grund gangen, als daß er nach eurer Pfeif'n getanzt hätt'! Und wenn der Degenhart selber aus dem Leben gegangen ist, so sind Sie in erster Linie dran schuld, Herr Pfarrer! Das sag' ich Ihnen! Sie haben gegen ihn gehetzt! Sie haben ihn auf'm G'wissen!"

Ganz nahe war der junge Mann jetzt vor den hochwürdigen Lorenz Profanter getreten und sah ihm mit zornfunkelnden Augen ins Gesicht. „Sie . . und die in Trient drunten, die kein Einsehen g'habt haben! So, und jetzt wissen Sie's einmal, Herr Pfarrer, wie ich denk'! Und jetzt können's Ihnen Ihre heilsamen Ermahnungen ersparen. Ich brauch' sie nit! Ich weiß, was ich zu tun hab'! Und wenn ich schlecht fahr' dabei, so ist das meine Sach'!"

Der Spitalpfarrer stand einen Moment wie gelähmt vor dem jungen Mutschlechner. Er konnte sich gar nicht fassen und wußte nicht, was er ihm erwidern sollte.

Auch die Chorregentin hatte völlig ihre Fassung verloren. Sie saß noch immer am Sessel und stotterte ein über das anderemal ganz bestürzt: „Ja . . aber Rupert . . Rupert! Was fallt denn dir ein! So redet man do nit mit an hochwürdigen Herrn! Bist denn du ganz narret? Rupert!"

Mehr brachte sie nicht heraus. Voll Angst starrte sie auf den Sohn, der jetzt in großer Erregung und mit hochrotem Kopf im Zimmer auf und ab rannte. Dabei sah sein rundes, ohnedies kräftig gefärbtes Gesicht ganz dick aus, so daß die dunkeln, kleinen Augen darin fast verschwanden.

Der hochwürdige Lorenz Profanter war im Innersten empört über den jungen Mutschlechner. Und doch fühlte er etwas wie eine unwillkürliche Achtung vor dem jungen

Mann, der den Mut hatte, ihm solche Anklagen ins Gesicht zu schleudern.

Gleichzeitig sah aber der Spitalpfarrer auch ein, daß sein Einfluß und seine Macht über den jungen Mann unrettbar zu Ende war. Den würde er nie mehr beherrschen im Leben.

Ein bitteres Gefühl beschlich den Spitalpfarrer. Er hatte Rupert von Kindheit auf gekannt und war stets der Freund und Berater seiner Mutter gewesen. Und er hatte sie nie schlecht beraten. Gewiß nicht.

Sein ganzes Streben ging ja nur darauf hinaus, in den Familien den Glauben und die Gottesfurcht zu erhalten. Sie sollten treue Untertanen der allmächtigen und allein seligmachenden Mutter Kirche sein. Und wenn sich so ein Schäflein von seiner Herde verirrte, wenn es anfing, abseits von seiner Leitung eigene Wege zu gehen, so tat das dem hochwürdigen Lorenz Profanter empfindlich weh. Das war auch jetzt der Fall.

Der Spitalpfarrer wandte sich daher an die Chorregentin und sagte im ruhigen, aber etwas beleidigten Ton: „Der Georg von Degenhart hat bei dem da" — er deutete wieder mit dem Zeigefinger seiner derben Hand auf Rupert — „mehr gesündigt, als ich geglaubt hätt'. Und Sie, Frau Mutschlechner, sind mit verantwortlich!"

Warnend hob der Spitalpfarrer die Hand empor und sah die Chorregentin fest und durchdringlich an. Dann fuhr er mit lauter Stimme, als hätte er eine Predigt zu halten, fort: „Sie hätten mir folgen sollen, Frau Mutschlechner. Sie waren zu nachgiebig. Denn der da war v o r seiner Geburt schon dem lieben Gott bestimmt!"

Lorenz Profanter schüttelte drohend den Finger nach oben, während die Chorregentin mit gesenktem Kopf ganz zerknirscht vor ihm stand und gar nicht mehr aufzuschauen wagte. „Und merken Sie sich's, Frau Mutschlechner!" fuhr der Spitalpfarrer fort, „Sie werden Rechenschaft geben müssen am Jüngsten Tag, wenn Sie hintreten sollen vor Gottes Thron. Dann wird er von I h n e n die Seele Ihres Kindes verlangen, die er Ihnen anvertraut hat! So! Und nun Gott befohlen! Beten Sie! Beten Sie, Frau Mutschlechner, für Ihren Sohn, damit Gott ihm beisteht in den Gefahren dieser Welt, denen Sie ihn preisgegeben haben!"

Dann ging Lorenz Profanter, ohne sich noch um Rupert oder die Chorregentin zu bekümmern, wortlos und hochaufgerichtet, aus dem Wohnzimmer der Mutschlechners.

Frau Anna Mutschlechner brach in fassungsloses Weinen aus. Ganz geduckt schlich sich Rupert aus der Stube. Er wußte, daß der Friede, den Georg von Degenhart vor kaum einem Jahr gestiftet hatte, nun für geraume Zeit zu Ende war.

Achtzehntes Kapitel

Es war schnell gegangen mit Frau Sabine von Tannauer. Sehr schnell. Man hatte es ihr kaum angemerkt, daß sie überhaupt leidend war.

Nach wie vor war sie täglich um sechs Uhr früh bei der Messe in der Pfarrkirche zu sehen. Dort kniete sie wie immer in ihrem Kirchenstuhl in der Nähe des Hochaltars, gerade, aufrecht und ungebeugt und in tiefe Andacht versunken.

Und doch war Sabine von Tannauer leidend. Schwer leidend. Aber es wußte es niemand. Nicht einmal die Rosl, ihre alte, treue Dienerin. Die wunderte sich nur oft im stillen darüber, daß ihre Herrin jetzt noch wortkarger war als früher und noch viel blasser als sonst aussah.

Sie wagte es aber nicht, der Gnädigen das zu sagen. Frau von Tannauer hatte niemals irgendwelche Vertraulichkeiten von seiten ihrer Dienstleute geduldet, auch nicht von der alten Rosl.

Aber Sabine von Tannauer wußte recht gut, wie es um sie stand. Sie fühlte es ganz genau. Schon seit langem. Und sie war bereit, vor ihren Gott und Herrn hinzutreten. Das Leben hatte ja gar keinen Zweck für sie. Es war nichts, als eine lange, unendlich lange Bußzeit für sie gewesen.

Seit Johannas schwerer Erkrankung bestand ein Bruch zwischen ihr und der Tochter. Eine tiefe, unüberbrückbare Kluft. Sabine von Tannauer fühlte es gar wohl. Und die kalte, harte Frau, die ihrem Kinde nie Liebe erwiesen hatte, litt unter dieser Entfremdung.

Seit sich Johanna von ihr abgewandt hatte, liebte sie ihr Kind, sehnte sie sich nach der Tochter und verlangte nach ihrem Vertrauen. Sehnte sich insgeheim darnach, ihr Mutter und Freundin sein zu dürfen. Sie ließ jedoch nichts davon merken.

Nur in den schweren Tagen, die nach dem Tode des Weinherrn und nach dem Verschwinden Georgs über Johanna hereingebrochen waren, drängte es Sabine von Tannauer, zu der Tochter zu gehen und ihr beizustehen.

Es war wohl das erstemal im Leben gewesen, daß Johanna gute Worte von ihrer Mutter hörte. Aber Johannas Herz war tot. Die Worte prallten ab und fanden keinen Widerhall bei ihr.

Sie saß stumm und kalt neben der Mutter und hörte ihre Worte wie aus weiter Ferne, ohne den Sinn aufzufassen. Nur als Sabine von Tannauer der Tochter anbot, sie möchte wieder zu ihr ziehen in das kleine Schlößchen am Steinach, da fuhr Johanna, als wäre sie von einer Viper gebissen worden, jäh in die Höhe.

„Zu dir? Ich?“ fragte sie. Ihre Stimme klang schneidend und hart wie Stahl, und ihre brennenden, tränenlosen Augen richteten sich beinahe haßerfüllt auf die Mutter. „Niemals geh' ich zu dir! Du bist die Schuld . . an allem! Du hast mir nie Liebe gegeben. Du warst keine Mutter. Du hättest mich hüten müssen . . mich leiten . .

damit ich es gelernt hätte, mein wildes Herz zu bezähmen . . Du hast gebüßt für deine Schuld und hast mich in deiner eigenen Buße verdorren und verkümmern lassen! Du warst hart und grausam gegen dich . . und mich! Und deine Grausamkeit hat mein Leben zerstört. Geh'! Laß' mich! Wir haben uns doch nichts mehr zu sagen."

In wilder, leidenschaftlicher Anklage war Johanna vor ihrer Mutter gestanden. Ihr ganzes namenloses Unglück stieg vor ihren Augen empor. Ihr zerstörtes Leben und ihre schwere Schuld.

Sabine von Tannauer war schweigend von der Tochter gegangen. Aufrecht und mit hoch erhobenem Haupte.

Und sie lebte ihr stilles Leben weiter in dem kleinen Schlössel am Steinach. Von der Tochter hörte sie nur ab und zu durch den Chorregenten. Der kam manchmal zu ihr und berichtete ihr. Erzählte ihr, daß Johanna hinaufgezogen war nach Klobenstein und daß sie täglich, wenn es Abend wurde, zum Steinernen Steg herunterkam.

Mit Johanna selbst sprach der alte Mann nur äußerst selten. Er getraute sich nicht mehr recht, sie zu besuchen. Die junge Frau war auch gegen ihn so sonderbar geworden. Apathisch und teilnahmslos.

Nur das alte Fräulein Kathrin, die blieb sich immer gleich. Die war freundlich mit Nikolaus Mutschlechner und erzählte ihm von Johanna, soviel er wollte.

Manchmal kam die Tante Kathrin auch zu Sabine von Tannauer. Aber nur selten. Denn Frau Sabine war kalt und steif wie stets und ermunterte das alte Fräulein mit keinem Worte, wiederzukommen.

Innerlich sehnte sie sich jedoch nach den kärglichen Nachrichten, die sie von ihrer Tochter erhalten konnte. Es war etwas wie Reue in ihr. Reue darüber, daß sie nie den Weg zum Herzen ihres Kindes gefunden hatte.

Stundenlang kniete Sabine von Tannauer jetzt vor dem Bilde der schmerzhaften Mutter Gottes in der Pfarrkirche und betete.

Hatte sie wirklich gefehlt? Sie glaubte recht zu tun. Ihr Leben war ja seit dem Tode des Sohnes eine Sühne gewesen. Der hochwürdige Lorenz Profanter hatte es ihr selbst gesagt. Sie mußte büßen . . ihrer sündigen Liebe entsagen.

Nein. Sie hatte doch recht gehandelt. Johanna war das Kind ihrer Sünde. Und in Johanna hätte sie nur den Geliebten wiedergeliebt. Nein. Sie hatte recht getan. Sie mußte hart sein gegen sich und ihr Kind.

Die Tage strichen langsam dahin. Der Herbst hatte die Bäume entblättert. Welk und gelb oder blutrot taumelte das Laub zur Erde und raschelte auf den Wegen unter den Schritten der Menschen. Die Sonne hatte ihre wärmespendende Kraft immer mehr verloren, und der tiefblaue Himmel des Südens war eine Nuance blasser und heller geworden.

Sabine von Tannauer war heute morgen noch länger als gewöhnlich in der Kirche geblieben. Das Knien war ihr zwar sehr beschwerlich geworden. Aber die alte Dame harrte mit beinahe übermenschlicher Anstrengung in ihrer knienden Stellung bis zum Ende der Messe und noch lange darnach in stummer Andacht aus.

Als sie nach Hause kam, erschrak die alte Rosl über ihr Aussehen. Das Gesicht der alten Frau war ganz verfallen. Ihre Augen waren halb gebrochen und die bläulichen Lippen fest geschlossen. Die hohe Gestalt war gebeugt und eingeschrumpft.

„Jessas, Maria und Josef!" rief die alte Rosl erschrocken und schlug die Hände über dem Kopf zusammen. „Wie die Gnädige heut' ausschaut!"

Die Rosl vergaß in ihrer Erregung ganz auf die scheue Zurückhaltung, die sie sich für gewöhnlich auferlegte, indem sie meistens nur im leisen Ton sprach. Jetzt aber schrie sie in ihrer Angst die kranke Frau aufgeregt an. „Legen's Ihnen grad' glei nieder! I koch' Ihnen g'schwind an Glühwein. Und ganz ausg'froren sein Sie mir vor lauter Kirchenhocken!" machte sie empört. „Und bald's nit besser wird, nachher geh' i um an Doktor. Da frag' i nimmer lang. Da geh' i einfach!"

Sorgsam geleitete sie die alte Frau über die schmale Wendeltreppe. Ihre Knie schlotterten. So erschrocken war sie.

Sabine von Tannauer stützte sich schwer auf die alte, treue Magd. Droben im zweiten Stock in dem kleinen getäfelten Zimmer mit dem vorspringenden altväterischen Kachelofen ließ sie sich todmüde in den hohen Lehnsessel fallen, der am Fenster stand und von dem aus man den schönen Blick auf den Ifinger hatte. Heute jedoch hingen schwere graue Wolken über dem Berg und hüllten ihn vollständig ein.

„Rosl! Geh' zum hochwürdigen Herrn Profanter. Aber gleich . ." sagte jetzt Sabine von Tannauer mit stockender Stimme. „Und dann . . dann geh' hinauf nach Klobenstein."

Mühsam und gebrochen kamen die Worte über die

Lippen der alten Frau. „Sag' der Johanna . . sie soll kommen . . aber g'schwind . . Es geht zu End' mit mir . . Ich hab's lang schon g'wußt . ."

Ganz erschöpft schloß sie die Augen. Kalter Schweiß trat ihr auf die bleiche Stirn.

„Heilige Mutter Gottes!" Die alte Rosl kniete jetzt vor der Kranken und rieb ihr die eiskalten Hände. „Nit sterben lassen ohne Sterbsakrament'! Lieber Gott, i bitt' di!" betete sie in heißer Inbrunst.

Sabine von Tannauer schlug nun die Augen auf. „Geh' jetzt!" sagte sie. Es lag etwas von der alten Energie in dem Ton. Gehorsam erhob sich die Rosl.

Atemlos rannte sie hinunter zur Spitalbrücke. Dort traf sie zufällig den Chorregenten.

„Jessas, Maria und Josef, Herr Chorregent!" stieß sie aufgeregt hervor. „Sie stirbt!"

Nikolaus Mutschlechner blieb wie vom Schlage gerührt vor der Rosl stehen. „Wer?" fragte er verständnislos.

„Die Gnädige. I renn' grad' um an Geistlichen und um die Frau von Degenhart."

Der Chorregent sah noch, wie die untersetzte Gestalt der Rosl über die Brücke rannte. So schnell er konnte, eilte Nikolaus Mutschlechner hinauf in das alte Schlössel am Steinach.

Dort fand er Frau Sabine von Tannauer aufrecht und gerade in dem mit dunkelm Leder bezogenen Lehnstuhl sitzend. Nur ihr Kopf fiel schwer nach vorne, und ihre bläulichen Lippen preßten sich wie im Krampf fest aufeinander. Ihr Blick hatte den harten Ausdruck verloren und sah merkwürdig weich und hilfesuchend aus.

„Bist du auch da . .“ sprach sie leise, als hätte sie erwartet, daß der Chorregent zu ihr kommen würde. Sie sah ihm lange und ernst ins Gesicht.

„Sabine . .“ sagte der Chorregent schmerzlich und näherte sich ihr mit scheuen Schritten. „Sabine . .“

„Ja, Nikolaus . . es wird Ernst . .“ sprach Frau von Tannauer mit leiser, stockender Stimme. Dann schloß sie die Augen.

Draußen fing es an zu regnen, und ein kalter, frostiger Wind peitschte den Regen an die blanken Scheiben des Fensters. Es war düster in der kleinen Stube, kalt und unlustig.

Dem Chorregenten wurde es schier unheimlich. Nichts regte sich. Kein Laut. Die alte Frau mit den schneeweißen Haaren und den schweren Trauerkleidern, die im Lehnstuhl saß, schien wie gestorben. Regungslos saß sie da. Nur ihr Kopf fiel immer schwerer nach vorne.

Mit leisen, schüchternen Schritten ging Nikolaus Mutschlechner aus der Stube. Aus einem der Zimmer holte er ein weißes Polsterkissen herbei. Sorgsam bettete er den Kopf der Sterbenden darauf.

Sabine von Tannauer ließ es geschehen. Sie hatte offenbar das Bewußtsein verloren.

Dann schlich sich der Chorregent abermals auf den Fußspitzen aus dem Zimmer. Er brachte zwei Kerzen, stellte sie leise und vorsichtig auf den Tisch und entzündete sie. Sodann kniete er nieder und fing still zu beten an. Dabei rollten ihm dicke Tränen über die welken Wangen, und seine gefalteten Hände zitterten heftig.

Der hochwürdige Lorenz Profanter war bald darauf

eingetroffen und erteilte der Bewußtlosen die letzte Ölung. Die alte Rosl kniete neben dem Chorregenten und schluchzte laut auf.

Die Sterbende in dem Lehnsessel rührte sich nicht. Ihre Brust hob und senkte sich, und ihr Atem ging immer rascher und kürzer.

Unter der geöffneten Türe stand Johanna. Bleich und mit großen, erschrockenen Augen. Der Chorregent erhob sich. Die alte Rosl war auf einen Wink des Spitalpfarrers aus dem Zimmer gegangen.

„Johanna . ." flüsterte Mutschlechner mit tränenerstickter Stimme. „Sie stirbt!"

Dann nahm er die junge Frau bei der Hand und führte sie ganz nahe zu der Mutter hin. „Knie nieder . ." sagte er weich. „Und küß' noch einmal die Hand. Sie ist deine Mutter. Und wenn sie auch g'fehlt hat . . sie hat's nit schlecht gemeint. Und der Tod ist ein großer Herr. Vor ihm müssen wir uns alle beugen. Knie dich hin, Johanna und bet' . ."

Die junge Frau kniete sich vor ihre sterbende Mutter und drückte ihre eiskalte Hand an die Lippen. Etwas abseits von ihr stand Lorenz Profanter und betete mit lauter Stimme die Sterbegebete.

Ein Zucken ging durch die gebrochene Gestalt der alten Frau. Es war wie ein mühsames Aufbäumen, ein letztes Anklammern an das Leben. Das Bewußtsein war für Momente wiedergekehrt.

Der hochwürdige Lorenz Profanter näherte sich ihr. „Sabine von Tannauer!" sprach er mit lauter, tönender Stimme. „Bist du bereit, vor Gottes ewigen Richterstuhl zu treten?"

Ein leises, fast unhörbares Ja kam über die schmalen, bläulichen Lippen der alten Frau. Ihre Augen waren fest geschlossen, und ihr Gesicht hatte eine aschgraue Farbe.

Draußen regnete es in Strömen. Man spürte vom Fenster her einen kalten Luftzug.

„Und bereust du aufrichtig und vom ganzen Herzen alle Sünden deines ganzen Lebens?" fragte der Spitalpfarrer neuerdings mit lauter, ernster Stimme.

Wieder kam es wie ein schwacher verlöschender Hauch über die Lippen der Sterbenden. Lorenz Profanter beugte sich ganz nahe zu ihr. Dann erteilte er ihr die Lossprechung und den letzten Segen.

Der Chorregent Nikolaus Mutschlechner kniete bescheiden in einer Ecke des Zimmers und sah mit ängstlichen Augen auf die Sterbende. Johanna hielt die eiskalte Hand der Mutter noch immer in der ihren.

Nun stand der Chorregent auf und näherte sich mit vorsichtigen Schritten Frau Sabine von Tannauer. Leise trocknete er ihr mit seinem Taschentuch den kalten Schweiß von der Stirn.

„Gott ist barmherzig, Sabine . ." sagte er mit tränenerstickter Stimme. „Er hat die Liebe in des Menschen Herz gegeben. Und er verzeiht allen, die in Demut bereuen."

Es war, als ob ein leises Lächeln um die schmalen Lippen der alten Frau spielte. Ihre Augen öffneten sich noch einmal und sahen suchend umher.

„Die Johanna ist auch da . ." sagte jetzt der Chorregent, und seine Stimme klang fester und lauter.

Dann legte er die Hand der Sterbenden auf den blonden, jetzt tiefgesenkten Kopf der jungen Frau.

„Sie bittet, daß du sie segnest, Sabine . ." sprach der Chorregent leise und innig.

Es war, als ob die Sterbende mit müder Hand versuchen wollte, das Zeichen des Kreuzes über die Tochter zu machen. Aber sie vermochte es nicht mehr.

Ein kurzes Zucken und ein schwacher stöhnender Laut. Dann schloß Sabine von Tannauer die müden Augen für immer.

Johanna von Degenhart weinte laut auf. An der Leiche ihrer Mutter fand sie die Tränen wieder. Es war wie eine Erlösung aus einem schweren Bann.

Leise und unhörbar hatte sich der Chorregent aus dem Zimmer entfernt. Scheu und tief gebeugt wie immer.

Nur Lorenz Profanter war geblieben. Er und Johanna.

Eine Weile ließ der Spitalpfarrer die Tochter in ihrem Schmerz gewähren. Dann trat er nahe an sie heran. Schwer legte er seine wuchtige Hand auf die zarte Schulter der jungen Frau.

„Deine Mutter ist eine Heilige, Johanna!" sagte er ernst. „Sie war eine zweite Maria Magdalena, von der Christus gesagt hat: Sie hat viel geliebt. Darum wird ihr viel verziehen werden!"

Lorenz Profanter sprach es ernst und feierlich und ohne den gewöhnlichen salbungsvollen Ton.

Und fest, fast durchbohrend sahen seine scharfen Augen in die scheuen Augen der jungen Frau, die sie jetzt schuldbewußt zu Boden senkte.

Letztes Kapitel

Weit über vierzig Jahre sind seitdem vergangen. Eine lange Zeit. Es hat sich in Meran vieles verändert. Die Stadt selbst, Obermais und Untermais sind in die Breite gewachsen. Wie mit Riesenarmen erstreckten sie sich mit immer neuen Bauten durch das Tal und über die Gehänge.

Nur in der Laubengasse und im Steinach und vielfach auch am Rennweg träumt noch das alte Meran.

Ganze Straßenzüge sind aus der Erde gestiegen, wo früher Auen und Blachfeld oder Holzländen waren. Die Auen von Untermais haben sich mit Straßen und Villenkolonien bedeckt, und die stillen Weingärten von Obermais haben immer mehr modernen Bauten Platz gemacht. Nur die alten Burgen und Schlösser von Obermais stehen noch unverändert in massiger, stolzer und patriarchalischer Würde. Aber rings herum zieht sich ein reicher Kranz von Villen und Gärten und behaglichen und schmucken Gaststätten.

Wenn man abends von der Töll niederfährt in die breite Talsohle, dann glänzt es drunten von unzähligen Lichtern. Wie ein Fest sieht es aus. Ein unübersehbares Lichtermeer ist Obermais. Fast wie ein weihnachtlicher Krippenberg nimmt sich heute die sanfte Anhöhe aus, wo vor

Jahrzehnten nur vereinzelte alte Schlösser und Burgen und einige Bauernhöfe inmitten von Weinäckern standen.

Sorgfältig gehaltenen Promenaden haben die alten einsamen Gangsteige Platz gemacht. Die ganze Welt strömt da herein. Aus aller Herren Länder wallfahren die Menschen in den milden Süden von Meran.

Aus den Parks und Wegen Merans ist der Winter verbannt. Die weit ausgedehnten Hecken des Evonymus, der Efeu, all die Palmen und die einheimischen und exotischen Nadelhölzer, sie täuschen als immergrünes Märchen über den kahlen Winter hinweg.

In die Gilf und den Küchelberg hinan, ja hinauf bis auf die Höhe des Berges, wo Dorf Tirol liegt, führen in sachten Serpentinen breite Promenadenwege mitten durch herrliche Anlagen. Dort blühen schon im Januar die Sträucher der Gewürznelken. Ihre gelben Blüten strömen einen starken, süßen Duft aus.

Bei jeder Biegung eröffnet sich eine neue entzückende Schau. Auf die Stadt hinunter senkt sich der Blick. Da ist noch das Häusergewirr der Laubengasse und des Steinachs. Aber weit, weit darüber hinaus dehnt es sich bis nach Gratsch und Algund, ja schon die Reichsstraße nach Forst entlang.

Die leeren Gefilde von Untermais sind verschwunden. Man muß die alte Kirche fast suchen mitten unter den Häusern. Und nach dem Süden dehnt sich das Etschland im Sonnenschimmer mit der Mendel im Hintergrund.

Noch tosen die Wellen der Passer durch die Gilfschlucht. Und unverändert trutzen noch die Ruinen der Zenoburg von den steilen Felsen ins Tal herunter. Da droben hat sich nichts verändert. Der Zauber der Jahrhunderte ist unberührt geblieben . .

Und es ist wieder an jenem Allerseelentag, an dem unsere Geschichte begann.

Frau Johanna von Degenhart hat langsam und still, wie sie gekommen, den Friedhof verlassen. Sie schlägt den Heimweg ein. Nach Schloß Klobenstein in Obermais, wo sie seit Jahrzehnten wohnt.

Johanna von Degenhart ist über siebzig Jahre alt geworden. Die Zeit ist an ihr vorübergegangen wie ein Traum. Sie hat kaum etwas gesehen von dem gewaltigen Aufschwung, den ihre Heimatstadt nahm. Und wenn sie es zufällig sah, dann ließ es sie gleichgültig wie eine fremde Welt, für die sie kein Verständnis besaß.

Droben in Klobenstein war ja alles geblieben wie es gewesen. Nur die Menschen waren dahingegangen.

Das alte Fräulein Katharina von Degenhart lag lang schon unter der Erde. Der Chorregent Nikolaus Mutschlechner und seine Frau schliefen den ewigen Schlaf. Der ehrwürdige Herr Dekan Ignazius Platter und der streitbare Spitalpfarrer Lorenz Profanter waren längst schon vor den Richterstuhl Gottes getreten, um Rechenschaft abzulegen über die Seelen, die ihrer Obhut anvertraut waren. Auch der ehrsame Junggeselle Gallus Schnappinger und die alte Trina hatten nach diesem Erdenleben ihren immerwährenden Frieden gefunden.

Johanna von Degenhart dachte an sie alle, während sie mit müden Schritten ihren Heimweg antrat. Und sie dachte auch an die Menschen, die schon damals von ihr geschieden waren, als sie noch jung war.

Es waren nicht allzu viele mehr aus dieser Zeit zurückgeblieben. Hans von Degenhart hatte das väterliche Haus und Geschäft übernommen. Er war längst verheiratet, ja heute schon glücklicher Großvater. Der Doktor Rupert Mutschlechner war als einer der angesehensten und ältesten Meraner Ärzte seiner Heimatstadt treu geblieben.

Er war Junggeselle geblieben. Er hatte nicht geheiratet. Die Fräul'n aus Deutschland hatte er nicht gesund gemacht. Die war viel früher gestorben, als der junge Student den Doktorhut erreichen konnte. Aber der derbe, kraftstrotzende Mensch mit dem warmen Herzen konnte seine Jugendliebe nie vergessen. Er hat keine andere gefunden, mit der er sein Leben hätte verknüpfen mögen.

Seine Schwester, die Luis', die auch ledig geblieben ist, führt dem Doktor Mutschlechner die Wirtschaft. Und wenn der Doktor eine freie Stunde hat, dann musizieren die beiden alten Geschwister zusammen. Nicht viel moderne Musik. Sie haben die Instrumente und Musikalien von ihrem Vater, dem alten Chorregenten, übernommen und sind in ihrem Geschmack sehr konservativ geblieben.

Ab und zu, aber nur selten ist zu diesen kleinen Konzerten der Geschwister Mutschlechner auch Frau Johanna von Degenhart gekommen und ist mit einem stillen Lächeln dabeigesessen.

Die Geschwister Mutschlechner gehören ja noch zu ihrer Welt. Wenn sie die alten Instrumente und Musikalien des Chorregenten sieht, dann taucht vor ihrem geistigen Auge wieder die stille Kammer in der Wohnung am Rennweg auf, von wo sie sich in die Welt hinausgesehnt hat.

Sie sehnt sich längst, längst nicht mehr in die Welt hinaus, die alte Frau Johanna von Degenhart. Sie hat eine Welt für sich, eine ganz eigene Welt, von der niemand auf Erden etwas weiß.

Und das Geheimnis dieser Welt hütet sie scheu und sorgsam. Es ist eine Welt unsäglichen Schmerzes, durch die nur ein einziger Jubelschrei zittert, um scheu zu verhallen in den flatternden grauen Morgennebeln der Höhen von Sankt Martin.

Und doch zitterte dieser Jubelschrei in all den langen Jahren immer wieder durch die Seele Frau Johannas und verhallte immer wieder, bis er seltener und seltener sich erhob, je mehr die blonden Haare auf dem Haupte Johannas erblichen . . je mehr der Schnee des Alters sie verdrängte . .

Aber das Zittern jenes fernen Glückes, das nur einmal erblühte, um in Nacht und Grauen unterzugehen, es war auch heute noch in der stillen, scheuen Welt der alten Frau. Wie ein unendlich ferner Stern grüßte es aus dem dunkeln Nachthimmel . . unerreichbar . . hoch . . und ewig im unermeßlichen Schweigen . .

Georg von Degenhart war dreißig Jahre nach seinem Verschwinden für tot erklärt worden. So verlangte es das Gesetz. Sein väterliches Erbe war daher schon seit Jahren an seinen jüngeren Bruder gefallen.

Wohl wenige Menschen dachten mehr an ihn. Kaum daß sich diejenigen in seltenen Momenten seiner erinnerten, die ihm einst nahegestanden waren. Die Zeit hatte die Erinnerung verschlungen.

Nur eine Seele dachte an ihn. Tag für Tag und Stunde für Stunde. Er war die Welt der Frau, die er einst besessen hatte in einem kurzen Rausch junger Liebe.

Und noch ein ferner Hauch war in der scheuen Welt der alten Frau Johanna von Degenhart. Ein Hauch, der sich von Zeit zu Zeit zu menschlichen Worten verdichtete.

Auch heute wieder an dem Allerseelentag klangen ihr diese Wort im Innern nach. Katharina von Degenhart hatte sie gesprochen, bevor sie im hohen Greisenalter starb.

Wie ein Licht war das alte Fräulein ausgelöscht. Ganz still ging sie von dieser Erde. Nur Johanna war bei ihr gewesen. Und als sie schon hinüberschlummerte, sprach sie die Worte, halb im Todestraum: „Wein' nicht . . Johanna . . Denk' an mich . . Einmal wirst du ihn noch wiedersehen . . Einmal . ."

Dann hatte sie das Bewußtsein verloren und war geschieden.

Heute wehten diese Worte wie ein ferner Gruß wieder durch die Seele der alten Frau, die heim nach Schloß Klobenstein ging. Vielleicht weil es Allerseelen war, tauchten diese Worte von neuem empor.

„Einmal wirst du ihn noch wiedersehen . ." Die alte Frau hatte sich diese Worte längst gedeutet. Einmal würde sie ihn noch wiedersehen . . in einer besseren Welt . . hoch über dem Leid dieser Erde . .

Von dem spitzen, grünen Turm der Sankt Georgenkirche läutete eine Glocke. Eintönig und traurig. Schneidend und scharf drang ihr heller Ton in den sonnigen Himmel. Eine leise Luft des Welkens und Vergehens lagerte über der Gegend und stimmte zu dem welken Laub des Spätherbstes und zu der Trauer des Tages.

Einzelne Andächtige eilten durch das niedere Tor der kleinen Georgenkirche. Sie achteten nicht auf die stille Frau mit den weißen Haaren und den schweren Trauerkleidern, die ihnen begegnete. Und Johanna von Degenhart beachtete die Menschen nicht.

Die waren ihr ja alle fremd und unbekannt. Fremd und unbekannt wie die vielen großen und kleinen Villen, die rechts und links an dem wohlgepflegten Weg lagen, der hinaufführte nach Obermais.

Alles war ihr hier so fremd geworden. Wie ein unbekanntes Land, durch das sie schreiten mußte und an dem sie keinen Anteil hatte.

Hocherhobenen Hauptes, aber mit leeren Blicken ging die alte Dame langsam und müde ihres Weges.

Ein alter Mann mit tief nach vorne gebeugter Haltung und schleppenden Schritten ging langsam vor ihr. Von Zeit zu Zeit blieb er stehen. Als fiele ihm das Gehen schwer und müsse er frischen Atem schöpfen.

Er nahm den dunkeln Hut vom Kopf und wischte sich ermattet mit einem Taschentuch über die hohe, kahle Stirn. Das schneeweiße, schüttere Haar fiel in langen Strähnen kranzförmig über den Kopf.

Die Kleidung des alten Mannes war einfach, verstaubt und abgetragen und machte einen sehr bescheidenen Eindruck.

Elegant gekleidete Menschen warfen teils mitleidige, teils verächtliche Blicke auf den fremden Wanderer, der mit scheuen, verlorenen Augen umherschaute. Ein alter vornehmer Herr, der leidend war, fuhr in einem Rollwagen vorüber. Teilnehmend blickte er auf den Greis, der sich neben ihm so mühselig die sanftansteigende Höhe nach Obermais emporschleppte.

Johanna von Degenhart sah und beachtete nichts. Ruhig und teilnahmslos ging sie ihren gewohnten Weg. Ganz mechanisch, als lebte sie noch weit, weit zurück in der Vergangenheit.

Langsam öffnete sich das Gittertor, das den Degenhartschen Besitz von der Außenwelt abschloß. Langsam schritt sie durch den Weinlaubengang hinauf nach Schloß Klobenstein.

Der alte Mann mit dem schüttern, weißen Haar hatte gerade wieder Rast gemacht, als Johanna von Degenhart an ihm vorbeischritt.

Eine Weile blieb er stehen und sah ihr nach. Müde und langsam war ihr Gang, aber aufrecht und ungebeugt ihre Haltung.

Mit zitternder, welker Hand fuhr sich der alte Mann über die Augen. Die Sonne blendete ihn. Dann wurde sein matter Blick frischer und lebendiger.

Unverwandt sah er der hohen, schwarzgekleideten Frauengestalt nach. Und als ob plötzlich neues Leben in den gebrechlichen Körper gekommen wäre, so rüstig und leicht schritt er mit einem Male vorwärts.

Dicht hinter der alten Dame ging er. Hinein durch das Tor und den Weinlaubengang hinauf bis vor den großen, gewölbten Bogen des Schlosses.

Johanna von Degenhart achtete nicht auf ihn. Sie bemerkte es nicht einmal, daß ihr jemand gefolgt war.

Langsam ging sie weiter. Die schmale Wendeltreppe empor, über den kleinen Säulengang hinüber und die paar

Stufen hinunter, welche in die Antikamera mit dem italienischen Mosaikboden und den schweren Eichenmöbeln führten.

In dem traulichen, helltapezierten Wohnzimmer, in dem das alte Fräulein Kathrin fast ihr ganzes Leben zugebracht hatte, machte sie Halt.

Der alte Mann mit den weißen Haaren und der tiefgebeugten Gestalt folgte ihr. Schüchtern und leise und in gemessenen Abständen. Als fürchte er, die alte Frau in ihren Gedanken zu stören.

Johanna von Degenhart hatte die Tür, welche von der Antikamera in das Wohnzimmer führte, offengelassen.

Der alte Mann stand jetzt im Türrahmen und blickte in das Zimmer. Er sah auf die Frau, die inmitten des Zimmers stand und sich jetzt langsam und mit müder Gebärde ihm zuwandte.

Mit einem fragenden, verwunderten Blick aus ihren großen, noch immer schönen Augen sah sie auf den Fremden.

„Was wollen Sie?“ fragte sie dann. Ihr Ton war müde, und ihre Stimme hatte den Wohllaut früherer Tage eingebüßt. Wie bei jemandem, der nur selten seinen Mund zu einer Rede öffnet, so klanglos und verschleiert war ihre Stimme.

Über das durchfurchte, farblose Gesicht des alten Mannes ging ein Zucken. Seine matten, blauen Augen leuchteten auf. Das Herz pochte ihm, so daß er kaum zu sprechen vermochte.

„Johanna . .“ stieß er mühsam und mit zitternder Stimme hervor. „Johanna von Degenhart . . kennst du mich nicht mehr?“

Erstaunt sah die alte Dame auf den Fremden. Ihre Augen weiteten sich, und fest bohrte sich ihr Blick in sein vergrämtes Gesicht.

Der Ton seiner Stimme klang an ihr Ohr . . wie aus weiter . . weiter Ferne . . bekannt und vertraut . . und doch fremd . .

Ganz nahe trat sie jetzt auf den alten Mann zu. „Wer sind Sie?“ fragte sie laut, und weich und wehmütig fügte sie hinzu: „Ich kenne Sie nicht.“

Sie kannte den Fremden nicht. So gebeugt und gebrochen, wie er vor ihr stand, mit den weißen, langen Haaren und der hohen Stirn.

Wie alt er wohl sein mochte? Wohl schon sehr alt. Viel älter als sie selber. Und er hatte wohl auch viel Leid erlebt.

Johanna von Degenhart schaute ihn unverwandt an. Seine Augen hatten einen traurigen, etwas unsichern Blick, und um den festgeschlossenen Mund ging ein nervöses Zucken. Tiefe Furchen gruben sich in unzähligen großen und kleinen Falten in seinem Gesicht ein, und der weiße Kopf zitterte leicht vor Alter. Schwer stützte der alte Mann sich jetzt auf seinen Stock.

„Ich bin zu dir gekommen, Johanna . .“ sagte er nun leise und stockend, „aus fernen Ländern . . Es hat mich nicht mehr gelitten in der Fremde . . Nur einmal noch im Leben hab' ich dich sehen wollen . . nur ein einziges Mal . . Dann will ich wieder weiterziehen . . weit . . weit fort . . in die Fremde . . und dort sterben . .“

Johanna sah mit großen, starren Augen auf den alten Mann.

Regungslos stand sie da, als wäre ihr plötzlich am hellen Tag ein Toter erschienen.

Der Sonnenschein flutete licht und strahlend durch das offene Fenster. Er fiel auf die alten Miniaturbilder an den Wänden und auf die alte, einförmig tickende Uhr.

Die hohen gepolsterten Lehnstühle am Fenster standen noch unverändert auf ihren Plätzen wie zu den Zeiten, als Katharina von Degenhart noch am Leben war.

Hier war die Zeit stehen geblieben. Weit über vierzig lange Jahre. Da drinnen hatte sich nichts verändert.

Johanna von Degenhart tastete jetzt langsam nach der knochigen, runzligen Hand des Fremden und umklammerte sie. Als wollte sie eine Traumgestalt festhalten, die ihr nun gleich entschwinden würde.

„Georg . ." stammelte sie. Wie ein kleines Kind mühsam das Reden lernt, so unbeholfen kam das Wort von ihren Lippen . . „Georg . ."

Der alte Mann nickte. In seinen Augen standen Tränen. „Ja. Der Georg. Der bin ich . ." sagte er einfach.

Durch die schlanke Gestalt der alten Dame ging ein Zittern.

„Georg von Degenhart . ." sprach sie leise vor sich hin. Dann schloß sie müde die Augen. Es war sicher nur ein Traum. Georg von Degenhart war tot. Und die Toten kehren nicht wieder.

Eine Weile standen sich die beiden alten Menschen stumm gegenüber. Georg von Degenhart sah unverwandt in das feine, blasse Gesicht Johannas.

Wie ihre Mutter, so sah Johanna jetzt aus. Groß und fein und vornehm. Nur der kalte, harte Blick der Frau

Sabine von Tannauer fehlte ihr. Aber ihre vollen Lippen waren welk und schmal geworden.

Georg von Degenhart mußte aufblicken zu der hohen Gestalt der Frau. Ihn hatte die Last der Jahre gebeugt und mürbe und zittrig gemacht.

„Als ich das letztemal hier war . ." sprach der alte Mann jetzt . . „da sind wir dort drüben gesessen." Er deutete mit zitternder Hand auf die beiden Lehnstühle am Fenster. „Die Tante Kathrin und ich. Der Mond hat hell hereingeschienen. Und dann hat sie mich gehen geheißen. Fort . . weit fort. Ich sollte tot sein . . lebendig tot. Das war die Sühne für meine Schuld. Und all die langen Jahre bin ich umhergewandert in der Welt. Von Ort zu Ort . . und von Land zu Land. Und hab' keine Ruhe und keine Rast finden können. Aber in meiner Seele ist es allmählich ruhiger geworden. Da hab' ich meinen Gott wiedergefunden, den ich in der Heimat verlor. Die Tante Kathrin . . die hat's gewußt. Die hat mich hinausgeschickt in die Welt."

„Die Tante Kathrin . ." wiederholte Johanna von Degenhart leise. „Die Kathrin . . die hat's gewußt . . daß du nicht tot bist?" fragte sie tonlos.

„Ja. Die hat's gewußt . ." bestätigte der alte Mann. „Dort drüben bin ich vor ihr gekniet." Mit zitternder Hand wies Georg von Degenhart zu dem hochgepolsterten Sessel am Fenster. „Und hab' ihr alles gesagt. Von meiner Schuld und von unserer Liebe. Und dann hat sie mich fortgeschickt . . hinaus in die Welt . . Ich sollte leben . . aber für dich und euch alle gestorben sein."

Müde war Johanna von Degenhart hinübergegangen

zu dem Sitz am Fenster und hatte sich still und wie gebrochen darauf niedergelassen. Dann stützte sie das feine weiße Gesicht in die schlanke, durchsichtig zarte Hand und sah sinnend auf den alten Mann.

Dieser hatte auf dem andern Lehnstuhl Platz genommen, schüchtern, ängstlich und unsicher. Er war es nicht gewohnt, sich in weichen Polstersesseln auszuruhen.

Georg von Degenhart mußte ein schweres Leben hinter sich haben. Seine Hände, die früher so wohlgepflegt waren, hatten Schwielen und sahen hart und abgebraucht aus von schwerer Arbeit.

Johanna bemerkte es, und ein tiefes Mitleid mit dem alten Mann überkam sie.

„Damals in Sankt Martin . . in den grauen Morgennebeln . . weißt du noch, Georg . ." sprach sie leise, nahm seine rauhe Arbeitshand in ihre feine, weiße Hand und drückte sie innig. „Damals sind wir beide gestorben."

Hand in Hand saßen die zwei alten Menschen da und blickten einander in die Augen. „So jung wie wir waren . ." fuhr Johanna leise fort . . „Und haben sterben müssen . ."

Ein rauhes Schluchzen kam aus der Brust des alten Mannes. Auch Johannas Augen füllten sich mit Tränen. Dann saßen sie wieder lange Zeit Hand in Hand und sprachen kein Wort.

„Und alle die Jahre . . diese endlosen bangen Jahre . . mußten wir leben und waren tot. Aber jetzt leben wir wieder. Heute . . am Allerseelentag . . weil du nun wieder zurückgekommen bist in deine Heimat . ." sprach die alte Frau endlich leise und wie im Traum.

Georg von Degenhart preßte ihre Hand innig an seine Lippen. „Wir haben beide schwer gebüßt . ." sagte er in warmem Ton.

Johanna strich ganz leise und zart mit ihrer feinen Hand über das silberweiße Haar des alten Mannes. Wie ein Windhauch war es. Wie ein Gruß aus längst versunkenen Tagen . . aus dem Frühling ihrer jungen Liebe.

„Armer Georg . ." sagte sie weich. „Armer Georg . . Du hast noch mehr gelitten als ich . ."

„Und bin stark geworden dabei!" sprach der alte Mann. „Stark und gläubig und fest. Bedauere mich nicht, Johanna. Die Tante Kathrin hat recht gehabt. Draußen in der weiten Welt bin ich ein Mensch geworden. Ich hab' mich durchringen müssen. Oft recht hart. Das ist wahr. Aber ich habe gelebt. Ich war nicht tot. Und wenn ich nicht die Sehnsucht gehabt hätte, die brennende, heiße Sehnsucht nach dir und meiner Heimat, dann wär' ich auch ganz glücklich gewesen."

Georg von Degenhart hatte das mit großer Lebhaftigkeit gesprochen, und seine Augen gewannen etwas von dem frühern Glanz und Ausdruck.

Mit tiefen, sinnenden Blicken sah Johanna ihn an. Über eine Weile sagte sie . . „Und jetzt wirst du hierbleiben, Georg . . in der Heimat?" Ihre Stimme klang leise bittend.

Der alte Mann schüttelte den Kopf. „Nein!" sprach er fest. „Ich bin für die Heimat gestorben und für euch alle . . seit langen, langen Jahren . . Noch einmal bin ich auferstanden aus der Vergessenheit . . noch einmal für eine kurze Stunde . . um dich zu sehen in diesem Leben . .

Noch einmal . . um mit dir das Allerseelen unserer toten Liebe zu feiern . . Nun will ich wieder gehen . . fort . . weit fort . . Und will warten von Tag zu Tag . . bis ich heimkehren darf zu Gott . . wo ich dich einstens für ewig zu finden hoffe . ."

Eine tiefe Stille entstand. Keines der beiden alten Menschen sprach ein Wort. Aber Johannas schöner Kopf mit dem silberweißen Haar senkte sich immer tiefer. Um den feinen Mund zuckte es wie von verhaltenem Weinen.

„Bleibe . . Georg . ." kam es kaum hörbar von ihren Lippen.

Der alte Mann erhob sich. Schwer und mühsam, und über sein gefurchtes Gesicht ging ein starkes Zucken.

„Johanna . ." Seine Stimme klang fest. Etwas von der frühern Energie straffte den gebrechlichen Körper. „Mach' mir den Abschied nicht noch schwerer . . Einmal im Leben noch wollte ich dich sehen . . ein letztes Mal . . Und wir sind beide gestorben . . noch so jung . . in den Morgennebeln von Sankt Martin auf der Höh' . ."

Johanna erwiderte nichts mehr. Hand in Hand gingen die zwei alten Menschen hinunter, den Weinlaubengang entlang, bis an das Gittertor.

Dort drückten sie sich zum letzten Male stumm die Hände. Lang und innig. Schauten sich zum letzten Male in die Augen und schieden.

Dann kehrte Johanna von Degenhart allein zurück in ihr einsames Heim.

In dem Schlafzimmer der alten Tante Kathrin, das jetzt das ihre geworden war, kniete sie vor dem Bilde der Madonna nieder.

Zwei dicke, geweihte Wachskerzen waren in silbernen Leuchtern vor dem Bild. Diese hatte Johanna von Degenhart jedes Jahr am Allerseelentag, einem frommen Brauche folgend, für die Ruhe der Dahingeschiedenen entzündet.

Auch heute wieder brannten die Kerzen.

Sie brannten für die Ruhe des alten Mannes, der gegangen war, um in der Fremde den ewigen Frieden zu finden.

www.ingramcontent.com/pod-product-compliance
Lightning Source LLC
Chambersburg PA
CBHW060810310726
48980CB00002B/295

* 9 7 8 3 8 4 6 0 9 7 1 9 9 *